21
nouvelles histoires
de sexe et d'horreur

21
nouvelles histoires
de sexe et d'horreur

par

Robert Aickman * J.G. Ballard
Charles Beaumont * Robert Bloch * Ray Bradbury
Ramsey Campbell * Nancy A. Collins
A.E. Coppard * Harlan Ellison
Elizabeth Jane Howard * David Kuehls
Thomas Ligotti * Arthur Machen
Claudia O'Keefe * Mervyn Peake * Ray Russell
May Sinclair * Sarah Smith * Lisa Tuttle
T.H. White * Clement Wood

Michele Slung

présente

21
nouvelles histoires
de sexe et d'horreur

Traduit de l'anglais par
Stéphane Carn, Jane Fillion, Thierry Sandaljian,
Jean-François Sené, Nathalie Serval

Albin Michel

Titre original :

SHUDDER AGAIN

Voir suite © page 435

ISBN 2-226-09526-8

A Stephen King

Sommaire

Préface

Jamais l'idée ne m'a effleurée un seul instant, à l'époque où je préparais le volume précédent de cette série[1] qu'il apparaîtrait à certains de mes lecteurs que je soutenais l'idée selon laquelle la littérature d'épouvante est, en soi, érotique. Bien que je ne nie pas que certains puissent éprouver ce sentiment, je dois dire que je ne le partage pas et qu'en vérité j'aimerais bien mieux rester chez moi avec une bonne histoire de vampires que courir le risque d'une rencontre nocturne avec l'un de ces inquiétants personnages.

Et pourtant il me semble flagrant (et c'est ce que j'ai cherché, peut-être trop candidement, à démontrer) que la littérature d'horreur cherche inlassablement, et avec la formidable artillerie dont elle dispose, à envahir notre psychisme là où cet « organe » éminemment sensible, mais sans substrat physique, est le plus vulnérable. (Ce n'est qu'avec les méthodes les plus grossières qu'un chirurgien peut sonder nos peurs ou provoquer nos frissons. Mais confiez donc la même tâche à un écrivain de romans d'épouvante...) Et, si on lui reconnaît cette intention, il n'est nul besoin d'être devin pour désigner sa cible prioritaire.

---

1. *22 histoires de sexe et d'horreur,* Albin Michel, 1993.

Ainsi, qu'il s'agisse des situations les plus classiques (voyez, par exemple, « Premiers émois », de David Kuehls) ou d'autres, d'une complexité plus troublante (« Ravissante », de Robert Aickman), ces histoires visent à nous déranger (au minimum) parce que c'est notre propre identité sexuelle que nous — ou les protagonistes des nouvelles auxquels nous nous identifions — désespérons de protéger, malgré tous nos (et tous leurs) efforts. De plus, qualifier cette littérature d'« érotisme noir » signifie simplement qu'il s'agit d'une horreur que le lecteur éprouve *face à* certains sentiments érotiques (ce qui, après tout, relève d'un usage légitime de l'horrible) et non d'une horreur destinée à les éveiller.

Naturellement, les voies d'accès à ces régions hautement vulnérables, creuset où se produit cet alliage de substances apparemment magnétiques, sont innombrables. Elles vont du plus traditionnel — séduction, fiançailles, initiation sexuelle, enfantement, adultère ou affirmation d'une préférence sexuelle — jusqu'aux obscurs dédales de l'aberration et de la perversion. De la même façon, la jalousie amoureuse, rarement bienvenue et fréquemment destructrice, peut fournir la matière première d'un récit d'épouvante. Ou songeons encore à l'inceste, ce terrible tabou, et à ses larges zones d'ombre.

Notons au passage, au cas où vous ne l'auriez pas remarqué, que nous souffrons tous de la même limitation physique : je veux parler de la chair de poule. Les frissons qui nous traversent lorsque nous reculons devant une scène d'horreur, et ceux que nous ressentons lorsque le désir s'empare de nos sens, se manifestent en effet d'une seule et même manière. Et il ne fait aucun doute qu'ils se ressemblent, même lorsque nous opérons consciemment la distinction qui s'impose entre crainte et plaisir. De ce point de vue, on pourrait considérer que le lien entre sexualité et horreur est de nature purement physique. Mais il ne se limite évidemment pas à cela, parce qu'il se nourrit également de la relation bien connue entre *éros* et *thanatos*. (T.H. White mêle habilement ces éléments dans « Amour et cruauté », et il souligne avec force leur corrélation, faisant fi de toute ambiguïté.)

De plus, la question est encore compliquée par le ravissement que maints lecteurs habituels, et même occasionnels, de ce genre de textes tirent de leur effroi. Bien que, pour ma part, je me refuse absolument à monter sur les montagnes russes, je peux malgré tout, en tant que passionnée de romanesque bizarre, comprendre les « accros » qui sont sans cesse en quête d'un nouveau shoot d'adrénaline. Même si je ne peux affirmer que c'est le danger avec un D majuscule que je recherche, je sais que je suis loin de dédaigner les brusques confrontations avec l'étrange, la transformation du réel (quoi que ce vocable puisse recouvrir), et la lente montée du malaise, tous ces effets spéciaux que la bonne littérature d'épouvante fait naître. Et il ne fait aucun doute que tous ces éléments combinés confèrent à cette forme de loisir le caractère d'une drogue indispensable, une fois que nous cédons à la tentation de la nouveauté : après tout, l'horreur est un psychotrope encore parfaitement légal, très abordable, et qui, avec un peu de chance, ne devrait venir hanter que nos songes...

Vous allez donc découvrir dans ce livre vingt et un imaginaires très différents. Chacun s'est attaché à révéler tel ou tel aspect de ce monstre aux mille visages qui s'appelle la terreur érotique et dont j'ai tenté d'ébaucher la silhouette générale. Vous verrez que dans certains des récits il s'exhibera en pleine lumière, brandissant fièrement sa menace, tandis que dans d'autres il sera sournoisement tapi sous le lit, prêt à vous agripper la jambe. Une seule certitude : il vous connaît mieux que vous ne le connaissez, alors un seul conseil... prudence !

Mais ne soyez pas *trop* prudent, ou, comme j'ai tenté de vous l'expliquer, vous vous priverez d'une bonne partie du plaisir.

Michele Slung
Traduit par Thierry Sandaljian

NANCY A. COLLINS

Aphra

Nancy A. Collins aime le risque; il est évident que lorsqu'elle refuse la sécurité — ou la facilité —, elle se soucie avant tout de se faire plaisir. Mais, comme beaucoup de conteurs-nés, la satisfaction que lui procure son propre talent — en particulier lorsqu'elle dépasse les limites de l'« osé » pour s'aventurer sur le terrain du « dangereux » — ne fait qu'accroître la délectation du lecteur. Auteur pleinement contemporain, elle apporte à ses admirateurs le frisson intense et l'angoisse irrationnelle caractéristiques du roman d'épouvante moderne, mais elle affiche également un goût marqué pour les traditions plus anciennes du genre. Ces diverses tendances se retrouvent dans « Aphra ». Édification progressive d'une histoire d'obsession sexuelle sans fioritures, cette nouvelle semble faire partie de ces œuvres qui deviennent des classiques dès leur publication.

TOUT a commencé avec cette paire de lunettes magiques. Je vois toujours cette annonce — trente ans après. Elle m'attendait là, bien sagement, sous la couverture du numéro soixante-six de *Lucky Ducky*. A l'époque, je devais avoir dans les huit ans, et j'aurais préféré les aventures de Batman ou de Guy l'Éclair à celles de ce volatile bavard, mais ma mère ne voulait rien entendre. Elle se méfiait comme de la peste de cette littérature aux charmes insidieux, si puissamment évocateurs.

Prise en sandwich entre les pitreries de Lucky Ducky et celles de Bully Dog, un bouffon du même tonneau, je repérai une pleine page de pub à la gloire de la maison Olson's Laff-N-Magic, Inc. — farces et attrapes en tous genres — sise à Newark, New Jersey. La page était segmentée en plusieurs cases, chacune illustrant « un gadget désopilant qui ferait mouche à tout coup ». Celle de mes lunettes magiques « à rayons X » se trouvait entre le poil à gratter Denfer (à mourir de rire !) et le coussin Pet-o-man (la rigolade assurée !). Un croquis assez sommaire représentait un individu plutôt sous-alimenté, affublé de lunettes en forme de spirale, qui contemplait d'un œil terrifié, le front dégoulinant de sueur, sa main droite réduite à l'état de squelette. A elle seule, cette image m'accrochait le regard plus que ne l'aurait fait toute une escadrille de canards cancanant.

Mais ce qui m'ensorcelait littéralement, c'était l'illustration de taille réduite qui figurait au coin gauche de cette case. On y voyait le même personnage, mis littéralement hors de lui à la vue d'une pin-up en jupe longue. L'artiste avait rendu la jupe transparente à partir des genoux, pour suggérer au lecteur ce que regardaient les yeux exorbités du type dont le visage affichait le même masque de stupeur horrifiée qu'il avait devant les os de sa main mis à nu.

Je savais ce qu'il voyait, l'éberlué. Il voyait ce que M. Fisher, notre prof de gym, nous avait interdit de zieuter pendant les cours. Il nous avait dit que c'était vilain, de rester sous le portique pour lorgner sous les jupes des filles — l'idée ne m'en serait d'ailleurs jamais venue sans cette défense expresse.

A présent, j'étais hanté par l'envie d'apercevoir le « truc » d'une fille, rien qu'en la regardant. Je savais que, tant que je n'aurais pas ces lunettes magiques, j'ignorerais tout de la vraie vie.

J'économisai trois semaines d'argent de poche avant d'envoyer la somme à l'adresse indiquée. En attendant le paquet, je m'imaginais traînant nonchalamment mes guêtres sur le terrain de gym pendant la récré, muni de mes miraculeux binocles... Qui soupçonnerait que je serais en train de mater le « truc » des filles ? Le crime parfait...

Pendant « les six à huit semaines de délai à prévoir pour la réception », je passai le plus clair de mon temps à me représenter ce fameux « truc ». Bien sûr, je savais que ça n'avait rien à voir avec celui des garçons, mais là s'arrêtaient mes connaissances.

En dehors de la saison de foot, M. Fisher nous donnait des cours d'éducation physique et d'hygiène. Il nous passait des films. L'un d'eux montrait le corps humain sans sa peau. Il n'était pas trop répugnant, parce que émaillé de dessins animés avec des personnages genre BD. Mais une séquence, prise avec une caméra à rayons X, nous fit voir un vrai squelette qui montait un escalier, qui mangeait, qui parlait... De toute la journée je n'ai pu penser à autre chose.

De retour à la maison, je piquai le vieux manuel d'anatomie que mon père avait depuis l'université et je m'enfermai avec dans ma chambre, résolu à observer sous toutes les coutures les femmes nues que renfermaient ses pages. Je n'y découvris que des planches décevantes et, somme toute, plutôt indigestes.

Il y avait des tas de femmes disséquées, le visage écorché, qui exhibaient leurs organes enchevêtrés, mais ce déballage de muscles et de couches de graisse jaunâtres avait, à mon goût, quelque chose d'un peu écœurant. Je préférais les angles saillants et les durs interstices qui se nichaient au cœur de la machine humaine. Quelque chose dans la perfection de l'os me donnait des élancements à la tête et des moiteurs au creux des mains. J'étudiai ces femmes au sourire définitivement figé, tout en me délectant par avance des émerveillements que me promettaient mes lunettes à rayons X.

J'aurais enfin accès au Saint des Saints. Je pourrais percer le secret de tous les corps que je côtoyais. Je ne me tenais plus d'impatience à l'idée de découvrir ce que recelait le « truc » des filles. En laissant traîner une oreille du côté de la chambre de mon frère aîné, j'avais déjà compris que le corps féminin cachait des mystères essentiels — rien que d'y penser, je bandais comme un petit âne. J'avais entendu mon frère qui parlait avec ses copains des charmes de la Veuve Poignet, et je n'avais pas compris où il voulait en venir, avec cette dame. Mais, dévorant des yeux cette créature qui n'avait plus ni nom ni chair et exposait ses recoins les plus secrets à mon regard d'affamé, la lumière se fit soudain en moi.

Dans ma maladroite candeur, je ne pus éviter d'abîmer le livre. Épouvanté à l'idée d'être démasqué, je déchirai la page tachée avant de remettre l'ouvrage sur l'étagère de mon père. J'ignore s'il a un jour découvert mon acte de vandalisme ; en tout cas, il n'en a jamais soufflé mot.

Arriva enfin le matin où le facteur apporta mes lunettes. Hélas ! Elles n'étaient pas à la hauteur de mes espérances ! Les montures étaient en plastique grossier, et de vulgaires morceaux de carton ornés de motifs pop art leur tenaient lieu de verres. Quand on les chaussait, on se retrouvait contraint de lorgner à travers deux petits trous tendus de cellophane rouge. Le seul effet qu'elles eurent sur moi, outre ce bain de grenadine dans lequel elles plongeaient mon environnement et ce stupide rétrécissement de mon champ de vision, ce fut de me flanquer une bonne migraine.

C'est curieux comme je pensais avoir complètement oublié cette histoire… mais tout me revient, à présent, avec ces poignantes bouffées d'excitation qui me taraudaient jusqu'à l'os.

J'ai dû avoir ensuite une adolescence à peu près normale — enfin, aussi normale que celle des autres petits mâles nés en Amérique pendant le baby-boom. Ma vie familiale était stable. J'avais des parents attentifs. Je me fis des copains. On m'appréciait. Je sortis avec des filles.

La plupart des potes du lycée préféraient le style « pom-pom girl » — bonnes joues roses et gros nénés, voyez… Moi, c'étaient plutôt les grandes bringues filiformes, celles qui rêvaient d'être mannequins quand elles seraient grandes.

A l'université, j'eus des relations sexuelles avec différentes filles et, en deuxième année, je me fiançai à une belle anorexique. Elle avait repris quelques kilos, depuis sa sortie du lycée, mais elle était encore assez famélique. Tous les copains me tenaient pour dingue. Elle mourut deux mois avant la date prévue pour notre mariage, d'une crise cardiaque. Les médecins conclurent que l'anorexie lui avait affaibli le cœur. Il me fallut pas mal de temps pour m'en remettre. Je dus même laisser tomber la fac pendant un bon semestre.

Pendant les quelques années qui suivirent, j'accumulai les aventures sans lendemain, puis je rencontrai celle qui devait devenir ma femme.

A l'époque, elle était vraiment superbe. On aurait dit un top model, jusqu'à sa grossesse. Les gens ne cessaient de lui dire qu'elle aurait dû quitter son job pour devenir mannequin. Il est vrai qu'elle aurait eu ses chances.

Après nos fiançailles, je découvris qu'elle aussi souffrait d'un trouble de l'alimentation. Elle était boulimique. Elle engloutissait d'énormes quantités de nourriture, exorbitantes pour sa taille, puis elle s'excusait et quittait la table pour aller se faire vomir. Notre vie de couple fut assez heureuse — jusqu'à sa grossesse.

Lorsque le docteur confirma ses espérances, ma femme ne se sentit plus de joie. Elle n'avait jamais pris la peine de me demander si moi, je voulais un enfant. Elle ne se préoccupait jamais de ce que je pouvais vouloir ou ne pas vouloir, et je me gardai bien de prendre position lorsqu'il fut question de choisir un prénom pour le bébé ou la couleur pour les murs de sa chambre. Mais elle ne s'en rendait même pas compte. Elle grossissait à vue d'œil et ça ne semblait pas la tracasser beaucoup. Moi, si.

A mon grand soulagement, elle fit une fausse couche, ce qui nous évita à tous deux des tas d'ennuis. Mais ma femme ne le voyait pas de cet œil. Elle était accablée, elle, comme s'empressa de me le faire remarquer son médecin. Glissant que sa boulimie ne devait pas être étrangère à l'accident, il me conseilla vivement de l'emmener en vacances, pour pouvoir nous retrouver en tête à tête et affronter ensemble, en couple adulte, les conséquences de cette tragédie. Nous partîmes deux semaines en Floride.

Sur la plage qui longeait notre hôtel, je ramassai un fragment de corail poli par la mer. Il avait la blancheur d'un os et, à première vue, j'avais cru que c'en était un — ce qui explique que je l'aie ramassé. Sa taille et sa forme délicate évoquaient celles d'une phalange de femme, un auriculaire. Je l'ai gardé longtemps au creux de ma main et minutieusement étudié. Vu de près, il ne ressemblait plus à un os — il était trop poreux et trop granuleux — ou alors, au petit doigt d'une grand-mère affligée d'arthrose. Mais je sentis l'excitation monter en moi. De retour à notre chambre, je filai me masturber sous la douche, sans rien dire à ma femme.

A notre retour de vacances, l'abîme s'était encore creusé entre nous. Je sentais chaque jour s'amenuiser mon intérêt pour elle. Chaque fois que je repense à elle, ce qui n'arrive qu'exceptionnellement, m'apparaît une silhouette floue, minuscule, comme si j'avais passé sept ans de ma vie à la regarder à la jumelle, par le mauvais côté.

Elle ne perdit jamais les kilos qu'elle avait engrangés pendant sa grossesse. Elle était devenue sinistre. Elle ne s'habillait plus que de sombre et se gavait de chocolat. La plupart du temps, je faisais tout pour l'éviter.

J'ai une passion pour les vide-greniers, les braderies en plein air. J'adore partir en voiture, nez au vent, armé d'un plan de la ville et des petites annonces classées. Il m'est ainsi arrivé de découvrir des quartiers dont j'ignorais jusqu'à l'existence. Ça me donne l'impression de vivre des tas d'aventures dans mon arrière-cour.

Un samedi après-midi où, comme d'habitude, je fuyais ma femme, je tombai par hasard sur la braderie qui allait changer le cours de ma vie. Là, vous vous dites peut-être que je me paie votre tête, mais je suis on ne peut plus sérieux.

Elle n'était pas annoncée dans le journal, et aucune pancarte accrochée aux arbres ou aux poteaux téléphoniques du voisinage ne la signalait. Ce n'était qu'un ramassis de vieilleries entassées dans la cour d'un pavillon. Je repérai un jeune type, installé sur un pliant, au bord de l'allée, l'air de s'ennuyer ferme.

Ce quartier n'était pas de ceux qui avaient d'habitude mes faveurs, mais un couple de hiboux empaillés juchés sur un amas de fripes retint mon regard. Comme à peu près toutes celles du bloc, la maison avait dû abriter une famille aisée, au début du siècle. A présent, elle aurait eu besoin d'une complète rénovation.

« C'est vous qui vendez tout ça ? » demandai-je au jeune type.

Il leva le nez de son Stephen King corné et esquissa un haussement d'épaules mou. « Ben, si on veut... En fait, toutes ces saloperies étaient à mon oncle. Il est mort le mois dernier.

— Vous m'en voyez désolé... »

Le garçon eut un autre haussement d'épaules. « Bof, je ne savais même pas qui c'était, jusqu'à ce qu'il meure en me laissant toutes ces cochonneries sur les bras...

— Oh.

— Je ne suis là que pour le week-end. Le temps de les bazarder. Ensuite, je laisse la maison à un agent immobilier qui pense pouvoir la refourguer à un promoteur, pour en faire des studios. »

Je lui répondis d'un grognement et me mis à farfouiller parmi les malles et les cartons moisis. Je découvris plusieurs livres reliés de cuir, en latin pour la plupart, disséminés parmi des exemplaires de *Cinérama* et de *L'Amateur de chats* en lambeaux. A en juger par la couche de poussière qui les recouvrait, ils devaient avoir plus d'un siècle.

Puis je tombai sur une malle pleine de bocaux — des bébés requins marinés dans le formol, des vipères, des spécimens variés de calmars et plusieurs fœtus de chiens présentant diverses malformations. Il y avait aussi trois ou quatre grosses grenouilles momifiées, coiffées de petits sombreros et équipées de guitares et de marimbas minuscules, formant un groupe de mariachis... Et un astrolabe rouillé, un pilon ébréché, plusieurs caisses remplies de tubes de verre aux formes biscornues qui me rappelèrent l'équipement d'un laboratoire de savant fou dans un feuilleton de série B. L'oncle de ce jeune homme semblait briller par l'éclectisme de ses goûts...

« Comment s'appelait votre oncle ? lui demandai-je, retournant un bébé alligator vêtu d'un petit costume de bain et qui surfait sur une planche miniature.

— Drayden », répliqua-t-il, sans daigner lever les yeux de son bouquin.

Il me revint le souvenir d'un article que j'avais lu, à propos d'un certain Drayden, une sorte d'ermite qui partageait sa vieille bicoque avec plusieurs dizaines de chats. Quand il avait fini par passer l'arme à gauche, la police n'avait découvert son cadavre qu'au bout de deux ou trois semaines. Le jour où les flics forcèrent la porte d'entrée, ils furent assaillis par une horde de chats qui s'égaillèrent dans tout le quartier. La dépouille du vieil homme avait été partiellement déchiquetée.

Je levai les yeux juste à temps pour apercevoir un matou tigré, étique, pelé, qui rampait le long d'une gouttière au-dessus du garage voisin. Le regard de ses yeux jaunes, féroces, me glaça les sangs. Déconcerté, je revins à mon inspection des trésors de feu M. Drayden.

Elle était dans une vieille caisse de bois, enveloppée dans du papier de soie jaune passé, comme les décorations de Noël en verre filé que ma mère avait rapportées d'Allemagne quand j'étais gosse. Dès le premier regard, je sus qu'elle était du beau sexe. Je serais bien incapable de dire à quoi je l'avais reconnu, mais je le savais. Je plongeai la main dans sa caisse, laissai courir mes doigts tremblants sur l'ivoire poli de sa boîte crânienne. Ses orbites vides me renvoyèrent mon regard, m'offrant une vue imprenable de l'intérieur de son crâne. Cette exquise plongée dans son intimité la plus secrète m'évoqua les fragments de nautiles spiralés que l'on vend comme porte-clés en Floride dans les pièges à touristes.

Son crâne était en parfait état, hormis la petite incision pratiquée au sommet de sa tête lors de l'extraction de son cerveau. Grâce à l'anneau d'acier inoxydable fixé à son sommet, le squelette, intégralement articulé, s'accrochait à un support pour prendre la position verticale. Jetant un coup d'œil au contenu de la caisse, je m'assurai que les os étaient au complet. Les bras, les jambes, le tronc et le crâne avaient été emballés séparément, mais il n'y manquait rien. Je sentais monter en moi l'exaltation de l'enfant qui trouve un train électrique sous son sapin, le matin de Noël.

« Combien en voulez-vous ? » Malgré tous mes efforts pour dissimuler mon émoi, ma voix avait tremblé.

Le neveu du vieux Drayden jeta un œil au squelette démantibulé et se gratta le crâne. « Ah, ce vieux truc... Ben, trente tickets ? Je crois qu'il y a le support, avec. Il doit être dans le garage... »

Je lui tendis trois beaux billets de dix dollars tout neufs, tâchant de lui cacher ma joie. « Il est juste derrière la porte, pouvez pas le rater. Allez-y, c'est ouvert. »

Je remontai l'allée défoncée, en direction du garage, un bâtiment séparé, qui disparaissait dans l'ombre de la vieille baraque. La double porte émit un long couinement et une petite créature velue fila au ras du sol, pour disparaître dans un recoin ténébreux. L'odeur de pisse de chat me prit à la gorge. Je m'appliquai à ne respirer que par la bouche. Mes haut-le-cœur ne passèrent pas complètement, mais néanmoins suffisamment pour me permettre de m'aventurer dans la pénombre.

Repérant le support métallique de mon squelette, je le tirai dehors. Il était plus lourd qu'il ne m'avait d'abord semblé, et pratiquement aussi haut que moi, mais je me dis qu'en insistant un peu, j'arriverais bien à le fourrer dans mon coffre arrière.

Mon butin enfourné, je pris mes cliques et mes claques, sous le regard du neveu dont les petits yeux porcins me suivirent longtemps. Curieux que je n'aie pas remarqué jusque-là comme ce môme était bouffi...

Mon bureau n'en est pas vraiment un. C'est un sous-sol en cours d'aménagement. Lorsqu'il nous avait fait visiter la maison, l'agent immobilier semblait tenir à la baptiser pompeusement « salle de jeux » — ne me demandez pas ce qu'il entendait par là. D'emblée, ma femme décréta que ce serait mon bureau. J'y ai installé une table de travail, avec deux fauteuils et un vieux canapé convertible. Il y a aussi un petit cabinet de toilette, avec une entrée séparée qui donne dans le garage. Je m'y réfugie chaque fois que ma femme est de mauvais poil.

Il me fallut plusieurs heures pour recomposer ce squelette. C'était loin d'être aussi simple qu'il y paraissait. Les os étaient réunis par une foule de petites broches et d'écrous à ailettes. Je dus tâtonner longtemps pour comprendre la façon dont tout ça s'emboîtait — et il va sans dire que l'excitation qui me faisait trembler les mains n'arrangeait rien...

Au bout de trois heures d'efforts intenses, je me sentis submergé. La frustration me fit éclater en sanglots. Mon désespoir dut faire un certain raffut, car ma femme descendit voir ce qui m'arrivait. Entendant ses pas dans l'escalier, je m'élançai à sa rencontre, avant qu'elle n'ait eu le temps de voir ce que je manigançais. J'ignore pourquoi je tenais tant à le lui cacher mais c'est un fait...

Dès qu'elle vit mes yeux rougis, elle se jeta à mon cou et fondit en larmes à son tour, me répétant une fois de plus que j'avais bien le droit de montrer mes vrais sentiments, que nous étions tous deux encore assez jeunes pour prendre un nouveau départ... J'acquiesçai à tout pour la faire remonter à l'étage, mais elle tint à m'emmener au lit. Elle me traîna dans la chambre et s'escrima sur moi pendant plus d'une heure, dans l'espoir d'une érection. Rien n'y fit.

Elle se remit à pleurer puis, à bout de larmes, finit par s'endormir. Je me rhabillai et filai à pas de loup dans mon sous-sol.

Comme je l'ai dit, j'ai reconnu son sexe au premier regard. La plupart des gens seraient bien incapables de distinguer un os mâle d'un os femelle. Inouï ! Imaginez quelqu'un qui ne ferait pas la différence entre un homme nu et une femme nue ! Et, croyez-moi, plus nue qu'elle...

Je nettoyai soigneusement le support avant d'y accrocher ma trouvaille. C'est ainsi que je découvris son nom, gravé sur une petite plaque de cuivre vissée au socle. L'idée m'était d'abord venue que c'était la marque du fabricant ou du magasin de fournitures médicales d'où elle venait mais, moyennant quelques gouttes de Miror, je vis qu'il s'agissait d'une inscription joliment ciselée, un nom. *Aphra.*

Je supposai que ce nom était le sien. Il me plaisait. J'aimais ses consonances mystérieusement exotiques. Je me demandai ce qu'elle avait pu être, du temps où elle se cachait sous son habit de chair. Une proscrite, une prêtresse ? Une mendiante, une prostituée ? J'avais entendu dire que la plupart des squelettes humains qui servent aux classes d'anatomie étaient importés de pays lointains, genre Bengladesh, mais Aphra me semblait plus grande que la moyenne des femmes du tiers monde. Elle était à la fois très vieille, et d'une éternelle fraîcheur. Ç'avait peut-être été une misérable criminelle. Peut-être avait-elle moisi dans les geôles de la reine Victoria, avant d'être vendue comme posthume puis dépouillée de sa chair, pour compenser ce que son entretien avait pu coûter à l'État.

Les pas de ma femme dans l'escalier me tirèrent de ma rêverie. En découvrant Aphra, elle poussa un long cri de dégoût.

« Seigneur, Reg… ! Qu'est-ce que c'est que ce truc ?

— Euh, ben… c'est un squelette, chérie…

— Ça… ! J'ai des yeux ! Mais qu'est-ce que ça fout ici ?

— Je l'ai acheté aujourd'hui, dans une braderie. »

Ma femme me dévisagea d'un air catastrophé, et s'enveloppa de ses deux bras, comme pour se protéger du froid. « T'es devenu cinglé…

— Mais je vais t'expliquer, mon chou…

— Je veux rien entendre. Fiche-moi ça dehors — tout de suite, compris ?

— Mais ce n'est qu'un squelette, chérie… c'est complètement inoffensif.

— Je m'en fiche, Reg. C'est inquiétant que tu te mettes à acheter ce genre de truc. C'est d'un morbide !

— Chérie…

— J'ai dit que je n'en voulais pas chez moi. C'est clair ? »

Sur ce, elle tourna les talons. Le sujet était clos. D'ailleurs, à quoi bon discuter… ? J'avais mieux à faire.

Je coulai un regard coupable vers Aphra, par-dessus mon épaule. Elle me souriait. *On ne souffre pas de ce qu'on ignore, Reg.*

Dès lors, je cachai Aphra dans ma penderie, jusqu'à ce que j'aie la certitude que ma femme dormait. Après tout, quelle famille n'a pas un petit squelette au fond d'un placard…

J'aimais installer Aphra derrière moi, au coin de mon bureau, pour qu'elle puisse veiller sur moi pendant que je travaillais. Sa chère présence me rassurait. Je pouvais la regarder à tout moment, chaque fois que l'envie m'en prenait. Elle ne se plaignait jamais. Je laissai bientôt mes caresses s'aventurer au creux de son os iliaque. Jamais elle ne s'offusqua de mes audaces, même pas le jour où je lui frôlai l'intérieur du coccyx. Que pèse la beauté de surface, face à la poésie de l'os, à l'impeccable ballet des cavités et des articulations, au sublime d'un carpien ?…

J'emportais de plus en plus de travail à la maison — excellente excuse pour veiller tard et pour attendre le moment où ma femme allait se coucher.

En regard de la pure perfection d'Aphra, la déception que m'inspirait ma femme allait croissant. Sa beauté naturelle qui m'avait naguère subjugué était à présent ensevelie sous des couches et des couches de graisse. La seule vue de son corps me donnait la nausée. Je pris l'habitude de dormir sur le canapé de mon bureau. Ce fut pour moi une période de chasteté. Mon esprit se consumait pourtant en fantasmes torrides, mais malgré cette effervescence de ma libido, je ne pouvais m'empêcher de constater l'affreuse lourdeur dont étaient affligées toutes les femmes au bureau. Même celles que je lutinais auparavant dans les couloirs me paraissaient énormes, affublées d'un terrible excès de chair gélatineuse et tremblotante.

Je renonçai à fréquenter la cafétéria à l'heure du déjeuner. La vue de ces secrétaires gargantuesques qui engloutissaient le fromage blanc à pleines pelletées me coupait l'appétit. En fin de journée, je ne me tenais plus d'impatience, à l'idée de regagner le havre de mon sous-sol, sous le rayon silencieux du regard d'Aphra et de son perpétuel sourire.

Mais quoique amoureux, je n'en étais pas moins homme, et un homme a des appétits. Des appétits qu'il se doit de satisfaire, s'il veut faire de sa vie autre chose qu'un désert.

Je travaille à deux pas d'un des quartiers les plus chauds de la ville. Pendant la journée, il n'y paraît pas, mais dès la nuit tombée, on voit déferler sur les trottoirs tout ce que la ville compte d'individus louches — putes, macs, junkies, dealers, ivrognes, maniaques de tout poil, de tout âge, et de tout sexe, déclinant toute la gamme des inclinations et spécialités. Il suffit de croiser leur regard pour comprendre qu'ils ne sont tous que de chair, une chair à fuir ou à consommer.

Elle s'était plantée à un coin de rue avec un air d'insondable ennui, comme le veut le cliché. A la seconde où je l'aperçus, j'eus violemment envie d'elle. Elle mesurait moins d'un mètre soixante-dix, mais son extrême maigreur la faisait paraître plus grande. Une toxico, sans l'ombre d'un doute, comme me le confirmèrent ses longs membres dégingandés sur lesquels ses articulations saillaient en d'absurdes protubérances, tout comme ses pommettes, sous la peau grisâtre de son long visage blafard. La malnutrition avait abîmé ses cheveux, crêpelés et fourchus. Elle arborait le costume réglementaire de la parfaite petite tapineuse : pantalon moulant et haut à dos nu, qui dévoilait les flancs et des côtes déchaînés. Elle m'inspira une érection immédiate et forcenée.

Elle se pencha à ma portière du côté passager et me jaugea avec autant d'émoi que le type au comptoir du McDo du coin quand il avise ses clients — des millions de consommateurs satisfaits...

Les négociations ne traînèrent pas. Elle monta près de moi et je l'emmenai à la maison. A l'exception des quelques répliques que nous échangeâmes pour convenir du prix, elle n'ouvrit pas la bouche. Il se faisait tard. Ma femme dormait à poings fermés. On serait tranquilles.

La seule fois que je vis l'ombre d'une expression humaine affleurer sur son visage, ce fut lorsque je sortis Aphra de son placard pour l'installer au pied du lit.

Une fois débarrassée de ses vêtements, l'état de délabrement physique de la pauvre créature sautait douloureusement aux yeux. Les veines de ses bras avaient claqué et je relevai des traces de piqûres jusque entre ses doigts de pied. Ses petits seins rabougris pendaient tristement sur sa poitrine osseuse. La seule trace de vie en elle était ce triangle de poils pubiens entre ses jambes d'oiseau, qui gardait une vitalité obscène au regard du reste de sa personne dévastée.

Son sexe était sec, quand je la pénétrai. Elle gisait sous

moi, répondant à peine à mes coups de boutoir déchaînés. Elle était si frêle que chaque poussée de mes reins la secouait comme une grande poupée de chiffon. Je la ramonai furieusement, insoucieux des bleus que je m'infligeais sur ses hanches pointues.

Une fraction de seconde avant de jouir, il me sembla que sa peau devenait soudain translucide. J'aperçus, médusé, la palpitation de ses poumons, semblable à celle d'un papier qu'on froisse, les spasmes cadencés du muscle cardiaque. Puis mon orgasme à trente dollars dissipa ma vision. Je me retirai d'elle avec un frisson.

Purgé de mes humeurs lubriques, la seule vue de la pauvre fille ne m'inspira plus que du dégoût. Comment avais-je pu désirer me soulager sur une telle dondon ? On eût dit l'une de ces déesses de la fertilité qu'on croise dans les musées, affreusement boursouflées, tout en fesses et en mamelles. Je n'arrivais pas à comprendre comment j'avais pu me leurrer au point d'en faire le substitut de la sensualité minimale de mon Aphra.

Je filai en ville ramener la pute que je laissai au coin d'une rue passante, puis je fis une escale dans une boutique de spiritueux encore ouverte, où j'achetai une flasque de whisky bon marché, résolu à chasser de ma mémoire le souvenir de mes ébats entre ses lourdes cuisses. De retour chez moi, j'avais presque vidé la bouteille. Cette brève escapade avait libéré les tensions sexuelles que j'avais accumulées, mais d'autres désirs, nés d'une soif qui outrepassait le pur besoin physique et se déchaînait dans mon cœur comme une bête en cage, réclamaient satisfaction.

Je retrouvai Aphra là où je l'avais laissée, fixant de ses orbites vides les draps souillés. J'étais abasourdi de remords et de chagrin. Je fondis en larmes. Je pleurais encore lorsque je passai sous le jet d'eau chaude de la douche qui balaya mes larmes.

Avant de me coucher, je rangeai Aphra dans son placard, et comme je m'apprêtais à refermer la porte sur elle, je me penchai pour déposer un baiser sur la surface lisse et dure de sa joue droite. C'était la première fois que je lui disais bonne nuit. Pourquoi n'y avais-je pas songé auparavant... c'était tout naturel.

Deux heures plus tard, un bruit me tira du sommeil. Je ne bougeai pas. L'alcool m'embrumait encore les sens. Je tâchai de comprendre d'où venait ce bruit et ce qui l'avait provoqué. Mon cœur se figea — ça venait du placard.

Je me redressai, les doigts crispés sur mes draps, les yeux vissés sur le bouton de la porte, qui tournait, lentement. Dans le placard, le remue-ménage reprit de plus belle et cessa soudain. La poignée s'était immobilisée. L'anneau qui la retenait à son support lui avait-il fait renoncer à sa tentative d'évasion... ? Mais avant que j'aie pu déterminer si je rêvais ou pas, la porte du placard s'ouvrit. Aphra s'avançait.

Le pâle rayon de lune que laissaient filtrer les rideaux venait souligner l'éclat neigeux de sa clavicule, remplissant d'ombre les espaces entre ses côtes. Au-dessus du triangle de ses fosses nasales, j'eus la surprise de découvrir une paire d'yeux vert-jaune, lumineux. Le regard de ces prunelles que ne voilait aucune paupière était si intense que je me sentis transpercé jusqu'au fond de l'âme.

Elle marchait vers moi, avançant chaque jambe avec une grâce étudiée. Ses os s'entrechoquaient, égrenant un aimable contrepoint à ses mouvements. Elle souriait, bien sûr, et tendait ses mains magnifiquement sculptées en un geste de supplication.

Je savais que j'assistais à une chose impossible. Ça ne devait être qu'un rêve, une bouffée de délire, mais je désirais que ce fût vrai. Mieux — j'en avais besoin.

Je laissai Aphra s'asseoir au pied de mon lit sans bouger un muscle, de peur de briser le charme et de rouvrir les yeux sur une insipide réalité. Même si ce n'était qu'un rêve, je tenais à le faire durer aussi longtemps que possible.

J'aurais voulu lui dire que cette pute ne m'était rien. Que c'était à elle, à elle seule, qu'allaient tout mon amour et ma loyauté, à l'exclusion de toute autre — ma femme comprise. J'allais ouvrir la bouche, mais son doigt grêle se posa sur ma lèvre. Elle savait. Je le vis à la sérénité de son port de tête, à l'incandescence de ses yeux qui ne cillaient pas. Elle ne me ferait aucun reproche.

Mon pouls s'accéléra comme elle se penchait pour repousser le drap qui voilait ma nudité. Son visage blême frôla le mien et le doux ivoire de ses dents vint à la rencontre de mes lèvres. J'effleurai le creux de son pelvis. Lorsque mes mains longèrent en tremblant l'inflexion tendre de son fémur, elle répondit d'un frisson à leur attente, provoquant un tintement qui me rappela le rideau de perles de ma chambre d'étudiant à l'université.

J'eus le souffle coupé quand vinrent s'enrouler autour de mon pénis tendu ses phalanges dont les osselets grelottaient comme des dés à chaque impulsion. Mon plaisir était si impétueux que des vagues d'ombres rythmiques me brouillaient la vue. Je dus perdre conscience, car l'instant d'après, il faisait grand jour. Ma femme était penchée sur mon lit, vociférant, crachant des obscénités, secouée de sanglots hystériques. Elle m'envoya plusieurs paires de claques avant que j'aie pu comprendre ce qui m'arrivait.

Aphra. Elle était étendue à mes côtés.

Ma femme me quitta le jour même. Je ne l'ai plus revue depuis, bien que je trouve régulièrement au courrier des lettres de son avocat, que je n'ouvre jamais.

Ma femme partie, plus rien ne m'empêchait de sortir Aphra de son placard. Je la portai en grande pompe dans la chambre conjugale — sa place légitime. Elle ne fit aucun commentaire, mais je la sentais ravie.

Au travail, je m'appliquai d'abord à sauver les apparences, mais je savais que la nouvelle du départ de ma femme ne tarderait pas à se répandre dans les couloirs. Ce n'était qu'une affaire de jours.

Mon patron me fit quelques remarques sur ma mine. Il ne cessait de me demander si je mangeais convenablement. Je ne voyais pas du tout où il voulait en venir.

Lorsqu'il fut de notoriété publique que ma femme m'avait quitté, je devins la cible des prévenances de la gent féminine. Certaines secrétaires se permettaient même de venir s'asseoir au coin de mon bureau, exhibant de monstrueuses masses musculaires engorgées de cellulite. Je faisais de mon mieux pour retenir mes haut-le-cœur et, au bout de quinze jours, elles durent se rendre compte de quelque chose, car elles renoncèrent. Certaines m'interrogèrent vaguement sur mes habitudes alimentaires et je me contentai de les rassurer en souriant. J'étais en parfaite santé. Mon appétit était on ne peut plus satisfaisant. Comment aurais-je pu leur dire la vérité — que la nourriture avait perdu tout attrait pour moi ? Elles n'auraient pas compris.

Un mois après le départ de ma femme, le gros lard qui me tient lieu de patron me convoqua dans son bureau. Il se faisait du souci à mon sujet. Il pensait que j'avais un urgent besoin de repos, besoin de temps pour digérer tout ça, pour faire le point. Il m'enjoignit de prendre un congé sabbatique et j'acceptai sans discuter. Être sans Aphra pendant plus de quelques minutes était pour moi un indicible tourment.

Ceci remonte à, quoi… trois mois ? Je crains d'avoir de plus en plus de mal à me situer dans le temps. Quand je suis avec ma très chère, très belle immortelle, le temps perd toute signification. Je ne réponds plus au téléphone. Je me contente d'écouter mon répondeur, à l'occasion. Voilà un bon bout de temps que le boss n'appelle plus. Je m'en fiche. Je ne retournerai plus au bureau et, au fond de moi, je le savais déjà le jour où je suis parti.

Aphra est maintenant bien plus active que lors de notre première nuit. Au début, elle attendait la tombée du jour pour faire quelques pas toute seule. Maintenant, elle se promène dans la maison du matin au soir. Je veille à toujours bien fermer les rideaux. Les voisins me harcèlent déjà pour l'état de ma cour, je ne vais pas leur donner le plaisir de râler parce que Aphra se balade toute nue devant la fenêtre.

Je ne sors plus beaucoup, mais je ne regrette pas le monde extérieur. La dernière fois que j'ai mis le nez dehors, je me suis retrouvé dans des rues grouillant de grosses larves bouffies, boudinées dans leurs costards ou leurs jupes droites. J'ai fini par vomir dans une haie et je suis rentré sans essayer de me rendre là où j'allais, je ne sais même plus où.

A ma sortie précédente, j'avais poussé jusqu'à la vieille bicoque où j'avais trouvé Aphra, pour voir ce qu'il advenait des autres biens du vieux Drayden. De la maison ne subsistait qu'une carcasse carbonisée, avec des panneaux de contreplaqué cloués sur ce qu'il restait des portes et des fenêtres.

Parfois Aphra s'amuse à revêtir les vêtements qu'a laissés ma femme (bien qu'évidemment rien ne soit à sa taille; ma femme était éléphantesque). Elle a un petit faible pour les déshabillés, ceux d'avant la grossesse. Au moment où j'écris ces lignes, elle porte un modèle de Paris, en mousseline mauve, avec décolleté de dentelle. Mon préféré.

Elle s'est installée à la coiffeuse et joue avec la brosse d'argent que ma femme m'avait offerte pour mes trente-six ans. Je me vois dans le miroir, tandis qu'elle brosse longuement sa chevelure fantôme. Ma peau est d'un blanc laiteux, maculé seulement des marques rouges qui constellent mes épaules, mes cuisses, mon entrejambe. La plaie de mon prépuce est la plus alarmante, quoique la morsure de mon épaule ne soit pas mal non plus. Aphra a un tempérament d'enfer. Elle est bien plus passionnée que ma femme ou qu'aucune autre mortelle.

Ce matin, en descendant l'escalier, mes jambes se sont

mises à flageoler sous moi et je me suis senti partir. J'ai dû m'agripper des deux mains à la rampe. Dans l'entrée, j'ai trouvé au courrier un avis de coupure émanant de la compagnie d'électricité. C'est décembre, dehors, me semble-t-il — à moins que nous ne soyons déjà l'année prochaine.

Aphra a terminé sa toilette du soir. Elle se détourne du miroir, souriante. Il s'est établi entre nous une intimité qui va bien au-delà des mots, sans qu'elle ait eu besoin d'en prononcer un seul.

Je me sens sur le fil du rasoir, au bord d'un vertigineux mystère dont j'entrevois enfin la clé. Plus mes forces m'abandonnent, plus je m'en rapproche. Avant longtemps, j'aurai tout compris. Il n'y aura plus de secret pour moi. Le grand vertige sans lequel il n'est pas d'amour véritable a fait de moi un sage.

Il m'a fallu trois jours pour écrire tout ceci. Encore quelques lignes et je garderai définitivement le silence. Tenir mon stylo exige de moi un effort surhumain. Je n'ai pas la force de relire mon texte pour voir à quoi il ressemble. Mais quelle importance...

Elle approche, faisant voltiger autour d'elle la mousseline mauve qui l'environne d'un brouillard coloré. Ses dents claquent d'impatience. Un feu secret s'embrase sous ma peau, dans l'attente de ses caresses acérées. Elle me promet la perfection, la perfection permanente, éternelle.

Bientôt. Bientôt, de grâce.

Traduit par Stéphane Carn

THOMAS LIGOTTI

L'œil du lynx

Chaque génération d'écrivains de romans d'épouvante produit quelques grandes figures qui accèdent rapidement au rang de stars. Malgré tout, l'admiration que Thomas Ligotti a suscitée chez ses pairs est peu commune. Tous les éloges qui lui ont été décernés se rejoignent sur un point : son travail est véritablement original. *Ligotti lui-même cite l'influence de Lovecraft et de Poe, ainsi que celle de Beckett, Borges, Nabokov, et d'autres. Pourtant, Ramsey Campbell note justement : « Malgré d'infimes échos des auteurs qu'il admire [...], la vision de Ligotti est entièrement personnelle. »*

Et c'est avec une perspicacité tout aussi originale qu'il aime à révéler, dans d'étranges créations hybrides (où se côtoient récit et pédagogie, et qui se prêtent toujours avec bonheur à la citation), ses croyances fondatrices et ses spéculations métaphysiques sur la littérature de l'insolite. Voici par exemple une affirmation extraite de « Professor Nobody's Little Lectures » (Songs of a Dead Dreamer) : *« Le lecteur trouve dans l'horreur surnaturelle et ses singuliers cocktails un assortiment de plaisirs aux antipodes de son confort. »*

Il ne fait aucun doute que le curieux récit gothique qui suit — l'un des « rêves somnambuliques » les plus troublants de Ligotti — illustre superbement la manière dont nous nous laissons volontairement, et même avidement, pénétrer l'âme par les cauchemars fébriles de notre prochain.

RIEN dans l'architecture ne venait rompre la continuité entre la porte — l'entrée latérale d'un groupe d'immeubles distincts quoique reliés entre eux — et le trottoir. Ce dernier était lui-même de plain-pied avec le caniveau qui bordait une rue provenant d'un boulevard banalement bruyant. Le tout baignait dans l'atmosphère sombre et malsaine de décembre. Une porte et un trottoir, un trottoir et une porte... Je ne veux pas trop insister sur ce point, sauf pour dire que cette particularité, si c'en était une, me donna l'impression que rien de tangible dans la configuration des lieux, ni la plus petite dalle cimentée, ni la moindre marche de pierre, ne précédait l'entrée. Quant à son renfoncement, il était si peu marqué que la porte semblait presque peinte directement sur le mur. Je jetai un coup d'œil au feu tricolore du carrefour : l'orange passait au rouge. Je regardai de nouveau la porte. Le trottoir paraissait se prolonger jusque dessous, engageant le passant à franchir le seuil. Ce que je fis, après avoir noté que l'encadrement de la porte était assez sottement décoré de créneaux, comme une tour crénelée de château fort.

A l'intérieur, je fus immédiatement reçu par un comité d'accueil féminin assis avec une nonchalance très professionnelle sur ce qui m'apparut comme de vieux prie-

Dieu alignés le long d'un mur vétuste. L'étroit vestibule où je me trouvais était enveloppé d'une brume rougeâtre plus électrique que lumineuse. A l'autre extrémité du couloir, une caméra en circuit fermé pointait un objectif inquisiteur sur l'assemblée, et je me demandai quel aspect pouvait bien prendre cette pièce baignée de rouge sur l'écran bleuté d'un moniteur de surveillance. Non pas que ce fût le moins du monde mon affaire. Il m'était parfaitement égal que l'œil électronique brosse le plus délirant des tableaux avec nos personnages.

Une fille blonde en jean et blouson de cuir se leva et s'approcha de moi. Dans la lumière ambiante, sa blondeur évoquait davantage un coulis de tomates visqueux que la fraîcheur d'un fruit mûr. Elle entama un discours mécanique, débitant d'abord un message de bienvenue à la Geôle, puis une liste interminable détaillant divers services et conditions particulières, et enfin une de ces clauses soigneusement rédigées déclinant toute responsabilité légale.

« Oui, oui, dis-je. J'ai bien lu les annonces, celles qui sont rédigées en caractères gothiques et qui semblent sorties tout droit d'une vieille bible allemande. J'ai frappé à la bonne porte, n'est-ce pas ? »

Sans aucun doute, pensai-je en moi-même.

« Sans aucun doute », fit la blonde à la chevelure sanguinolente, en écho.

Que vais-je bien pouvoir prendre, ce soir ? me demandai-je intérieurement.

« Qu'allez-vous bien pouvoir prendre, ce soir ? demanda-t-elle tout haut.

— Une préférence quelconque ? » nous enquîmes-nous d'une même voix.

Mon expression, ainsi que mes quelques regards désinvoltes au-delà de l'espace confiné de ce minuscule hall d'entrée, lui avaient fait deviner d'emblée que je n'avais pas de préférence, ou que du moins je voulais lui donner cette impression. Nous étions sur la même longueur d'onde infrarouge.

Nous restâmes immobiles un moment pendant qu'elle avalait une longue et délicieuse gorgée de thé glacé, les yeux mi-clos, comme s'il s'agissait d'un nectar exquis. Puis elle pressa un bouton de l'interphone qui se trouvait derrière elle et tourna la tête pour murmurer quelques mots, sans toutefois me quitter de ses yeux farouches.

Et que lisais-je dans ces yeux ? Une vie peuplée de fantasmes : la sombre histoire d'une baronne dépouillée de son titre et de son héritage par un géant aux sourcils broussailleux, qu'il poudre parfois de paillettes. (Elle en a rêvé, une fois.) Et à présent, cette femme bien née passe une grande partie de son temps à hanter les boutiques de chiffonniers, tentant de récupérer oripeaux aristocratiques et garde-robes dispersés aux enchères par l'homme au front pailleté qui avait surgi de la forêt un jour de printemps où elle visitait un couvent de carmélites. Elle ne s'est pas mal débrouillée jusqu'à présent, parvenant à réunir nombre d'objets sentimentaux. Il y a dans sa collection plusieurs robes de sa teinte préférée : le noir monacal. Chacune d'entre elles est sévèrement ajustée à la taille et bouffe sur les hanches. Un corsage plastronné lui enserre le buste, remontant jusqu'à son cou où une broche de perles perce un bandeau de velours sombre. A son poignet pend une chaînette sur laquelle se balance un médaillon en cœur garni d'une mèche tourbillonnante de cheveux dorés. Elle porte des gants, bien entendu, longs et d'une pâleur poudrée. Et les chapeaux tourmentés d'une modiste folle, ornés de voilettes de confessionnal, délicats emblèmes d'un douloureux repentir. Mais elle préfère ses capuches enveloppantes, celles qui forment d'innombrables plis sur les épaules des lourdes capes doublées de satin chatoyant comme un soleil noir… Capes garnies de poches profondes et d'amples bourses secrètes destinées à celer de précieux souvenirs, capes dont les cordons de soie se nouent autour du cou, capes aux ourlets plombés qui pourtant flottent légèrement sous les bourrasques nocturnes... Elle les aime tendrement.

Ainsi est-elle parée lorsque le scélérat au front pailleté plonge son regard dans ses appartements, jetant un maléfice sur la demeure et sur ses rêves. Que faire, sinon se recroqueviller de terreur, comme un frêle mannequin vêtu d'un sombre costume de poupée ? Mais une ossature frémissante et un sang fébrile animent ce mannequin au cœur noir de crainte. Il disparaît dans un recoin de la pièce et se tapit dans les ombres géantes, y rêvant parfois des nuits entières... de roues de carrosses tourbillonnant dans une vapeur mauve ou une nuée perlée, de flammes nacrées aux volutes folles flottant dans la lande sauvage, de falaises et d'étoiles. Puis elle se réveille, avale une pastille à la menthe qu'elle prend sur la table de chevet, et tire quelques bouffées de cigarette avant de sortir paresseusement du lit et de grimacer dans la lumière crépusculaire...

« Venez, dit-elle après avoir relâché le bouton de l'interphone, je pense que j'ai quelque chose pour vous.

— Mais je croyais que vous ne pouviez pas quitter la réception, expliquai-je, un peu gêné. Bien entendu, si j'avais su...

— Venez », répéta-t-elle, les mains dans les poches de son blouson. Et ses talons sonores me conduisirent hors de cette pièce où le rose des visages était factice.

Nous franchîmes une porte battante dont les deux puissants vantaux — reliés en imitation cuir comme l'aurait été un livre — s'ouvraient sur cette page de titre :

LA GEÔLE. RÉCIT ROMANESQUE FLAMBOYANT
ILLUSTRÉ DE GRAVURES SUR BOIS

Première page : au plus profond de décembre, alors que les vents glacés hurlent autour des murailles, deux enfants, l'un blond et l'autre brun, se retrouvent au cœur d'un vaste château et d'une sinistre forêt. La grande salle du château, comme de coutume, irradie une chaude lumière rouge qui contraste avec les parois de pierre grise et humide. Une foule de courtisans affairés parcourt escaliers et portails aux formes singulières qui s'ouvrent sur un labyrinthe de ténébreux corridors, et s'attroupent ici ou là comme dans quelque bazar oriental. Des voix rudes et une musique discordante frappent les oreilles des enfants.

En frontispice, deux enfants, l'un blond et l'autre brun, cheminant dans une étroite trouée de broussailles qui semble sur le point de se refermer sur eux et de les engloutir. La fille, bouche béante, pointe quelque chose de la main gauche tout en s'agrippant à son frère de l'autre main. Le garçon, yeux grands ouverts, semble regarder tout autour de lui, stupéfait de se retrouver captif, lui et sa compagne.

« Je voudrais la visite à quatre-vingt-dix-huit cents, demandai-je à mon hôtesse. Je viens de province. Là-bas, nous n'avons rien de comparable. C'est moi qui paie, après tout ? »

Elle trouva la force d'ébaucher un sourire affecté.

« Naturellement », dit-elle, étirant démesurément les syllabes. Elle partit d'un côté, puis d'un autre, avant de me guider vers un escalier métallique dont les marches résonnèrent pendant que nous descendions dans un brouillard d'ombres cramoisies. La vapeur perverse nous suivit bien sûr jusqu'en bas, collée à nos basques comme une amie d'une fidélité maladive.

Je constatai avec une certaine surprise que le sous-sol aux allures d'asile de la Geôle (je commençais à apprécier ce nom) comportait une fenêtre, mais elle n'était composée que d'un cadre nu ouvrant sur un paysage en trompe l'œil. Il représentait de vastes régions volcaniques et désolées dominées par des montagnes préhistoriques s'enfonçant dans une obscurité aveugle. Une faible ampoule éclairait la scène. Je me sentis un peu comme un enfant observant furtivement l'atelier du Père Noël, au rayon jouets d'un grand magasin, mais je ne pouvais nier qu'il se dégageait de là une certaine atmosphère.

«Jolie fresque, dis-je à ma compagne. Un rien fantomatique, non ?»

Je la regardai dans l'attente d'une réponse, mais elle ne fit rien pour relancer la conversation. Elle me fixa simplement, comme si je venais de proférer quelque plaisanterie incompréhensible.

«Il n'y a pas grand-chose ici, dit-elle enfin. Rien qu'un ou deux corridors sans issue, et quelques chambres, pour la plupart verrouillées. Si vous voulez du fantomatique, allez jusqu'au bout de ce couloir et ouvrez la porte de droite.»

Je suivis ses instructions à la lettre. Sur la poignée pendait un grand collier de chien avec sa chaîne, laquelle tinta légèrement lorsque je poussai la porte. La lumière rouge du couloir ne me permit pas de distinguer totalement l'intérieur, mais il y avait de toute façon peu de chose à voir, à part une petite pièce vide. Le sol cimenté et nu était couvert de paille. Il régnait là une odeur épouvantable.

«Alors ? demanda-t-elle lorsque je revins.

— C'est un début», répondis-je avec un clin d'œil aussi subtil que possible. Nous restâmes un moment à nous fixer, baignés de lumière sanguinolente. Puis elle me reconduisit au rez-de-chaussée.

«Rappelez-moi d'où vous venez, demanda-t-elle dans l'escalier sonore qui donnait un écho sinistre à nos pas.

— C'est vraiment une toute petite ville, répondis-je, à une centaine de kilomètres d'ici. Elle ne figure même pas sur les cartes.

— Et c'est la première fois que vous visitez un établissement de ce genre ?

— Euh... oui.»

Elle s'arrêta en haut des marches.

« Alors, avant d'aller plus loin, dit-elle, écoutez mon conseil : rentrez chez vous. »

Sans la quitter des yeux, je hochai la tête lentement et avec insolence en signe de dénégation.

« Dans ce cas, très bien. Allons-y. »

Nous partîmes...

La route fourmillait de visions : un décor de Guignol installé dans les vastes plis d'un rideau de théâtre dont le grenat profond s'obscurcissait de seconde en seconde. Chaque scène défilait comme une page de livre de contes, saisie dans cet instantané où les acteurs se pétrifient dans l'immortalité et où le seul mouvement perceptible est celui de l'œil inquisiteur du lecteur.

Les portes verrouillées s'ouvraient devant nous...

Derrière l'une d'entre elles, dans une pièce aux murs peints d'épais barreaux noirs du sol au plafond, la Reine du royaume chantant — cravache dressée — chevauchait son léopard volant, qui venait malencontreusement de prendre forme humaine. Et l'animal magique avait hélas perdu l'une de ses pattes. Quelle chance qu'il pût encore voler ! Mais le désirait-il ? Ou préférait-il claudiquer entre les barreaux de sa cage, la Reine arrimée à son échine comme une sœur siamoise, sang royal et sang animal irriguant désormais les mêmes veines, comme deux affluents lointains qui auraient marié leurs eaux ? La bête était si satisfaite qu'elle rugissait de plaisir pendant que la Reine battait la mesure sur ses flancs à l'aide de sa cinglante cravache... Chante, léopard, chante !

Derrière une autre porte, sur laquelle se détachait une croix gammée méchamment barbouillée, se déroulait une scène similaire. Quelques projecteurs colorés éclairaient le sol, où un nabot affligé d'une bosse qui aurait pu être artificielle était agenouillé, tête baissée. Ses mains se perdaient dans une paire de gants géants dont les doigts informes oscillaient mollement comme dix diablotins ivres. L'un des doigts gourds était immobilisé sous la pointe acérée d'une botte de cheval. Admirez ce joyeux clown… ou plutôt ce *bouffon* coiffé de grelots ! Ses yeux cernés de blanc étaient patiemment levés vers les cieux obscurs, attentifs à la voix caverneuse qui déversait sa colère altière. La voix faisait entendre toute la distance morale qui séparait son personnage fièrement botté du monstre humilié aplati sur le sol, opposant sa fringante félicité martiale aux vils divertissements du bouffon. *Mais les plaisirs du bossu voûté ne pouvaient-ils être tout aussi délectables ?* murmuraient ses yeux fondés. *Ne pouvaient-ils…* Silence ! A présent, le petit garnement allait dérouiller…

Derrière une autre porte encore, celle-là anonyme, une bougie luisait dans une lanterne rouge, perçant à peine l'obscurité de la pièce. Il était difficile de dire combien de personnes se trouvaient à l'intérieur — plus qu'un couple, moins qu'une horde. Ils portaient tous la même tenue zippée, tailladée de fermetures à glissière petites et grandes ressemblant à autant de balafres argentées. Un cil était pris dans l'une des plus petites fermetures Éclair, voilà tout ce que je pouvais en dire. Pour le reste, il y aurait pu tout aussi bien n'y avoir là qu'un ondoiement de silhouettes sinistrement menaçantes, armées de rasoirs démesurés. Mais bien que ces lames étincelantes fussent invariablement et redoutablement dressées, elles ne s'abattaient jamais. Ce n'était que faux-semblant, tout comme mes précédentes visions.

La porte suivante, et pour moi la dernière, était apparemment au sommet d'une tour, car on ne l'atteignait qu'au terme d'une épuisante ascension.

« Là, vous en aurez pour votre argent, dit mon guide, insensible aux signes d'agitation que je commençais à manifester comme un artiste dévoré par le trac à son premier vernissage.

— Montrez-moi le pire », dis-je tout en considérant la porte exiguë qui nous faisait face.

A l'intérieur, la situation était aussi transparente que dans les autres pièces. Mais cette fois, il n'y avait là ni léo-

pards domestiques, ni clowns pathétiques, ni ombres psychopathes, mais deux nouveaux personnages : une méchante sorcière et son acolyte, sous les traits d'un pantin enchanté. L'incorrigible espièglerie de la petite créature maladroite lui avait fait commettre des sottises. La sorcière était donc en train de le remettre au pas, un exercice qu'elle maîtrisait à la perfection. Elle fendait la pièce de sa robe sombre et tourbillonnante comme un maelström, son visage hideux enfoui sous une large capuche. Derrière elle, un vitrail rayonnait de toutes les teintes maudites de la corruption. A la lueur de ce diabolique arc-en-ciel de cellophane froissée, elle colleta le vilain polisson et l'enchaîna pieds et poings liés à un horrible mur de pierre qui, sous son poids, ondula comme une feuille d'aluminium. Elle inclina vers lui son visage encapuchonné et murmura quelques mots au creux de son oreille de bois.

« Sais-tu ce que je fais des petits pantins qui n'ont pas été sages ? demanda-t-elle. Le sais-tu ? »

Le pantin trembla légèrement; et, s'il n'avait été de bois, il serait devenu tout luisant de transpiration.

« Je vais te le dire, poursuivit la sorcière d'une voix veloutée. Je leur fais toucher le feu. Je les fais rôtir des pieds à la tête. »

Alors, curieusement, le pantin sourit.

« Et que ferez-vous, demanda-t-il, de toutes ces vieilles robes, de tous ces gants, voilettes et capes lorsque je vous aurai quittée ? Que ferez-vous dans votre château d'opérette lorsque personne ne viendra plonger son regard et son front pailleté dans les fenêtres de vos rêves ? »

Peut-être le pantin transpirait-il, après tout, car son front était maintenant perlé de minuscules poussières d'étoiles.

La sorcière recula et arracha sa capuche noire, révélant une chevelure blonde. Elle voulait savoir comment je connaissais tous ces secrets intimes. Elle m'accusa d'indiscrétion, de violation de domicile, de curiosité illicite…

« Délivrez-moi de ces chaînes et je vous dirai tout de moi, hurlai-je.

— Jamais de la vie, répondit-elle. Je vais te faire expulser d'ici.

— Alors je vais devoir me libérer seul, voilà tout », dis-je plus calmement.

Les menottes s'écartèrent de mes chevilles et de mes poignets les chaînes tombèrent.

« Vous n'allez pas me dire, poursuivis-je en m'approchant d'elle, que je ne vous rappelle rien. Après une si intense relation, après tout ce que nous avons vécu ensemble, tant et tant de fois. Seriez-vous lassée ? J'en serais navré... pour nous deux. Vous êtes restée trop longtemps confinée dans ce lieu stupide. Pour quelqu'un comme vous, ce peut être mortel. Vous avez toujours su que vous étiez différente des autres, n'est-ce pas ? Qu'un jour — un jour proche —, des événements majeurs allaient se produire ; ces événements n'avaient pas encore de nom, mais ils étaient là, aussi réels que l'étreinte veloutée de votre cape préférée, celle dont les vastes pans se referment sur vos seins par une chaîne argentée... Aussi réels que les cierges que vous adorez allumer durant les tempêtes, et qu'il vous est arrivé de renverser une fois dans votre ivresse, en vous brûlant la main droite. Non, ne cachez pas votre cicatrice, je suis sûr que personne ne l'a encore remarquée. Vous adorez ces tempêtes, n'est-ce pas, vous aimez quand la pluie cingle vos fenêtres à toute volée. Quelle soif de bruit et de persécution ! Quel magnifique déchaînement ! Oh, ces tempêtes où vous plongiez vos yeux dans l'œil du cyclone, où vous plongiez vos yeux dans les miens...

« Mais aujourd'hui tout cela risque de vous échapper, et c'est pourquoi je suis venu ce soir. Abandonnez ce spectacle de pacotille qui n'est que vil artifice. Vous valez mieux que cela. Je vous conduirai là où les histoires romanesques et les tempêtes n'ont pas de fin. Ne vous dérobez pas, je vous en prie. Il n'y a pas d'issue et je lis

dans vos yeux le même désir que le mien. Si vous vous inquiétez de la dureté du voyage vers des terres inconnues, soyez sans crainte ! Vous êtes presque arrivée. Laissez-vous juste glisser dans mes bras, dans mon cœur... Voilà, c'était facile, n'est-ce pas ? »

Un peu plus tard, je revins sur mes pas par les escaliers et les corridors obscurs et rougeoyants.

« Bonsoir ! » lançai-je aux filles de la réception.

De retour dans la rue, je m'arrêtai et j'observai de nouveau cette porte étrange. Je comprenais maintenant pourquoi on s'était affranchi de vaines démarcations entre ces deux mondes, entre l'extérieur et l'intérieur. A bas les murs ! Mais gare aux fugitifs...

Elle ne fit en réalité qu'une seule tentative... Oh ! rien de bien sérieux. Un ivrogne que je croisai sur le trottoir vit jaillir vers lui un bras sortant de ma chemise à hauteur de poitrine, à la perpendiculaire exacte de mon corps. Il s'approcha en titubant, serra vigoureusement la main, puis poursuivit son chemin. Quant à moi, je poursuivis le mien, non sans avoir soigneusement replacé dans sa prison dorée l'heureuse captive de mon cœur. Nous filâmes sur le trottoir. Nous respirâmes l'air froid de cette nuit d'hiver. Nous étions unis à jamais.

Au carrefour, l'orange avait enfin fini par virer au rouge dans une explosion flamboyante, pendant que j'approchais, accompagné de mon éternelle amante, de l'ultime croisée entre notre chair... et nos rêves.

Traduit par Thierry Sandaljian

RAY BRADBURY

Le Costaud

Voici une nouvelle peu connue d'un maître conteur à qui sa popularité constante a valu l'appellation d'« auteur américain le plus prisé des anthologies ». Ray Bradbury fait plus figure de trésor national que de simple écrivain adulé, et il pourrait, à lui tout seul, être comparé à un parc d'attractions aux spectacles et manèges si merveilleux qu'on y revient toujours.

Dans « Le Costaud », Bradbury se penche sur des thèmes qui lui sont familiers — enfance éternelle, rituels puérils, le « fais-moi-peur » si délicieux de Halloween, l'amour d'une mère — et, avec un art insidieux dont une longue pratique lui a donné la parfaite maîtrise, il déforme la normalité pour aboutir à une atmosphère de train fantôme. En ce qui concerne l'aspect sexuel, je dirai simplement que son absence ne le rend que plus puissant et que la façon dont il se tapit, insaisissable, aux limites de notre compréhension, le fait encore plus grotesque. Essayez donc de remonter en voiture une rue quelconque dans un quartier tranquille, dans l'espoir de retrouver votre innocence... J'ai bien peur que ce ne soit guère facile.

LA FEMME regarda par la fenêtre de la cuisine.

Elle vit dans la cour, qui déjà s'obscurcissait, le garçon entouré de barres, d'haltères, de poids de fonte de toutes tailles, de cordes à sauter et d'extenseurs élastiques et à ressorts. Il portait un survêtement, des sandales de tennis, et restait planté là, immobile, silencieux, ne se doutant pas qu'elle l'observait.

C'était son fils et tout le monde l'appelait le Costaud.

Le Costaud pétrissait dans ses énormes poings des boules à ressorts. Elles disparaissaient comme par magie entre ses doigts, puis reparaissaient. Il les écrasait, elles disparaissaient. Il laissait les ressorts se détendre, elles reparaissaient.

Parfaitement immobile, il s'exerça ainsi pendant dix minutes.

Puis il se pencha et souleva un haltère de cent livres sans être le moins du monde essoufflé. Il l'éleva à plusieurs reprises au-dessus de sa tête, puis le reposa, et alla dans le garage encombré des planches de surfing qu'il avait lui-même taillées, collées deux à deux, poncées, peintes et polies, puis se mit à boxer le punching-ball à petits coups rapides et réguliers jusqu'à ce que ses cheveux blonds et bouclés soient trempés de sueur. Il s'arrêta, emplit d'air ses poumons et gonfla son torse qui atteignait, dans ces moments-là, un mètre vingt-cinq de tour et, les yeux fermés, se vit dans un miroir invisible, dressé là, robuste, puissant, avec ses cent dix kilos de muscles, hâlé par le soleil, la peau salée par l'air marin et sa propre sueur.

Puis il laissa échapper son souffle et ouvrit les yeux.

Il rentra dans la maison, dans la cuisine, sans jeter un regard à sa mère, à cette femme, puis ouvrit le réfrigérateur et, en savourant l'air glacial, but à même le goulot et d'un seul trait la bouteille de lait qu'il vida à moitié. Puis il s'assit à la table de la cuisine pour examiner de près les citrouilles qu'en cette veille de Toussaint il avait creusées et évidées comme le voulait la coutume.

Il était allé les acheter de très bonne heure, ce matin-là, et les avait presque toutes entaillées pour leur donner figure humaine. Il avait fait un beau travail ; elles étaient magnifiques et il en était fier. Installé là, à cette table de cuisine, il se mit, appliqué comme un enfant, à entailler la dernière. Jamais on ne lui aurait donné trente ans tant il était à la fois rapide et agile, soit qu'il se tienne en équilibre et chevauche les vagues sur sa planche de surf, soit qu'il creuse un œil dans une citrouille comme il le faisait en cet instant, imaginant à l'avance, éclairés de l'intérieur par une bougie, tous ces visages ricanants. L'ampoule électrique avivait la blondeur de ses cheveux, mais son visage n'exprimait rien, sinon l'application qu'il mettait à préparer ces masques. Pas un atome de graisse dans ce corps musclé, mais à chaque entaille qu'il creusait on sentait la force retenue de ces muscles.

Sa mère qui allait et venait, s'activant à des tâches ménagères, s'approcha de lui et le regarda en souriant entailler la citrouille. Elle s'était faite à ses manies. Elle l'entendait chaque nuit boxer le punching-ball, serrer dans ses poings les boules à ressorts, soulever en ahanant les lourds poids de fonte qu'il tenait en équilibre sur ses larges épaules. Oui, elle s'était faite à tous ces bruits comme à celui de la mer qui, à marée haute, recouvrait la plage de sable, derrière leur bungalow, d'une nappe scintillante. Tout comme elle s'était faite à entendre le Costaud répondre chaque soir aux filles qui lui téléphonaient que non, qu'il était trop fatigué, qu'il lui fallait laver la voiture ; et aux gamins de dix-huit ans, qu'il avait sa gymnastique à faire.

La femme s'éclaircit la gorge puis demanda : « Tu l'as trouvé bon, le dîner, ce soir ?

— Ouais.

— J'avais acheté des steaks de première et des asperges fraîches.

— Ouais, c'était bon.

— Je suis contente que ça t'ait plu. Je suis toujours contente que tu aimes ce que je te prépare.

— Ouais, fit-il sans s'arrêter de sculpter la citrouille.

— C'est à quelle heure que tu dois les retrouver ?

— A sept heures et demie. » Il agrandit le sourire de la dernière citrouille, s'adossa à sa chaise, puis ajouta : « Pour le cas où ils viendraient tous, mais p'têt' qu'ils viendront pas du tout, j'ai acheté deux bonbonnes de cidre. »

Il se leva, se dirigea vers sa chambre à coucher, massif, puissant, ses larges épaules passant tout juste par la porte. Puis, dans cette pièce plongée dans une demi-obscurité, il se livra à l'étrange pantomime d'un type qui boxe gravement et silencieusement un adversaire invisible tout en enfilant les différentes pièces de son costume. Une minute plus tard, il surgissait sur le seuil du living-room en suçant une sucette géante, parfumée à la menthe et striée de vert et de blanc. Il portait une culotte courte de couleur noire, une chemise de petit garçon au décolleté orné d'un volant et un petit chapeau à la Buster Brown. Léchant la sucette avec application, il s'exclama : « Je suis l'affreux Jojo », et la femme se mit à rire. Il fit le tour de la pièce d'une démarche pataude de gosse, tout en continuant de lécher sa sucette et en feignant de tirer un énorme chien au bout d'une laisse.

« Tu seras le boute-en-train de la soirée ! » lui cria la femme en riant de plus belle, et il se mit à rire à son tour.

Le téléphone sonna.

Il alla en se dandinant répondre dans la chambre à coucher. Il parla pendant un bon moment et sa mère l'entendit répéter à plusieurs reprises : « Ça alors ! Ça alors ! » Puis il revint à pas lents et pesants dans le living-room, avec sur son visage une expression boudeuse et butée. « Qu'est-ce qui se passe ? lui demanda-t-elle, alarmée.

— Il se passe que la moitié des types viendront pas. Ils ont d'autres rencards. C'est Tommy qui appelait. Il a rendez-vous avec une fille que je connais pas. C'est bien ma veine !

— Vous serez quand même assez nombreux, dit sa mère.

— Ben, je sais pas.

— Mais si, vous serez assez nombreux, j'en suis sûre. Toi, en tout cas, tu iras.

— Je ferais mieux de foutre ces sacrées citrouilles dans la poubelle ! fit-il, furieux.

— Allez, vas-y et amuse-toi bien. Ça fait des semaines que tu n'es pas sorti. »

Il resta là à faire pivoter la sucette géante, grosse comme sa tête, la tournant et la retournant dans sa forte main musclée. Il paraissait sur le point de reprendre ses occupations nocturnes habituelles. Certains soirs, étendu sur le sol, il se soulevait à la force des bras, puis se laissait retomber. D'autres soirs, il faisait avec lui-même une partie de basket-ball, équipe contre équipe, les noirs contre les blancs, et marquait les points. D'autres soirs encore, il errait dans la cour, puis disparaissait brusquement et, par les nuits de pleine lune, on le voyait soudain surgir, loin dans la mer, nageant à longues et puissantes brasses, aussi à l'aise qu'un phoque dans l'élément marin. Les nuits sans lune où seules les étoiles se reflétaient dans l'eau, on l'entendait à l'occasion faire gicler l'eau lorsqu'il plongeait, restait un long moment sous l'eau, puis faisait surface à nouveau ; ou lorsque, d'autres fois, en équilibre sur sa planche de surf, poncée à la perfection et douce comme la joue d'une fille, il chevauchait, immense et solitaire, une énorme vague crêtée d'écume qui venait mourir sur le rivage, puis de sa planche touchait le sable, et débarquait comme un visiteur venu d'un autre monde. Et il restait là un long moment, tenant droite, dans le clair de lune, la planche polie, en forme de pierre tombale qui ne portait aucune inscription. Au cours des dernières années, il était sorti le soir avec une fille trois fois dans une même semaine. Mais la fille ne pensait qu'à bâfrer et ne faisait que répéter : « Si on allait manger quelque chose ? » Un beau soir, il l'emmena en voiture jusque devant un restaurant, ouvrit la portière, l'aida à descendre, se remit au volant en disant : « Tiens, va bouffer ! Bon sang ! » et démarra. Et ce soir-là il alla nager seul, comme à son habitude. Quelque temps plus tard une fille qui n'était pas prête le fit attendre une demi-heure. Il ne lui adressa plus jamais la parole.

Pensant à tout cela, se souvenant de tout cela, sa mère le regarda et lui dit : « Ne reste pas planté là. Tu me rends nerveuse.

— Ben..., fit-il, maussade.

— Va ! » cria-t-elle, mais elle ne dut pas crier assez fort. A son oreille même sa voix parut faible. Elle ne sut pas si sa voix était faible de nature, ou simplement étranglée. Elle aurait aussi bien pu parler de l'hiver qui approchait, tant sa voix résonnait dans le désert, et elle s'entendit à nouveau répéter d'une voix faible : « Va !

— J'pense qu'y aura quand même assez de gars, dit-il en rentrant dans la cuisine.

— Sûrement ! » fit-elle en lui souriant à nouveau. Elle finissait toujours par lui sourire. Parfois lorsqu'elle lui parlait, soir après soir, elle avait, elle aussi, l'impression de soulever des poids. Et lorsqu'il déambulait dans la maison, de le soutenir, de l'entraîner. Et lorsqu'il ruminait seul dans son coin, ce qui lui arrivait souvent, elle cherchait aussitôt quelque chose à faire, fût-ce brûler un toast, ou calciner un steak. « Va, répéta-t-elle avec un petit rire, et amuse-toi bien. » Mais ses paroles résonnèrent dans la maison comme si déjà celle-ci était froide et déserte, et comme si déjà il s'en revenait. « File ! » fit-elle, mais seules ses lèvres remuèrent et aucun son ne sortit de sa bouche.

Il s'emplit les bras des bonbonnes de cidre et de citrouilles et les porta à sa voiture. C'était une voiture neuve, neuve depuis un an, car il ne s'en servait pour ainsi dire pas. Il la lavait, l'astiquait, actionnait le moteur, se couchait dessous pendant des heures, examinant tout le mécanisme, ou s'installait sur le siège avant et feuilletait des revues d'athlétisme, ou de diététique, mais la sortait rarement. Il empila le cidre et les citrouilles sur le siège avant, et pensant qu'il allait peut-être passer une bonne soirée, il esquissa un petit pas de gigue, ce qui fit rire sa mère. Il lécha sa sucette géante, sauta dans la voiture, sortit du garage en marche arrière, descendit l'allée en faisant jaillir le gravier, prit le tournant sans même jeter un regard à la femme, puis s'engagea sur la route qui longeait la mer. Elle resta là, dans la cour, à regarder s'éloigner la voiture. Leonard, mon fils, se dit-elle.

Il était sept heures et quart, et la nuit était tombée. Déjà des gosses couraient sur les trottoirs, couverts de draps blancs en guise de suaires, portant des masques passés au blanc de zinc, agitant des clochettes, poussant des cris, faisant éclater sur leurs genoux des sacs de papier vides.

Leonard, pensa-t-elle.

Ils ne l'appelaient pas Leonard, ils l'appelaient le Costaud, et Sammy, diminutif de Samson. Et ils l'appelaient aussi Atlas et Hercule. Sur la plage, il était toujours entouré de collégiens tâtant ses biceps, lui tournant autour et l'admirant comme une voiture de sport dernier modèle. Il était au milieu d'eux comme un jeune dieu. C'était chaque année la même chose. Puis les garçons de dix-huit ans en avaient dix-neuf et rôdaient moins souvent autour de lui ; ils en avaient vingt et s'approchaient rarement ; en avaient vingt et un et ne revenaient plus, et d'autres gars de dix-huit ans les remplaçaient. Oui, il y en avait toujours de nouveaux pour prendre la place de ceux qui s'étaient pressés autour de lui, sur la plage, et qui, plus âgés, s'en étaient allés vers d'autres lieux, d'autres activités, d'autres compagnons.

Leonard, mon bon petit, se dit-elle. Le samedi soir, nous allons au cinéma. Toute la semaine il travaille sur les lignes à haute tension, perché en haut des pylônes, tout seul, et il couche seul, la nuit, dans sa chambre, ne lit jamais un livre ni un journal, n'écoute jamais la radio ni un disque et cette année il aura trente et un ans. Et au cours de toutes ces années, que s'est-il donc passé pour qu'il travaille seul en haut d'un pylône et qu'il passe seul toutes ses soirées ? Bien sûr, de temps à autre, des femmes ont passé dans sa vie. Des rien-du-tout, des idiotes, à les voir, mais tout de même des femmes, ou plutôt des filles, dont pas une ne méritait un second regard. Mais quand même, un garçon de trente ans passés... Elle poussa un soupir. Pas plus tard que la veille au soir, elle avait entendu le téléphone sonner. Costaud avait répondu et elle n'avait eu aucune peine à reconstituer ce que disait son interlocutrice, car en douze ans, des conversations de ce genre, elle en avait surpris des milliers.

« C'est toi, Sammy ? Ici Christine. Qu'est-ce que tu fais ce soir ? »

Il battit des cils, fronça le sourcil, tout de suite sur la défensive, et demanda : « Pourquoi ?

— Tom, Lu et moi on va au cinéma. Tu veux venir avec nous ?

— Oui, si c'est pas un navet. » Et comme elle lui en donnait le titre : « Cette idiotie ?

— Paraît que c'est un bon film.

— Penses-tu ! D'ailleurs je ne me suis pas rasé de la journée.

— T'en as pour cinq minutes.

— Et puis faudrait que je prenne un bain et ça, j'en ai pour un bon moment. »

Un bon moment, se dit sa mère, alors qu'il a passé deux heures dans la salle de bains. Et il se recoiffe au moins vingt fois par jour, s'ébouriffant les cheveux, les lissant à nouveau, tout en grommelant entre ses dents.

« Bon, ben tant pis, reprit la voix féminine. Tu vas à la plage, cette semaine ?

— J'irai samedi, fit-il inconsidérément.

— Alors je t'y verrai.

— Non, je voulais dire dimanche, fit-il vivement.

— Pour moi, dimanche, ça va aussi.

— Si je peux, dit-il encore plus vivement. Ma voiture me fait des ennuis.

— Mais oui, Samson. A un de ces jours ! »

Et il était resté planté là un bon moment, tournant entre ses doigts le récepteur silencieux.

Au moins, se dit sa mère, ce soir il s'amuse. Une joyeuse veille de Toussaint, avec toutes ces pommes enfilées sur une ficelle, en forme de guirlande, qu'il avait emportées, que l'on jette ensuite dans un baquet d'eau et qu'il s'agit d'attraper avec ses dents ; ces boîtes de bonbons, ces épis de maïs qui ont le goût même de l'automne. Il doit jouer là-bas à l'affreux Jojo, courant entre les jambes de tout le monde, léchant son énorme sucette, tandis que les autres poussent des cris, soufflent dans des trompettes, rient, dansent.

A huit heures, puis à huit heures et demie, puis à neuf heures, elle alla jusqu'à la porte grillagée et scruta l'obscurité, et il lui sembla presque entendre les échos de la fête, là-bas sur la plage, que lui apportait le vent qui s'était levé et qui soufflait fort, et elle souhaita être au bout de la jetée, se dissimuler dans le petit abri, regarder les vagues venant s'écraser sur les piliers, et tous ces jeunes, dans leurs déguisements, dansant la farandole, comparant les citrouilles toutes pareilles et cependant toutes différentes, puis faisant un concours à qui aurait fabriqué le plus beau masque, ou se serait le mieux grimé, tout cela en se bourrant de pop-corn...

La main sur la poignée de la porte grillagée, le visage rose d'excitation, brusquement elle se rendit compte que les enfants avaient cessé de venir mendier à la porte. La fête, tout au moins pour les enfants du voisinage, était finie.

Elle descendit dans la cour.

La maison, la cour étaient trop tranquilles. Cela lui faisait un drôle d'effet de ne pas entendre rebondir sur le gravier le ballon du basket, de ne pas percevoir le bruit sourd et monotone des coups de poing assenés sur le punching-ball. Ou encore le grincement de la petite boule à ressorts d'acier, pétrie par une main puissante.

Et si, se dit-elle, il trouvait quelqu'un, s'il trouvait quelqu'un là-bas, et qu'il ne revienne pas, qu'il ne revienne plus jamais à la maison ? Il ne téléphonerait pas. Il n'écrirait pas. Oui, voilà comment les choses se passeraient peut-être. Pas de coup de téléphone. Pas de lettre. Rien. Il partirait et ne reviendrait jamais. Et si ?... Et si ?...

Non, se dit-elle, il n'y a personne pour lui, pas plus ici qu'ailleurs. Il n'a que ce refuge. Son unique refuge.

Son cœur battait si fort qu'elle dut s'asseoir.

Le vent soufflait toujours de la plage.

Elle prit la radio, mais ne put l'écouter

Maintenant, se dit-elle, ils doivent être en train de jouer à colin-maillard, oui c'est bien ça, à colin-maillard, et après ça, ils...

Elle retint une exclamation, se leva d'un bond.

Un faisceau de lumière venait de heurter la fenêtre. Des gerbes de gravier jaillirent et crépitèrent dans un bruit de mitraille, tandis que la voiture pénétrait en trombe dans la cour, et s'arrêtait pile dans un grincement de freins, tandis que le moteur ronflait toujours.

Les phares s'éteignirent, mais le moteur continua de ronfler, de ralentir, de ronfler, de ralentir...

Elle distingua la silhouette sombre, sur le siège avant, immobile.

« C'est toi ? » allait-elle s'exclamer. Elle se retint à temps, poussa la porte grillagée, se força à sourire, se ravisa. Les battements de son cœur se faisaient plus lents. Elle s'obligea à froncer le sourcil.

Il coupa les gaz. Elle attendit. Il descendit de voiture, alla jeter les citrouilles dans la poubelle et referma bruyamment le couvercle.

« Que s'est-il passé ? demanda-t-elle. Pourquoi rentres-tu si tôt ?

— Il s'est rien passé du tout », et la frôlant il alla déposer les deux bonbonnes de cidre sur l'évier de la cuisine. Elles étaient intactes.

« Mais il n'est pas dix heures...

— Je te le fais pas dire » ; et, entrant dans sa chambre à coucher, il s'assit dans l'obscurité.

Elle attendit cinq minutes. Elle attendait toujours cinq minutes. Il tenait à ce qu'elle vienne le questionner, il serait furieux si elle ne le faisait pas, aussi finit-elle par entrer dans la pièce obscure et par demander : « Raconte.

— Oh ! ils restaient tous plantés là, comme une bande d'imbéciles, à rien faire.

— C'est dommage.

— Je te dis, ils restaient tous plantés là comme des imbéciles.

— C'est vraiment dommage.

— J'ai essayé de les entraîner, d'organiser des jeux, mais y avait rien à faire, ils bougeaient pas. Sur les vingt, y en a que huit qui ont rappliqué, huit sur vingt, et j'étais le seul à m'être déguisé. C'est comme je te dis. Le seul. Quelle bande d'idiots !

— Après toute la peine que tu t'es donnée !

— Ils avaient amené chacun une fille et ils restaient

chacun dans leur coin, et ils n'ont rien voulu faire, pas un jeu, rien. Y en a qui sont partis, chacun avec sa chacune, poursuivit-il dans l'obscurité sans lever la tête vers elle. Ils se sont éloignés sur la plage et ils sont pas revenus. C'est comme je te le dis. » Il se leva, immense, et s'adossa contre le mur, paraissant disproportionné dans ses culottes courtes, ayant oublié qu'il avait encore sur la tête son ridicule petit chapeau. Il s'en souvint brusquement, l'enleva et le jeta à terre, puis il reprit : « J'ai essayé de les amuser. J'ai fait semblant de jouer avec un petit chien, des trucs de ce genre, mais ils ont continué à rester plantés là sans rien faire. Alors je me suis senti idiot, le seul à m'être déguisé, et puis sur vingt il en était venu que huit, et au bout d'une demi-heure ils étaient à peu près tous partis. Vi était là. Elle a essayé de m'entraîner sur la plage. Mais j'étais bien trop furieux. Oui, bien trop furieux. Alors je lui ai dit : "Non merci !" et me voilà. Et la sucette, tu peux l'avoir. Tiens, où je l'ai mise ? Et quant au cidre, tu peux le boire, ou le verser dans l'évier. Moi, je m'en fous. »

Elle était restée parfaitement immobile tout le temps qu'il avait parlé et déjà elle ouvrait la bouche quand...

Le téléphone sonna.

« Si c'est eux, dis-leur que je ne suis pas là.

— Tu ferais mieux de répondre », dit-elle.

Il attrapa le téléphone, souleva rageusement le récepteur.

« Sammy ? » fit une voix haute et claire. Tenant le récepteur en l'air, il le foudroyait du regard, toujours dans l'obscurité. « C'est toi, Sammy ? » Il répondit par un grognement. « Ici Bob. » Et la voix du garçon de dix-huit ans poursuivit : « Content de te trouver chez toi. J'ai qu'une minute... mais qu'est-ce qu'on fait pour la partie de demain ?

— Quelle partie ?

— Quelle partie ?... Tu te fiches de moi ! Notre-Dame contre SC !

— Ah ! tu parles de football.

— Prends pas ce ton-là. C'est toi qui as tout organisé, tu as même dit que…

— Rien à faire, fit-il sans regarder ni l'appareil, ni le récepteur, ni la femme, ni le mur, rien.

— Tu veux dire que tu viens pas ? Mais, Costaud, sans toi ce sera pas une vraie partie !

— J'ai la pelouse à arroser, la voiture à laver…

— Tu peux faire ça dimanche !

— Et puis je crois bien qu'il y a un de mes oncles qui vient nous voir. Salut ! »

Il raccrocha, passa devant sa mère et se rendit dans la cour. Comme elle se déshabillait, elle perçut les bruits habituels et familiers.

Il dut boxer le punching-ball jusqu'à trois heures du matin. Trois heures, se dit-elle, incapable de dormir, tendant l'oreille pour mieux distinguer les sons assourdis. En général il s'arrêtait toujours vers minuit.

A trois heures et demie, il rentra dans la maison.

Elle l'entendit s'arrêter devant la porte de sa chambre à elle.

Il ne bougea pas. Il resta simplement planté là ; il respirait fort.

Elle eut l'impression qu'il portait encore son costume de petit garçon. Mais elle ne tenait pas à s'en assurer.

Au bout d'un long moment, la porte tourna lentement sur ses gonds.

Il entra dans la chambre obscure, s'étendit sur le lit, à côté d'elle, mais sans la toucher. Elle fit semblant de dormir.

Il restait étendu, raidi.

Elle ne le voyait pas. Elle sentit les ressorts du sommier tressauter comme s'il riait. Mais comme il n'émettait aucun son, de cela non plus elle ne put s'assurer.

Puis elle perçut le grincement des petits ressorts d'acier qu'il écrasait, relâchait, écrasait, relâchait dans ses poings.

Elle aurait aimé se redresser dans son lit, lui crier de jeter ces horribles et bruyants ressorts, les lui arracher des mains.

Mais, se dit-elle, que ferait-il de ses mains ? Qu'y mettrait-il ? Oui, que ferait-il de ses mains ?

Elle adopta la seule attitude possible ; elle retint son souffle, ferma les yeux, tendit l'oreille, puis de son cœur monta une prière : Ô Seigneur Dieu, faites qu'il continue d'écraser ces ressorts dans sa main, oui, faites qu'il continue de les écraser… qu'il continue… qu'il continue…

C'était comme d'être couchée à côté d'un immense grillon noir.

Et de longues heures s'écouleraient avant que le jour ne se lève.

Traduit par Jane Fillion

ELIZABETH JANE HOWARD

Le mauvais numéro

C'est l'accumulation tranquille des effets horrifiques qui donne à cette nouvelle de l'Anglaise Elizabeth Jane Howard son caractère inoubliable. Cet auteur est toutefois mieux connu dans les cercles littéraires pour ses romans à l'ironie élégante que pour les récits de destinées tragiques semblables à celui que vous allez lire. Mais le domaine de l'horreur ne lui est pas étranger, puisque c'est en 1951 qu'elle et son ami Robert Aickman, lui-même alors au début de sa carrière romanesque, unirent leurs énergies pour publier le recueil We Are for the Dark.

Meg, la protagoniste virginale du «Mauvais numéro», s'évertue à faire ce que tout le monde, et surtout ses parents, attend d'elle. Mais, par l'effet de mécanismes qui lui échappent largement, cette soif de plaire joue constamment contre elle. Lorsqu'elle aura appris à s'affirmer un peu plus, il sera hélas trop tard. Notons que cette nouvelle, qui marie horreur et automobile, est antérieure de dix ans à Christine, *de Stephen King.*

TOUT le monde — c'est-à-dire les deux ou trois personnes que Meg connaissait à Londres — lui avait dit qu'elle avait été vernie de dénicher une voiture aussi récente et en aussi bon état à un tel prix. Elle les croyait avec d'autant plus de plaisir que l'achat avait été particulièrement éprouvant pour ses nerfs. Bien entendu, on lui avait dit — et son père plus d'une fois — que tous les garagistes étaient des escrocs. En fait, à en croire le vieux Dr Crosbie, il était *parfaitement* impossible d'acheter une voiture d'occasion, et peut-être même une quelconque voiture *neuve*, sans que freins ou direction lâchent au premier tournant. Mais son père avait toujours été d'un tempérament frileux : étant donné qu'il détestait tous les déplacements, et qu'il avait maintenant atteint un âge où il pouvait donner libre cours à sa nature casanière, son opinion importait finalement peu. Pendant toute sa jeunesse, Meg avait enduré silencieusement ses discours exaltant le bonheur de vivre chez soi, là où sont vos racines. A vingt-sept ans, certaine d'avoir épuisé toutes les possibilités du bourg près duquel ils habitaient, elle s'était exclamée : « Eh bien moi, papa, je veux changer d'air. Je veux voir ce qui se passe ailleurs. »

Sa mère, qui se demandait avec une angoisse toute prosaïque si sa fille unique allait « tirer le bon numéro » à la loterie du cœur (angoisse qui tend à envahir toutes les mères inquiètes, surtout si elles ont fini par admettre que leur fille n'est pas exactement une beauté), avait lancé un sourire encourageant à Meg et dit : « Voyons, Humphrey chéri, elle reviendra toujours. Elle *sait* que ses racines sont ici. Mais tous les jeunes ont besoin de changement. » (On avait d'autant plus souligné la jeunesse de Meg qu'on l'avait vue s'enliser au fil des années dans un profond désert sentimental.)

Et c'est ainsi que Meg était montée à Londres, qu'elle avait décroché un emploi chez un antiquaire de New King's Road, et qu'elle partageait à présent un petit appartement à Fulham avec deux jeunes femmes. L'une était secrétaire, l'autre mannequin ; toutes deux étaient les cadettes de Meg et possédaient dix fois plus d'assurance qu'elle. Elles étaient d'une gentillesse superficielle qui n'allait jamais jusqu'à l'amitié ; des connaissances, sans plus... comme M. Whitehorn, qui tenait la boutique où elle travaillait. C'était sa mère qui avait donné à Meg les trois cents livres destinées à l'achat d'une voiture, les frais de train et de taxi se révélant au-dessus de ses moyens. Elle passait très peu de temps en ville : elle s'était offert une robe de chez Laura Ashley, mais elle n'était invitée à aucune soirée où elle aurait pu l'arborer, et elle n'osait pas la porter au travail. Elle se nourrissait d'œufs diversement accommodés et de grosses quantités de café instantané — à la boutique comme à l'appartement. Son loyer était modique au regard des prix habituellement pratiqués, elle allait au magasin à pied, ne fumait que rarement et se coiffait elle-même. Son père lui avait donné cent livres à l'âge de vingt et un ans. Tout avait été placé. Ayant ajouté à cette somme les économies réalisées sur son maigre salaire, elle finit par se rendre dans l'un des faubourgs nord de Londres pour répondre à une annonce concernant une MG d'occasion.

Le garagiste, qu'elle s'était imaginé sous les traits d'une espèce de tigre en costume tapageur, à l'haleine puant le whisky, s'était révélé tenir davantage du loup en manteau d'agneau trois-quarts, surtout lorsqu'il souriait, découvrant un nombre effrayant de dents qui donnaient à sa bouche framboise un air de roublardise féroce. Il n'était pas avare de sourires, et Meg décida de détourner le regard chaque fois qu'il en ébauchait un. Il l'emmena faire un essai sur route. Il commença par conduire lui-même tout en expliquant les avantages de la voiture, puis il lui proposa de prendre sa place. Ayant accepté, elle conduisit horriblement mal, martyrisant la boîte de vitesses et calant aux endroits les plus embarrassants.

« Je vois que vous l'avez bien en main, fit M. Taunton. C'est toujours difficile de conduire une voiture qu'on ne connaît pas du tout. Mais vous verrez qu'elle ne vous causera aucun souci : elle démarre au quart de tour par tous les temps, ne consomme pas beaucoup et nécessite peu d'entretien. »

Lorsque Meg demanda si la voiture avait été accidentée, il se mit à sourire. Aussi ne vit-elle pas son visage lorsqu'il répondit qu'on ne pouvait pas parler d'accident, tout juste un froissement de tôles.

« Si la peinture a été refaite à neuf, comme vous avez dû le remarquer, c'est en fait parce qu'on a pensé que la nouvelle carrosserie — et notez bien qu'il ne s'agissait que de carrosserie — s'accommoderait mieux d'une couleur plus gaie. J'ai toujours été d'avis que le bleu azur était une jolie couleur pour une voiture féminine. Et c'est une voiture féminine, c'est évident. »

Elle vit s'estomper son sourire lorsqu'elle s'informa du nombre de propriétaires antérieurs. Il répondit qu'elle avait brièvement appartenu à une petite société qui avait fait faillite depuis lors.

« Elle n'a été conduite que par l'un des directeurs et sa secrétaire. »

Tout ça semble parfait, pensa Meg, tout en se disant que, pour le prix, c'était sans conteste ce qu'elle pouvait espérer de mieux en fait de voiture. Et elle avait aussi comme l'impression qu'il avait lu dans ses pensées sa décision d'achat. Ses derniers mots furent : « Je vous souhaite une bonne et longue route, madame. »

Il réitéra l'un de ses larges sourires et, comme c'était la dernière fois, elle le regarda — tout en essayant de lui rendre son sourire — pendant qu'il découvrait lentement mais sûrement les crocs acérés qui tapissaient sa bouche caverneuse. Elle remarqua alors que ses yeux gris pâle se seraient quasiment rejoints au centre s'ils n'avaient échappé à ce sort grâce à l'arête de son nez, qui était long et saillant, et dont la masse compensait presque une bouche manifestement dévorée par cette terrible profusion dentaire. Ils n'avaient aucun point commun excepté cette transaction.

De retour dans le bureau du hall d'exposition, il se jeta dans son énorme fauteuil tapissé et dit : « Apporte-nous un café, ma poule. Je l'ai bien mérité. »

Et une blonde au visage lunaire, qui portait une minijupe d'où émergeaient d'énormes jambes boudinées dans ses collants, sourit et sortit du bureau.

Meg revint à Londres avec la MG — sa voiture — dans un état d'exaltation qu'elle n'avait pas connu depuis sa victoire au parcours d'obstacles d'un gymkhana local. Elle avait une voiture ! Ni Samantha ni Val ne pouvaient en dire autant. Elle se débrouillait plutôt bien au volant, car elle avait été employée temporairement par un médecin qui avait subi un retrait de permis de deux ans. Loin de M. Taunton (*Clive* Taunton, avait-il répété à plusieurs reprises), elle se sentait sûre d'elle. La voiture était facile à conduire, et elle répondait, comme toutes les MG, avec la nervosité d'une sportive.

Lorsqu'elle arriva à l'appartement, Samantha et Val furent si impressionnées qu'elles l'invitèrent au restaurant chinois avec leurs deux flirts. Meg enfila sa robe de chez Laura Ashley et savoura sa revanche avec délectation. L'admiration générale lui donnait meilleure figure. L'alcool de riz et la bière lui tournèrent légèrement la tête. Le lendemain, elle se rendit à son travail en voiture en ayant la nette impression de mieux correspondre au personnage qu'elle avait espéré devenir en montant à Londres. Elle avait la migraine, mais ce n'était pas en vain : l'un des garçons lui avait adressé la parole à plusieurs reprises, en lui demandant ce qu'elle faisait, où elle vivait, et d'autres détails de ce genre.

C'est le vendredi suivant qu'elle mit cap sur le nord pour la première fois. Il faisait froid, humide et sombre — en janvier, ses horaires lui interdisaient de partir quand il faisait encore jour — et le temps qu'elle traverse Londres et s'extirpe des embouteillages, il s'était mis à tomber des cordes. Elle trouva sans difficulté l'embranchement vers la M1 : trois heures d'autoroute puis vingt minutes de départementale, et elle serait chez elle. Ce n'était pas le bout du monde ; simplement, à ce stade, le trajet paraissait un peu long. Elle avait bu un Nescafé bien tassé chez M. Whitehorn, qui avait aimablement admiré la voiture tout en lui indiquant un emplacement idéal de parking pour la semaine, et elle savait que sa mère lui garderait un de ses petits plats bien au chaud quelle que soit son heure d'arrivée. (Son père n'absorbait plus rien après vingt heures par crainte d'indigestion, un mal dont il n'avait jamais souffert, ce qu'il attribuait entièrement à cette précaution.)

La circulation était assez dense, mais elle était essentiellement composée de poids lourds, et Meg roulait surtout sur la voie centrale. Elle se rendit compte rapidement, comme tous les automobilistes qui empruntent l'autoroute pour la première fois, que le défilement des véhicules, les phares qui venaient en sens inverse, et la chaussée luisante de pluie produisaient un effet hypnotique, comme si le conducteur et sa voiture étaient devenus minuscules et qu'ils se trouvaient emportés sur un tapis roulant géant et interminable. Il ne faut pas que je m'endorme, pensa-t-elle. Les routes ordinaires étaient trop animées pour déclencher cette sensation. Arrivée environ à mi-parcours, elle se sentit si fatiguée par l'effort de veille qu'elle décida de se garer sur l'aire de stationnement suivante, d'ouvrir les vitres et de fumer une cigarette. Il pleuvait trop pour sortir de la voiture, mais le simple fait d'arrêter les essuie-glaces pendant quelques minutes permettrait de casser le rythme. Elle coupa le moteur, abaissa sa vitre, et sombra dans le sommeil avant même d'avoir eu le temps de penser à une cigarette.

Elle se réveilla en sursaut avec un sentiment de peur intense. Ce n'était pas à cause d'un rêve, elle était inconfortablement tassée sur son siège et la pluie entrait par rafales par la fenêtre ouverte. Mais quelque chose d'autre ne cadrait pas avec la situation… un bruit, ou des bruits, inquiétants en eux-mêmes, et, dans ces circonstances, terriblement déplacés. Elle remonta sa vitre pour laisser passer un filet d'air. C'était pire qu'avant… Une sorte de respiration laborieuse, ronflante, et même douloureuse, provenait, comprit-elle rapidement, de l'arrière de la voiture. A l'instant où elle alluma le plafonnier et où elle se retourna, tout bruit cessa immédiatement, comme si le souffle avait été suspendu en plein vol. Il n'y avait personne à l'arrière de la voiture, mais les portières n'étaient pas verrouillées et son grand sac de voyage était tombé sur le plancher. Elle bloqua les deux portières, éteignit le plafonnier, et les bruits reprirent, exactement là où ils avaient cessé… au beau milieu d'un souffle. Elle alluma à la fois le plafonnier et les phares, puis regarda de nouveau à l'arrière. Le silence se fit, et l'endroit était toujours vide. Elle pensa vérifier si personne n'était garé derrière elle, mais quelque chose l'en empêchait. Elle tourna la clé de contact et démarra. Elle n'avait qu'une envie, s'éloigner de cet endroit au plus vite. Mais même une fois qu'elle eut redémarré, elle ne parvint pas à chasser les bruits de sa mémoire et à leur attribuer une explication rationnelle. Elle ne se rappelait que trop nettement cette respiration laborieuse d'une personne soit à l'agonie, soit tourmentée par la souffrance, ou les deux, et provenant très distinctement de l'arrière de la voiture.

Elle parcourut le chemin restant aussi rapidement que possible, comptant les minutes et les kilomètres pour se tranquilliser.

Elle atteignit la maison — un pavillon aux murs de pierre et au toit d'ardoise — à neuf heures et quart, et la première exclamation de sa mère en la voyant fut pour s'étonner de son air horriblement fatigué. Meg se sentit immédiatement mieux : c'était toujours ce que sa mère disait quand sa fille s'absentait longtemps de la maison pour une raison ou une autre. Son père étant allé se coucher, elle s'assit dans la cuisine et dîna avec un appétit surprenant, tout en racontant à sa mère les dernières nouvelles concernant son emploi, ses colocataires et sa sortie au restaurant chinois.

« Et comment est la voiture, ma chérie ? » finit par demander sa mère.

Meg commença une phrase, puis se reprit. « Très bien. Tu as été vraiment gentille de me donner tout cet argent pour l'acheter », dit-elle.

Le week-end s'écoula avec une monotonie presque réconfortante, et Meg ne commença à redouter le retour qu'après le déjeuner de dimanche. Elle parla de faire ses bagages ; sa mère lui conseilla de goûter avant de partir, et son père déclara qu'à son avis *personne* ne devrait jamais conduire de nuit. Ou d'ailleurs conduire tout court, insista-t-il, comme elles protestaient qu'il faisait déjà noir à quatre heures de l'après-midi. Meg décida finalement de faire une courte sieste après le déjeuner et de boire un thé avant de prendre le volant.

« Si j'avale un des copieux goûters de maman, je vais m'endormir dans la voiture », dit-elle, et à ces mots elle fut immédiatement parcourue d'un léger frisson d'inquiétude.

Sa mère la réveilla à quatre heures, après un somme paisible et réparateur, et lui présenta une tasse de thé fort et deux biscuits.

« Je vais te préparer ton sac », dit-elle fermement. C'est

elle qui avait aussi défait les bagages de Meg le vendredi soir pendant qu'elle terminait son dîner.

«Je n'ai jamais vu quelqu'un d'aussi peu doué pour le rangement. Tous tes vêtements étaient entassés et écrasés comme s'ils avaient été piétinés. Un sac de voyage, je vous jure! fit-elle d'un air réprobateur, mais en savourant chacune de ses paroles. Je vais te prêter cette jolie petite valise que tante m'a laissée.»

Meg, étendue bien au chaud sous l'édredon de sa chambre, regardait sa mère qui, passant du coq à l'âne, lui demanda pourquoi elle ne buvait pas son thé pendant qu'il était chaud.

«Je sais que ton père n'aime que les boissons tièdes, mais Dieu merci, tu ne lui ressembles pas... sur ce point, tout du moins», conclut-elle avec honnêteté. Mais Meg savait qu'elle manquait à sa mère, qui était lasse de l'hypocondrie croissante de son père.

«Puis-je venir le week-end prochain?» demanda-t-elle.

Sa mère se précipita vers elle et la serra dans ses bras. «Je serais vraiment très contrariée si tu ne venais pas», dit-elle sur un ton qu'elle voulait plaisant.

Une fois partie, ce n'est que lorsqu'elle eut tourné le coin de la rue que Meg se mit à repenser aux événements de l'aller. C'était peut-être le gémissement du vent s'insinuant par la vitre ouverte, se dit-elle. Cette idée la réconforta. Elle n'eut droit cette fois qu'à des averses intermittentes, et le trajet du retour se déroula sans le moindre incident. Le temps qu'elle se gare et qu'elle réintègre l'appartement vide — les deux filles étaient sorties —, Meg avait fini par se convaincre que son imagination lui avait joué des tours. Elle dîna d'un œuf dur, regarda un documentaire consacré à la Martinique sur le téléviseur de Samantha et alla se coucher.

Le week-end suivant fut tout aussi pluvieux, mais également brumeux. Pendant l'une de ses interminables journées à la boutique (où il n'y avait absolument rien à faire, sauf parfois emballer de la porcelaine et de la verrerie pour l'étranger), Meg envisagea un instant de remettre à plus tard son voyage chez ses parents, mais ceux-ci n'ayant pas le téléphone, il lui faudrait les prévenir par un télégramme. Elle songea à son père et décida de s'abstenir. Il en ferait ses choux gras pendant six mois : il s'appesantirait sur cet exemple d'extravagance juvénile, preuve ultime qu'elle n'aurait jamais dû monter à Londres, tout en insistant sur le choc nerveux que cela lui avait causé. Non... les télégrammes étaient exclus, sauf en cas d'urgence. Il lui faudrait se résoudre à partir, en dépit de la météo ou du reste.

Le vendredi s'écoula avec monotonie : on lui avait demandé d'empaqueter les pièces détachées d'une paire d'énormes lustres à pendeloques de cristal dans du vieux papier journal et d'en dresser la liste. Cette tâche était si lassante qu'il lui arrivait même de lire des bribes d'articles sur les pages jaunies. Sur l'un des journaux on voyait des photos d'une élection au titre de Miss Monde : chaque candidate était en maillot de bain et talons hauts, le visage rayonnant d'un de ces extraordinaires sourires figés par le triomphe. Elles devaient avoir un mal fou, pensa Meg, à échapper à leurs admirateurs. Elle essaya d'imaginer à quel point ce serait difficile. Avec de la pratique, on devait probablement s'y habituer.

M. Whitehorn la libéra en avance sur son horaire, à quatre heures et demie. C'était un homme qui fonctionnait par accès de gentillesse subite, et il lui dit que, vu son trajet, il était préférable qu'elle parte tôt. Meg but sa dernière tasse de café et fila.

Après avoir mis un temps fou à traverser Londres, elle finit par atteindre les abords de l'autoroute. Là aussi, de longues files de voitures restaient bloquées aux feux rouges. Il y avait également une nuée d'auto-stoppeurs tentant leur chance. Elle en dépassa un assez grand nombre, et ressentit les habituels sentiments mêlés qu'ils déclenchaient en elle, si mêlés qu'ils se neutralisaient mutuellement et qu'elle ne faisait jamais le moindre geste envers eux. Meg était gentille de nature : cette facette de sa personnalité se sentait prise de commisération pour ces malheureuses créatures frigorifiées, trempées et probablement exténuées. Arriveraient-elles jamais à destination ? Mais son père lui avait toujours formellement déconseillé de prendre des auto-stoppeurs, émaillant son propos de sinistres allusions aux tourments épouvantables qui guettaient ceux qui s'y risquaient. Non pas que Meg fût jamais consciemment d'accord avec son père. C'était plutôt que, durant toutes ces années de mises en garde diverses, une partie de cette anxiété avait déteint sur elle, la rendant timide, indécise, et honteuse de se sentir ainsi. Non, elle n'allait certainement pas prendre le moindre auto-stoppeur !

Elle poursuivit sa route sous une tempête de neige fondue, s'imaginant qu'elle transportait à l'arrière une cargaison de lustres précieux, et cette méthode s'avéra très efficace jusqu'à ce qu'elle parvienne à l'inévitable bouchon de Hendon, où survint un étrange événement.

Après avoir progressé de quelques mètres entre chaque feu vert, elle manqua son tour d'un cheveu et se retrouva en tête de la file de droite. Là, sous l'un des hauts feux tricolores jaunes, sur le terre-plein battu par la pluie, se tenait une jeune fille. Son aspect n'avait absolument rien de remarquable à première vue : elle était petite, plutôt boulotte, avec un imperméable très fin et des chaussures de fort mauvais goût. Elle était tête nue et portait des lunettes. Elle semblait trempée jusqu'aux os, frigorifiée et épuisée, mais surtout, il se dégageait d'elle un air d'extrême solitude, comme si elle était désespérément perdue. Meg, dans un mouvement absolument spontané, se vit ouvrir sa vitre et appeler la jeune fille d'un geste. Celle-ci fit mine d'avoir compris — elle n'était qu'à quelques mètres — et, alors qu'elle approchait, Meg remarqua deux autres détails. D'abord, elle était étonnamment pâle, malgré ses cheveux auburn et son corps transi ; son visage était positivement livide. Et lorsqu'elle étendit une main hésitante, soit pour chercher une confirmation, soit pour ouvrir la portière, le col de son imperméable bâilla, et Meg vit, à la base de son cou très blanc, ce qui lui apparut comme une fort malencontreuse tache de naissance lie-de-vin.

« Montez donc », fit Meg en se penchant pour ouvrir la portière avant. A ce moment-là, il se passa simultanément deux choses. La jeune fille pénétra sans mot dire à l'arrière de la voiture (Meg l'entendit ouvrir la porte et la refermer doucement), et un homme avec un grand pardessus à carreaux, des lunettes teintées et un feutre noir rabattu sur le front se glissa sur le siège du passager.

« Comme c'est aimable », fit-il d'une voix flûtée et professorale — un peu comme s'il récitait un rôle. « Nous nous demandions si nous aurions la moindre chance de trouver une âme secourable, et voilà la preuve que les charmantes jeunes femmes comme vous sont fidèles à leur apparence. Le bon Samaritain est invariablement féminin, de nos jours. »

Meg, qui avait immédiatement ressenti une extrême antipathie pour lui, resta muette. Puis, commençant à se sentir coupable, du moins envers la jeune fille silencieuse, elle demanda : « Où allez-vous ?

— Écoutez, vous n'allez pas me croire... Ma secrétaire et moi, nous sommes tombés en panne ce matin en montant, ou en descendant à Londres, fit-il avec un petit rire, et nous avons un rendez-vous des plus impératif pour ce soir. Je voudrais récupérer notre voiture, rien de plus ; elle devrait maintenant être prête. »

Son haleine exhalait une horrible odeur de tabac froid et de pastilles de menthe.

« Elle est dans un garage ? »

Meg trouvait toute cette histoire de la plus grande extravagance.

« Entre Northampton et Leicester. Je vous indiquerai la sortie. »

Meg ne dit mot, espérant ainsi faire taire cette voix irritante. Quelle guigne, pensa-t-elle, d'être obligée d'endurer ce bonhomme. Elle se mit à considérer les aléas de la cohabitation avec les auto-stoppeurs. Soit ils restaient muets comme des carpes — comme la jeune fille assise à l'arrière —, soit ils parlaient. A cet instant, il reprit la parole.

« C'est très courageux de votre part de vous être arrêtée. Il y a tellement de voyous qui courent les rues... Je dis toujours que c'est vraiment malheureux pour les gens âgés et respectables. Mais enfin une de mes vieilles amies a pris une fois un jeune homme en stop, et, le temps qu'elle retrouve ses esprits, la pauvre petite était dans le fossé, le crâne en compote. Sa voiture s'était volatilisée, et elle n'avait pas la moindre idée de l'endroit où elle était. C'est incroyable ce que les gens peuvent être méchants ! Vous avez remarqué ? Mais je suppose que vous êtes trop jeune : vous êtes probablement en quête d'*aventure*... de *romanesque*... Reste à savoir ce qui se cache derrière ces euphémismes... Je me trompe ? »

Meg, avec le sentiment désespéré que tout serait préférable à cet incessant bavardage, lança par-dessus son épaule à sa passagère étonnamment silencieuse : « Avez-vous assez chaud ? »

Mais, avant qu'elle n'ait eu le temps d'ouvrir la bouche, l'horrible personnage dit : « C'est parfait, merci. Physiquement parlant, je suis assez insensible à la température. »

Lorsqu'il se tourna vers elle, comme il semblait toujours le faire à la fin de ses tirades, elle eut l'impression que les effluves de son haleine envahissaient la voiture. Il ne s'en dégageait pas qu'une simple odeur de tabac et de pastilles de menthe, on y distinguait en plus comme des relents de champignons en putréfaction. Elle doit dormir, pensa Meg avec un certain ressentiment : pour elle, il n'y avait pas d'échappatoire. Ce repos lui était interdit, elle était obligée de conduire et d'écouter ce révoltant passager.

« Le plastique... », poursuivit-il d'un ton méditatif (comme si elle y avait fait la moindre allusion) « ... sa véritable utilité sociale ne s'est manifestée qu'une seule fois : quand les vestiges parfaitement identifiables — à la différence de la malheureuse femme — quand les vestiges du sac à main en plastique rouge de Mme Deacon ont été découverts flottant dans un réservoir d'acide. Ce pauvre Haigh a dû penser que le résultat était entièrement garanti, mais c'était évidemment sans compter avec la solidité de certains plastiques. Ça lui a été fatal. Connaissez-vous un peu cette affaire ?

— Les meurtres ne m'intéressent pas beaucoup, j'en ai peur.

— Ah... mais la peur et le meurtre vont de pair », fit-il instantanément, en interprétant délibérément, cruelle, ses paroles de travers. Elle avait fait l'erreur de s'excuser de son manque d'intérêt. « ... En fait, il serait difficile de citer un meurtre où la peur ne joue pas un petit rôle, et parfois, avouons-le, un rôle majeur. »

En jetant un coup d'œil vers lui, elle vit que son visage au teint malsain — ou peut-être était-ce les phares des voitures qui les croisaient — était couvert d'une pellicule de transpiration. Ce n'était pas de la pluie, car le chauffage était allumé, mais de la sueur.

Elle resta stoïque pendant une bonne partie du trajet. Sa conversation était à la fois déplaisante et répétitive, ou plutôt, vu qu'il semblait décidé à parler meurtre, il faisait preuve d'une connaissance frappante sur une multitude d'affaires horribles. Il lui demanda soudain si elle voulait bien s'arrêter un instant pour « satisfaire un besoin naturel ». A cet endroit précis, un camion était garé sur le bas-côté, et il objecta qu'il préférait s'arrêter un peu plus loin : il était très pudique et préférait être totalement seul. Le visage maussade, Meg se gara.

« Ici, ça ira parfaitement », dit-elle aussi fermement que possible, mais le tremblement de sa voix trahissait sa tension.

L'homme se glissa hors de la voiture avec le même mouvement reptilien qu'elle avait remarqué lorsqu'il était monté. Il ne répondit pas. Dès qu'il fut sorti, Meg dit à la jeune fille : « Écoutez, puisqu'il fait du stop avec vous, je pense sincèrement que vous devriez participer un peu à la conversation. »

Il n'y eut aucun écho. Meg, se tournant à demi, allait ajouter autre chose, mais elle ne put terminer sa phrase, car sa voix s'étrangla.

La banquette arrière était vide.

Meg regarda sur le plancher, mais la jeune fille n'y était pas. Elle alluma le plafonnier. La banquette en simili-cuir noir luisait dans toute sa nudité. Pendant une fraction de seconde, Meg se demanda si elle ne perdait pas la raison. Elle revit nettement la jeune fille, debout près d'un feu tricolore, sur le terre-plein central de Hendon. Le mince imper de couleur claire, la pâleur, et cette impression de solitude si frappante que Meg en avait ressenti le besoin de s'arrêter. Bien sûr qu'elle était montée dans la voiture ! Ensuite, elle avait dû descendre, en même temps que l'homme... Mais il n'avait pas refermé sa porte, et elle n'avait entendu aucun autre bruit. Elle regarda les deux portières arrière. Elles étaient l'une et l'autre déverrouillées. Elle tendit la main pour toucher la banquette : elle était parfaitement sèche, et cette pauvre fille était si trempée lorsqu'elle était montée à bord — *montée à bord*, elle en était certaine — que si elle venait de descendre, le siège aurait au moins gardé une trace d'humidité. Meg entendait à présent le battement sourd de son cœur et, pendant un moment, le temps que l'homme revienne, elle fut presque contente qu'il lui tienne compagnie dans cette situation.

Il semblait prendre son temps pour réintégrer la voiture : elle le vit littéralement sourdre de l'ombre et se couler dans sa direction, mais il parut alors hésiter ; elle le perdit de vue, et ce n'est que quand elle le distingua dans la lumière de son phare droit qu'elle se rendit compte qu'il tournait depuis quelque temps autour de la voiture. Il *flânait*, comme si elle n'avait été qu'un simple chauffeur ! Elle lui cria de se dépêcher. A peine fut-il monté qu'elle dit : « Mais où diable est donc passée votre secrétaire ? »

Il y eut une légère pause, puis il se tourna vers elle : « Ma secrétaire ? » Son visage affichait une impassibilité quasiment offensée, mais elle remarqua qu'il s'était remis à transpirer.

« Vous savez bien, dit-elle avec impatience, pendant qu'elle démarrait et quittait le bas-côté. La jeune fille avec laquelle vous m'avez dit être tombé en panne sur la route de Londres.

— Ah oui : cette pauvre petite Muriel. Je l'avais presque oubliée. Je l'imagine en train de se taper le thé en famille, et, je n'en doute pas, son petit ami par la même occasion... une espèce de coiffeur plouc du genre vedette de variétés, ou, qui sait, un joueur de football du genre coiffeur.

— Mais que voulez-vous donc dire ? »

Il eut un petit rire contenu. « Il n'est pas dans ma nature de m'immiscer dans les idylles des employées pour lesquelles je pourrais avoir un penchant. Je n'aime pas les relations prolongées, quelles qu'elles soient. Je les aime subites... brèves... et tendres. En fait, je...

— Non, *écoutez* ! Vous savez parfaitement de quoi je parle. »

Elle le sentit se raidir et s'immobiliser, méfiant. Puis, inopinément, il demanda : « Depuis combien de temps avez-vous cette voiture ?

— Oh, environ une semaine. N'inventez pas d'histoires sur votre secrétaire. C'est pour elle que je me suis arrêtée, en fait. Je ne vous avais même pas vu. »

C'était sûrement sa sueur qui rendait l'atmosphère de la voiture si irrespirable.

« Bien entendu. J'ai tout de suite remarqué que c'était une MG, fit-il.

— La jeune fille qui était derrière, dit Meg d'un air désespéré, car il semblait faire preuve d'une stupidité et d'une méchanceté délibérées. Elle était sur un terre-plein, sous un feu rouge. Elle portait un imper, mais elle était visiblement trempée jusqu'aux os. Je lui ai fait signe, elle s'est approchée et elle est montée à l'arrière sans un mot. En même temps que vous. Alors cessez d'inventer des salades sur votre secrétaire. Ne faites pas semblant d'ignorer qu'elle était là. Vous vous en êtes probablement servi comme d'un leurre... uniquement pour vous faire prendre en stop. »

Il y eut un silence bref et très désagréable. Juste au moment où Meg commençait à se sentir effrayée, il dit : « A quoi ressemblait votre amie ? »

Il était inutile d'arguer qu'elle n'était pas l'amie de la jeune fille. Meg fit : « Je vous ai dit... » et réalisa immédiatement qu'elle n'avait rien fait de tel. Peut-être la jeune fille n'était-elle véritablement pas sa secrétaire...

« Vous n'avez fait que *prétendre* avoir pris ma secrétaire avec moi.

— D'accord. Bon, alors, elle était petite, elle portait un imper clair — je vous l'ai dit — et... et des lunettes. Ses cheveux étaient châtain roux... je suppose qu'ils étaient plus foncés parce qu'elle était trempée, et puis elle portait des chaussures ridicules... Elle semblait malade, elle était si blanche... d'une sorte de blancheur livide, et lorsqu'elle...

— C'est la première fois que j'entends parler de cette personne.

— Non, mais vous l'avez *vue*, n'est-ce pas ? Je suis désolée de l'avoir prise pour votre secrétaire. L'important c'est que vous l'ayez vue, n'est-ce pas ? *N'est-ce pas ?*

Il se mit à fourrager dans la poche de son pardessus,

d'où il finit par tirer un vieux paquet de bonbons tout écrasé. Il mit si longtemps à en extraire un de la pochette, puis à le décoller de son enveloppe, qu'elle enchaîna sans attendre : « Autre chose. Lorsqu'elle a tendu la main pour ouvrir la portière, j'ai vu sa gorge... »

Ses doigts se figèrent. Meg leur jeta un coup d'œil : il avait des mains laides et énormes qui ne semblaient pas à l'échelle du bonbon.

« Elle avait un genre de grande tache de vin à la base du cou, la pauvre. »

Le bonbon lui tomba des mains et il se pencha vers le plancher pour le récupérer. Lorsque ce fut enfin fait, il le goba sans esquisser un geste pour retirer le papier restant. Un moment, le parfum de la menthe domina les autres odeurs moins plaisantes. Meg dit : « Évidemment, je ne suppose pas un instant que vous ayez pu voir ce genre de chose. »

Finalement, il dit : « Je n'arrive pas à imaginer de qui, ou de quoi, vous parlez. Je n'ai pas vu la moindre jeune fille à l'arrière de votre voiture.

— Mais quelqu'un ne pourrait pas s'asseoir à l'arrière de ma voiture sans que je sois au courant ! »

Il y avait, semblait-il à Meg, quelque chose d'anormal dans son comportement. Non pas qu'il fût simplement déplaisant ; il était anormal d'une autre façon : elle avait l'impression qu'il était parfaitement au courant à propos de la jeune fille, mais qu'il ne voulait pas l'admettre... pour l'effrayer, supposait-elle.

« Vous permettez que je fume ? »

Il semblait très peu doué pour allumer les cigarettes. Deux allumettes s'éteignirent entre ses mains tremblantes avant qu'il ne parvienne à enflammer une brune malodorante.

Meg, qui se sentait encore sous le choc des événements qui venaient (ou non) de survenir, décida d'adopter le ton de la raison.

« Lorsque vous êtes monté dans la voiture, commença-t-elle lentement, vous n'arrêtiez pas de dire "nous" et de parler de votre secrétaire. C'est pourquoi j'ai pensé qu'elle devait l'être.

— Être quoi ? »

Une réponse mécanique, comme pour gagner du temps, pensa Meg.

« Excusez-moi, mais je ne sais vraiment pas de quoi vous parlez.

— Eh bien, moi je pense que vous le savez. Et avant que vous ne rajoutiez "savez quoi ?", je précise : vous savez *parfaitement* de quoi vous parlez. »

Elle le sentit plus qu'elle ne le vit lui jeter un coup d'œil acéré, mais elle garda les yeux sur la route.

Puis il sembla se décider. « J'ai une suggestion à vous faire. Pourquoi ne pas nous arrêter sur la prochaine aire de service et me raconter le fond de cette histoire ? Vous avez visiblement de grosses préoccupations ; en fait, vous montrez des symptômes évidents de contrariété. Peut-être que si nous...

— Non merci. »

C'était une idée à la fois détestable et absurde de penser qu'une discussion avec lui aurait pu être de la moindre utilité. Elle l'entendit aspirer l'air entre ses dents avec un léger sifflement : une fois de plus elle se dit qu'il lui rappelait un serpent. Meg détestait les serpents.

Puis il se remit à fourrager dans ses poches avant d'en extraire une torche et de demander une carte. Après avoir médité à voix haute sur leur position et sur la localisation vraisemblable du garage, il proposa encore de s'arrêter pour permettre à ses « pauvres yeux si fatigués, hélas » de repérer l'établissement.

Un signal rouge s'alluma dans le cerveau de Meg, un avertissement ou le pressentiment de nouveaux problèmes à venir, cette fois d'une autre nature. Les garages n'étaient pas indiqués sur sa carte. Elle appuya sur l'accélérateur et resta sur la voie médiane jusqu'à ce que les lumières d'une station-service dont elle avait repéré le panneau à un kilomètre se profilent dans la nuit humide. Elle s'y engagea résolument et dit : «Je ne vous aime guère. Veuillez descendre tout de suite de ma voiture.»

Elle l'entendit de nouveau aspirer l'air entre ses dents. Le pompiste avait vu la voiture. Il était en train d'enfiler lentement son anorak avant de sortir de sa cabine.

«Comme c'est cruel ! dit-il, d'une voix où Meg sentait malgré tout transparaître la colère. Comme c'est dommage ! Quelle occasion manquée !

— Veuillez descendre tout de suite, ou je demande à l'employé de vous sortir d'ici.»

Avec son agilité habituelle, il ouvrit immédiatement la portière et se glissa dehors.

«Je suis désolée, dit Meg faiblement. Vous étiez certainement au courant pour la jeune fille. Je n'ai pas confiance en vous, c'est tout.»

Il passa la tête par la vitre ouverte. «Et *moi*, je ne suis pas sûr du tout d'avoir confiance en *vous*.» Des traces d'écume perlaient aux commissures de ses lèvres. «A mon avis, vous ne devriez pas conduire seule si vous êtes sujette à d'aussi graves hallucinations.»

Sa voix était d'une malveillance évidente. Alors que Meg allait tenter une dernière fois de lui faire admettre qu'il avait effectivement vu la jeune fille, le pompiste arriva à leur hauteur et se mit à dévisser le bouchon du réservoir. A ce moment, il s'en alla. Il avait simplement retiré la tête, comme si toute sa personne se résumait à cela, et disparu.

Une fois que l'employé l'eut servie et fut nonchalamment parti chercher la monnaie, Meg eut envie de pleurer. Elle se retint, verrouilla toutes les portières et remonta la vitre du passager. Elle avait la crainte irraisonnée que l'homme revienne et que le pompiste refuse de l'aider à le déloger. Oubliant sa monnaie, elle remonta sa vitre. Lorsque l'employé tapa au carreau, elle sursauta violemment, puis se mit à frémir.

« Avez-vous... avez-vous vu où est allé l'homme qui était assis à l'avant de ma voiture ? Il vient juste de descendre.

— Je n'ai vu personne. Absolument personne.

— Ah bon, merci.

— Bonsoir. »

Il retourna avec gratitude vers sa cabine brillamment éclairée et sans aucun doute surchauffée.

Avant de repartir, Meg regarda une fois de plus le siège arrière. Il était vide. Tout cet épisode avait été si long et éprouvant pour les nerfs qu'elle était non seulement effrayée, mais troublée. Elle voulait tout à la fois filer au plus vite et réfléchir posément à la situation. Il savait *parfaitement* que la jeune fille était dans la voiture. Il avait joui de sa peur. Pourquoi, sinon, aurait-il employé le « nous » aussi souvent ? Elle en éprouva davantage de frayeur, et une autre idée lui vint soudain à l'esprit.

La jeune fille n'avait pas pu descendre de voiture sans ouvrir et refermer — aussi discrètement que ce fût — une portière arrière. Il n'y avait eu aucun bruit de ce genre. En fait, elle n'avait pas émis le moindre son depuis l'instant où elle était montée. Peut-être, elle aussi, avait-elle été effrayée par l'horrible personnage. Peut-être avait-elle *fait semblant* de monter, pour se faufiler dehors au dernier moment.

Elle ouvrit sa vitre en grand pour évacuer les odeurs qui régnaient dans la voiture. Ce faisant, les paroles du pompiste lui revinrent à l'esprit. Il n'avait vu *personne* ; il n'avait pas insisté sur le mot, mais il avait répété « absolument personne ». Avait-il voulu dire qu'il n'avait pas regardé ? Ou qu'il avait regardé et n'avait vu personne ? Les revenants ne parlent pas, se remémora-t-elle, et elle repensa immédiatement à la jeune fille muette comme une carpe.

Il lui était maintenant impossible d'écarter de son esprit son premier voyage en voiture vers le nord, et les horribles halètements venant de l'arrière. A partir de ce moment, les deux voyages explosèrent en un carrousel confus d'images et de sons désarticulés qui tournoyaient et réapparaissaient pêle-mêle à une vitesse grandissante, comme si, à travers ce carrousel fou, ils essayaient de la forcer à en comprendre le sens. N'y tenant plus, elle finit par s'exclamer : « Très bien ! La voiture est hantée. Évidemment, c'est clair ! »

Un calme soudain l'envahit, et afin de l'approfondir, ou du moins éviter qu'il ne disparaisse aussi vite qu'il était venu, elle ajouta : « J'y réfléchirai quand je serai à la maison », avant de parcourir le reste du trajet l'esprit vacant. Si la moindre bribe de réminiscence tentait d'envahir son indifférence absolue, elle se concentrait sur la vision du visage de sa mère, les odeurs du dîner dans la cuisine, et la voix de son père dans l'entrée.

« ... il pensait qu'il était peut-être en train d'attraper un gros rhume, alors il est parti se coucher. Il a pris sa tisane avec une larme de whisky, et il nous demande de ne surtout pas faire de bruit, au cas où il s'assoupirait ».

Meg la serra dans ses bras sans répondre : il aurait été inutile de jouer les conspiratrices avec sa mère au sujet de son père. Impossible d'imaginer le moindre clin d'œil, ni le moindre sourire. La loyauté de sa mère s'était affermie au fil des années, au point qu'elle pouvait à présent relater les détails les plus absurdes des maladies et des peurs imaginaires de son père d'un air à la fois suprêmement impassible et bonhomme.

« Avons-nous de l'alcool ? demanda-t-elle.

— Chérie... je suis sûre que oui. Mais ça ne te ressemble tellement pas de vouloir prendre un verre que je n'ai rien sorti. Tout est dans le buffet du salon. »

Meg le savait, comme elle savait qu'elle y trouverait les demi-litres intacts de gin et de xérès que l'on gardait pour les invités surprises. Mais les très rares personnes qui venaient à la maison prenaient le thé ou le café aux heures traditionnelles. Ses parents ne pouvaient pas vraiment se permettre de boire… à l'exception du whisky médicinal de son père.

Elle apporta les bouteilles dans la cuisine et dit : « Tu vas boire avec moi. Je vais me sentir dévergondée si je bois seule.

— Dans ce cas, ma chérie, nous allons nous dévergonder en chœur. Rien qu'une larme de xérès pour moi. Inutile de le dire à ton père. Il risquerait de se poser des questions sur ta vie londonienne. Des rencontres intéressantes, dernièrement ? »

Meg avait offert à sa mère une cigarette avec son xérès, et sa mère, ravie, avait manqué d'enflammer sa frange légère en se penchant sur l'allumette. Elle expulsait à présent par les narines des jets frénétiques de fumée avant que celle-ci ne pénètre dans ses poumons : si l'on s'abstenait d'inhaler, il était acceptable de fumer… entre amis, tout du moins. Comme il était acceptable, dans ces moments-là, de boire un verre de xérès.

« Mmmm… », fit sa mère, avant d'ajouter : « As-tu rencontré un gentil garçon, ma chérie ? Dans toutes tes sorties et tes soirées ? »

C'est à ce moment-là que Meg se rendit compte qu'elle ne pourrait jamais, au grand jamais, confier toutes ses angoisses à sa mère. Elle serait tout simplement incapable de les comprendre.

« Pas cette semaine », dit-elle.

Sa mère soupira, mais Meg n'était pas d'humeur à l'écouter ; elle dit que c'était probablement long de se faire des relations dans un endroit comme Londres.

Meg se prépara un second gin bien tassé, puis dit à sa mère qu'elle allait la rembourser, mais qu'à présent elle était fatiguée et avait besoin d'un verre ou deux. Elle fuma aussi quatre cigarettes avant le dîner, et se sentit si revigorée qu'elle fit honneur à une délicieuse croustade aux rognons suivie de pommes caramélisées aux raisins secs. Sa mère lui avait confectionné des chemises de nuit en flanelle garnies de dentelle blanche plissée, et désirait les lui montrer. On les apporta dans la cuisine, qui servait de pièce à tout faire en hiver pour cause d'économie d'énergie.

« Je trouve ça si excitant, dit sa mère en dépliant son ouvrage. Ce n'est pas tout à fait terminé, mais je m'amuse tellement à les coudre chacune dans des couleurs différentes. »

Elle écouta avec avidité les anecdotes sur M. Whitehorn et sur la boutique que Meg lui raconta... elle aimait même qu'on lui parle des articles du magasin ! Elle s'esclaffa aux moindres descriptions plaisantes de Meg, et prit un air anxieux quand elle lui fit part de la fragilité et de la valeur des lustres à pendeloques de cristal. Lorsque le moment d'aller se coucher fut venu, et après qu'elles eurent rempli leurs deux bouillottes, elle accompagna Meg jusqu'à la porte de sa chambre. Elles s'embrassèrent, et sa mère lui dit : « Que Dieu te bénisse, ma petite chérie. Je ne sais pas ce que je ferais sans toi. Bien qu'évidemment, un de ces jours, il faudra que je m'y fasse... quand tu tireras le bon numéro. »

Meg se brossa les dents dans la salle de bains glaciale et réintégra sa chambre où régnait un froid presque aussi polaire. Les bouillottes étaient essentielles ; les chemises de nuit en flanelle ajouteraient à son confort. Aidée par des années de pratique, elle se déshabilla vivement et ingénieusement, de façon à n'être jamais toute nue. Chaque fois que sa mère faisait allusion au « bon numéro », elle voyait un homme à moustaches et chapeau melon en train de tondre une pelouse. Elle fit sa prière agenouillée près de son lit haut et guère confortable avant de se blottir, reconnaissante, contre la bouillotte.

Elle se réveilla dans la nuit, le corps tendu et craintif. Je pourrais vendre la voiture, et en acheter une autre, se dit-elle. Presque immédiatement elle se détendit, ses craintes refluèrent avant de s'évanouir dans les limbes de son cerveau, et elle se rendormit.

Cette décision, qui venait s'ajouter à un week-end réconfortant à force de monotonie routinière, lui donnait la force d'écarter et presque d'effacer de son esprit les choses — comme elle les appelait — qui s'étaient passées, ou qui semblaient s'être passées, dans sa voiture. Le dimanche matin, elle trouva sa mère en train de remplir l'arrière de la voiture d'une brassée d'immortelles « pour ton appartement », d'un vieux plaid géant « au cas où tu n'aurais pas assez chaud dans ton lit » et d'un pot de marmelade maison « pour toi et tes amies au petit déjeuner ».

« Il y a plein de place pour les bagages sur le plancher : tu es si menue que ton siège est complètement avancé vers le volant. »

Elle dit adieu et prit la route, persuadée que son trajet vers Londres ne serait émaillé d'aucun incident, et ce fut le cas.

Toutefois, comme elle s'en rendit compte après une semaine d'efforts, la vente de la voiture se révélait *impossible.* Elle avait commencé par celui qui la lui avait vendue, mais il lui avait dit d'une voix indifférente qu'il était extrêmement désolé, mais que ce n'était pas la bonne saison pour vendre des occasions. Le mieux qu'il pouvait faire, c'était de la reprendre avec une décote de cent livres. Comme cette solution aurait exclu l'achat d'une nouvelle voiture, excepté une Mini cabossée ou éreintée qui lui aurait coûté une fortune en réparations (et, comme la plupart des propriétaires de voiture, Meg n'était pas douée pour la mécanique), elle dut abandonner cette idée d'emblée.

Elle placarda une annonce chez le marchand de journaux de son quartier (c'était économique, et les gens pourraient facilement essayer la voiture), mais elle n'obtint qu'une réponse : une dame d'un certain âge, accompagnée d'un caniche d'un âge certain, qui passa un soir. D'abord, l'affaire sembla bien s'engager ; la dame trouva la couleur jolie et le véhicule en bon état, mais lorsqu'elle s'assit au volant pour faire le tour du pâté de maisons avec Meg, son chien refusa obstinément de monter à l'arrière comme on le lui demandait. Sa maîtresse essaya de l'encourager gentiment, mais il se mit à gémir et à gratter devant la portière ouverte. Et quand elle voulut — sans le moindre effet — adopter un ton autoritaire, ses gémissements se muèrent en une série de glapissements aigus.

« Il raffole des voitures... Je ne sais pas ce qui lui prend ! »

Lorsqu'elles furent toutes deux redescendues, il grogna et tenta de pincer les mollets de Meg.

« Je suis désolée, ma petite, mais je ne peux vraiment pas acheter une voiture où Cherry refuse de monter. Ce chien est tout pour moi. Vilain Cherry ! Il est si doux et si gentil, d'habitude. Que je te voie un peu mordre les amies de maman ! »

Et l'affaire s'arrêta là. Elle demanda à M. Whitehorn, à ses colocataires, et finalement à leurs amis, mais personne ne semblait vouloir acheter sa voiture, ou même l'aider à s'en débarrasser. Lorsque le vendredi arriva, Meg paniqua à l'idée de repartir vers le nord au volant de la MG. Elle s'était promis de ne pas le faire, et aussi longtemps que la promesse avait paru tenir (elle ne doutait pas qu'elle trouverait un acheteur), elle avait pu éviter de réfléchir à l'alternative. Le vendredi matin, elle était si terrifiée qu'elle se décida à envoyer un télégramme à sa mère pour la prévenir qu'elle était grippée et qu'elle ne pourrait pas venir.

Après l'avoir envoyé, elle se sentit coupable et soulagée en proportions à peu près égales. La seule façon de justifier ce comportement était de réussir à vendre la voiture ce week-end-là. Samantha lui conseilla de faire publier une annonce dans le *Standard* du lendemain.

« Tu feras obligatoirement la dernière édition, de toute façon », dit-elle.

Meg appela donc le journal, après avoir passé une bonne demi-heure à tenter de rédiger son annonce, dont les premiers mots furent finalement : « MG bleu pâle... »

Puis elle dut partir travailler. M. Whitehorn avait ses vapeurs. Ce n'était pas lui faire injure que de penser cela, car il y faisait fréquemment allusion. Il y avait une très grosse commande pour New York qui exigerait, pensait-il, au moins une semaine de travail d'emballage. Il avait déniché de vieilles caisses à thé, pour apprendre finalement qu'il devrait utiliser un conditionnement adapté. Le sous-sol regorgeait de papier journal et de paille : c'est là, craignait-il, que Meg allait devoir passer sa journée.

La pièce était blanchie à la chaux et ne renfermait généralement que des objets de moindre valeur, ou en instance de réparation. Pendant son travail, Meg avait la permission d'utiliser un poêle à mazout, lequel, par prudence, n'était jamais laissé sans surveillance. Elle allait commencer par un énorme service à petit déjeuner, déjeuner, thé et café que M. Whitehorn avait acheté lors d'une braderie estivale particulièrement réussie dans le Suffolk. Il fallait l'emballer et en dresser la liste, sans oublier aucune des deux cent trente-six pièces. Il était posé sur une vieille table de billard, et Meg décida de transporter chaque pièce près d'une chaise longue dépenaillée, tout en gardant la pile de journaux à portée de la main. Ainsi, elle pourrait travailler confortablement assise, puis, lorsqu'elle aurait fini un ensemble, elle remettrait les objets triés et étiquetés sur la table. Elle se sentait bien mieux qu'à son réveil. L'idée de ne pas avoir à affronter la route, et le fait d'avoir passé une annonce dans un journal sérieux lui donnaient quasiment l'impression qu'elle avait déjà vendu la voiture. Val lui avait dit qu'elle l'accompagnerait peut-être au cinéma le dimanche après-midi si son ami ne venait pas (et elle ne pensait pas qu'il viendrait), aussi avait-elle un projet motivant. Et emballer de la porcelaine n'était pas si mortel, si on s'y prenait méthodiquement et qu'on s'abstenait d'imaginer un terme à la besogne.

Vers le milieu de la matinée, M. Whitehorn partit chercher les caisses d'emballage avec sa camionnette. Il serait de retour dans une heure environ, avait-il dit. Meg, qui était montée dans la boutique pour entendre ce qu'il disait — le sous-sol assourdissait incroyablement les bruits —, se fit une tasse de café et se remit au travail. Le carillon placé sous la porte l'avertirait de l'entrée d'éventuels clients.

Elle venait de terminer les tasses à petit déjeuner lorsqu'elle vit la photo. Les tranches du journal avaient jauni, mais à l'intérieur, où se trouvaient articles et clichés, il était presque neuf. Pendant une seconde, elle ne ramassa pas la page, mais fixa simplement un large portrait surmonté d'un titre en caractères gras : LE MYSTÈRE DE L'AUTOROUTE M1.

Le cliché représentait la jeune fille qu'elle avait prise en stop à Hendon. Elle sut que c'était elle avant même de voir le feuillet de près, mais elle devait malgré tout le ramasser… *au cas où* elle se serait trompée, quoiqu'elle en doutât. Tout y était : les lunettes, les cheveux, le front assez haut — sauf qu'elle souriait faiblement sur la photo…

« … le corps de Mary Carmichael, une jeune fille de petite taille aux cheveux auburn, a été retrouvé enveloppé dans son imperméable au fond d'un fossé situé à moins d'une centaine de mètres de l'autoroute M1, au nord de Towcester. Son agresseur l'a étranglée à l'aide de l'écharpe de soie vert tilleul qu'elle portait en quittant son bureau… Le corps de M. Turner gisait dans le coffre de la voiture, une MG noire que la police a découverte sur un parking. Le véhicule abandonné appartenait à M. Turner, qui a reçu plusieurs coups de couteau et qui aurait apparemment succombé avant Mlle Carmichael… »

Elle réalisa alors qu'elle lisait un article qui débutait en première page. La page un du journal avait disparu. Elle ne saurait jamais à quoi ressemblait M. Turner. Elle regarda de nouveau le cliché de la jeune fille. « Cette photo remonte aux dernières vacances de la victime. » Elle avait beau sourire, ou tenter de sourire, Mary Carmichael paraissait timide et vulnérable.

« M. Turner, voyageur de commerce de son état et propriétaire du véhicule, aurait pris en stop Mary Carmichael et un autre individu qui n'a pas encore été identifié. Les policiers conduisent actuellement une enquête approfondie sur le trajet habituel de M. Turner. Celui-ci était marié et père de trois enfants. Les parents de la victime, M. et Mme Gerald Carmichael de Manchester, ont décrit leur fille unique comme une personne très réservée et timide. On ne lui connaissait pas de liaison. » Le journal était daté du mois de mars précédent.

Meg sentit ses yeux se remplir de larmes. Pauvre Mary ! L'année dernière, cette jeune fille banale, timide et sans charme particulier avait été affreusement assassinée en faisant de l'auto-stop. Quelle terreur avait-elle dû ressentir avant de mourir... surtout si on avait... abusé d'elle. Et à présent, elle n'était plus qu'une revenante solitaire, condamnée à errer perpétuellement au bord des routes en quête d'une âme charitable, à moins qu'elle ne cherchât à *avertir* les gens... « Je prierai pour toi », dit-elle à la jeune fille sur la photo, qui était maintenant devenue si floue à travers ses larmes que son sourire incertain semblait avoir disparu.

Elle ne sut pas combien de temps il lui fallut pour que les conséquences de sa découverte, à la fois pratiques et sinistres, s'insinuent dans son esprit. Mais les violents frissons qui lui glacèrent l'épine dorsale ne lui laissèrent aucun doute sur ce point.

Une mystérieuse affaire de meurtres... Si M. Turner n'était pas le meurtrier de Mary, il ne restait qu'un seul responsable possible... l'horrible personnage. Avec sa façon d'insister sur tous ces crimes abominables... Elle devait prévenir immédiatement la police. Elle pourrait en faire une description très détaillée : ses vêtements, sa voix, ses lunettes teintées, son épouvantable odeur... Il avait été furieux lorsqu'elle l'avait déposé à la station-service... mais une minute avant, lorsqu'elle l'avait laissé descendre sur le bas-côté, près du camion, il avait mis un temps infini à revenir dans la voiture... il en avait fait le tour complet, puis, quand elle l'avait questionné un peu plus tard sur la jeune fille, et qu'elle l'avait décrite, il s'était mis à transpirer abondamment et il avait mis des heures à lui répondre. Il avait dû *reconnaître* le véhicule ! Elle commençait à s'embrouiller : trop d'éléments se bousculaient dans sa tête en même temps. C'est dans ces moments-là que l'on regrette de ne pas avoir plus de cervelle, pensa-t-elle.

Elle tenta de raisonner posément, logiquement. Il ne lui revint à l'esprit que des fragments sinistres : « ... difficile de citer un meurtre où la peur ne joue pas un petit rôle, et parfois, avouons-le, un rôle majeur » ; le visage de la jeune fille debout sous le feu tricolore du terre-plein. Meg regarda de nouveau le journal, mais le doute n'était pas permis : la fille de la photo et l'auto-stoppeuse n'étaient qu'une seule et même personne. Ainsi — elle commençait enfin à y voir plus clair — la jeune fille était bel et bien une revenante : la voiture était donc probablement hantée. L'homme devait certainement être au courant (jusqu'à quel point, elle l'ignorait) de ce qui s'était passé : il avait prononcé ses derniers mots — « et *moi*, je ne suis pas sûr du tout d'avoir confiance en *vous* » — parce qu'elle lui avait dit elle-même ne pas avoir confiance en lui. Donc... peut-être pensait-il qu'elle *savait* ce qui était arrivé, et qu'elle tentait, qui sait, de le piéger. S'il pensait *réellement* cela, et qu'il était effectivement coupable, il n'en resterait certainement pas là. Il craindrait qu'elle ne le dénonce, ce qui était bien dans ses intentions. Il ne pouvait évidemment savoir qu'elle n'avait jamais vu la jeune fille dans le journal auparavant. Mais s'il ne pouvait le savoir, que dire des policiers ?

A ce moment-là, le carillon de l'entrée retentit violemment, et Meg sursauta. Elle eut à peine le temps de bondir sur ses jambes que la voix assourdie de M. Whitehorn lui parvint du haut de l'escalier. « Je suis de retour, mon petit. Avons-nous eu des clients pendant mon absence ?

— Non. » Meg monta l'escalier quatre à quatre, soulagée de le voir. « Voulez-vous du café ?

— Excellente idée. »

Il était en train de retirer son épais pardessus matelassé et de frotter ses mains pâles et sèches devant le radiateur soufflant.

Quelques instants plus tard, tasse fumante blottie au creux des mains, elle demanda : « Monsieur Whitehorn, vous souvenez-vous d'une mystérieuse affaire de meurtre sur l'autoroute M1, au printemps dernier ? Il s'agissait de deux meurtres, en fait. L'homme avait été retrouvé dans le coffre de la voiture, et la jeune fille...

— Dans un fossé, je ne sais où ? Oui, très bien. Toute la presse en a parlé. Le problème c'est que, bien que j'adore lire des polars, je veux dire des polars dignes de ce nom, je trouve toujours les vrais crimes assommants. Immondes et assommants.

— Je crois que vous avez raison.

— Ils ont épinglé le type, malgré tout, n'est-ce pas ? Je suppose qu'il va faire un petit séjour de dix-huit mois en prison trois étoiles. Il sera dehors l'année prochaine, vous verrez. M'est avis que la loi protège bien mieux la propriété que la personne humaine.

— Qui ont-ils épinglé ?

— Le meurtrier, mon petit, le meurtrier. Je n'arrive pas à me souvenir de son nom. Quelque chose comme Arkwright ou James. Mais ils l'ont épinglé, j'en suis absolument sûr. Et puis toute la presse a parlé du procès Comment avance votre marathon ? »

Meg se sentit rougir : elle expliqua qu'elle n'avait pas fait grand-chose pendant la dernière demi-heure, et elle proposa de rattraper le temps perdu en faisant des heures supplémentaires. « Non, non, dit M. Whitehorn, une telle honnêteté mérite récompense. » Mais il ajouta, avant qu'elle n'ait eu le temps de le remercier, que, si elle avait, par contre, une heure de libre dans la matinée du lendemain, il lui en serait très reconnaissant. Meg dut accepter cette proposition, tout en prenant des dispositions pour arriver et repartir tôt, à cause de son annonce.

La conséquence la plus ennuyeuse de cette conversation apparemment réconfortante avec M. Whitehorn était que si l'on avait *effectivement* déjà capturé l'homme, il n'y avait plus aucun intérêt à aller trouver la police. Elle était incapable de prouver qu'elle n'avait pas vu la malheureuse Mary Carmichael en photo ; en fait, elle se rendit compte qu'elle aurait pu facilement entrevoir le cliché et l'oublier, parce qu'elle ne lisait pas les pages criminelles. Aller trouver les policiers et leur raconter que vous aviez vu une revenante, que vous l'aviez *prise en stop*, puis que vous aviez vu *ensuite* une photo de journal qui l'identifiait vous ferait tout bonnement passer pour une hystérique ou une folle. Et il serait inutile de décrire l'horrible individu, s'il n'était en fait rien de plus que cela, et non un meurtrier. Mais, pour le moins, elle pouvait avoir l'esprit tranquille : son comportement lui avait paru étrange puis sinistre, mais c'était *avant* que M. Whitehorn ne lui parle de la capture du meurtrier. Restait à se débarrasser d'une voiture hantée.

Après avoir avalé ses œufs brouillés et sa barre de Mars, elle fit un brin de toilette et alla se coucher sans tarder. Juste avant de s'endormir, il lui vint à l'idée que sa mère pensait toujours que tous les gens, sans exception, étaient en réalité meilleurs que leur apparence ne le suggérait, tandis que son père était persuadé du contraire. Ils n'étaient probablement rien d'autre que ce que leur apparence suggérait… ni plus ni moins.

Le matin, au deuxième courrier, elle reçut de sa mère une lettre débordante d'anxiété et de conseils. La lettre, après nombre de conseils aussi bien intentionnés qu'inapplicables, se terminait ainsi : « ... et je t'interdis de quitter la chambre ou d'entreprendre cette longue route à moins que tu ne te sentes complètement rétablie. J'aimerais vraiment descendre à Londres pour m'occuper de toi, mais ton père pense qu'il risquerait d'attraper ce maudit virus. Les journaux affirment que c'est une souche très virulente, et il est généralement le premier à attraper tout ce qui traîne, comme tu le sais. Toute mon affection, ma chérie, et soigne-toi bien ».

Après avoir lu la lettre, Meg n'eut plus la moindre envie d'aller chez M. Whitehorn, mais elle s'était engagée à le faire, et lâcher une personne ne vous autorisait en rien à en lâcher une autre. Samantha avait promis de rester près du téléphone pendant l'absence de Meg, car elle attendait un appel d'un de ses amis.

Lorsqu'elle revint à l'appartement, Samantha était au téléphone, et Val était visiblement exaspérée. « Ça fait des heures qu'elle parle avec Bruce, et elle sort avec lui dans une minute. J'avais promis de me charger des commissions, mais elle ne fait même pas l'effort de me dire ce qu'elle veut. Elle est tuante ! »

Samantha dit : « Ne quitte pas — six pamplemousses et deux rumstecks —, voilà, c'est tout », puis continua de converser et de rire avec Bruce. Meg la considéra d'un air catastrophé. Comment donc les gens qui avaient lu son annonce et qui *mouraient d'impatience* d'y répondre allaient-ils pouvoir l'appeler ? Le problème avec Samantha, c'est qu'elle était si jolie qu'on avait un mal fou à la pousser à faire quoi que ce soit contre son gré.

Val se tourna gentiment vers Meg et dit à voix haute : « Et ton annonce est parue, n'est-ce pas ? Samantha, tu dépasses vraiment les bornes. Meg, que veux-tu que je t'achète ? »

Meg trouva que c'était terriblement gentil de la part

de Val, qui était, elle aussi, époustouflante de beauté, mais dans un genre moins romantique. Aucune des deux filles ne lui avait jamais fait ses courses ; peut-être Val allait-elle devenir son amie ? Lorsque sa liste fut complète, Val lui dit : « Écoute, pourquoi ne pas partager un poulet ? J'en paierai les trois quarts, si tu le prépares. Pour dimanche », ajouta-t-elle ; et Meg eut l'impression que Val était presque déjà devenue son amie.

A peine Val partie, Samantha dit à son correspondant : « D'accord : rendez-vous dans une demi-heure. Salut ! » D'un geste gracieux, elle quitta le sofa défoncé, se mit à lisser ses longs cheveux bruns avec ses mains, puis fit : « C'est affreux, je n'ai absolument rien à me mettre !

— Il y a eu des appels pour moi ?

— Pardon ? Ah... oui, une personne... non, deux, en fait. Je leur ai dit que tu serais rentrée pour le déjeuner.

— Elles semblaient intéressées par la voiture ?

— L'une des deux, oui. Elle m'a bombardée d'horribles questions techniques qui me dépassaient complètement. L'autre voulait juste connaître le nom du propriétaire et savoir s'il était possible de voir la voiture ici. »

Elle avait retiré son kimono élimé et observait son visage dans un petit miroir grossissant qui ne semblait jamais devoir la quitter. « Encore un... ! C'est le printemps, ma parole ! J'ai bien fait de ne pas attendre une minute de plus pour entreprendre mon régime. »

Une heure s'écoula lentement : personne n'appela pour la voiture. Samantha finit par apparaître dans une tenue d'apparence extraordinairement coûteuse, comme si elle se rendait à une séance de photos. Elle emprunta cinquante pence à Meg pour son taxi et disparut, laissant l'appartement envahi d'effluves de bain moussant.

Le week-end fut d'une banalité effrayante. Le samedi, trois personnes appelèrent — aucune de celles qui avaient téléphoné précédemment ; l'une était persuadée qu'il s'agissait d'une décapotable. Elle parut même accuser Meg qu'il n'en soit pas ainsi, bien qu'elle ait clairement précisé « conduite intérieure » dans son annonce. Deux personnes promirent de passer voir la voiture : l'une d'entre elles se présenta effectivement, mais lui offrit cent livres de moins que le prix demandé, et l'affaire en resta là. Le dimanche matin, Meg mit un temps infini à faire cuire le poulet, et à préparer une sauce et une garniture à la hauteur des circonstances. A midi et demi, Val reçut un appel d'un de ses amis, et dit qu'elle était horriblement désolée, mais qu'elle était finalement obligée de déjeuner dehors.

« Oh, mon Dieu ! Et si je le gardais jusqu'à ce soir ? Le poulet sera froid, mais le reste... »

Val l'interrompit en lui disant d'une voix légèrement embarrassée qu'elle ne rentrerait pas pour dîner non plus. « Non, mange-le *toi* », conclut-elle avec une générosité coupable.

Lorsqu'elle fut partie, l'appartement parut très vide. Meg essaya de se réconforter en se disant que, de toute façon, elle n'aurait pas pu aller au cinéma avec Val puisqu'elle devait rester près du téléphone. Mais elle s'était fait une fête de ce déjeuner. Partager un repas avec une personne vous permettait de beaucoup mieux la connaître. Les dimanches paraissaient encore plus calmes à Londres qu'en province, à cause du contraste avec l'agitation de la semaine. Pendant qu'elle mangeait son poulet-pommes de terre préparé selon la recette maternelle, elle se demanda si son déménagement londonien avait été en fin de compte bien positif. Elle ne semblait guère progresser : les choses n'évoluaient pas du tout comme elle les avait imaginées, et elle se sentait à présent envahie d'une bouffée de nostalgie. Quoi qu'il advienne, elle rentrerait à la maison le week-end suivant, et parlerait à sa mère. Pas de l'épisode de l'autoroute, mais de son avenir et de sa carrière.

Il y eut deux autres appels dans l'après-midi. L'un était pour Samantha, mais l'autre concernait l'annonce. On lui demanda si elle accepterait de se déplacer jusqu'à Richmond pour présenter la voiture, mais lorsqu'elle expliqua la raison de son refus, la personne se désintéressa de l'affaire. Elle ne cessait de se répéter que c'était prendre le risque de perdre trop de clients potentiels que de s'absenter pendant si longtemps, mais lorsque l'après-midi gris céda mornement la place à une soirée encore plus grise, elle se demanda si elle n'avait pas eu tort.

Elle écrivit une longue lettre à sa mère où elle décrivait les tenues de Samantha et la gentillesse de Val, et où elle affirmait se sentir déjà mieux (un autre mensonge, mais comment l'éviter ?). Puis elle lut le *Vogue* du mois précédent et se demanda ce que faisaient en ce moment tous ces personnages qui arboraient de luxueux pardessus, donnaient des déjeuners de chasse ou de prodigieux dîners raffinés, et semblaient connaître dix mille façons de se coiffer. Meg se les représentait généralement étendus sur des sofas de velours ou de cuir, l'un de leurs fringants rejetons assis paisiblement sur une chaise à leurs côtés, un livre à la main, dans une pièce ornée de jarres d'azalées et de cyclamens où l'on n'apercevait qu'un fragment du portrait de famille, pendant qu'un lévrier blanc ou miel se prélassait à leurs pieds sur un vieil aubusson. Elle consulta son horoscope, qui disait : « Vous allez rencontrer des gens intéressants, mais ne faites pas d'efforts démesurés pour aller vers eux, et surveillez vos finances... » De toute façon, c'était l'horoscope du mois précédent : qu'il ait été exact ou non importait guère. Lorsqu'elle pensa qu'il était désormais trop tard pour recevoir de nouveaux appels, elle prit un long bain chaud, et tenta de changer un tant soit peu le style de sa coiffure. Mais ses cheveux étaient trop courts, trop fins, et si peu habitués à de telles extravagances qu'ils lui retombaient obstinément sur la figure ou reprenaient leur pli ordinaire. Ils étaient aussi de cette teinte fade qui laissait les romanciers indifférents. Elle bâilla, une larme lui coula de l'œil, et elle décida qu'elle ferait mieux de se cultiver l'esprit, ce à quoi elle s'appliqua en s'installant face à un épais volume sur le Maroc dont, selon Val, tout le monde parlait...

Toute la semaine, elle empaqueta : de la porcelaine, du verre, de l'argent, et des éléments de lampes et de lustres. Le mercredi, quelqu'un lui téléphona à la boutique pendant qu'elle était partie acheter le déjeuner de son patron et le sien. M. Whitehorn parut avare de détails : cela ne semblait pas concerner la voiture, mais plutôt ses projets de week-end, apparemment. « Apparemment », répéta-t-il, comme pour ajouter au doute. Meg n'arrivait pas à déterminer qui ce pouvait être... à moins que ce ne fût le jeune homme roux timide et bredouillant qui était venu une fois acheter une peinture sur verre représentant la mort de Nelson. Il avait été charmant, pensait-elle, était resté assez longtemps après son achat, et lui avait parlé de sa collection de « bric-à-brac nelsonien ». C'était à peu près la seule personne dont il pouvait s'agir, et elle espéra qu'il rappellerait, mais en vain.

Le mercredi soir, elle eut un accès de peur soudain et irrationnel. Malgré tous ses appels à la raison, elle se refusait à reprendre l'autoroute seule dans une voiture qu'elle savait à présent hantée. Elle ne pouvait supporter l'idée de réentendre les mêmes sons, de revoir la jeune fille au même endroit (savait-on jamais... les revenants étaient connus pour leurs actes répétitifs). Aussi lorsque Samantha et Val rentrèrent (ensemble et plus tôt que d'habitude), elle eut une idée qui était, qui sait, peut-être moins désespérée qu'on aurait pu le croire. Accepteraient-elles, l'une ou l'autre, ou toutes les deux, de venir passer un week-end à la maison en sa compagnie ?

Elles se regardèrent immédiatement : on lisait facilement sur leurs visages la même expression d'absolue consternation que leur causait cette proposition. Sans leur laisser le temps de refuser, Meg enchaîna : « La campagne est magnifique, et ma mère est un véritable cordon-bleu. Nous pourrions faire des balades en voiture... » Mais elle savait que c'était inutile. Elles ne pouvaient vraiment pas venir, dirent-elle ensemble presque immédiatement : elles avaient des rendez-vous, des projets, c'était terriblement gentil de sa part, et peut-être que durant l'été... Oui, durant l'été, ce serait sûrement fantastique, *s'il* se trouvait un week-end de libre...

De retour dans sa petite chambre, Meg s'assit sur son lit et pleura. Elle n'était pas suffisamment proche d'elles pour les supplier de venir, et leur révéler la raison de sa peur ne ferait que les éloigner encore davantage d'elle.

Le lendemain matin, elle demanda à M. Whitehorn s'il n'avait jamais eu l'occasion de monter dans le Nord pour des braderies ou des ventes aux enchères.

Oui, il y allait de temps à autre.

« Je suppose que ça ne vous dirait rien de venir passer le week-end chez moi ? Je vous servirais de chauffeur, vous n'auriez qu'à demander. »

M. Whitehorn la considéra avec l'expression lasse qu'il avait l'habitude d'arborer, mais aussi, constata-t-elle, avec une stupéfaction totale.

« Ma chère enfant, dit-il après un instant de réflexion, il m'est totalement impossible de faire la moindre chose, je dis bien, la moindre chose de ce genre, à si brève échéance. Ce serait la ruine de tous mes projets de week-end. Et mes projets sont sacrés. Peut-être ne vous en êtes-vous pas aperçue, poursuivit-il, mais je suis homosexuel, n'est-ce pas. Je pensais que l'activité que je mène et mes “vapeurs” vous auraient mise sur la voie. Mais je planifie *toujours* mon temps libre. Je déjeune à Ascot avec un ami très cher, et parfois, mais pas toujours, je reste coucher chez lui. » La confidence le fit rosir. « Je n'avais nulle intention de vous *abuser.* »

Meg dit qu'elle n'en doutait pas, puis ils se firent des excuses mutuelles et affirmèrent que tout cela n'avait pas la moindre importance.

Le jeudi matin, les deux filles étaient absentes, et Meg, qui avait mal dormi durant les deux dernières nuits, décida qu'elle était trop fatiguée pour aller seule au cinéma, bien qu'on y projetât *Un homme pour l'éternité*, film qu'elle avait manqué et toujours voulu voir. Elle mangea un œuf poché et un demi-pamplemousse, vestige du régime de Samantha, et fut soudain traversée d'une brillante inspiration. Ce qu'elle redoutait, se dit-elle, c'était de voir la malheureuse jeune fille l'attendre de nouveau sur le bord de la route à Hendon. Donc, si elle *évitait* Hendon, et rattrapait l'autoroute plus au nord, elle serait libérée de cette angoisse. Elle risquait de réentendre ces bruits horribles, comme avant, mais il lui faudrait se faire une raison, voilà tout, et garder le cap sans faiblir jusqu'à la maison. Arrivée là, décida-t-elle, elle déballerait bel et bien toute l'histoire à sa mère. Cette idée, et la décision d'en parler à sa mère, lui remontèrent tellement le moral qu'elle se sentit moins fatiguée, et qu'elle descendit chercher sa carte routière dans la voiture. Là, devant le plaid que sa mère lui avait donné pour qu'elle n'ait pas froid dans son lit, elle fut prise de scrupules. Elle était parvenue à hisser jusqu'à l'appartement les fleurs, la marmelade et sa valise, mais elle avait complètement oublié le plaid, probablement parce que c'était sa mère qui l'avait placé elle-même dans la voiture. Il gisait à présent sur le plancher arrière. Elle le rapporterait à la maison, puisqu'elle n'en avait pas vraiment besoin et que son père s'en servait habituellement pour se protéger les jambes des courants d'air lorsqu'il s'asseyait à l'intérieur ou dans le jardin.

Elle découvrit un bon itinéraire sur la carte. Il lui suffirait de ne pas tourner à gauche sur Hendon Way, de suivre l'A1000 jusqu'à Barnet et de prendre à gauche pour rejoindre St. Albans Road. Elle pourrait rattraper la M1 sur la route de Watford. C'était facile. Ce soir-là, elle mit sa robe chic dans sa valise pour la montrer à sa mère. Elle préparait toujours sa valise la veille au soir afin de ne pas être trop bousculée le matin, d'arriver au travail à l'heure, et de se garer, comme d'habitude, dans la rue perpendiculaire à la boutique. M. Whitehorn avait simplement écrit « Défense de stationner » à la craie sur le mur de brique, et jusqu'ici le stratagème avait toujours bien fonctionné.

Le vendredi matin, elle et M. Whitehorn se saluèrent avec force civilités, comme s'il s'était passé bien plus de choses entre eux qu'on aurait pu le croire : ils échangèrent, sans en avoir l'air, mille amabilités durant la première demi-heure, et leurs chemins semblèrent se croiser bien plus souvent que d'habitude. Les nouvelles de la pluie et du beau temps servirent de zone franche à leurs dialogues. M. Whitehorn dit que la radio avait annoncé de nouveau du brouillard, et Meg, qui avait entendu la même chose, fit « Oh, mon Dieu ! » et le remercia de l'avoir prévenue. Dans le courant de la matinée, lorsque l'atmosphère se fut détendue entre eux, M. Whitehorn lui demanda si elle avait réussi à vendre sa voiture. « Le train est tellement plus pratique en cette saison », ajouta-t-il. Il avait sans aucun doute raison. Mais comment lui dire qu'elle habitait à vingt-sept kilomètres de la gare, que ses parents ne conduisaient pas, que le dernier autobus était parti à l'heure où le seul train qu'elle pouvait prendre arrivait, et que son salaire ne lui permettait certainement pas de s'offrir un taxi ? Oui, comment, sans donner l'impression de réclamer, de quémander une augmentation ? C'était le genre de chose qu'elle ne ferait jamais...

Mais l'idée du train revint la tenter à maintes reprises durant la longue journée d'abord glaciale, puis brumeuse. Elle en écarta finalement l'idée en se rappelant que la publication de l'annonce avait écorné son budget au point qu'il ne lui restait tout bonnement plus de quoi se payer un billet.

M. Whitehorn, qui avait passé sa matinée à dactylographier des listes pour les douanes (il tapait avec trois doigts par jets saccadés et nerveux), dit qu'il allait leur acheter de quoi déjeuner, car il avait besoin d'exercice.

Lorsqu'il fut parti, Meg, qui était en train de rédiger des étiquettes pour les colis, se sentit si frigorifiée qu'elle remonta le second réchaud à pétrole du sous-sol et l'alluma au rez-de-chaussée. Elle hésitait à aller chercher un autre cardigan dans la valise qui se trouvait dans sa voiture, car, bien que garée à proximité, elle n'était pas visible de la boutique, et M. Whitehorn détestait que le magasin reste vide un seul instant. Cela lui fit penser qu'elle n'était pas certaine d'avoir verrouillé les portières. C'était le genre de doute qui vous saisissait lorsque vous vous demandiez si vous aviez bien glissé votre lettre dans la boîte, et non à côté : vous l'aviez fait machinalement, mais, une fois installée, l'incertitude vous taraudait. Aussi, dès que M. Whitehorn revint du pub avec ses saucisses chaudes et ses chips, elle se précipita vers la voiture. Elle avait, en fait, laissé une portière arrière ouverte ; elle aurait pu jurer du contraire, et pourtant... Elle prit un autre cardigan dans la valise placée à l'intérieur du coffre, et revint déjeuner. Le temps était exécrable. Il faisait presque noir, on n'y voyait guère en tout cas, et il régnait cette atmosphère âcre qui semble invariablement accompagner le brouillard dans les grandes métropoles. A la campagne, chez elle, il flotterait une épaisse vapeur blanche... enfin quasiment blanche. En tout cas, elle serait certainement moins infecte que ce brouillard. La boutique, par contraste, paraissait très douillette. Une ou deux personnes vinrent « jeter un œil » pendant qu'ils mangeaient ; mais il n'y avait jamais grand-chose à voir. M. Whitehorn plaçait tout le fatras de pacotille issu des lots achetés aux enchères sur des plateaux marqués « tout à cinquante pence ou une livre ».

Les marchandises de valeur semblaient presque toujours destinées à l'étranger ou à un autre négociant. M. Whitehorn aimait à se gausser gentiment de ses amateurs de kitsch, comme il appelait ceux qui achetaient des vieux albums photographiques, des vases en verre moulé, des peignes en écaille de tortue et autres bimbeloteries à quatre sous.

Tout en préparant le café, Meg se demanda si elle trouverait en M. Whitehorn une oreille attentive à ses problèmes. Elle avait certainement commis une bourde en l'invitant. Mais c'était peut-être exactement le genre de personne capable de comprendre ses angoisses, de la prendre au sérieux et de l'écouter. C'est ce qu'elle désirait le plus au monde, réalisa-t-elle. Un confident qui l'aiderait à démêler ses peurs réelles de ses peurs imaginaires.

Mais immédiatement après le déjeuner, il se remit à la machine et se montra de plus en plus irritable, allant jusqu'à froisser des morceaux de papier qu'il jetait ensuite à côté de la corbeille, au point qu'elle osa à peine lui demander, à cinq heures, si elle pouvait s'en aller.

Toutefois, elle s'y risqua, et il répondit qu'il n'y voyait pas d'inconvénient.

Il n'imagina pas à quel point elle eut du mal à partir : elle le salua deux fois de suite, commença à enfiler son vieux pardessus de tweed, puis décida qu'avec le second cardigan elle n'en avait pas besoin, mit une éternité à nouer son foulard de soie bleue, et faillit oublier son sac. Elle sortit ses clés à la lumière du magasin, tira la porte derrière elle, et après avoir jeté un dernier regard à M. Withehorn, toujours penché, l'air maussade, sur sa machine à écrire, elle se dirigea vers sa voiture.

Une fois à l'intérieur, elle recouvra courage et bon sens. Il ne s'agissait, au pire, que d'un trajet de quatre heures : ensuite, elle serait à la maison et n'aurait plus rien à craindre. Elle lança son pardessus sur la banquette arrière — il risquerait de la gêner pour conduire —, jeta un dernier coup d'œil à sa carte routière avant de fermer la portière, et démarra.

Il était plus intéressant de sortir de Londres par un autre itinéraire, même s'il semblait plus long, mais la circulation, le brouillard et sa crainte constante de se tromper de route lui accaparaient presque totalement l'esprit. Elle trouva assez facilement l'accès à la M1 : les panneaux indicateurs se distinguaient par leur fréquence et leur taille.

Elle conduisit plus d'une heure sur l'autoroute et n'entendit nul bruit dans la voiture, nulle respiration tourmentée et laborieuse... rien. La chaleur était devenue assez étouffante, mais le chauffage désembuait le pare-brise et elle ne pouvait s'en passer très longtemps. Le brouillard s'était atténué, bien qu'il persistât par nappes, et lorsque l'horizon se dégageait elle pouvait voir le crachin qui tombait sans discontinuer. Elle roulait sur la voie de gauche, car même si des camions la dépassaient de temps à autre, elle s'y sentait plus rassurée qu'au milieu de la chaussée, où elle aurait risqué, avec ce brouillard, de ne pas voir les bas-côtés de la route. Elle baissa un peu sa vitre parce que l'atmosphère de la voiture semblait devenir intolérablement surchauffée et confinée. Encore deux heures, pensa-t-elle; elle se dit que ce serait une bonne idée de s'arrêter pour retirer son épais cardigan — l'accotement ferait l'affaire — et puis cela lui détendrait les nerfs, mis à vif par ce voyage. Elle ralentit prudemment, puis repéra le panneau d'une aire de service... elle s'y sentirait plus à l'abri. Au moins, je n'ai pas cédé, pensa-t-elle, et elle imagina la honte qu'elle aurait alors ressentie.

Elle se gara sur le parking, et alors qu'elle s'apprêtait à retirer son cardigan, elle vit tout à coup surgir devant elle une main géante qui fit pivoter le rétroviseur d'un geste sec...

Il souriait, les yeux remplis de triomphe et de malveillance. Elle eut un hoquet de stupeur. L'exhalaison empestée de son haleine lui parvint par-dessus son épaule.

« Vous devez être un revenant ! s'entendit-elle répéter d'une voix aiguë qu'elle ne reconnaissait pas. Oui, c'est... c'est *sûr* !

— Je n'ai fait que crocheter la serrure de la portière deux fois. Vous n'auriez pas dû la verrouiller de nouveau à midi. »

Elle savait qu'elle devait démarrer et faire marche arrière pour sortir du parking, mais elle ne voyait rien dans son rétroviseur, et elle perdit tous ses moyens en sentant un objet dur et pointu s'enfoncer dans sa nuque...

« Eh oui, la police n'a pas épinglé le bon numéro... Mais comme vous sembliez savoir *tellement* de choses, et que vous conduisiez la même voiture, il fallait forcément que je vous rattrape un jour ou l'autre. Pour faire d'une pierre deux coups, comme qui dirait. »

Elle tenta de débloquer le frein, mais une main de fer s'abattit sur son poignet. Elle poussa un cri de douleur.

« Depuis que vous m'avez chassé de cette façon si peu courtoise, j'ai tout fait pour tenter de retrouver votre piste. Je n'ai pas chômé, mais je dois dire que votre annonce m'a beaucoup aidé. »

Elle vit qu'il l'observait dans le rétroviseur et qu'il léchait l'écume de ses lèvres. Elle fit une dernière tentative :

« Je vais encore vous déloger, attendez un peu ! »

Il aspira l'air entre ses dents, mais il souriait toujours.

« Oh que non ! Aujourd'hui, c'est moi qui mène la danse. »

Elle hurla une fois, crut-elle, durant cette brève seconde d'incrédulité et de déni qui s'écoula avant qu'elle ne sente le couteau pénétrer régulièrement dans son cou, alors qu'une terreur muette la submergeait et qu'elle glissait dans l'effroi pur, le cœur au bord des lèvres, battant sourdement, prêt à éclater. Elle posa une main sur la plaie et n'y sentit pas le couteau... rien que son propre sang. Au même moment, elle l'entendit dire : « Inutile de trop vous tourmenter : contentez-vous d'avoir peur. Les derniers outrages viendront plus tard. Je les ai toujours aimées tièdes. »

Traduit par Thierry Sandaljian

RAY RUSSELL

Les amants fugitifs

Ray Russell a connu un succès considérable, comme écrivain mais aussi comme directeur de publication. Il exerça cette dernière activité pour la revue Playboy, *au début de sa carrière, et joua un rôle capital dans la promotion d'écrivains de premier plan dans le domaine de la science-fiction, de l'horreur et du fantastique, parmi lesquels Charles Beaumont (« Le Déviant »).*

Dans son œuvre personnelle, la nouvelle la plus connue est certainement « Sardonicus », histoire en effet fort sardonique, que William Castle, réalisateur de séries B, adapta au cinéma en faisant précéder son titre d'un respectueux « Mr ». Lors de la sortie du film en 1963, Castle, friand de publicité à sensation, appâta les spectateurs au moyen de « cartes des peines », leur offrant la possibilité de voter pour décider du sort du méchant. Bien entendu, les peines les plus cruelles remportaient toujours la faveur des masses assoiffées de sang.

Bien que « Les amants fugitifs » se situe dans une époque encore plus reculée que « Sardonicus », où de séduisants troubadours courtisent de gentes dames malgré l'encombrante présence de leur mari, il s'agit également d'une satire du genre gothique. Toujours raffiné, Russell ne dédaigne pourtant pas la farce, et tient d'une main ferme le coin du tapis sur lequel nous nous tenons. La nouvelle qui suit montre combien il aime à tourmenter son lecteur, renouvelant avec talent la recette éculée de la carotte et du bâton.

Les amants fugitifs furent rattrapés peu avant la frontière du duché.

On les traîna sans attendre devant Son Excellence, dont l'attitude empreinte de noblesse et l'auréole de boucles neigeuses évoquaient quelque ange peint sur une fresque ; son visage était triste lorsqu'il posa un regard plein de reproches sur sa jeune épouse égarée et sur le troubadour, son amant ; puis, avec un profond soupir, des larmes brillant dans ses yeux las et doux, il couvrit d'or les hommes qui les avaient capturés et confia les deux prisonniers au maître de ses geôles.

Le duc jouissait dans tout le pays d'une réputation de clémence et de piété, et les instructions qu'il donna au geôlier surprirent par leur brutalité.

Les amants devaient être conduits dans un cachot pour y subir pendant sept jours — un par péché capital — le plus sévère des châtiments et, le septième jour, ils devaient être irrévocablement expédiés. De surcroît on devait les empêcher, par le moyen le plus direct, de se voir, de se parler ou de se réconforter par des propos d'encouragement ou des regards d'amour.

« Le moyen le plus direct, expliqua avec bonhomie le geôlier, tout en conduisant, dans un cliquetis de clés, l'infortuné couple vers le monde souterrain des cachots. Oui, ça serait de vous arracher les yeux et la langue. » Ils protestèrent avec véhémence, mais il éclata de rire et leur assura que ce n'était qu'une banale opération qui, avec des pinces et des fers rougis au feu, ne prenait que quelques secondes.

Cependant, tout le monde aime les amoureux, et le geôlier était homme charitable. Il décida de remettre le supplice au lendemain et leur laissa la nuit pour se voir et se parler. Se voir et se parler mais non se toucher ou se caresser car, après les avoir dépouillés de leurs vêtements, il les enferma chacun dans une cage minuscule conçue pour ne permettre que de rares mouvements. Il plaça une torche à la flamme vacillante dans un flambeau du mur et leur fit ses adieux. Les amants, nus, accroupis, les pieds agrippés au dur métal de la cage, étaient libres de se consoler l'un l'autre par le verbe et le regard.

La jeune femme fut la première à parler. « Vois dans quelle terrible situation nous nous retrouvons, dit-elle dans un sanglot. Et tout cela à cause de toi.

— De moi ? répliqua le jouvenceau. C'est moi qui ai insisté pour que tu restes avec ton époux, le duc, car nous pouvions facilement nous esbaudir au nez et à la barbe de ce vieillard sentencieux sans qu'il en sache rien. Mais toi — tu tenais absolument à partir.

— Toute autre attitude aurait été ignoble. S'enfuir était la seule chose décente à faire.

— Tu oses parler de décence ? Toi ? hurla-t-il. Tout ton corps n'était qu'une bouche avide, brûlante de soif, desséchée par l'abandon d'un vieil époux, insatiable, dépravée...

— Tais-toi, infâme ! Tu es la cause de notre infortune. Je ne serais pas là, accroupie et nue, comme un paon déplumé dans la cage d'un papegai, dans l'attente de sept jours de supplices, si tu n'avais pas été le premier à me faire des avances.

— Ta mémoire est aussi trouble que ta vertu ! C'est toi qui as tout commencé !

— Tu n'es qu'un menteur !

— Et toi, une catin ! »

Elle se mit à pleurer. Regrettant un peu ses propos, il grommela : « Il se pourrait que ce ne soit pas de notre faute mais de celle de ton mari, ce barbon...

— Barbeau ? Non, et c'est bien là le problème, jamais il...

— Tu ne me comprends pas. Je veux dire que sa faute fut d'épouser une femme d'à peine vingt ans et trois fois plus jeune que lui. Sa faute fut de la laisser se languir insatisfaite puis de nous avoir si souvent réunis, tantôt en me disant combien tu appréciais mes sérénades et tantôt en te racontant combien j'aimais à te les entendre chanter. Sa faute encore fut de vivre dans une sainteté aveugle, une ignorance des besoins charnels, une imbécile innocence telle qu'il fut incapable de prévoir les conséquences naturelles de tout cela. Oui, c'est lui le coupable ! Et lui uniquement ! Ah, maudit soit ce pharisien radoteur ! »

D'une voix blanche elle murmura : « Le duc n'a déserté ma couche que ces derniers temps. Au début de notre mariage mon jeune corps sut si bien l'enflammer qu'il en oublia ses boucles argentées et ses manières vertueuses ; alors s'il avait quelque chose d'un moine, c'était du phoque du même nom, ou du bouc, du taureau, de l'étalon, comme il te plaira. Puis, pour des raisons que j'ignore mais que je crois liées à l'âge et à l'épuisement malheureux de son énergie, il ne fit plus montre que de douceur et ne fut plus pour moi qu'un frère...

— Un frère ? ricana le troubadour. Un grand-père, oui ! »

Un souffle humide et froid fit tinter les os d'un vieux squelette que des chaînes rouillées maintenaient suspendu au plafond par les poignets. Cela attira leurs regards et éveilla en eux des questions qu'ils n'osèrent exprimer : qui était-ce et depuis combien de temps était-il là ? Était-ce un homme ou une femme ? Pourquoi l'avait-on tué et comment — l'avait-on condamné à mourir de faim ainsi suspendu, supplice d'une simplicité macabre, ou y avait-il eu d'autres choses, moins simples ? L'homme frissonna, la femme versa de nouveaux pleurs, puis ils demeurèrent un moment silencieux.

Enfin il dit : « Réfléchissons posément. Au cours de sa longue vie le duc a-t-il jamais été craint pour sa cruauté ? A-t-il jamais condamné des malfaiteurs à la torture, fussent-ils des plus endurcis ? A-t-il seulement fouetté un simple manant ? Ses serviteurs ne se moquent-ils pas de sa bonté ? On se rit de lui, être faible et efféminé. Sa douceur ne fait-elle pas la risée et l'étonnement du pays ? Les prêtres et les prélats ne louent-ils pas sa piété, sa charité, ses oraisons sans fin et sa sainteté ? Eh bien ? N'est-ce pas la vérité ? »

La femme prostrée dans la cage voisine acquiesça dans un murmure.

Il poursuivit : « Comment se peut-il, alors, qu'un tel homme impose d'effroyables tourments à deux êtres humains dont l'un est sa gracieuse épouse ? »

Elle renifla, la tête enfoncée entre les genoux, et les larmes qui coulaient en ruisselets le long de ses jambes nues déposaient des perles sur ses pieds. « Tu te raccroches à des chimères, gémit-elle. Tu l'as entendu. Sept jours de tortures…

— De *châtiment* ! s'écria-t-il joyeusement. Et qu'entend-il, je te prie, par châtiment, cet homme poltron comme une nonne ? Jeûner, mettre les deux genoux à terre et prier, se mortifier les chairs ? Porter la haire pendant sept jours ? Des sermons sévères et des discours pieux ? » Il rit. « Un léger embarras, une humble contrition et pour le reste un ennui mortel ! C'est là toutes les "tortures" que tu peux craindre ! » Il rit de plus belle, se balançant sur les talons aussi loin que la cage le lui permettait.

La jeune femme laissa échapper un soupir de découragement. « Tu es un sot, dit-elle sans rancœur, comme si elle constatait un fait. Le septième jour nous mourrons. Tels ont été ses ordres.

— Expédiés ! dit-il. Nous serons expédiés le septième jour !

— C'est la même chose...

— Que nenni ! C'est là un mot à plusieurs sens ! Et le premier d'entre eux n'est-il pas "faire partir" ! Partir ! Peut-on faire partir des corps ? Accorder la liberté à des cadavres glacés ? Non ! Nous ploierons l'échine et ferons amende honorable pendant sept jours — un par péché capital, tu as bien entendu ce que radotait ce saint homme — et puis nous serons libérés. Libérés ! Expédiés — et la décision est irrévocable ! Nous nous tourmentons pour rien ! »

Lentement elle entrouvrit ses paupières gonflées et rougies par les pleurs et le regarda avec pitié et mépris. « As-tu si piètre mémoire ? Cette chose dans ton crâne n'a-t-elle pas plus de consistance qu'une toile d'araignée ? La peur t'aurait-elle infantilisé au point de ne pouvoir te rappeler ce qui a également été dit ? Quelque chose à propos de nos yeux et de nos langues ? »

Il ouvrit la bouche pour répondre mais resta silencieux. Son visage une fois encore blêmit sous l'effet de l'angoisse.

« Allez, que dis-tu de cela pour te rassurer ? » ironisa-t-elle.

Bientôt il sourit. « Pour tes propos déplaisants et ta cruauté je vais te laisser continuer à croire que nous allons perdre ces organes nécessaires et sources de tant de plaisirs. Pourquoi chercherai-je à te réconforter quand pour ma peine je ne recueille que sarcasmes et rebuffades ? » Il eut un petit rire. « Aussi serai-je muet. »

Il y eut un long silence. A la fin elle hurla : « Parle donc, misérable ! »

Il éclata d'un rire triomphant. « Parce que je t'aime, douce amie, je vais parler. Et tu vas m'écouter. Rappelle-toi les terribles paroles sur nos yeux et nos langues. Rappelle-toi qui les a prononcées. Était-ce ton saint homme de mari ? Ou un quelconque hobereau, un servile domestique, notre imbécile de geôlier lui-même ? »

Elle réfléchit un instant. « Mon époux a dit...

— Que nous ne devions ni nous regarder ni nous parler. Et que pour cela on devait user du moyen le plus direct. Eh bien, des bâillons et des bandeaux ! N'est-ce pas là une manière plus directe que des pinces et des fers ardents ? Notre imbécile de gardien divaguait et interprétait sans aucun droit les ordres de ton époux. Ces instructions, quand elles seront respectées, ne seront pas plus sévères que des coups de badine sur les doigts d'un enfant. Crois-moi, ma caille, la peur n'est qu'une chimère née des nuées ; elle n'a ni père ni mère. Ne t'inquiète plus, sèche tes larmes. Une semaine de pénitence et nous serons absous, pardonnés et expédiés de manière fort miséricordieuse. »

Ses paroles avaient quelque logique. Elle commença à se rassurer. « Je souhaite que tu aies raison, dit-elle.

— Fais-moi confiance, répliqua-t-il. Ton époux ne permettrait pas que l'on nous torture ou que l'on nous tue. »

Un peu plus tard, le geôlier, cette crème d'homme, revint et les salua avec un sourire joyeux ; il s'assit près d'eux pour avaler son maigre souper, une simple écuelle de brouet. Entre deux gorgées et deux claquements de langue, il expliqua : « Son Excellence le duc dit que ce ne serait pas bien de vous laisser dans l'ignorance de ce qui doit bientôt se passer. Ce qui est juste est juste, qu'il dit, et ça n'est pas un homme cruel, ni un tyran comme d'autres que j'ai servis ; ça n'est pas un démon qui laisserait de pauvres jeunes gens comme vous dans la crainte du pire de tous les sorts — à savoir, dans la crainte de choses inconnues. Il vaut mieux, qu'il dit, qu'ils sachent ce qui les attend, et il y a de la vérité et de la sagesse là-dedans, par les clous ensanglantés de Jésus-Christ, si ma dame veut bien me pardonner ce langage. Aussi va, bonhomme, qu'il me dit, retourne leur dire à tous les deux tout ce qu'on va leur faire, les sept châtiments pour les sept jours, et ne sois pas avare de détails, qu'il dit, car il est bon qu'ils sachent tout pour n'avoir aucune crainte et pouvoir en toute sérénité confier leur âme au Ciel. Ah oui, c'est un brave et saint homme que notre seigneur. »

Essuyant ses lèvres et posant près de lui son écuelle vide, le jovial bonhomme dit : « Bien, demain est le premier jour des sept, n'est-ce pas ? Aussi, à l'aube, après la bonne nuit de sommeil que vous allez passer, j'espère, voici ce que l'on vous fera à tous deux… »

Quand il leur parla du Premier Jour, ils pâlirent. Quand il leur parla du Deuxième, ils gémirent. Quand il leur parla du Troisième, ils protestèrent. Quand il leur parla du Quatrième, ils pleurèrent. Quand il leur parla du Cinquième, ils hurlèrent. Quand il leur parla du Sixième, ils furent pris de nausées. Quand il leur parla du Septième et Dernier Jour, ce qui demanda presque une vingtaine de minutes, ils s'évanouirent à mi-récit et il dut les ranimer en les aspergeant d'eau froide pour pouvoir terminer son discours. « Et ce sera terminé, dit-il avec un sourire. Après quoi vos dépouilles ne seront pas traitées de manière barbare et vous aurez chacun des funérailles chrétiennes. Voilà les paroles de Son Excellence. Bonne nuit à vous, ma gente dame et mon gentil seigneur. Dormez bien. » Il quitta le cachot en chantonnant et la porte de fer se referma avec un bruit effrayant.

Le jeune homme, fou de désespoir, secoua les barreaux de sa cage, les frappa de ses poings et tira sur le verrou jusqu'à en avoir les mains en sang. A la fin il s'effondra, masse de chair plaintive et secouée de frissons.

Elle, le regard vide sous le choc, prononçait des mots sans lien d'une voix qui n'était plus qu'un souffle. « Obscène… répugnant… plus atroce que tout ce que j'aurais pu imaginer… plus horrible que les tourments de l'enfer ! Sept jours ! Et chaque jour durera une éternité ! Oh, mon Dieu ! Souffrir ainsi ? Supporter de telles abominations pour quelques instants de plaisir ? Non ! Non !… »

Son amant, le visage défait, leva les yeux vers elle. Il balbutia : « Tu dois le supplier, l'implorer, lui demander grâce ! Dis-lui que c'est toi qui m'as tenté et que moi, pauvre victime, j'ai été inexorablement attiré par la magnétite de ta luxure. Dis-lui cela ! Pourquoi devrions-nous mourir tous les deux dans de tels tourments ? Pourquoi devrais-je souffrir pour ton infidélité ? »

Elle hurla : « Lâche ! Serpent ! Tu serais prêt à me voir écorchée et rouée pour sauver ta propre peau ! C'est à toi d'implorer sa merci, à toi de lui dire que tu as captivé mon âme au moyen de procédés démoniaques et de pratiques nécromanciennes, me faisant l'esclave impuissante de tes désirs !

— Moi ? Hurler de douleur pendant sept jours et sept nuits inimaginables — et tout cela pour une garce ? Pour une bouche, des yeux, et... et... »

Son balbutiement s'arrêta net car quelque chose à l'extérieur de la cage avait retenu son regard. Il écarquilla les yeux, passa la langue sur ses lèvres desséchées. « Regarde », dit-il, en tendant une main tremblante.

Elle regarda. Là, sur le sol de pierre, à côté de l'écuelle vide, pas très loin des cages dans lesquelles ils étaient recroquevillés, il y avait l'espoir : le trousseau de clés du gardien.

« Le trouss... », commença-t-elle à crier, mais son amant lui intima l'ordre, un doigt sur les lèvres, de se taire. D'une voix rauque, il murmura : « Pas un mot. Pas un bruit. C'est la main de la Providence elle-même. »

Dans un souffle elle dit : « Arrête de débiter de stupides bondieuseries comme mon mari et attrape-le. »

Il tendit le bras entre les barreaux de sa cage mais les clés étaient hors d'atteinte. Il força son épaule nue entre les barreaux pour accroître la portée de son geste mais ses doigts ratissèrent vainement l'espace à quelques pouces de l'anneau. Finalement, épuisé, il s'effondra.

A son tour elle glissa une main à l'extérieur de la cage, ses doigts minces et fuselés se tordant comme des serpents de verre dans un effort pour saisir le trousseau. Avec des grognements peu raffinés et des exclamations vulgaires elle tendit son joli bras plus avant, écrasant cruellement contre les barreaux un sein rond pareil à un fruit mûr. Une pellicule de sueur lui couvrait tout le corps malgré la fraîcheur du cachot. Mais ses doigts n'effleurèrent même pas les clés tentatrices.

Devant ses efforts il gémit : « C'est inutile… inutile… »

Elle répugnait à renoncer aussi facilement. Poussant un juron fort peu féminin, elle déplia ses longues et belles jambes et, grimaçant de douleur sous l'effet des élancements provoqués par la longue station accroupie, elle les passa en force entre les barreaux dans la direction du trousseau de clés qui gisait là, entre elles et la liberté. Ses orteils tâtonnèrent à la recherche des clés. Elle tendit les jambes davantage, meurtrissant et écrasant ses cuisses rondes entre les barreaux. Se mordant la lèvre elle agrippa des deux mains la cage et écrasa son ventre et ses hanches sans pitié contre le métal, se déchirant presque en deux sur le barreau que ses cuisses enserraient, suffoquant de douleur, ses orteils s'agitant comme des serres, la sueur ruisselant de son corps, jusqu'au moment où, enfin, avec un gémissement de joie, ses efforts furent récompensés et ses pieds se posèrent sur le trousseau ; elle sentit le froid agréable des tiges des clés entre ses orteils et, lentement, prudemment, elle ramena les pieds vers la cage, tendit le bras, saisit le trousseau, et se laissa retomber en arrière, le corps poisseux de sueur et de sang mêlés, haletante, sanglotante, victorieuse.

Dans la cage voisine son amant regardait les clés avec une espèce de concupiscence ; il cria : « Les serrures ! Ouvre les serrures ! »

Elle introduisit l'une des clés — le trousseau en comportait une douzaine — dans la serrure de la porte. Elle ne s'adaptait pas. Elle essaya la suivante. Et la suivante encore. Les deux amants juraient et le désespoir à nouveau les envahissait, emplissant l'espace que l'espérance s'était ménagé dans leurs cœurs, tandis que la jeune femme essayait les clés l'une après l'autre.

La dixième fut la bonne. La porte s'ouvrit dans un grincement et la jeune femme sortit en rampant sur le sol de pierre. Lentement, avec des grimaces de souffrance, elle se releva et se dressa de toute sa taille, magnifiquement belle dans sa nudité.

Puis, passant devant son amant, elle se dirigea directement vers la porte du cachot.

« Attends ! hurla-t-il. Oserais-tu me laisser ici ?

— Qui veut voyager loin ne s'encombre pas de bagages, dit-elle, et elle déverrouilla la porte.

— Catin ! Ouvre donc cette cage ! »

Elle eut un petit rire et lui envoya un baiser moqueur.

« Tu as besoin de moi ! s'écria-t-il. Comment feras-tu pour maîtriser les gardes, voler des chevaux, de la nourriture, des vêtements ? Si tu pars sans moi, je hurlerai à m'en faire éclater les poumons, je réveillerai le château entier, le geôlier et les gardes t'arrêteront avant même que tu n'aies franchi la première enceinte ! »

Elle le regarda, songeuse. Puis, avec un sourire, elle revint vers la cage. « Je ne voulais que te taquiner, dit-elle, et elle le libéra.

— Je préfère te croire, gronda-t-il, chienne ! »

Ils poussèrent la lourde porte du cachot. Silencieux et rapides, osant à peine respirer, ils escaladèrent un étroit escalier en colimaçon qui menait à l'armurerie.

Là, en rangs serrés, des soldats faisaient le guet !

Leurs regards s'accoutumant à la pénombre, les deux amants découvrirent qu'il ne s'agissait que d'armures vides dont les fentes des heaumes étaient aussi dépourvues de vie que les orbites du crâne grimaçant du cachot.

Ils grimpèrent un nouvel escalier et coururent follement le long d'un corridor noir comme poix et étouffant qui semblait se rétrécir au fur et à mesure de leur progression, le plafond s'abaissant graduellement et les parois se resserrant tant qu'ils durent se faufiler l'un derrière l'autre, puis se traîner sur le ventre ; l'air empestait et l'obscurité était totale.

Il s'était peut-être écoulé une heure lorsque, enfin, ils sentirent un peu d'air frais ; peu après, ils parvinrent à s'extraire du boyau et débouchèrent dans un endroit tout aussi obscur qui leur parut être un tunnel. Ils s'élancèrent à l'aveuglette à travers un désespérant labyrinthe, se heurtant parfois de plein fouet à des murs de pierre, jusqu'au moment où ils entendirent un ruissellement et comprirent qu'ils devaient se trouver dans un réseau d'égouts car bientôt ils s'enfoncèrent dans une eau sale et fétide, jusqu'aux chevilles d'abord, puis jusqu'aux genoux, et la panique s'empara d'eux lorsqu'ils sentirent le froid humide leur lécher les reins.

Leur fuite, au milieu des couinements des rats dont les yeux rouges luisaient dans l'obscurité, fut un supplice qui sembla durer une éternité ; enfin, une minuscule lueur dans le lointain leur arracha des sanglots douloureux de triomphe et ils se ruèrent de l'avant avec des gestes maladroits, pataugeant, glissant, tombant, se relevant pour se précipiter vers cette tache lumineuse bénie. L'eau qui clapotait autour d'eux n'atteignit plus que leurs genoux, puis leurs chevilles, et bientôt ils coururent de nouveau à pied sec tandis que la lumière se faisait de plus en plus brillante. Les membres douloureux, les poumons en feu, ils jaillirent hors du tunnel et découvrirent...

Le cachot, celui-là même dont ils s'étaient échappés, avec les cages aux portes ouvertes, le squelette qui se balançait, et leur aimable geôlier, un gourdin à la main, qui les saluait d'un large sourire de sa bouche édentée.

« Une duperie, gémit le troubadour en tombant à genoux.

— Oui, mon garçon, acquiesça le geôlier. Une duperie pour passer le temps et vous faire oublier vos ennuis.

— Une machination diabolique ! hurla la jeune

femme. Une tromperie pour donner de l'espoir et le ruiner ensuite ! L'œuvre de quelque démon ricanant !

— Allons, allons, gronda le geôlier, regagnez vos petites cages, tous les deux, et vite, ou je vais devoir vous briser un os ou deux avec cela... » Il leva le gourdin pour bien se faire comprendre puis, ayant repris le trousseau de clés, il referma soigneusement les cages sur les deux amants.

« Vous voilà tout mouillés, et nus, et bleus de froid, dit-il avec sollicitude. Rassurez-vous, il fera bien assez chaud à l'aube. » Et, avec un clin d'œil significatif, il ouvrit une armoire et en sortit deux fers à marquer qu'il plaça sur un banc. « Oui, il y aura un bon feu et il fera bien bon », grimaça-t-il. De l'armoire il retira également deux longues lames effilées pareilles à de gigantesques couteaux à éplucher, et dit : « Cela suffira. Pour le Premier Jour, au moins. » Puis, secouant délibérément le trousseau de clés dont le triste cliquetis résonna dans le cachot, il se dirigea vers la porte et dit : « Cette fois je n'oublierai pas mes clés, comme un valet stupide. Bonne nuit, ma gente dame et mon gentil seigneur, ou plutôt bonjour car le soleil va se lever dans moins d'une heure. »

La porte se referma avec un bruit sourd.

La stupeur se lisait sur le visage du duc. « Morts, dis-tu ? Et tous les deux ?

— Ah ça, pour sûr, ils le sont, Votre Excellence, répondit le geôlier, et de leurs propres mains. En mon absence ils se sont emparés des lames que Votre Excellence m'avait demandé de placer sur le banc à portée de leurs regards. Que le Seigneur ait pitié de leurs âmes. »

Le duc se signa, renvoya le geôlier et se tourna vers un prêtre qui se tenait à son côté. « Avez-vous entendu, Monsignor ? Frappés par le remords, consumés par leur faute, ils ont mis fin à leurs jours.

— Et, s'étant suicidés, déclara solennellement l'ecclésiastique, ils ont été précipités directement dans les flammes de l'enfer — pour y subir un châtiment infiniment plus sévère que s'ils étaient morts sur votre ordre.

— C'est vrai, pauvres âmes ardentes, dit le duc. Jamais, vous le savez, je n'ai voulu leur causer le moindre mal physique.

— Nous le savons bien. Une telle cruauté aurait ruiné votre réputation de bonté parmi les hommes.

— Ces sinistres histoires que j'ai demandé au gardien de leur raconter, ces squelettes et tout le reste, ne devaient que déchirer leurs âmes, les amener à contrition, le temps d'une nuit. Oh, combien je me repens...

— De ces contes et de ces ossements inoffensifs ?

— Pas tant de cela, Monsignor, que de ma nature trop confiante qui a placé ces jeunes gens sur le chemin de la tentation. Est-ce ma faute ? Est-ce ma main qui les a poussés vers le péché, la découverte de leur faute et la mort ? »

Le prêtre s'exprima avec force. « Non ! La bonté sans arrière-pensée de Votre Excellence ne saurait s'accuser des péchés d'autres personnes !

— Vos paroles sont généreuses.

— Vous ne pouviez ni prévoir ni souhaiter la mort de votre jeune épouse !

— Oh, non.

— Vous ne pouviez désirer être à nouveau veuf !

— Dieu me garde d'une telle pensée.

— Et connaître une fois encore le deuil et la solitude !

— Ô jour funeste !

— Personne dans ce royaume ne vous fera le moindre reproche.

— Je le souhaite.

— Vos amis, vos fidèles courtisans, les manants les plus vils, les seigneurs les plus grands, Sa Majesté et l'Église elle-même — tous pleurent avec vous en ces instants terribles !

— Merci, mon révérend.

— Mais si je peux me permettre, sans vous offenser,

de parler de votre soudaine et triste situation, j'aimerais rappeler à Votre Excellence qu'une certaine alliance avantageuse est à présent possible avec une famille dont le nom est si illustre qu'il m'est inutile de le mentionner...

— En un tel moment, répliqua le duc, on ne saurait songer à cela. Mais lorsque j'aurai recouvré mes esprits, nous pourrons parler de ce prince auquel vous avez fait allusion et dont la sœur, si je ne me trompe pas, est âgée de quinze printemps et donc mûre pour le mariage. A vous, Monsignor, je confie tous les détails de la cérémonie nuptiale qui ne devra avoir lieu, ai-je besoin de le dire, qu'après ce que l'on nomme un délai décent.

— Un délai décent, bien sûr », répéta le prêtre.

Traduit par Jean-François Sené

DAVID KUEHLS

Premiers émois

Nous cachons tous quantité de secrets déplaisants dans notre passé, et il est clair que certains sont tapis plus près de la surface de notre conscience que d'autres. David Kuehls déploie tout à la fois un charme considérable et une surprenante cruauté en menant cette saisissante petite fable jusqu'à son inévitable dénouement.

ROD TAYLOR inséra sa carte d'identité plastifiée dans la fente et pianota son nom sur le clavier. Puis il dirigea son regard vers le moniteur et laissa la machine scruter ses cornées, sonder ses neurones, et les comparer aux informations contenues sur la carte.

La carte... Sa vie entière y était gravée, particulièrement sur l'un des microcircuits qui contenait sa banque de données personnelle, depuis son quotient intellectuel jusqu'à ses souvenirs de récréation de troisième en passant par ses particularités de gaucher. Trois secondes plus tard un « bip » retentit, la carte fut éjectée, la porte se déverrouilla et Rod Taylor pénétra dans la cafétéria.

Quel luxe de précautions pour un sandwich à la dinde, pensa Rod. Il glissa son plateau le long des tubes métalliques et compléta son sandwich d'une coupelle de compote de pommes. Mais il la porta d'abord à son nez pour s'assurer de sa fraîcheur. Rod détestait la compote de la veille : elle était couverte d'un film invisible discernable à son odeur et à sa saveur, celles de la coupe en métal où elle était servie. La première qu'il prit contenait de la compote de la veille. Rod fit demi-tour pour la reposer mais Gary, du service comptable, tamponna son plateau par-derrière et lui dit d'activer. Rod poussa son plateau jusqu'à la caissière.

C'était une humaine. Rod l'avait reconnue au roman

d'aventures écorné étalé sur l'une de ses cuisses. Les androïdes ne lisaient pas pour le plaisir. Et même dans ce cas, Rod imaginait que ce serait plutôt un abrégé de polymérisation qu'un roman d'aventures.

Elle lui rendit son sourire et Rod sentit la chaleur lui envahir les joues. Il voulait lui répondre mais sa bouche était figée. Elle leva un doigt et le pointa vers son visage. « Vous avez de la compote sur les lunettes », dit-elle.

Rod rougit, retira ses lunettes et repéra la tache de compote, de la taille d'un demi-doigt environ, qui maculait la monture en bas de son verre gauche. Rod l'essuya soigneusement à l'aide d'une serviette. Puis il se tourna de nouveau vers la jeune fille.

Elle regarda la caisse enregistreuse. « Sandwich de pain de mie à la dinde, compote de pomme, et lait nature. Ça fera quatre unités virgule trois. »

Rod la paya. Il était sur le point de lui parler quand Gary, du service comptable, tamponna son plateau par-derrière et lui dit d'activer.

Il s'appelait Rod Taylor mais n'avait aucune ressemblance avec l'ancienne vedette de cinéma, l'acteur qui jouait dans le film préféré de son oncle. *Les Oiseaux*. Rod avait dû voir ce film une centaine de fois lorsqu'il était gosse. Oncle Harry avait l'habitude de passer la cassette dans le petit bureau quand papa et maman s'absentaient et qu'il était de corvée de baby-sitting. Le petit Rodney regardait des heures durant, assis dans son parc, fasciné, jusqu'à ce que le film s'achève et que Rodney ressente une soudaine envie de faire pipi. Alors, il se mettait à pleurer. Et Harry arrivait de la pièce voisine, entouré d'effluves de bière et marmonnant je ne sais quoi de réjouissant à propos de Hitchcock, de vessies et de synchronisation parfaite.

Rod aurait dû avoir un nom du genre Caspar Milquetoast ou Fielding Mellish, un patronyme plus adapté à sa physionomie : petit, fluet, déplumé et binoclard. Mais c'était la vie, pas du cinéma, et en la circonstance, ce Rod Taylor-là était des plus gringalet. Et, pour ne rien arranger, il avait trente-neuf ans, il était célibataire, et il fêtait son anniversaire vendredi.

Rod déposa son plateau à sa place habituelle, table seize. Toute la clique était déjà présente et parlait d'un sujet majeur : les femmes.

Il y avait Jim Collins, trente-six ans. Il avait eu plus d'aventures que Rod de fantasmes. Jim était un tombeur patenté. Et puis il y avait Tim Black, trente-huit ans, un mètre quatre-vingt-dix, marié, mais ne dédaignant pas les escapades extraconjugales. La rumeur disait — et elle sortait de la bouche de Tim à l'heure du déjeuner — qu'il était le seul à « se taper » la nouvelle secrétaire du service expédition. « Elle a un faible pour les grands, ricanait Tim. Elle est persuadée que tout le reste est à l'échelle. Et de quel droit l'aurais-je snobée ? » Enfin, il y avait Scott Bolton, trente-cinq ans, deux fois marié, deux fois divorcé. Scott avait un faible pour les androïdes.

Scott déplaça son plateau pour faire de la place à Rod.

« Alors imaginez-vous que j'étais avec Carla dans l'entrepôt, disait Tim tout en mastiquant un petit pain. Elle avait encore envie de moi après ce qui s'était passé la semaine dernière, je le savais. Elle a refermé la porte pour que nous soyons seuls. J'ai fait un pas en arrière en feignant la surprise. Elle s'est avancée vers moi et s'est mise à déboutonner son corsage.

— Au beau milieu de l'entrepôt? fit Scott, les yeux exorbités comme une espèce de martien. Tu te l'es faite au beau milieu de l'entrepôt ? »

Tim agita une main pour calmer la foule. « Je n'ai pas encore fini. » Il fit une pause. « Où en étais-je ? Ah oui. Elle s'est avancée vers moi en déboutonnant son corsage. Elle m'a murmuré un truc comme quoi elle avait encore envie de moi, là, tout de suite.

— Alors tu te l'es faite ? Tu te l'es faite ? »

Scott ressemblait à un gosse assis sur les genoux du Père Noël.

Tim fronça les sourcils. « Non, je ne me la suis pas faite. Je lui ai dit que j'avais eu tort la première fois et que je ne voulais pas recommencer la même erreur. Je lui ai dit que j'étais marié et que je n'avais pas l'habitude de tromper ma femme.

— Tu ne lui as pas dit ça ! dit Scott.

— Si », dit Tim avec un large sourire canaille.

Jim prit finalement la parole. « Bravo, Tim. Il ne faut pas que ces nanas s'imaginent qu'elles peuvent nous sauter dessus quand ça leur chante. Est-ce que je n'ai pas raison ?

— Pour ça oui, fit Scott.

— Sacrément raison », fit Tim.

Puis tous trois se tournèrent vers Rod. Parfois il se demandait pourquoi il restait leur ami. Toutes ces conneries machistes sur la femme-objet qu'on emballait avant de la larguer... Mais Rod se souvint malgré tout que Jim, Tim et Scott étaient ses seuls amis. « Bien entendu, fit Rod. Bien entendu que si. »

Il prit une nouvelle bouchée de son sandwich à la dinde et entreprit de la mastiquer dix-sept fois. *Un, deux, trois...*

« Je suis content que ce problème soit réglé, dit Jim, parce que j'ai une nouveauté pour vous, les enfants. Je viens de la tester personnellement la nuit dernière. C'est les petits génies d'Inforencontres qui font ça. »

Tim fit la grimace. « Attends une minute... Les androïdes défectueux, ce n'était pas eux ?

— Ça oui, leurs pieds se détachaient pendant les orgasmes virtuels, ajouta Scott. Et il fallait les rapporter dans le camion devant tous les voisins. »

Tim regarda Scott. « Je vois que tu as déjà eu des pépins avec un rossignol.

— Deux, en fait », dit Scott, avant d'enchaîner rapidement : « Mais c'est seulement parce qu'ils m'avaient assuré que tous les problèmes techniques étaient résolus. »

Jim se mit à rire doucement. Tim l'imita. Et Rod fit semblant.

« En tout cas, finit par dire Jim, je peux vous assurer que cette fois-ci tous les problèmes techniques ont été résolus... et ils ont rajouté un truc super spécial. »

Il but une gorgée de soda dans un verre perlé de gouttelettes. « Je ne sais pas pourquoi personne n'y a pensé plus tôt ; le concept semble si... si accrocheur.

— Qu'est-ce que c'est ? demanda Tim.

— Oui, qu'est-ce que c'est ? »

Scott semblait bouillir d'impatience.

Même l'intérêt de Rod avait été piqué. Il se pencha un peu plus vers le groupe.

« Voilà, dit Jim, laissez-moi vous montrer. » Il tira une brochure de sa poche poitrine. « Ça s'appelle *Premiers émois.* » Il la tendit à Jim, qui la déplia.

Rod regarda l'imprimé par-dessus l'épaule de Scott. NE DITES PLUS : SI J'AVAIS SU ! proclamait l'accroche en grosses lettres capitales. Et le texte continuait ainsi : *Revivez hier comme si c'était aujourd'hui. L'expérience en plus !* PREMIERS ÉMOIS, *l'agence des unions heureuses, fera de votre rêve une réalité.* L'annonce était suivie d'un paragraphe en petits caractères : l'habituelle notification selon laquelle une carte crânienne était requise. Mais à ce moment-là, Jim prit la parole.

« C'était incroyable. Elle s'est approchée de la porte et j'aurais pu jurer que c'était elle.

— Qui ça ? » demanda Scott.

Les yeux de Jim s'attendrirent un bref instant. « Becky Milton, elle était cheftaine des supporters de l'équipe de foot de l'université Quayle d'Indianapolis.

— Ton béguin de l'époque ? »

Tim détacha un autre morceau de pain et le goba d'un geste vif. « En quelque sorte, fit Jim. J'étais en deuxième année de fac, elle en dernière. Bon Dieu, si vous aviez vu ses jambes ! Becky Milton… » Il prononça le nom lentement, savourant le souvenir comme un verre de grand cru. « J'ai dû assister à tous les matches de la saison, rien que pour voir son numéro à la mi-temps. L'équipe était nulle, mais ça m'était égal. Elle était sublime.

— Et alors ? » fit Scott.

Jim poursuivit d'un air rêveur : « Alors, le soir de la boum des dernières années, on a fait la foire avec quelques amis. On buvait des bières dehors dans le parking quand Becky a jailli de la salle, en larmes. Il y avait eu du grabuge entre elle et Chip Thompson, l'arrière de l'équipe de foot universitaire. Becky pleurait, elle nous a demandé de la raccompagner chez elle. Et moi, pas bête, comprenant que c'était la chance de ma vie, je me suis proposé. Je l'ai ramenée, mais elle ne voulait pas rentrer… immédiatement. Alors j'ai fait deux ou trois fois le tour du pâté de maisons, paumes moites, bouche sèche, la totale. J'essayais de fixer la route plutôt que sa jupe. Finalement, elle m'a dit de m'arrêter. Puis elle m'a demandé si je voulais passer sur la banquette arrière avec elle.

— Tu ne nous en as jamais parlé, dit Scott, un rien contrarié.

— Je sais, fit Jim avant de faire une pause. Parce que ç'a été un désastre. Je n'avais pas la plus vague notion de ce qu'il fallait faire. Et elle recherchait un type expérimenté, c'est clair. Mais j'ai fait ce qu'il fallait faire. Ça n'a pas été joli, mais je l'ai fait.

— C'est comme ça que tu as perdu ton pucelage ? » demanda Tim.

Jim hocha la tête et but une gorgée de soda.

Scott toussota. « Et alors, la nuit dernière, une espèce d'androïde qui ressemblait à Becky… ? Becky… ?

— Milton.

— Une espèce d'androïde travesti en Becky Milton se présente chez toi et tu recommences tout le business.

— C'est ça, dit Jim. Seulement ce n'était pas une

espèce d'androïde travesti. C'était bel et bien elle. Tout y était au poil près : la jupe, les larmes, ses paroles comme quoi elle ne voulait plus revoir Chip Thomson de sa vie. Exactement comme je m'en souvenais.

— Et tu l'as baisée ? demanda Tim. Tu l'as tringlée à mort dans ton appartement ?

— Non, fit Jim avec un large sourire. Becky Milton voulait faire un tour en voiture. »

Scott accusa le coup puis avala sa salive avec difficulté.

Rod baissa les yeux vers la brochure. Scott, Tim et Rod en firent autant. Jim arborait un sourire félin.

NE DITES PLUS : SI J'AVAIS SU ! *Revivez hier comme si c'était aujourd'hui, l'expérience en plus !*

L'appartement de Rod était aussi blanc que la minuscule alcôve où il travaillait. Murs blancs, meubles blancs, même la carpette était blanche. Les seuls éléments qui rompaient la monotonie étaient les photos d'oiseaux sur les murs.

Jim avait fait des copies de la brochure dans l'après-midi, et l'une d'entre elles était à présent posée sur la table de cuisine blanche de Rod. Pendant qu'il passait son dîner au micro-ondes, Rod feuilleta de nouveau la brochure, et pensa à ses premiers émois… avec Tammy Wilson, et à ce qui s'était passé après le bal, pendant sa dernière année d'université. Un instant, il revécut la scène, sous les arbres, respirant le parfum des aiguilles de pin et la senteur citronnée qui se dégageait de ses cheveux.

Et ils étaient en train de se payer sa tête !

Puis le micro-ondes émit un « bip ». Le poulet-pommes de terre était prêt.

Après dîner, Rod regarda de nouveau la brochure.

C'est idiot, se dit-il. Je n'en sais pas beaucoup plus

maintenant qu'autrefois. Récapitulons. J'ai connu trois femmes depuis, des rencontres sans lendemain. Ça ne fait pas exactement de moi un don Juan. Et d'ailleurs, il ne voulait pas se mettre aux androïdes. S'ils étaient bons, Rod savait qu'ils étaient capables de vous rendre accro. Et ce n'était pas son but. Rod voulait une vraie femme, quelqu'un à qui parler… de livres, peut-être.

Rod désirait la caissière de la cafétéria. Mais comment s'y prendre ?

Rod soupira, puis fit une boule de la brochure et l'envoya valser dans la corbeille. « Deux points, fit-il. Deux points. »

Rod se força à sourire. Il se sentait déjà mieux. Il avait pris une décision, et à présent il ne tenait qu'à lui de s'y conformer.

Et d'ailleurs, se dit-il, il y avait bien longtemps qu'il n'avait plus fait mouche comme ce soir.

Et il n'y eut plus aucun rire cette nuit-là.

« Je n'en croyais pas mes yeux, disait Scott. Tu avais raison. »

Jim sourit et aspira son soda à travers sa paille. Tim écouta attentivement. Rod prit une bouchée de son sandwich de pain de mie à la dinde et la mastiqua dix-sept fois. Avant de s'asseoir, Rod avait réussi à dire bonjour à la caissière, mais c'était toute la conversation dont il avait été capable. Son visage en était encore tout congestionné, et il se traitait intérieurement de dégonflé.

Jim retira la paille de sa bouche et se tourna vers Scott. « Bien entendu que j'avais raison pour les androïdes. Est-ce que je mentirais à mes potes ?

— Raconte, dit Tim. A quoi ressemblait-elle… enfin… il ? Elle était bonne ? »

Scott dit : « C'était pareil qu'avec une vraie. Impossible de sentir la différence. »

Rod continua à mastiquer. Il voulait dire à Scott qu'il

n'était pas exactement le mieux placé pour juger. Puis il se ravisa. Ça ne servirait qu'à attirer l'attention des autres, et à déclencher leurs facéties sur le nombre *impressionnant* de ses conquêtes. Et Rod n'était pas d'humeur.

« Elle s'appelait Mme Watson, dit Scott. Elle avait vingt-six ans, elle était divorcée et carrossée comme une Maserati. Je l'aidais pour de menus travaux quand j'étais lycéen, comme tondre le gazon, dégorger les gouttières, laver la voiture, ce genre de choses. Bref, un jour d'été j'étais en train de lui tailler son bégonia...

— Ça je m'en doute, fit Jim, hilare.

— J'étais en train de lui tailler son bégonia quand elle est sortie et m'a demandé si je voulais prendre un verre de citronnade à l'intérieur.

— Je suppose que tu n'as pas dit non, fit Tim, tout aussi hilare.

— Elle portait un corsage à dos nu et un genre de short blanc ultracourt. Et des talons... Des talons hauts rouges.

— Non, tu ne vas pas me faire avaler ça, fit Jim, feignant l'incrédulité. On croirait le courrier des lecteurs de *Penthouse.* »

Scott leva trois doigts et dit : « Parole de scout.

— D'accord, je te crois, enchaîna Jim. Continue.

— Il n'y a pas vraiment grand-chose de plus à raconter. Avant que j'aie pu dire ouf, elle était sur mes genoux, ses seins écrasés contre ma figure. J'ai godé aussi sec. Et une minute plus tard on était par terre, vautrés comme des bêtes en rut. » Scott s'arrêta et enfourna un biscuit au chocolat.

« Alors, c'est ce qui s'est passé la nuit dernière ? demanda Tim. Le même topo ? »

Scott avala sa salive. « Ben, oui et non.

— Ça veut dire quoi, *oui et non* ? demanda Jim.

— C'était le portrait craché de Mme Watson, dit Scott.

Mais cette fois-ci on a fait un soixante-neuf, puis je l'ai prise en levrette. »

Tim frappa la table de sa paume ouverte, et les couverts firent un bond. « Non, pas possible !

— Parole de scout », fit Scott en levant trois doigts.

Tout le monde s'esclaffa. Rod se composa un sourire forcé.

Finalement, Rod prit la parole : « Mais ta Mme Watson, c'était *vraiment* elle ? »

Scott fit une pyramide de ses dix doigts et souffla bruyamment. « Laissez-moi vous dire une chose. Elle s'est présentée à ma porte dans la tenue exacte dont je me souvenais. » Il fit une pause. « Et elle avait une carafe de citronnade glacée à la main. »

Tim émit un léger son étranglé. Les regards de Jim et de Scott se croisèrent et ils sourirent.

Ce soir-là, au milieu de son dîner surgelé poulet-pommes de terre, Rod posa sa fourchette et alla jusqu'à la corbeille. Il farfouilla à l'intérieur pendant quelques secondes, puis il la trouva.

Il prit la brochure et la déplia. Il lissa les plis avec sa main, puis l'étala sur la table et lesta chaque angle d'un bol vide. Il se rassit, se coupa un autre petit morceau de poulet et entreprit de le mâcher dix-sept fois. Rod regarda la brochure, pensa à Tammy Wilson, et poursuivit sa mastication.

Elle portait une robe blanche ce soir-là, avec des volants. Rod se souvenait qu'il lui avait tenu la main. C'était une merveilleuse sensation. Ils étaient sortis. L'air frais et printanier était chargé d'humidité. Le ciel était de velours noir, piqueté d'une poignée de diamants miroitants. Rod était un peu ivre… Tammy encore plus. Quelqu'un avait corsé le punch. La sueur coulait dans la nuque de Rod pendant qu'elle le conduisait derrière le stade de football. Il y avait un bosquet de pins et un doux tapis d'aiguilles sèches. Ils s'étaient assis...

Et les rires avaient commencé !

A ce moment précis le téléphone sonna.

Rod avala le minuscule morceau de poulet. Il eut l'impression d'ingurgiter une pilule. Il alluma le visiophone. Papa et maman souriaient sur l'écran depuis Seattle.

« Joyeux anniversaire, Rodney. Joyeux anniversaire, Rodney. Joyeux anniversaire, Rodney chéri. Joyeux anniversaire, Rodney ! »

Maman leva une bougie et papa souffla dessus. Ils avaient beaucoup vieilli. Mais s'ils avaient autant vieilli, que dire de lui ?

« Joyeux anniversaire, fiston », fit papa en souriant.

Rod posa sa fourchette. « Mais c'est seulement demain !

— Nous avons décidé d'appeler la veille, dit maman. Nous voulions être les premiers. Et d'ailleurs, demain c'est vendredi et tu as prévu une sortie. » Elle fit une pause. « Je me trompe ? »

Rod répondit rapidement. « Non, c'est vrai, maman. J'ai prévu une sortie.

— Qui est-ce ? » dit maman.

Rod regarda la brochure. « Quelqu'un que je... quelqu'un du bureau.

— C'est bien, fit maman, vous aurez quelque chose en commun. »

Puis ils consacrèrent dix minutes aux sempiternels sujets : le travail, les autres sorties galantes, et encore le travail. Comme la conversation se terminait, papa se mit soudain à s'agiter.

« Oh, j'allais presque oublier, dit-il. Vite. Quel est ton numéro de Colifax ? »

Rod le lui donna.

Papa appuya sur quelques boutons à Seattle et cinq secondes plus tard un voyant s'éteignit près du téléphone de Rod. Il se pencha en avant et ouvrit le conduit de livraison. Un vidéodisque des *Oiseaux*, encore sous cellophane, se trouvait à l'intérieur.

« C'est de la part d'oncle Harry », fit papa.

Rod regarda le générique et vit son propre nom à côté de celui de Tippi Hedren.

« Remercie oncle Harry de ma part, dit Rod.

— Ça sera fait, dit papa. Et encore une fois : joyeux anniversaire, fiston. »

Puis l'image ne fut plus qu'un point lumineux et disparut.

Vendredi à l'heure du déjeuner, la caissière était absente, et Rod sentit son cœur chavirer. Un androïde, qui ressemblait à une institutrice sadique sortie d'un roman du XIXe siècle, la remplaçait. Elle — il — ne répondit pas lorsque Rod lui demanda où était passée l'autre caissière. Elle se contenta de réciter le prix de son sandwich de pain de mie à la dinde et de sa compote de pommes avant de les taper sur sa caisse enregistreuse.

A la table du déjeuner, c'était le tour de Tim. Et son histoire surpassait toutes les précédentes. Rod prit une bouchée de son sandwich, mastiqua dix-sept fois, et prêta l'oreille.

« J'ai toujours eu un peu de mal à le reconnaître, mais c'est Linda qui m'a dépucelée. »

Jim leva un sourcil. « Ta femme ?

— Je rêve, fit Scott. Pas ce boudin. Impossible.

— Parole, dit Tim. Mais ce boudin a été la nana la plus sexy du lycée. Si vous l'aviez vue debout sur la poutre. Les jambes puissantes comme des étaux, les seins pleins comme des melons.

— Ça fait un peu poésie de bazar. »

Jim aspira l'air de sa paille et des bulles gargouillèrent au fond de son verre.

« Mais *c'était* de la poésie, dit Tim. Tout du moins pendant les premières années. Et ce dépucelage... Sacré nom de Dieu ! C'était après les cours. Elle s'entraînait dans le gymnase et je revenais de la salle d'haltérophilie, où j'essayais de faire de la gonflette pour être un peu moins chahuté sur le terrain de basket. Il était tard. Il n'y avait apparemment personne d'autre que le gardien de nuit. Et il était en train d'astiquer le couloir de l'étage.

— Pendant que tu étais dans le gymnase en train d'*astiquer* Linda. »

Scott hurla de rire à sa propre blague.

« Eh bien, oui, dit Tim, presque gêné. En substance. On était sortis en copains une fois ou deux. Mais ce n'était jamais allé au-delà des baisers d'adieu sur les joues. Elle fréquentait d'autres types, mais j'avais entendu dire qu'aucun n'était allé plus loin que moi. Alors ce jour-là, je me suis assis sur les gradins, ma serviette sur le cou, et je l'ai regardée faire sa série d'exercices. Elle était douée, très douée. Et, à la fin, elle s'est approchée de moi et s'est assise à mes côtés. On a parlé de tout et de rien. Et puis, comme on avait tous les deux très chaud et qu'on était couverts de sueur, j'ai dit en blaguant que ça serait marrant si je prenais une douche dans le vestiaire des filles, et elle dans le vestiaire des garçons... vu que nous étions seuls. Mais elle a dit à ce moment-là : "Et si on en prenait une ensemble ?"

— Non, pas possible », fit Jim. La paille lui tomba de la bouche.

Tim sourit. « Elle a rougi dès qu'elle a prononcé les paroles. Et je sentais que cette idée l'excitait tout autant que moi. J'ai donc pris sa main et je l'ai conduite dans les vestiaires.

— Lesquels ? demanda Rod. Il voulait, lui aussi, participer à la conversation.

— Ceux des garçons, évidemment. Je ne voulais pas que des filles me voient à poil.

— C'est drôle, fit Jim. Et la nuit dernière ? Idem ?

— J'ai loué une chambre dans l'East Side. Linda (Tim traça des guillemets en l'air) est apparue devant la porte comme elle était il y a dix-huit ans. Elle portait sa tenue de gymnastique. Son corps luisait sous une fine pellicule de sueur. Et elle tenait une savonnette à la main.

— Oh ! Seigneur », fit Scott.

Rod regarda sa montre. Elle affichait douze heures vingt-trois. Il était né à douze heures dix-huit. Rod venait d'avoir quarante ans.

L'appartement blanc de Rod lui parut particulièrement stérile ce soir-là. Personne au bureau n'avait fait la moindre allusion à son anniversaire, et il en ressentait un creux formidable à l'estomac. Rod fixa les photos d'oiseaux affichées sur le mur pendant un moment, puis se dirigea vers le réfrigérateur. Il ne restait dans le congélateur qu'une barquette de poulet-pommes de terre. Mais le lendemain était un samedi, et il ferait ses courses le matin... tout comme il les avait faites le samedi matin précédent. Et le samedi matin précédent. Et le samedi matin précédent...

Rod plaça la barquette dans le micro-ondes, régla le thermostat au minimum et la minuterie au maximum (il n'avait pas envie de manger tout de suite), et appuya sur le bouton « marche ». Puis il entra dans le living et glissa *Les Oiseaux* dans le lecteur de cassettes pour ne pas être seul. Rod regarda le film jusqu'à ce qu'il repère Hitchcock accompagné de ses deux minuscules chiens en laisse, puis son attention s'émoussa. Il jeta un coup d'œil autour de lui... Et repéra l'enveloppe.

Elle était posée sur la table du fond près de la fenêtre. C'était une enveloppe blanche ordinaire sur laquelle on avait écrit « Rod » au stylo bille noir. Rod l'ouvrit rapidement mais soigneusement, déchirant le haut d'un geste net de l'ongle. Il sortit la carte. On y voyait un patapouf souriant, un morceau de pizza dans la bouche, entourant de son bras une blonde plantureuse. La légende disait : *Meilleurs vœux pour ton 39e anniversaire !* Rod ouvrit la carte. La chute disait : *Bis repetita !* Toute la troupe avait signé : Jim, Scott et Tim.

Cela fit naître un sourire sur le visage de Rod. Mais il y avait un post-scriptum sous les signatures : *Nous te souhaitons d'agréables « Premiers émois ». Avec les compliments de la table de cantine n° 16.*

Rod posa l'enveloppe vide, puis vit que quelque chose était resté à l'intérieur. Il la souleva et la retourna. Sa carte crânienne tomba sur la table.

« Comment ont-ils... ? »

Rod s'empara de son portefeuille et l'ouvrit. Sa carte crânienne n'y était pas. La carte de l'enveloppe était la sienne.

Puis Rod se souvint de son test de laboratoire à deux heures et demie dans la salle stérile. Il avait laissé son portefeuille et ses vêtements de ville dans le vestiaire. Et n'avait-il pas vu à ce moment-là Scott traîner dans les parages sans motif ?

C'était bien ça.

Rod regarda l'écran vidéo. Rod Taylor, son homonyme, était en train de flirter avec Tippi Hedren. Et cela lui fit penser à Tammy Wilson. Devrait-il, lui aussi, flirter avec elle ? D'un instant à l'autre la sonnette retentirait et elle — ou un androïde *parfait* sous les traits d'une Tammy de vingt et un ans — se tiendrait devant l'entrée. Porterait-elle — porterait-il — cette même robe blanche ? Serait-elle un poil éméchée ?

Le micro-ondes émit un « bip ». Mais Rod laissa refroidir le poulet-pommes de terre. Une fois de plus, il se remémora cette soirée.

Ils avaient couru jusqu'au bosquet de pins situé derrière les terrains de sport. La lune était pleine et projetait une douce lueur argentée sur les arbres et sur l'herbe. « Ça ressemble à une scène d'un film de Walt Disney », se souvenait d'avoir dit Rod. Et Tammy avait ajouté : « Comme c'est romantique. »

Ils s'étaient assis sur un lit moelleux d'aiguilles de pin,

l'odeur entêtante lui pénétrant les sens, l'engourdissant comme s'il avait fumé de l'opium.

Ils s'étaient embrassés, et ses lèvres avaient un goût de vin rouge. Elle avait gloussé en essayant de déboutonner maladroitement la chemise de Rod. Il avait senti monter son érection pendant qu'il lui passait les bras dans le dos pour tenter de lui défaire son soutien-gorge. « Attends, avait-elle dit. Laisse-moi t'aider. »

Sa longue chevelure brune avait glissé devant ses yeux pendant qu'elle baissait la tête vers sa poitrine pour dégrafer son soutien-gorge. « Ça s'ouvre sur le devant », avait-elle dit en souriant.

Puis était venu le tour de ses chaussures et de son pantalon ; ils avaient atterri pêle-mêle près d'une racine sinueuse, par-dessus ses collants. Il avait retiré ses lunettes.

Quel instant parfait, avait-il songé. D'une perfection absolue. La peau de Tammy sentait le savon et sa chevelure le shampooing au citron. Il l'avait pénétrée et elle avait gémi. Il se souvenait d'avoir pensé qu'il allait jouir immédiatement, et il s'était efforcé de se retenir. Il avait évoqué le base-ball, les tests de laboratoire. Il voulait la satisfaire elle aussi.

Mais alors il y avait eu les rires, les rires moqueurs !

Rod avait senti leurs yeux sur sa nuque. Il s'imaginait leurs visages derrière lui, les yeux fixés sur ses fesses luisant faiblement sous la lune. L'un d'entre eux avait-il un appareil photo ? Ou, pis encore, une caméra vidéo ?

Et soudain Rod n'avait plus eu à se préoccuper de se retenir. Son érection était retombée d'un seul coup. Il avait arrêté son va-et-vient, mais Tammy avait continué de rouler des hanches.

Puis elle s'était arrêtée. « Rod ? Ça va ? »

Il avait baissé les yeux vers elle et avait eu un pincement au cœur. Il n'avait pas voulu que ça se passe comme ça. Mais il n'avait pas eu le choix.

« Je n'y arrive pas... Je ne peux pas faire l'amour pendant qu'*ils* sont là.

— Qui ça ?

— Ils ont dû nous suivre depuis le bal. Je suis désolé. C'est *vraiment* drôle, les mecs. *Vraiment drôle.* » Rod avait prononcé ces derniers mots plus fort que les autres.

Tammy avait écarté une mèche de ses yeux verts. « De quoi parles-tu, Rod ? »

Il s'était retiré et avait entrepris de se tourner sur le dos. « Tu veux dire que tu ne les entends pas se payer notre tête ?

— Rod. Personne ne se paie notre tête. Nous sommes seuls, totalement seuls. »

Rod avait plissé les yeux dans l'obscurité, puis s'était prudemment avancé dans les aiguilles de pin pour retrouver ses lunettes. Le clair de lune donnait aux pins l'éclat de statues d'argent. Il apercevait au loin les lumières de la soirée. L'écho de quelques voix leur parvenait, très affaibli.

Rod avait regardé autour de lui. Tammy avait raison : ils étaient seuls.

Tammy avait poursuivi : « Voyons, il n'y a personne ici à part nous... »

Rod avait de nouveau regardé sur sa gauche, puis sur sa droite. « ... A part nous et ces oiseaux. »

Rod avait levé les yeux. Une douzaine de merles noirs étaient perchés sur une grosse branche.

Puis ils s'étaient mis à rire.

Les rires furent interrompus par la sonnette. Rod se réveilla comme d'un rêve. Il se dirigea vers la porte, groggy. Il avait la migraine et la bouche sèche. Sur l'écran, une nuée de merles noirs était en train de s'amasser sur un portique de jeux.

Rod ouvrit la porte...

Et oncle Harry entra.

Il portait une salopette éclaboussée de taches de peinture sur le devant. Une épaisse toison noire recouvrait le dos de ses mains. Il avait exactement la même apparence que trente-cinq ans auparavant.

Harry s'arrêta en voyant le film sur l'écran. Il toussa, et son haleine dégagea des relents de bière.

« Tiens, Rodney, fit oncle Harry. Comme c'est attentionné. Je vois que notre refrain est à l'honneur. »

Harry s'esclaffa et les oiseaux du film s'envolèrent. Des enfants paniqués s'enfuirent de leur école.

Rodney fit un pas en arrière et ouvrit la bouche pour hurler, mais aucun son n'en sortit.

Toute fuite était impossible...

Traduit par Thierry Sandaljian

ARTHUR MACHEN

La Cérémonie

Arthur Machen fut l'un des tout premiers auteurs qui me confortèrent, par la puissance de leurs thèmes et de leur style, dans la fascination que m'inspirait ce genre, et ce dès mon plus jeune âge. Sa carrière fut pourtant des plus tortueuse, puisqu'il fut d'abord précepteur, puis traducteur, pour débuter ensuite, à la mort de sa première femme, comme acteur shakespearien itinérant. Puis il écrivit des articles et des nouvelles destinés à la presse populaire. Ce ne fut que grâce à une souscription lancée par ses lecteurs et admirateurs, tant britanniques qu'américains, qu'il put échapper à la misère durant les dernières années de sa vie. À l'évidence, ses contemporains n'ont jamais très bien su s'ils devaient le considérer comme, je cite, « un acteur qui écrit à ses heures perdues, ou comme un homme de lettres qui déclame du Shakespeare pour meubler ses loisirs ».

Le terreau de cette vie mouvementée dut fournir à son inspiration, tout imprégnée de l'au-delà, de quoi s'enraciner puissamment. Machen nous fait entrevoir des régions inconnues, que régissent d'étranges extases, mêlées de non moins étranges horreurs... Comme il le note dans « Le roman du Sceau Noir », un conte de fées radicalement exempt de toute sensiblerie, sa création s'ancrait dans la profonde certitude que « tout domaine du savoir humain, pour peu que l'on remonte à sa source et à son ultime principe, se perd dans l'insondable ».

Parmi ses œuvres maîtresses, citons « The Great God Pan », un mélodrame de sciences surnaturelles très « fin de siècle », datant d'une époque où le mot décadent avait gardé toute sa vigueur, et « The Novel of the White Powder », son chef-d'œuvre. Mais vous lirez ci-après « La Cérémonie », un conte dont la perverse brièveté confine au supplice de Tantale. Ce texte daté de 1897 nous révèle une écriture incroyablement moderne, par sa puissance d'évocation que servent d'infimes touches, presque invisibles, mais diablement efficaces.

De son enfance, ces brumes lointaines qui commençaient à perdre toute réalité à ses yeux, elle gardait l'image de cette pierre grise, dans les bois.

Cela tenait à la fois de l'oreiller et de la pyramide, quant à la forme. Le gris solennel de l'antique silhouette scintillait dans la verdure, transperçant le brouillard de ces défuntes années d'un éclat qui n'avait rien perdu de son mystère. Elle se rappelait cet après-midi d'été où, encore toute petite, elle avait échappé à la surveillance de sa nurse. Elle n'avait eu à parcourir qu'une courte distance sur le sentier, et elle l'avait vue, dressée devant elle. Elle avait alors rebroussé chemin à toutes jambes, en hurlant, pâle de terreur.

« Quelle petite sotte ! avait dit la nurse. Ce n'est que la pierre de... »

Le terme qu'avait employé la domestique lui était aussitôt sorti de l'esprit et, même des années plus tard, elle n'avait jamais osé le lui demander. Mais la sensation qui lui était restée de cet après-midi où elle avait porté sur la forme grise son premier regard conscient était plus qu'un souvenir : les vastes frondaisons, ondoyant comme un océan vert, les frissons des buissons dans le soleil, les effluves sucrés que répandaient l'herbe et les fleurs, le vent d'été qui lui battait la joue, l'obscurité de ce sous-bois, enchevêtré, luxuriant, splendide, chargé d'un sens mystérieux, comme une tapisserie des siècles passés. Elle en gardait toujours l'image et la présence même. Sa narine palpitait toujours de ces parfums. Et au centre de la scène, là où proliférait si étrangement toute cette végétation, dans l'ombre, l'attendait la forme grise, immémoriale, de la pierre.

Mais son esprit gardait aussi l'empreinte fragmentaire d'une autre sensation, bien plus archaïque. Celle-là n'était plus qu'une incertitude, l'ombre d'une ombre, si vague qu'elle aurait pu n'être qu'un lambeau de rêve, mêlé aux images floues de la petite enfance. Elle n'aurait su dire s'il s'agissait vraiment d'un souvenir : le souvenir d'un souvenir, tout au plus... Mais là encore, c'était un jour d'été. Une femme — sa nurse, sans doute, toujours la même — la portait contre elle, en marchant dans le bois. Elle tenait à la main une gerbe de fleurs brillamment colorées, dont son rêve restait tout illuminé. Elle portait en elle l'éclat de ce rouge vif, le parfum de ces roses...

On dut la poser un moment, car elle se retrouva dans l'herbe, et le gris sévère de la pierre se teinta de ce même rouge. Rien de plus... Sauf peut-être qu'elle se réveilla, au milieu de la nuit, et entendit pleurer sa nurse.

Elle songeait souvent au mystère que sont les premières années de la vie. On sortait, semblait-il, d'un nuage obscur, pour traverser une zone de lumière, très brève, avant de replonger presque aussitôt dans les ténèbres. C'était comme de contempler un lourd rideau de velours d'un noir impénétrable puis, l'espace d'un clin d'œil, d'entrevoir par un trou d'aiguille une ville en flammes dont le feu aurait déjà assiégé les remparts, et jusqu'à ses pinacles... Puis les ténèbres se refermaient autour de vous, au point de vous faire douter de la véracité de cette scène, et même de la perception que vous en aviez eue. C'est ce qu'était pour elle cette très ancienne et très incertaine image de la pierre grise, et de ce rouge qui y était répandu, avec l'inexplicable épisode de la jeune nurse, qui pleurait dans le noir.

Mais le second souvenir était plus clair. A présent encore, elle frissonnait de cette terreur insensée qui l'avait envoyée se réfugier dans les jupes de sa nounou. Ensuite, pendant le reste de son enfance, elle avait relégué la pierre dans le domaine des choses inintelligibles qui hantent l'imaginaire des enfants. La vie elle-même avait de ces choses qu'il fallait accepter à l'aveuglette, sans même songer à les remettre en question. Ses aînés parlaient entre eux de bien des sujets qui lui demeuraient obscurs. Elle se sentait vaguement déconcertée en ouvrant certains livres et la Bible elle-même recelait nombre de phrases sibyllines... Parfois, la conduite de ses parents ne manquait pas de l'intriguer. Cette façon qu'ils avaient de se regarder à la dérobée, de se parler à demi-mot. Et parmi tous ces mystères qu'elle acceptait obscurément demeurait l'antique silhouette grise, dressée dans l'herbe grasse.

Une impulsion à peine consciente la poussait à s'aventurer dans les bois où attendait la pierre cernée d'ombre. Fait remarquable, durant tous les mois d'été, les passants y jetaient des fleurs. Elle trouvait toujours l'herbe alentour jonchée de bouquets flétris et, sur la pierre elle-même, réapparaissaient constamment des fleurs fraîches. De la jonquille à l'aster d'automne, on y voyait se décliner tout le calendrier des jardins villageois et, pendant l'hiver, se succédaient des rameaux de houx vert, de gui, de buis et de genièvre. Une fois, une lueur rouge lui avait attiré le regard, comme si les bois avaient pris feu à cet endroit. En arrivant, elle avait trouvé la pierre et l'herbe environnante resplendissantes de roses.

Elle avait dix-huit ans lorsqu'elle vint un jour s'y promener, un livre à la main. Elle se cacha derrière un bouquet de noisetiers, l'âme encore toute vibrante de poésie, quand elle entendit un bruissement dans les buissons, comme si une main en eût écarté les branches.

La pierre se trouvait en vue de sa cachette et, risquant un regard à travers le rideau de verdure, elle vit une jeune fille approcher d'un pas timide. Elle reconnut immédiatement Annie Dolben, la fille d'un journalier, qui était aussi l'une des élèves les plus prometteuses de l'école du dimanche[1]. Annie avait des manières exquises et faisait la révérence à ravir. Sa science des Rois d'Israël était proprement merveilleuse. Mais ce que reflétait à présent son visage laissait entrevoir d'étranges choses. Un curieux éclat, une opalescence, illuminait son enveloppe de chair. Ses bras étaient chargés de lis.

La jeune dame cachée dans les branches de noisetiers regarda Annie s'avancer vers la silhouette grise et, l'espace d'un instant, le corps palpitant d'impatience, elle crut percer à jour le sens de ce qui se préparait. Elle regarda Annie couronner de lis ce front de pierre gris, et assista à l'incroyable cérémonie qui s'ensuivit.

Quelques mois plus tard, toute rougissante, elle vint à son tour fleurir les bois. Elle posa sur la pierre des lis de serre, des orchidées d'un violet funèbre, et d'autres fleurs exotiques d'un vibrant carmin. Puis, après avoir passionnément baisé la forme grise, elle y célébra jusqu'au bout les rites immémoriaux.

Traduit par Stéphane Carn

1. Cours d'instruction religieuse (*N.d.T.*).

MAY SINCLAIR

Rosamund

« Rosamund » adopte la forme classique d'une histoire extraordinaire contée par un narrateur tiers qui, pressentant notre scepticisme, arrête d'emblée, d'un geste (métaphorique) de la main, la tempête d'objections qu'il voit poindre. « Et si vous me demandez si je crois à cette histoire, nous assure-t-il, tout ce que je peux dire c'est : je crois que ces événements se sont déroulés, parce qu'il me l'a affirmé, et parce que c'est lui qui les a vécus. Cependant, pour ce qui est de leur nature, je ne prétends pas plus que lui les expliquer. »

L'illustre universitaire E. F. Bleiler a dit de ce récit d'un remariage malheureux qu'il était « surprenant » pour l'époque. Pour ma part, je le trouve plus que cela : il est véritablement stupéfiant, indépendamment de la période. Et les détails... charnels que May Sinclair fait jaillir de sa plume sont d'autant plus explicites qu'elle laisse à notre imagination haletante le soin de les concevoir.

Voici le récit de Marston tel qu'il me l'a rapporté. Il s'y refusait. J'ai dû le lui arracher bribes par bribes. J'ai replacé ces bribes dans l'ordre chronologique, et fourni quelques explications, mais les faits sont tels qu'il me les a racontés. Il n'y a là rien que je n'aie tiré de sa bouche.

De sa bouche — vous admettrez que ma source est inattaquable. Edward Marston, l'illustre avocat de la Couronne, auteur d'un ouvrage admirable intitulé *La Dialectique des preuves.* Il faut avoir lu ses chapitres consacrés à « La nature des preuves ». Vous pourriez dire qu'il a menti ; mais si vous connaissiez Marston, vous sauriez qu'il ne le ferait pas, parce qu'il est tout simplement incapable d'inventer la moindre chose. Et si vous me demandez si je crois à cette histoire, tout ce que je peux dire c'est : je crois que ces événements se sont déroulés, parce qu'il me l'a affirmé, et parce que c'est lui qui les a vécus. Cependant, pour ce qui est de leur nature, je ne prétends pas plus que lui les expliquer.

Vous savez qu'il avait contracté un second mariage. Il adorait sa première femme, Rosamund, et Rosamund l'adorait. Je suppose qu'ils filaient le bonheur parfait. Elle avait quinze ans de moins que lui, et était d'une grande beauté. J'aurais aimé vous montrer à quel point. Ses yeux et sa bouche dessinaient un arc ample et uniforme, et ils conféraient à son visage la même expression grave et contemplative. Sa bouche se terminait à chaque extrémité par la plus adorable des fossettes, arrondie comme un pistil. Ses cheveux barraient son front d'une large frange dorée, comme celle d'un enfant, et formaient un volumineux chignon sur sa nuque. Lorsqu'il était déroulé, il descendait en lourde tresse jusqu'à sa taille. Marston avait l'habitude de la taquiner sur ce point. Elle avait une façon particulière et violente de rejeter cette tresse sur le visage de son mari, la nuit, lorsqu'elle était couchée dessus et qu'elle lui tenait trop chaud.

Il se dégageait d'elle une impression touchante et indescriptible… une beauté curieuse, pure et suave comme celle d'un enfant, à la fois parfaite et parfaitement immature. Si immature que l'on ne pouvait concevoir qu'elle pût subsister — intacte — plus longtemps que l'enfance même. Marston avait l'habitude de dire qu'une telle beauté l'angoissait. Il craignait de se réveiller un beau matin et de trouver Rosamund métamorphosée. Et sa beauté était une telle part de sa personnalité que l'on ne pouvait l'imaginer sans elle. On avait dans l'idée que si elle disparaissait, Rosamund devait disparaître aussi.

De fait, la jeune femme disparut la première.

Pendant l'année qui suivit, Marston vécut dangereusement, toujours au bord de la dépression nerveuse. S'il ne sombra pas totalement dans la folie, c'est parce que son travail le sauva. Il n'adhérait à aucune théorie capable de le consoler.

Il faisait partie de ces matérialistes rigides du XIXᵉ siècle qui croient que la conscience est une fonction purement physiologique. Mort corporelle était synonyme de fin absolue. Il ne voyait aucune raison de supposer le contraire. « Lorsqu'on considérait, avait-il coutume de dire, la nature des preuves ! »

Il est bon de garder ceci à l'esprit, afin de comprendre

qu'il n'avait ni parti pris ni idées préconçues. Rosamund ne survivait pour lui que dans sa mémoire. Et dans sa mémoire il était encore amoureux d'elle. Dans le même temps, il avait l'habitude de parler assez cyniquement de ses chances de remariage.

Ils avaient apparemment discuté de ce sujet durant leur lune de miel. Rosamund avait dit qu'il lui était odieux de l'imaginer malheureux et solitaire si elle venait à disparaître avant lui. Elle aurait aimé qu'il se remarie. Si, avait-elle stipulé, il faisait le juste choix.

Il lui avait alors demandé : « Et si je ne fais pas le juste choix ? »

Et elle avait dit que, dans ce cas, ce serait différent. Cette idée lui était insupportable.

Il se remémora tout cela plus tard, mais rien dans ce qu'elle lui avait dit ne lui avait laissé supposer, à l'époque, qu'elle passerait à l'acte.

Nous discutâmes de ce sujet, lui et moi, un soir.

« Je suppose, avait-il dit, que je finirai par me remarier. C'est une nécessité physique. Mais ce ne sera rien d'autre. Je n'épouserai pas le genre de femme qui prétendra à plus que cela. Je ne remplacerai pas Rosamund par une autre femme. Je ne commettrai pas d'infidélité. »

Et il n'en commit pas. Un peu plus d'un an après le décès de Rosamund, il épousa Pauline Silver.

C'était la fille du vieux juge Parker, un ami de la famille Marston. Il ne l'avait pas revue depuis qu'elle était revenue des Indes, suite à un divorce.

Oui, il y avait eu divorce. Silver s'était comporté de façon très correcte. Il avait laissé prononcer le jugement à ses torts, pour l'épargner. Mais on murmurait d'étranges histoires. Elles ne parvinrent pas aux oreilles de Marston, parce qu'il était trop proche de sa famille ; et si elles étaient parvenues jusqu'à lui, il n'y aurait pas ajouté foi. Il avait pris la décision d'épouser Pauline dès qu'il l'avait vue. Elle était belle : elle possédait la beauté sévère d'une brune à la peau blanche et à la bouche vermeille, avec un petit nez aristocratique et des lèvres lascives.

Il n'y avait entre eux, comme il l'avait voulu, qu'un simple engouement physique. Il n'était pas question que Pauline prenne la place de Rosamund.

Marston s'occupait alors d'un grand procès.

Ils étaient si pressés qu'ils ne purent attendre la conclusion de l'affaire. Comme son travail le contraignait à rester à Londres, ils convinrent de remettre leur voyage de noces à l'automne. Et il la conduisit directement à sa demeure personnelle de Curzon Street.

Ceci fut pour lui, il l'admit après, le moment le plus pénible de son mariage. La demeure de Curzon Street était associée à Rosamund, particulièrement leur chambre à coucher — la chambre à coucher de Rosamund — et sa bibliothèque. La bibliothèque était la pièce préférée de Rosamund, parce que c'était la pièce de son mari. Elle y avait sa place au coin du feu, et ils y passaient toujours leurs soirées en tête à tête lorsqu'il avait terminé son travail ; sinon, elle demeurait tout de même à ses côtés, lisant silencieusement près du foyer.

Fort heureusement pour Marston, Pauline détesta la bibliothèque dès qu'elle la vit.

J'entends encore sa voix : « Brrr ! Cette pièce a quelque chose d'abominable, Edward. Comment pouvez-vous donc y séjourner ? »

Et Edward, un rien caustique : « Rien ne vous y oblige, si vous ne l'aimez pas.

— Je ne le ferai pas, croyez-moi. »

Elle resta là — c'est comme si je le voyais —, immobile sur le tapis de foyer près de la chaise de Rosamund, extraordinairement belle et lascive. Il allait la prendre dans ses bras et l'embrasser sur sa bouche vermeille lorsque, dit-il, quelque chose l'en empêcha... L'en empêcha net, comme si cette chose avait surgi du sol et s'était interposée entre eux. Il supposa que c'était le souvenir de

Rosamund, toujours vivace dans ce lieu qui avait été le sien.

Comprenez que c'était ce lieu seul, ce lieu de communion intime et silencieuse, que Pauline ne s'approprierait jamais. D'ailleurs, cette créature splendide, fruste et satisfaite ne désirait même pas se l'approprier. Il comprit que, dans cet endroit, il resterait bel et bien seul avec ses souvenirs.

Mais, pour la chambre à coucher, ce fut une tout autre affaire. Pauline avait fait comprendre dès le début que cette pièce devait lui appartenir. De fait, il n'en existait pas d'autre qu'il pût lui offrir. Le salon occupait la totalité du premier étage. Les chambres du deuxième étaient minuscules, alors que celle-ci avait été créée en rassemblant les deux pièces de la façade. Elle était orientée au sud, et communiquait avec la salle de bains à l'arrière. La petite pièce de Marston, orientée au nord, possédait une porte qui s'ouvrait perpendiculairement à celle de sa femme sur l'étroit palier. Il ne pouvait guère s'attendre à la voir dormir là, et encore moins dans l'un des cagibis du dernier étage. Il regrettait, disait-il, de ne pas avoir vendu la demeure de Curzon Street.

Mais Pauline était enchantée de la vaste pièce lumineuse qui allait être la sienne. Elle avait été meublée dans un exquis style XVIIe pour la malheureuse Rosamund. Il n'y avait là que mobilier de noyer, tapis de Boukhara, épais rideaux de soie bleu marine doublés de pourpre, et un lit somptueux recouvert d'une courtepointe pourpre brodée de bleu.

Marston insista cependant sur un détail : il dormirait à la place de Rosamund, et Pauline à la place qu'il occupait autrefois. Il ne voulait pas voir le corps de Pauline là où celui de Rosamund avait reposé. Bien entendu, il dut mentir et prétendre qu'il avait toujours dormi côté fenêtre.

Je vois Pauline parcourir cette pièce en observant tous ses détails; contempler son teint de brune à la peau blanche et à la bouche vermeille dans le miroir qui avait reflété le rose et l'or pur de Rosamund ; ouvrir la penderie où les robes de Rosamund avaient été suspendues, humant le délicat parfum fleuri de Rosamund, lui substituant avec insouciance son propre sillage capiteux.

Et quant à Marston (qui était aux antipodes de cette insouciance), je le vois adopter un air de plus en plus accablé, et en même temps de plus en plus excité, au fur et à mesure que s'avançait la nuit de noces. Il l'amena au théâtre pour passer le temps, ou peut-être pour l'éloigner des appartements de Rosamund — Dieu seul le sait. Je les vois assis à l'orchestre, remplis d'ennui et de fébrilité, s'éclipsant avant la moitié du spectacle, et retournant à cette demeure de Curzon Street avant onze heures.

C'est peu de temps après qu'il se rendit dans la chambre de Pauline.

Je vous ai dit que sa porte était perpendiculaire à celle de Marston, et que le palier était étroit : ainsi, toute personne se tenant près de la porte de Pauline ne pouvait passer inaperçue dès qu'il ouvrait la sienne. Il n'avait même pas à traverser le palier pour la rejoindre.

Marston jure qu'il n'y avait rien à cet endroit lorsqu'il sortit de sa chambre. Mais lorsqu'il arriva devant celle de Pauline, il vit Rosamund se dresser devant la porte. Et, dit-il, « elle refusait de me laissait entrer ».

Ses bras étaient tendus en croix, barrant le passage. Oui, il vit son visage, le visage de Rosamund ; il était, paraît-il, absolument charmant, et tout aussi absolument inexorable. Il ne pouvait passer.

Alors il revint vers sa chambre — à reculons, dit-il, pour ne pas perdre Rosamund de vue. Et lorsqu'il fut sur le pas de sa porte, elle avait disparu.

Non, il n'avait pas été effrayé. Il ne pouvait dire ce qu'il avait ressenti, mais il laissa sa porte ouverte toute la nuit, parce que l'idée de la refermer devant elle lui était insupportable. Et il ne fit pas d'autre tentative pour entrer chez Pauline, tant il était convaincu que la vision de Rosamund réapparaîtrait pour l'en empêcher.

Je ne sais quelle sorte d'excuse il donna à Pauline le lendemain matin. Il dit qu'elle s'était montrée très raide et boudeuse toute la journée; et ce n'était guère surprenant. Il n'avait pas perdu son engouement pour elle, et je ne pense pas que l'apparition de Rosamund avait altéré le mois du monde son désir pour Pauline. En fait, il s'était persuadé qu'il ne s'agissait que d'une simple hallucination due, sans nul doute, à son excitation.

Quoi qu'il en soit, il ne s'attendait pas à la revoir devant la porte la nuit suivante.

Et pourtant si... elle était là... Seulement, cette fois, dit-il, elle s'écarta pour le laisser passer. Elle lui sourit, comme pour dire : « Entre, s'il le faut; tu verras le résultat. »

Il n'avait pas l'impression qu'elle l'avait suivi dans la pièce; il était certain que, cette fois-ci, elle le laisserait agir à sa guise.

C'est au moment où il s'approchait du lit de Pauline — l'ex-lit de Rosamund — qu'elle réapparut, lui barrant le chemin de ses bras étendus.

Tout ce que Pauline put voir, c'est son mari reculant graduellement, puis s'arrêtant sur place, figé, et l'expression de son visage. Cela seul suffit à l'effrayer.

« Que vous arrive-t-il, Edward? » demanda-t-elle.

Il ne bougea pas.

« Pourquoi restez-vous là? Pourquoi ne venez-vous pas vous coucher? »

Puis Marston semble avoir perdu son flegme et s'être écrié : « Je ne peux pas. Je ne peux pas.

— Vous ne pouvez pas faire quoi?

— Je ne peux pas dormir avec vous. Elle m'empêche de venir.

— Qui, elle?

— Rosamund. Ma femme. Elle est là.

— De quoi parlez-vous donc, grands dieux?

— Elle est là, vous dis-je. Elle refuse de me laisser passer. Elle me repousse. »

Selon lui, Pauline a dû penser qu'il avait bu. Souvenez-vous qu'elle n'avait rien *vu* d'autre qu'Edward, son visage, et son étrange attitude. Il avait dû lui paraître terriblement ivre.

Elle s'assit dans le lit, le foudroyant de son regard sombre et sévère, et lui dit de disparaître sur-le-champ. Ce qu'il fit.

Le lendemain, il dut s'expliquer. Elle ne cessait, paraît-il, de parler de l'« état » dans lequel il était.

« Vous êtes arrivé dans ma chambre, Edward, dans un état *déplorable.* »

Je suppose que Marston lui dit qu'il était désolé, qu'il n'avait rien pu faire, qu'il n'était pas ivre. Il persista à affirmer que Rosamund était présente. Il l'avait vue. Et Pauline dit que s'il n'était pas ivre, alors il devait être fou. Ce à quoi il répondit humblement qu'il avait peut-être effectivement perdu la raison.

C'est la goutte d'eau qui fit déborder le vase. Elle se mit en furie. Il n'avait pas plus perdu la raison qu'elle. Mais il ne l'aimait pas. Il se servait d'excuses ridicules et mensongères pour se débarrasser d'elle. Il y avait une autre femme dans sa vie.

Marston lui demanda pour quelle raison, grands dieux, il l'avait donc épousée. Alors elle fondit en larmes et dit qu'elle ne savait pas.

Il semble ensuite s'être réconcilié avec Pauline. Il parvint à lui faire croire qu'il ne mentait pas, qu'il avait vraiment vu quelque chose, et ils arrivèrent conjointement à une explication rationnelle de l'apparition. Il était surmené. Ce n'était rien d'autre qu'une hallucination de son cerveau épuisé.

Cette théorie le porta jusqu'à l'heure du coucher. Arrivé là, dit-il, il se mit à s'interroger sur la suite, sur les intentions de l'apparition de Rosamund. Chaque matin, sa passion pour Pauline était revenue, aiguisée par la frustration, pour s'exaspérer crescendo jusqu'au soir. En supposant qu'il avait *effectivement* vu Rosamund, il risquait de la revoir. Il était soudain devenu sujet à des hallucinations. Mais aussi longtemps *qu'on en a conscience*, on ne risque rien.

De telle façon que le stratagème qu'ils convinrent d'adopter ce soir-là n'était qu'une précaution, au cas où la chose reviendrait. Il pourrait même se révéler suffisant en lui-même pour l'empêcher d'avoir la moindre vision.

Au lieu d'aller rejoindre Pauline, il avait été prévu qu'il pénètre dans la pièce en premier, avant qu'elle ne l'y rejoigne. Ceci, dirent-ils, briserait le charme. Par mesure de prudence supplémentaire, il avait l'intention de se mettre au lit avant l'arrivée de sa femme.

De fait, il pénétra bien dans la pièce.

C'est lorsqu'il tenta d'entrer dans le lit qu'il vit Rosamund.

Elle était étendue là, à sa place côté fenêtre, la propre place de Marston, reposant dans sa beauté immature et enfantine, endormie, l'arc harmonieux de sa bouche détendu par le sommeil. Elle était parfaite jusqu'au moindre détail, les cils dorés de ses paupières closes reposant sur ses joues d'albâtre, l'or profond de sa frange luisant doucement, et son épaisse tresse blonde torsadée rejetée sur l'oreiller.

Il s'agenouilla près du lit et enfouit le front dans les couvertures, près d'elle. Il m'a affirmé qu'il avait pu sentir sa respiration.

Il resta là pendant les vingt minutes que Pauline mit à se préparer. Il dit que les minutes lui parurent des heures. Pauline le trouva dans la même position, agenouillé, le front enfoui dans les couvertures. Il tituba en se relevant.

Elle lui demanda ce qu'il faisait et pourquoi il n'était pas couché. Il dit : « Ce n'est pas la peine. Je ne peux pas. Non, je ne peux pas. »

Mais il sentait quelque part qu'il ne pouvait lui révéler

la présence de Rosamund. Elle était trop sacrée ; il ne pouvait parler d'elle. Il dit seulement : « Vous devriez dormir dans ma chambre, cette nuit. »

Il fixait l'endroit du lit où il voyait encore Rosamund. Pour Pauline, il n'y avait là rien d'autre que les couvertures, le drap doucement tendu sur une poitrine invisible, et le creux dans l'oreiller. Elle répondit qu'elle n'en ferait rien. Elle n'allait se faire chasser de sa propre chambre par quelqu'un qui cherchait à l'intimider. Libre à lui de faire ce qu'il voulait.

Il ne pouvait les laisser là ; il ne pouvait laisser Pauline avec Rosamund, et Rosamund avec Pauline. Alors il s'installa dans un fauteuil, le dos tourné au lit. Non, il ne fit aucune nouvelle tentative. Il dit qu'il la savait encore étendue là, gardant la place de Marston, qui était sa place. Ce qu'il y a de curieux, c'est qu'il n'était nullement effrayé ou surpris. Il considérait que tout l'épisode allait de soi. Et il sombra graduellement dans le sommeil.

Il fut réveillé par un hurlement et le bruit d'un corps sautant violemment hors du lit et retombant sourdement sur ses pieds. Il alluma la lumière et vit les couvertures rejetées, ainsi que Pauline debout, bouche béante.

Il alla vers elle et la prit dans ses bras. Son corps était froid et tremblant de terreur, et ses mâchoires bâillaient comme si elle était paralysée. Elle dit : « Edward, il y a quelque chose dans le lit. »

Il y jeta un nouveau coup d'œil. Il était vide. « Il n'y a personne, dit-il. Regardez. » Il ramena les couvertures jusqu'au pied du lit pour lui montrer.

« Il y *avait* une chose.

— Vous la voyez ?

— Non. Je l'ai sentie. »

Elle lui raconta. Tout d'abord quelque chose était venu lui frapper violemment le visage. Une épaisse et lourde tresse de cheveux féminins. Le choc l'avait réveillée. Puis elle avait tendu les mains et senti le corps... Un corps de femme, doux et horrible ; ses doigts s'étaient enfoncés dans la poitrine élastique. Alors elle avait hurlé et avait sauté hors du lit.

Et elle ne pouvait rester dans cette pièce. Elle était, s'écria-t-elle, « abominable ».

Elle dormit dans la chambre de Marston, sur son étroit lit à une place, et il resta à ses côtés sur une chaise toute la nuit.

Elle croyait à présent à la vision de son mari, et elle se souvint que la bibliothèque était tout aussi abominable... Hantée par quelque chose. Elle supposait que c'était cela qu'elle avait senti. Parfait ! Deux pièces de la maison étaient hantées. Il leur suffirait d'éviter ces deux pièces. Elle avait décidé, voyez-vous, qu'il ne s'agissait que d'une simple affaire de maison hantée, le genre de chose dont vous entendez toujours parler et que vous ne croyez jamais avant qu'elle ne vous arrive. Marston préféra ne pas lui faire remarquer que la demeure n'était pas hantée avant son arrivée.

La nuit suivante, la quatrième, il avait été prévu qu'elle dorme dans la chambre libre située à l'étage supérieur, près de celle des domestiques, et Marston dans sa chambre personnelle.

Mais Marston ne dormit pas. Il ne cessait de s'interroger : monterait-il ou non dans la chambre de Pauline ? Cela le mettait dans un terrible état d'agitation, et plutôt que de se déshabiller et de se coucher, il resta assis à lire sur une chaise. Il n'était pas anxieux, mais il avait l'étrange impression qu'un événement allait survenir, qu'il devait s'y préparer, et qu'il valait mieux rester habillé.

Il devait être un peu plus de minuit quand il entendit la poignée de la porte tourner très lentement et tout doucement.

La porte s'ouvrit derrière lui et Pauline entra, avançant à pas feutrés, avant de surgir devant lui. Il sursauta, car il pensait à Rosamund, et lorsqu'il avait entendu tourner la poignée, c'est son apparition qu'il s'était attendu à voir. Il raconte que, durant les premiers instants, c'est l'apparition de Pauline qui lui sembla surnaturelle et anormale.

Elle ne portait rien, absolument rien, sauf une sorte de déshabillé blanc transparent en mousseline. Elle avait entrepris de l'ôter. Il pouvait voir ses mains trembler pendant que ses doigts essayaient maladroitement de le dégrafer.

Il se leva soudain, et ils restèrent face à face, silencieux, se fixant l'un l'autre. Il était fasciné par Pauline, par le seul charme de son corps, resplendissant de blancheur à travers la fine soierie, et par le mouvement de ses doigts. Je pense avoir dit que c'était une femme superbe, et sa beauté à cet instant était irrésistible.

Et pourtant il la fixa sans dire mot. Cette description peut laisser penser que leur silence se prolongea assez longtemps, mais en réalité il n'a pas dû durer plus d'une fraction de seconde.

Puis elle parla : « Oh, Edward ! Pour l'amour de Dieu, dites quelque chose. N'aurais-je pas dû venir ? » Et elle poursuivit sans attendre sa réponse : « Pensez-vous à *elle* ? Parce que, si... si c'est le cas, je ne me laisserai pas évincer... Non, certainement pas... Elle continuera à venir tant que nous ne... Ne voyez-vous pas que c'est ainsi que nous l'arrêterons ?... Quand vous me prendrez dans vos bras. »

Elle fit glisser les larges manches de son déshabillé en mousseline, qui tomba à ses pieds. Marston dit qu'il entendit un son étrange, mi-gémissement, mi-grognement, et qu'il fut stupéfait de s'apercevoir qu'il en était l'auteur.

Il ne l'avait pas encore touchée — notez bien que cela fut encore l'affaire d'une fraction de seconde —, ils étaient en train de se tendre les bras, lorsque la porte se rouvrit silencieusement et, sans signe visible, l'apparition fut dans la pièce. Elle s'approcha à une vitesse incroyable, d'abord impalpable, comme un rai de lumière se glissant entre eux. Elle n'entreprit rien, n'esquissa aucun geste violent. Seulement, en prenant graduellement forme, en devenant sa parfaite incarnation de chair et de sang, elle manifesta sa présence par une sorte de poussée, une force adverse.

Pauline ne l'avait pas encore vue. Elle pensa que c'était Marston qui l'éloignait de lui. Elle s'exclama : « Oh, non, non, ne me repoussez pas ! » Elle passa sous la garde de l'apparition et s'accrocha à ses genoux, secouée de spasmes et de sanglots. Pendant un instant, ce fut une lutte farouche entre sa chair mouvante et cet être immobile et surnaturel.

Et, en cet instant, Marston se rendit compte qu'il haïssait Pauline. Elle combattait Rosamund avec les grossières armes de sa chair et de son sang, profitant odieusement de sa condition pour tenter d'abattre cet être céleste et désincarné.

Il lui cria de la lâcher.

« Ce n'est pas moi, hurla-t-il. Ne la voyez-vous pas ? »

Puis, soudain, elle vit. Elle lâcha prise et se laissa tomber sur le sol, recroquevillée dans un geste de défense. Cette fois, elle n'avait proféré aucun cri.

L'apparition battit en retraite ; elle se déplaça lentement vers la porte, tout en regardant Marston par-dessus son épaule. D'un léger geste du bras, elle lui fit signe de le suivre.

Il sortit, à peine conscient du corps nu de Pauline qui était encore agité de viles contorsions, s'agrippant à ses pieds, se traînant derrière lui sur le sol, comme une larve, comme une bête.

Elle avait dû se relever immédiatement et les suivre sur le palier, car, tout en descendant les escaliers à la suite de l'apparition, il apercevait le visage de Pauline, défiguré par la lubricité et la terreur, penché vers eux pardessus la balustrade. Elle les vit descendre la dernière volée de marches, traverser le hall du rez-de-chaussée et entrer dans la bibliothèque. La porte se referma derrière eux.

Quelque chose se produisit là. Marston ne m'a jamais dit précisément quoi, et je ne lui ai pas demandé. Toujours est-il que cela mit un terme à l'épisode.

Le lendemain, Pauline s'enfuit dans sa famille. Elle ne pouvait rester dans la demeure de Marston parce qu'elle était hantée par Rosamund, et il ne voulait pas quitter cette demeure pour la même raison.

Et elle ne revint jamais. Car elle avait non seulement peur de Rosamund, mais de Marston. Et si elle était revenue, cela ne lui aurait servi à rien. Marston était convaincu que chaque fois qu'il tenterait de se rapprocher de Pauline, quelque chose l'en empêcherait. Pauline croyait certainement que si Rosamund s'y trouvait contrainte, elle se montrerait sous une forme encore plus sinistre et terrifiante. Elle savait s'avouer vaincue.

Et l'histoire ne se termine pas là. Je pense qu'il tenta de lui expliquer le phénomène, qu'il lui dit l'avoir épousée en présumant que Rosamund était morte, mais qu'à présent il savait qu'elle était vivante. Elle était, comme il le disait, « présente ». Il essaya de lui démontrer que s'il possédait Rosamund, il ne pouvait la posséder, elle. La présence de Rosamund en ce monde annulait leur contrat.

Je suis convaincu, voyez-vous, que quelque chose s'est bien passé cette nuit-là dans la bibliothèque. J'avoue qu'il ne m'a jamais dit ce que ç'avait pu être, mais il a laissé échapper un mot, une fois. Nous discutions d'une des aventures sentimentales de Pauline (après la séparation, elle lui donna d'amples motifs de divorce). « Pauvre Pauline, dit-il, elle se croit si passionnée.

— Eh bien, dis-je, ne l'était-elle pas ? »

Alors il explosa. « Non. Elle ignore ce qu'est la passion. Vous l'ignorez tous. Vous n'en avez pas la moindre idée. Il faudrait d'abord vous délivrer de votre enveloppe charnelle. Moi, je l'ignorais jusqu'à ce que… »

Il s'arrêta. Je pense qu'il allait dire : «jusqu'à ce que Rosamund revienne et me l'apprenne». Car il se pencha en avant et murmura : «Rien à voir avec une passade... Si seulement tu savais... »

Ainsi, je ne pense pas qu'il s'agissait d'une simple affaire de fidélité à un souvenir. Je présume qu'il y avait eu, derrière cette porte close, un contact mystérieux, terrible et exquis... Plus pénétrant que la vue ou le toucher. Plus... plus incommensurable : la passion infinie.

Et qui sait si le moment suprême, l'extase, n'était venu qu'après la disparition de la vision ?

Comment retrouver Pauline après cela ?

Traduit par Thierry Sandaljian

HARLAN ELLISON

Le visage de Helene Bournouw

Harlan Ellison est un auteur passionnant, même s'il pose parfois de sérieux problèmes. Qui dirait pour autant qu'il ne mérite pas qu'on s'y intéresse ? Son esprit alerte recherche infatigablement l'ironie féroce qui se cache dans la situation la plus banale. Véritable homme-orchestre, il circule à son gré entre science-fiction, horreur et fantastique, passe sans difficulté de l'essai confidentiel au scénario ou à la critique de télévision et écrit même parfois des articles gastronomiques.

Son énergie, sa volonté, son intelligence constituent l'essentiel de son fonds de commerce, sans oublier les deux « p » moins évidents mais toujours présents dans son œuvre : pugnacité et perversité. En résumé, c'est un écrivain reconnu qui mérite sa célébrité.

Ajoutons que sa philosophie du « pas de quartier », quelque peu atténuée ici par une nostalgie brumeuse du New York des pulp magazines, *offre un contraste saisissant avec la sensibilité de May Sinclair, auteur de la nouvelle précédente. Voilà pour la théorie. En pratique, il n'est pas si facile de déterminer, à la lecture de ces deux œuvres si différentes, lequel des deux maîtres a créé « le succube le plus mémorable ».*

A vous d'en décider.

RUMEUR NOCTURNE — d'abord le clapotis des ténèbres, à la lisière d'une mer de remous, elle-même cernée de silence. Puis, perçu du bout des doigts, le frôlement doux du mouvement cyclique de l'univers, qui grignote son chemin à travers la couche des poussières du temps. Enfin, les borborygmes animaux qui accompagnent l'accouplement, le bruit moite de deux corps enchevêtrés. Et toujours la même rumeur, troublée seulement par le déclic des compteurs et des générateurs qui ralentissent puis s'arrêtent, avec le bourdonnement des appareils revenus en position initiale d'utilisation.

Sombrant, chavirant, s'enfonçant dans ce fouillis sonore, la bouche immergée de Helene Bournouw s'ouvrit pour recueillir le sel cendré d'un jaillissement aussi bref que la vie d'une feuille. Le vent s'engouffra dans un silence assourdissant, happant leur souffle, le sien et celui de son amant.

Dans la pensée parfaite de dieux trop parfaits pour avoir été conçus par des cerveaux mortels, il n'y eut jamais d'amour aussi chargé d'empathie que celui qui unissait Helene Bournouw à l'homme qu'elle accueillit avec tant de gratitude. Sous ce soleil qui resplendissait d'un scintillement bleuté, il n'y eut jamais une telle passion : l'étirement de deux rails d'acier vers un incompréhensible horizon, l'éclat blanc d'argent du rhodium dans toute sa radieuse perfection, la tension d'un ménisque porté à son point de rupture, brûlant de déborder sous un trop-plein de rires, de douceur, de chemins pris au hasard dans cette nuit qui préside à la fusion de deux êtres, à l'acceptation sans réserve, sans limite, à jamais.

C'est ainsi qu'elle faisait l'amour, Helene Bournouw, la plus belle des femmes qui ait jamais contemplé un homme avec les yeux du désir.

D'elle, Richard Strike, le seul fouille-merde de Broadway qui pût avoir quelque prétention à la littérature, avait dit qu'elle était à son sens « le plus mémorable succube qu'il lui avait été donné de croiser ». Pour les pisse-copie de Times Square, cette formule ne pouvait être qu'une métaphore du sexe oral et elle leur passa très loin au-dessus de la tête. Ils savaient, eux, ce qu'était Helene Bournouw. Elle était *trop* belle.

La petite phrase de Strike contenait pourtant une paillette de vérité. Ce titre était mérité. Quelque chose en elle saignait à blanc ceux qui entraient dans la vie de Helene Bournouw, ou passaient à sa portée. Elle était d'une indéniable beauté. Elle était *vraiment* presque trop belle. Abington, son photographe attitré, était le seul pour qui elle acceptât de poser — relation modèle-photographe sans précédent qui produisit des portraits-cultes, des témoignages de cette étrange beauté qui n'était pas de ce monde et n'appartenait qu'à elle. D'ailleurs, que ces photos servent à vendre des voitures ou des serviettes hygiéniques, le consommateur subjugué ne voyait d'abord qu'elle, Helene Bournouw — et seulement ensuite, quand il parvenait à s'arracher à la fascination où l'avait plongé son image, le produit.

Sur ces deux éléments — une indéniable beauté et un tempérament qui drainait l'énergie de tous ceux qui l'approchaient —, rassemblés et subtilement altérés par la catalyse qu'elle opérait, se bâtit la légende de Helene Bournouw. Fait rarissime dans l'univers médiatique où tout se monnaie, nul n'avait accès à sa vie privée. On n'en savait pratiquement rien, hormis quelques bribes sans grand intérêt concernant telle ou telle étoile montante des affaires ou du cinéma qu'elle semblait fréquenter.

Comme le fit un jour remarquer Abington à la rédactrice d'un torchon féminin qui l'assaillait de questions indiscrètes : « Je ne sais pas où elle va, quand elle quitte le studio. Elle habite Sutton Place, mais elle est rarement chez elle. Elle pourrait tout aussi bien s'évanouir dans la brume — personne n'en saurait jamais rien. Pour ma part, je m'en tiens à considérer que c'est la plus exquise créature que j'aie jamais photographiée. »

Et, venant de celui qui découvrit Suzy Parker, de l'auteur des premiers portraits d'Elizabeth Taylor, de celui que *Life* délégua aux quatre coins du monde pour photographier les cinquante plus belles femmes de la planète, c'est sans doute le meilleur argument pour ceux qui jurent que la terre n'a jamais porté de femme plus époustouflante que la belle Helene Bournouw.

A l'heure du déjeuner, installée dans un box de chez Lindy, Helene Bournouw fit pleuvoir sur son compagnon le niagara magique de son sourire. Ses yeux d'un gris profond, à la fois irrésistible et changeant, s'étaient à demi refermés dans un regard qui vous transperçait l'âme. « Jimmy, tout est fini entre nous », fit-elle avec une désarmante simplicité.

Le visage net et résolu de son chevalier servant parut se décomposer. Son regard, plongé dans celui de la belle, vacilla et sa langue vint humecter ses lèvres sans qu'un son les franchisse. Il venait de vivre une semaine inénarrable, ce pauvre James P. Knoll, PDG d'une chaîne de transporteurs pesant plusieurs dizaines de milliards. Une semaine où il avait côtoyé l'amour, le danger, l'excitation, le défi. Un maelström d'émotions qui le laissait lessivé. Il avait passé une semaine avec Helene Bournouw.

Et elle venait d'y mettre fin.

Sans préambule, sans qu'il ait rien fait qui pût provoquer sa colère, après une nuit dont la perfection adamantine l'avait décidé à s'éclipser quelques heures pour acheter la bague... elle avait tout envoyé balader. James P. Knoll se leva et quitta le box du Lindy. Au ton qu'elle avait employé, un ton dont il l'aurait crue incapable, il avait compris que c'était sans appel. Il laissa un billet de cent dollars pour le déjeuner qu'on ne leur avait pas encore apporté, et sortit sur Broadway.

Un peu plus tard dans la journée, il tira de son coffre-fort mural un petit calibre 22 allemand et se fit dans la tempe un joli trou bien net, qui saigna à peine.

Helene Bournouw mangea du bout des lèvres ce qui lui fut servi. Un mannequin de sa classe se méfiait des kilos comme de la peste.

Encore un peu plus tard ce jour-là, la compagnie Knoll Transit Inc. fut l'objet d'une terrible attaque boursière, consécutive au décès inopiné de son principal stratège — son président. Les actions s'effondrèrent, provoquant une débâcle qui se communiqua comme une traînée de poudre à l'ensemble du secteur et bloqua tout le réseau d'acheminement du pays. Tout cela, en un battement de cils...

Et Helene Bournouw se rendit à son deuxième rendez-vous de la journée.

Quentin Dean était un pseudonyme. Mais quelles que fussent ses origines, lettonnes ou polonaises, et les consonances imprononçables de son vrai nom, on ne pouvait nier les qualités de sa peinture. Il avait beau vivre de pain rassis et de velouté de tomate en boîte dans un loft de la 14ᵉ Rue, Quentin Dean était l'un des jeunes artistes les plus prometteurs de sa génération. La critique ne l'avait pas encore repéré, mais cela ne pouvait tarder. C'était l'affaire d'un an, six mois, peut-être, s'il dénichait le mécène qu'il lui fallait. Quelqu'un qui s'intéresserait assez à son œuvre pour lui assurer de bonnes conditions de travail, et faire en sorte que l'on parle de lui, jusqu'à ce qu'il perce, qu'il se fasse enfin reconnaître pour ce qu'il était.

La critique n'avait pas encore découvert Quentin Dean, mais Helene Bournouw, si.

Elle prit un taxi devant chez Lindy et gravit les quatre étages qui la menèrent à l'atelier de Quentin Dean. Un loft spacieux, très clair, très propre. Quoique pratiquement vide — à l'exception des tasseaux qui attendaient contre un mur de se transformer en châssis et en chevalets, des centaines de toiles retournées, alignées sur le mur d'en face, et du grand matelas nonchalamment échoué au centre de la pièce —, l'atelier de Dean était un lieu resplendissant de gaieté.

Helene Bournouw entra, et la lumière du jour, si froide et si crue, en cet après-midi de printemps frisquet, se radoucit, enrichie de chatoiements dorés. Elle vint se poster derrière lui pour le regarder appliquer des aplats d'ocre jaune sur un paysage urbain.

Elle eut un rire léger. Presque enjoué.

Absorbé par son travail au point de perdre tout contact avec la réalité, Quentin Dean sursauta. Il pivota, le pinceau brandi comme une épée et, la voyant, il sourit.

« Helene, mon chou... pourquoi tu n'as pas téléphoné au drugstore... Ils m'auraient averti de ton arrivée... »

Elle rit encore. Un tintement clair, féerique, que répercutèrent les murs du grand studio.

« Et comment tu penses baptiser ça, chéri... ? » Elle avait pointé sur le tableau une main effilée, gantée de blanc.

Il voulut répondre à son sourire par un sourire de son cru, enfantin, vacillant... mais ça ne lui vint pas. Il se détourna vivement, pour regarder son travail, inquiet à l'idée d'avoir laissé échapper quelque chose, ayant le nez sur la toile — mais non, tout était exactement comme il en avait décidé, dans la nuance exacte, avec l'expression et la force qu'il avait voulu donner à chaque élément du tableau. C'était bien sa ville, cet endroit qui l'avait accueilli, lui et son travail, et lui avait envoyé Helene Bournouw, sa bienfaitrice, son bon ange...

« C'est la 3e Avenue. J'ai voulu en faire émerger une sorte de vision — genre réalisme fantastique, tu vois... — du métro aérien, avant sa démolition... un peu comme aurait pu le voir quelqu'un qui aurait vécu des années dans son ombre et qui, tout à coup, aurait aperçu la lumière... Tu vois, c'est... »

Elle l'interrompit, avec la plus tendre des sollicitudes. « Mais c'est tout à fait ridicule, mon grand chéri. Tu veux certainement rire, là... Tu ne penses quand même pas inclure *ceci* dans ta série sur Manhattan... ? »

Il en resta sans voix.

Vulnérable comme il se connaissait, toute son énergie lui venait de son travail. C'était son art qui avait fait de lui un homme digne de ce nom. Il n'était plus cet écorché vif caractériel qui avait quitté Chillicothe, Ohio, en quête d'un vrai lieu où vivre. Devant son chevalet, il avait vécu une seconde naissance. Mais voilà qu'elle lui disait que...

« Quentin, si c'est à ce genre d'âneries que tu passes ton temps, j'ai bien peur de devoir y mettre le holà... Tu ne t'attends pas à ce que je demande à Alexei d'exposer ça... Mais il me rirait au nez, mon chéri ! Enfin, tu sais que j'adore ce que tu fais... et tout le monde peut avoir une baisse de régime... »

Helene Bournouw resta longtemps chez Quentin Dean. Elle lui parla longuement, le rassura, lui prodigua ses conseils, coucha avec lui, et lui insuffla l'énergie qui lui manquait pour...

Lacérer la plupart de ses toiles avec un couteau à pain.

Arroser les rescapées d'essence de térébenthine.

Briser ses pinceaux et renverser son chevalet.

Fourrer ses trois chemises dans la mallette de carton renforcé qui lui servait à renvoyer son linge sale par la poste à la maison, du temps où il était étudiant ; et remettre le cap sur Chillicothe, Ohio, où, un an plus tard, il se serait suffisamment investi dans l'entreprise familiale de carrelage-revêtements de sol pour oublier à jamais l'art contemporain et toutes ces fariboles.

Helene Bournouw se rendit à son troisième rendez-vous de la journée.

Lorsque sa secrétaire lui annonça que Mlle Bournouw l'attendait dans le réfectoire, Son Éminence Mgr Della Buono répondit nonchalamment qu'il la recevrait dès qu'il en aurait fini avec les papiers qui attendaient sa signature. Comme la secrétaire posait la main sur la poignée de la porte, il précisa, presque incidemment, que Helene Bournouw voulait le consulter sur une affaire des plus grave, un problème personnel, à ce qu'il avait cru comprendre, et qu'il désirait ne pas être dérangé pendant cet entretien. La brave femme hocha la tête, compréhensive. Ce bon prélat se tuait à la tâche. Il prenait trop à cœur les épreuves et les tourments de ses ouailles... Il ferait bien de s'accorder quelques jours de repos, avant de s'envoler pour le Vatican, en novembre.

Mais la porte à peine refermée, Mgr Della Buono signa ses papiers sans même les lire et repoussa avec tant de hâte son fauteuil d'ébène ouvragé qu'il s'en fut heurter le mur. Retroussant sa soutane, il s'engouffra dans le petit couloir qui reliait son bureau au réfectoire, ouvrit la porte de la grande salle et entra.

Là, l'attendait Helene Bournouw. Appuyée à la longue table de chêne, ses deux bras tendus en arrière supportant son corps cambré. La fente de son trench-coat laissait entrevoir une jambe fuselée qu'elle repliait avec grâce, terriblement tentante. Le prélat referma la porte d'une main douce mais ferme, et la verrouilla avec soin.

« Je vous avais dit de ne plus revenir », souffla-t-il.

Cette voix n'était plus celle de l'homme qui avait parlé à la secrétaire. C'était le désespoir et l'impuissance même.

« Joseph... », murmura-t-elle, et une imperceptible

perle de suc odorant avait jailli, au fond d'un calice diaphane, dans l'attente passionnée du colporteur vrombissant qui surgirait d'un rayon pour la cueillir... « Je sais ce dont tu as besoin... »

Il battit en retraite vers la porte, cette porte qu'il avait fermée sans comprendre que c'était moins pour se protéger de toute intrusion extérieure que pour s'empêcher, lui, de prendre la fuite. La ceinture du trench était tombée. Elle l'ouvrit et le laissa glisser le long de ses bras nus.

Helene Bournouw, toute nudité soyeuse et béatitude, n'attendait plus que lui.

Il déglutit à vide, se précipita sur elle, plongeant son visage entre ses seins. Elle l'attira, avec l'air pâmé de la sainte compassion, et il la prit, là, oublieux de toute pudeur, sur la table du réfectoire.

Le premier service achevé, comme elle ranimait ses ardeurs pour le second, il lui demanda d'enfiler les vêtements de fillette qu'elle n'avait pas manqué d'apporter dans son grand sac de mannequin. Petit tablier, collant blanc, souliers vernis à barrette, ruban de satin pour les cheveux, bracelet à breloques... Elle promit d'accéder à ce vœu. Helene Bournouw savait ce qu'il lui fallait; même si ça outrepassait les convenances, ça restait accessible aux rêves les plus fous de Son Éminence, qui bien sûr ne se serait pas permis de s'envoyer des gamines dans le sous-sol de la cathédrale. Pas même dans le sanctuaire de son âme, et encore moins dans celui de son Dieu.

Plus tard ce jour-là, il mettrait la dernière main à un texte, un traité de théologie attendu avec ferveur par toute la communauté, et qui contribuerait à saper un peu plus l'éthique judéo-chrétienne. Son Dieu n'aurait que dédain pour ses efforts dérisoires — mais pas pour Helene Bournouw.

Car même Dieu ne prend pas à la légère les sirènes du genre de Helene Bournouw.

Mais c'était une journée chargée pour cette femme,

sans doute la plus belle de New York. Ce jour-là, toujours égale à elle-même, toujours dûment munie de son incroyable beauté, toujours aussi enchanteresse qu'elle se devait de l'être, elle courut de rendez-vous en rendez-vous. Une journée chargée, mais qui n'était pas finie — loin de là.

Elle s'attarda devant son miroir. Non qu'elle n'eût pas conscience de ce que ce lieu commun avait de risible, mais par la nature même de l'objet de son narcissisme, l'admiration d'un animal aussi émouvant qu'elle l'était transcendait le vieux cliché. Elle examina son corps. Il était superbe, évidemment. Avec cet indicible éclat qui fait jaillir la beauté de la simple perfection, qui l'affûte et la porte à son point d'incandescence, là où elle vous cloue l'âme, où elle vous brûle les yeux...

Elle n'avait pas tout à fait brûlé ceux de ce diplomate de l'ONU, le délégué d'une grande puissance du Moyen-Orient (qui avait frétillé comme un gardon dans l'eau qui dort en apprenant avec qui son attaché lui avait arrangé un rendez-vous), mais lorsqu'il avait compris qu'elle lui refuserait ses faveurs, ça l'avait suffisamment mis hors de lui pour qu'il reste d'une humeur massacrante durant les conférences qui commençaient le lendemain. Il serait fou de rage, intraitable, impitoyable...

Oui, un corps de rêve, un corps affolant.

Son appartement de Sutton Place baignait dans le silence d'avant le point du jour. Pas même rompu par le bruissement de sa robe du soir (qu'elle rangeait, son office auprès du délégué de l'ONU accompli) et le ruissellement de sa douche. Les murs ne remarquèrent pas que la maîtresse des lieux passait un pantalon, un simple pull, des chaussures plates, et son trench-coat. Le bruit de la porte qui se referma sur elle se fit à peine entendre.

Dans le hall, le portier de service jasa mentalement. Cette belle Helene Bournouw, qui lui demandait un taxi à cette heure avancée de la nuit — ou aux aurores, selon que vous serez top model, ou gardien de nuit...

Le taxi haussa les sourcils quand elle lui annonça l'adresse où elle se rendait. Mais qu'est-ce que c'était, cette fille qui voulait qu'on la laisse au coin de Bowery Street[1] à cinq heures du mat ? Mais de quoi, de quoi... Et cette binette à vous couper le souffle, même vue dans un rétroviseur...

Elle regarda le taxi disparaître dans la nuit et suivit des yeux les points rouges de ses feux arrière qui s'amenuisèrent avant de s'éteindre, comme deux braises. Puis elle fit demi-tour et descendit Bowery Street.

Mais qu'est-ce que...

Ses talons plats raclaient doucement le trottoir, dans le silence humide de la nuit de Manhattan. Elle longea quatre blocs dans un quartier d'entrepôts désaffectés et d'ateliers déserts, croisant des entrées sordides où des pochards dormaient, affalés, dans l'antichambre de la mort. Elle s'engagea dans une allée inattendue, une bouche d'ombre qui s'ouvrit là où, une seconde plus tôt, régnaient les ténèbres.

Elle suivit l'allée et s'arrêta devant la quatrième porte — enfin, porte... si l'on veut. C'était plutôt un amalgame de planches et de détritus posés sur un tas de briques, qu'une porte à proprement parler. Enfin, une porte, disons.

Elle frappa d'une main étrangement cadencée.

Elle attendit d'une attente calme, étrangement maîtrisée.

La porte s'ouvrit enfin, et elle se figea un moment sans mot dire, les yeux fixés sur l'homme.

Il pouvait avoir un mètre, ou un mètre vingt. Juché sur d'épais tronçons de membres courtauds, son corps n'était qu'une masse informe d'où émergeaient, en guise

1. Quartier très mal famé, envahi par les toxicomanes et les sans-abri (*N.d.T.*).

de bras, deux puissants tentacules bruns et noueux. Sa tête s'abouchait directement à ses épaules, comme contrebalancée par cette deuxième tête que formait, derrière, la bosse obscène et grotesque qu'il avait dans le dos. Sa trogne était une vision de cauchemar. S'y ouvraient deux petits yeux ronds, chafouins et féroces, rougeâtres comme ceux d'un rat de laboratoire, et une bouche, simple estafilade dépourvue de dents et de lèvres. Sa peau, couleur de bière brune, prenait une consistance ligneuse aux pommettes et dans les poches flasques qui se creusaient sous ses yeux.

Des touffes de longs poils noirs, hirsutes, répugnants, lui mangeaient les joues comme une armée de fourmis voraces. Il était pieds nus, vêtu de haillons. Ses longs ongles s'endeuillaient de crasse. Les beaux yeux de Helene Bournouw se posèrent sur tout ça sans paraître rien y trouver à redire.

Elle le précéda en silence dans l'entrepôt vide puis gravit l'escalier métallique en colimaçon qui menait aux étages supérieurs. Tout en haut, une porte s'entrebâillait.

Helene Bournouw la poussa et entra. Au milieu d'un tas de détritus et de caisses vides trônaient une table et neuf sièges, dont huit étaient occupés par des créatures biscornues, encore plus repoussantes que celle qui lui avait ouvert.

La porte se referma derrière elle. Le protoplasme à pattes qui était entré sur ses talons vint prendre place à la table. Un débat animé s'engagea. La jeune femme restait debout, silencieuse. Elle semblait ne leur prêter aucune attention. Peut-être même s'ennuyait-elle... De temps à autre, ses yeux balayaient la pièce comme s'ils n'avaient rien vu.

Entre les nabots, la discussion allait bon train.

« Vous passez les bornes ! coassa celui aux paupières bouffies de verrues. Tous ces investissements... ! Ces dépenses ruineuses, cette cascade de frais généraux... Et tout ça pour de bien piètres résultats... !

— Quoi, les résultats ! ? interrompit un autre, dont les joues et le front disparaissaient sous des plaies purulentes. Fantastiques, les résultats ! On vit à l'ère de la communication électronique, cornegidouille ! Relations publiques, automatisation, marketing, médias omnipotents ! Faut s'adapter aux conditions du terrain, faut se donner les moyens d'atteindre les objectifs !

— Mais... », grinça la créature aux verrues, aussitôt contrée par une troisième qui pointa sur elle un doigt rongé de lèpre : « Nous ne pouvons prendre le risque de rester à la traîne. Il faut traiter les problèmes dans les termes où ils se posent. On a bien vu ce qui arrive quand on s'accroche aux vieilles méthodes. Les gens rejettent les idées qu'on leur présente sous des apparences rébarbatives... D'ailleurs je commence à me lasser de voir cette question revenir sans cesse sur le tapis... Passons au planning du trimestre prochain ! »

Le verruqueux capitula en renâclant. Helene Bournouw, qui semblait s'ennuyer ferme, s'éclaircit la gorge. Un poil trop fort. Neuf trognes de cauchemar pivotèrent vers elle. « Ba'al, éteins-nous ça ! » coassa l'une d'elles.

Le repoussant nabot qui avait joué les cerbères se leva et vint se poster tout près de la belle, tirant derrière lui une caisse vide sur laquelle il grimpa. Ses doigts immondes se promenèrent sur le beau front, laissant des marques de graisse sur la chair diaphane.

Des traînées noirâtres sur le front pur de Helene Bournouw... Les doigts du gnome s'insinuèrent dans ses cheveux et entreprirent de masser un point précis, à l'avant du crâne. Des lèvres de Helene Bournouw s'échappa un soupir, et ce visage qui pouvait rendre les hommes fous, furieux, malfaisants pour eux-mêmes et pour les autres devint un masque neutre, vide, inerte, mort.

Le gnome sauta de sa caisse et allait regagner sa place,

quand : « Hé, Ba'al, essuie ça, au moins... ! Tu sais bien que c'est prévu dans le plan maintenance du matériel ! »

Comme l'intéressé sortait une peau de chamois de sa manche dépenaillée, le verruqueux saisit l'occasion pour revenir à la charge. « Vous ne me ferez pas changer d'avis ! Rien ne vaut les vieilles méthodes ! La tradition, y a que ça de vrai ! »

Un murmure s'éleva dans la pièce, et la mêlée reprit de plus belle, tandis que le mal incarné en personne s'acquittait de la maintenance de la belle Helene Bournouw.

Plus tard, las de redéfinir leur nouvelle image, de cibler leur stratégie marketing, de discuter des tendances du marché et d'évaluer son taux de pénétration, ils se jetteraient tous sur elle, comme un seul homme, la dévorant de leurs longues dents jaunes, pour satisfaire leurs immondes appétits.

Traduit par Stéphane Carn

J.G. BALLARD

Le bal des fantasmes

Dans un haut lieu de la jet-set internationale, une limousine s'arrête, le temps de déposer ses deux passagers sur les marches du casino. Ils entrent et y restent quelque temps, avant d'aller s'installer à la terrasse d'un grand hôtel. L'un d'eux semble n'avoir d'yeux que pour l'autre. Victimes de notre curiosité, nous prenons place à notre tour, à une table voisine, nous tendons l'oreille… et c'est précisément ce qui nous perdra.

Quand une histoire se referme sur elle-même aussi inexorablement que ce conte de J.G. Ballard, nous coupant successivement toutes les retraites possibles, le malheureux lecteur se trouve réduit à un état d'impuissance qui ne ressemble au plaisir que par la force de la volonté. Mais n'est-ce pas justement ce curieux effet, si ambigu, qui nous attire secrètement… ?

Pour les amateurs de ce genre de tourments — ceux qui ont assez de jugeote pour tenir à distance les infirmiers et les camisoles de force, s'entend —, il n'y a qu'une chose à faire, lorsqu'ils en viennent à la dernière ligne d'une histoire telle que celle-ci, si diaboliquement ourdie, si délibérément déboussolante. C'est de revenir à la première et de recommencer…

NE VOUS retournez surtout pas ! Une jeune personne peu banale, accompagnée d'un vieux monsieur, s'assoit juste derrière nous. Tous les jeudis après-midi, ils descendent du casino et viennent ici, à la terrasse du bar de l'hôtel de Paris. Ils prennent toujours la même table, près du kiosque à journaux. En vous penchant légèrement, vous pourrez voir cette élégante jeune dame, avec ce regard un peu trop calme, et ce maintien si reconnaissable, propre aux filles d'un certain rang qui ont été élevées chez les sœurs.

Son compagnon reste derrière elle. Ce vieillard, qui dut pourtant être autrefois très bel homme, n'est son aîné que d'une petite vingtaine d'années, même s'il en paraît trente de plus... Il porte toujours le même habit gris perle, avec la cravate assortie. Des vêtements d'une qualité choisie, mais qui lui siéent étrangement mal, comme si l'on venait de le sortir de quelque institution pour le faire assister à un mariage. Son regard suit les secrétaires qui reviennent de déjeuner, et il semble caresser silencieusement des rêves d'évasion. A voir dans ses yeux cette tristesse, qui ne manque cependant pas d'une certaine dignité, on serait presque tenté de penser que Monte-Carlo n'est pour lui qu'une prison d'une espèce un peu particulière...

Vous les avez vus ? Vous aurez donc peine à imaginer

qu'ils soient mariés et qu'ils aient même réussi à faire de leur ménage une union stable, quoique soumise à une infinité de rituels d'une étourdissante complexité. Une fois par semaine, elle le ramène de Vence en voiture, dans cette Cadillac vieil or, garée de l'autre côté du square et qui leur appartient. Ils vont d'abord au casino, où ils restent une demi-heure environ, le temps pour lui de perdre à la roulette les quelques centaines de francs qu'elle lui alloue. Puis ils descendent jusqu'ici et s'installent à cette terrasse. Elle lui achète toujours le même magazine à trois sous, à ce kiosque : l'une de ces épouvantables feuilles de chou qui font la joie des concierges — des histoires de princes charmants et de cendrillons modernes... Puis ils s'assoient, toujours à des tables distinctes. Elle commande un citron pressé, qu'elle boit à petites gorgées, tandis qu'il dévore son magazine avec un enthousiasme enfantin. L'équanimité distante de cette jeune femme ne dénote-t-elle pas une assurance et une sérénité que l'on considère comme la marque de l'équilibre émotionnel et de la santé mentale... ?

Elle fut pourtant ma patiente, voilà cinq ans, et à l'époque, elle m'est apparue sous un tout autre jour. J'ai vraiment du mal à croire qu'il s'agit bien de la même personne, de cette jeune femme que j'ai vue pour la première fois à l'hospice Notre-Dame-de-Lourdes, dans un état de grave délabrement physique et psychique. Que je sois parvenu à lui rendre la santé, alors que tant de mes confrères y avaient déjà renoncé de longue date, relève d'un tour de force... un de ces miracles de l'intuition pour lesquels je n'ai d'ordinaire que mépris. Hélas, ce malheureux vieillard aura payé le prix de ce miracle, et au centuple. Car l'homme que vous voyez, courbé sur ces magazines idiots, à quelques tables de nous, n'a guère plus de quarante-cinq ans.

Mais écoutez plutôt leur histoire, avant qu'ils ne quittent cette terrasse...

Ce fut au hasard d'un remplacement que je fus amené à rencontrer Christina Brossard. J'avais déjà exercé dix ans à Monaco, comme dermatologue, lorsque j'acceptai quelques heures de consultations à l'Hôpital américain de Nice. Comme je survolais la liste des patients d'un collègue, absent pour cause de maladie, et que j'avais dû remplacer, sa secrétaire m'annonça que Mlle Brossard, une jeune fille de dix-sept ans, n'avait pas honoré son rendez-vous. Presque au même instant, une sœur de l'hospice Notre-Dame-de-Lourdes, à Vence, où la jeune fille était soignée depuis trois ans, téléphona pour annuler la consultation.

« La mère supérieure vous prie de l'excuser auprès du Pr Derain — mon collègue absent —, mais cette jeune fille, dit-elle, est à nouveau trop perturbée... »

Sur le moment, j'avoue n'en avoir pas pensé grand-chose, mais pour une raison qui m'échappe — le nom de la patiente, peut-être, ou la manière dont la sœur avait appuyé sur ce « à nouveau » — je demandai à la secrétaire de me communiquer le dossier de Mlle Brossard. J'y appris que ce rendez-vous était le troisième qu'elle manquait depuis le début de l'année. Christina Brossard était orpheline et vivait dans cet hospice depuis trois ans, ou, plus précisément, depuis le suicide de son père qui l'avait élevée seul durant plus de dix ans. La mère de l'enfant avait trouvé la mort dans un accident d'avion.

En lisant ces lignes, toute l'histoire me revint en mémoire : Gaston Brossard, ancien maire de Lyon et intime du président Pompidou, était un gros industriel du bâtiment, plusieurs fois milliardaire ; à cinquante-cinq ans, au sommet de la réussite, il avait convolé pour la troisième fois avec une star du petit écran, une toute jeune femme, pour qui il avait fait construire une splendide villa sur les hauteurs de Vence. Malheureusement, deux ans après la naissance de la petite Christina, la jeune mère avait péri dans le jet privé qui l'emmenait rejoindre son mari à Paris, et qui s'était écrasé dans les Alpes. Gaston Brossard, le cœur brisé, avait décidé de consacrer à sa fille les années qui lui restaient à vivre, et tout semblait aller à nouveau pour le mieux, lorsque, douze ans plus tard, et sans raison apparente, le vieux milliardaire se suicida d'une balle dans la tête.

Les effets de son geste sur la santé mentale de la petite Christina furent immédiats et désastreux. Dépression profonde avec abattement catatonique, longue et douloureuse convalescence, à l'hospice de Notre-Dame-de-Lourdes, que Brossard avait généreusement doté, en mémoire de son épouse défunte. Les quelques notes du rapport établi par un jeune collègue de Derain, qui avait mis un point d'honneur à faire le voyage jusqu'à Vence, décrivait une « dermatose rebelle, aggravée d'anorexie, avec anémie chronique ».

Derrière le bureau de mon confortable cabinet, dont la salle d'attente regorgeait de patients d'âge mûr, je me pris à songer à cette adolescente orpheline, perdue dans les montagnes de l'arrière-pays niçois. Ce fut sans doute un vieux réflexe anticlérical — mon père travaillait comme caricaturiste dans un journal de gauche, et ma mère, avocate et ardente féministe, prenait régulièrement fait et cause pour les opprimés — qui me porta à concevoir certains soupçons quant à l'hospice, dont le seul nom suggérait une malsaine combinaison de foi salvatrice, d'obscurantisme et de charlatanisme bondieusard. Le cocktail idéal pour mettre à profit la fragilité mentale d'une malheureuse héritière dont l'incurie des tuteurs et des responsables légaux devait laisser le champ libre aux exploiteurs, tandis que la maladie de la pauvre petite, soigneusement entretenue, garantirait à l'hospice, pendant de nombreuses années encore, cette manne providentielle... J'avais maintes fois eu l'occasion de constater que « dermatose », « anorexie » et « anémie » ne sont que des façons plus commodes de dire « manque d'hygiène », « malnutrition » et « état d'abandon ».

Le week-end suivant, je me rendis personnellement à Vence. Le Pr Derain, victime d'un incident cardiaque heureusement bénin, s'était mis en congé pour le reste du mois. Je m'étais représenté cette enfant, meurtrie par la vie, prisonnière de ce paysage grandiose, livrée pieds et poings liés à ces religieuses ignorantes et rouées, qui la laissaient délibérément s'étioler, tout en faisant main basse sur les millions de son héritage — le tout avec force patenôtres et génuflexions. Mais évidemment, la réalité fut tout autre.

Je découvris un magnifique sanatorium parfaitement aménagé, avec des pelouses ensoleillées et de belles chambres spacieuses. Les lieux respiraient le souci du bien-être des patients, ainsi que la compétence médicale. Les malades que je croisai dans le jardin, bavardant avec leurs visiteurs, m'eurent l'air on ne peut plus heureux de leur sort. Quant à la mère supérieure, c'était, comme toutes ses consœurs, une femme intelligente et instruite, dont le visage robuste et ouvert attestait un tempérament à la fois énergique et généreux. Ses mains, comme je le remarquai au premier coup d'œil, ne dédaignaient pas les tâches les plus rudes.

« C'est trop aimable à vous de vous être déplacé, docteur Charcot, me dit-elle. Voilà déjà quelque temps que la santé de Christina nous inspire de l'inquiétude. Sans vouloir jeter la pierre aux médecins qui la suivent dans cette maison, je me suis plus d'une fois demandé si nous n'aurions pas dû opter pour une approche… différente, dirons-nous.

— Vous faites allusion à la chimiothérapie, je présume — ou alors, à une radiothérapie judicieusement dosée et contrôlée ? Nous prévoyons justement d'équiper notre hôpital de l'un des très rares bétatrons existant en Europe.

— Non, docteur… ce n'est pas exactement ce à quoi

je pensais..., fit la mère supérieure, en arpentant son bureau d'un air pensif, comme si elle commençait déjà à douter de l'utilité de ma visite. Je songeais plutôt à une approche moins strictement médicale, docteur. Une thérapie qui aurait visé à apaiser les démons de l'esprit de notre petite Christina, tout autant que ceux de son corps. Mais vous devriez la voir par vous-même... »

Ce fut à mon tour d'être sceptique. Du jour où j'étais entré à la faculté de médecine, je m'étais toujours méfié comme de la peste de la psychothérapie, terrain de chasse privilégié d'hurluberlus pseudo-scientifiques de la pire espèce.

Nous quittâmes donc l'hospice en voiture, pour nous rendre à la villa Brossard, où la jeune fille venait chaque jour passer quelques heures.

« A l'hospice, elle est extrêmement agitée, et a tendance à perturber les autres patients », m'expliqua la mère supérieure, tandis que nous nous engagions sur la grande allée de la villa, dont la façade à l'antique surplombait une terrasse agrémentée d'une belle fontaine, à présent réduite au silence. « Elle semble toujours plus calme et plus heureuse quand elle est ici, dans ces lieux encore tout imprégnés de ses souvenirs et de l'image de ses chers parents. »

L'une des deux jeunes sœurs qui accompagnaient l'orpheline dans ses sorties vint nous ouvrir et nous introduisit dans un imposant hall d'entrée. Je profitai de ce qu'elle posait quelques questions à sa supérieure, concernant un patient qui devait sortir l'après-midi même, pour arpenter cette entrée majestueuse en admirant les tapisseries anciennes qui en ornaient les murs de marbre. Au-dessus de l'escalier qui se divisait en deux volées de marches, trônait une grande horloge vénitienne dont les aiguilles ouvragées indiquaient des chiffres bizarrement contournés, évoquant d'étranges armes — les gardiens d'un temps révolu... De l'autre côté de la bibliothèque, dont les volets étaient restés clos, une porte à colonnades donnait dans la salle à manger. Les chaises et la table étaient revêtues de housses blanches et, près de la cheminée, une seconde sœur surveillait une jeune domestique, occupée à récurer la grille du foyer. Un gardien ou un commissaire priseur de passage avait dû faire brûler là quelques papiers, ou des catalogues... Équipée d'un gros tablier de cuir à l'ancienne, la jeune fille s'échinait à quatre pattes, balayant méticuleusement les cendres, avant de frotter de plus belle les carreaux noircis.

« Docteur Charcot... » D'un geste, la mère supérieure m'invita à la suivre dans cette salle que nous traversâmes en direction de la cheminée. « Eh bien, sœur Julie... Nous nous sommes remise à l'ouvrage, à ce que je vois ! Un tel zèle ne fait-il pas plaisir à voir, docteur Charcot... ?

— Bien sûr, bien sûr », fis-je, n'écoutant que d'une oreille.

Je dévisageai la jeune fille sans comprendre ce qui pouvait pousser la mère supérieure à me supposer un tel intérêt pour le récurage des cheminées. La jeune bonne sortait à peine de l'enfance, mais ses longs bras maigres semblaient animés d'une volonté propre, et d'une énergie farouche. Elle avait déjà gratté la grande grille de fer forgé avec un soin maniaque, et rassemblé les cendres dans plusieurs sacs de plastique. Sans paraître remarquer notre présence, elle plongea une grosse brosse de chiendent dans un seau plein de lessive et entreprit d'en frotter le carrelage, bien décidée à venir à bout des dernières traces du feu. Les carreaux avaient pris à cet endroit une teinte plus claire que le carrelage avoisinant, comme s'ils avaient été maintes et maintes fois décapés.

Sans doute une punition imposée par la mère supérieure, et dont la jeune fille avait déjà dû s'acquitter à plusieurs reprises, supposai-je. En dépit de ma ferme intention de me garder de toute ingérence dans la façon dont la mère supérieure dirigeait ses ouailles, je ne pus m'empêcher de remarquer l'état des mains et des poignets de cette fille, qui présentaient des traces d'eczéma allergique.

« Je vous conseillerais tout de même de lui fournir des gants de caoutchouc, pour ce genre d'exercice…, lui fis-je remarquer, non sans une certaine note de reproche. Puis-je voir Mlle Brossard, à présent, ma mère ? »

Les trois religieuses gardèrent le silence, mais la petite leva le nez de son carrelage, et je fus immédiatement frappé par ce pli amer et résolu qui marquait sa bouche, dans un visage qui, quoique blafard, était par ailleurs fort séduisant. Ses cheveux étaient méticuleusement ramassés en un petit chignon sur sa nuque menue. Toute sa musculature faciale était comme inerte et délibérément dépourvue d'expression, mais ses yeux soutinrent mon regard avec une intensité qui me mit presque mal à l'aise, comme si elle m'eût identifié au premier coup d'œil, et qu'elle se fût déjà demandé quel parti elle pourrait tirer de ma présence.

« Christina…, commença la mère supérieure d'une voix douce, en relevant la jeune fille qui se mit à genoux. Voici le Dr Charcot, qui vient vous soigner. »

La petite esquissa un hochement de tête et se remit à récurer. Elle ne s'arrêtait que pour pousser les sacs de cendre hors de notre portée. Je la regardai faire, mais cette fois d'un œil de clinicien. Dermatose, anorexie, anémie. Christina Brossard était maigre, certes, mais pas sous-alimentée. Sa pâleur devait être le résultat de ces longues séances d'activité obsessionnelle, dans la pénombre de la vieille demeure. Quant à sa dermatose, j'avais immédiatement porté un diagnostic : il s'agissait du type d'eczéma provoqué chez les patients obsessionnels par les lavages de mains trop fréquents.

« Christina, ma chère enfant, vous avez bien travaillé, lui dit sœur Louise, une agréable jeune personne au visage avenant, en s'agenouillant près d'elle. Reposez-vous un peu, maintenant.

— Non, non, non ! » répliqua la jeune fille, en frappant les carreaux de sa brosse savonneuse. Et elle se mit à tordre la serpillière entre ses mains décharnées dont les doigts évoquaient un fagot de brindilles animées d'une rage et d'une ardeur incoercibles. « Il me reste trois grilles à lessiver, avant ce soir. C'est bien vous qui m'avez chargée de cette tâche, n'est-ce pas, ma mère ?

— Oui, mon enfant, puisqu'il semble bien que ce soit la seule occupation qui vous agrée... »

La mère supérieure battit en retraite avec un sourire navré, me laissant le champ libre. Je regardai Christina Brossard, à nouveau plongée dans cette tâche dont elle ne viendrait jamais à bout.

Elle souffrait sans conteste d'une grave névrose, mais je sentais en elle une sorte de volonté de se mettre en scène, comme si, bien que totalement prisonnière de ses compulsions, elle avait cependant gardé la maîtrise des possibilités stratégiques qu'elles lui offraient. Je fus frappé à la fois par ce que son attitude comportait d'apitoiement sur son propre sort et par la dureté des regards qu'elle lançait aux trois religieuses, pourtant si aimables, comme si elle s'était plu à s'humilier aux yeux de ces trois femmes, pour mieux leur témoigner la haine qu'elles lui inspiraient.

Je mis à mon tour le cap sur le grand hall d'entrée, où m'attendait la mère supérieure.

« Eh bien, docteur, notre sort est entre vos mains...

— Très franchement, ma mère, je me demande si ce cas relève vraiment de mes compétences. Mais dites-moi... elle passe donc le plus clair de son temps à frotter ces grilles ?

— Quotidiennement, depuis deux ans révolus, et de son propre chef... Nous avons d'abord tenté de l'en empêcher, mais si nous l'en privons, elle retombe aussitôt dans son état catatonique. Nous ne pouvons que supposer que cela relève d'un schéma plus vaste et plus essentiel, dans sa vie psychique. Cette demeure recèle plus de dix cheminées, toutes aussi propres que des blocs opératoires...

— Et ces cendres ? Qui donc allume les feux ?

— Christina elle-même, bien sûr. Elle brûle ses livres d'enfant. Pour une raison inconnue de nous, elle a résolu de détruire tout ce qu'elle a lu dans son enfance. »

Elle me mena à la bibliothèque. Pratiquement tous les livres avaient disparu et les têtes de cerfs naturalisées contemplaient à présent des étagères vides, dont une seule portait encore une rangée de quelques dizaines de livres. La mère supérieure me les montra d'un geste las.

« Il y en avait des centaines et des centaines, autrefois, mais chaque jour, Christina en brûle quelques-uns — sous la surveillance d'une de nos sœurs, cela va sans dire : je ne tiens pas à ce qu'elle fasse flamber tout le bâtiment. Prenez garde à ne pas y toucher... Voilà le seul qui semble trouver grâce à ses yeux... » De l'index, elle indiquait un grand livre d'images défraîchi qui trônait seul sur son étagère. « Et vous constaterez, docteur Charcot, que son choix ne s'est pas porté sur n'importe quel conte. Il s'agit de *Cendrillon...* »

Sur le chemin du retour vers Nice, je m'empressai de reconsidérer l'opinion que je m'étais faite de la mère supérieure. Cette femme dévouée et douée d'un solide bon sens était parfaitement fondée à penser qu'aucun dermatologue au monde ne pourrait délivrer Christina Brossard de ses obsessions. À l'évidence, la jeune fille s'était identifiée à Cendrillon, et s'humiliait au point d'adopter le comportement de la plus modeste femme de peine. Mais quelle faute s'efforçait-elle d'expier ainsi ? Avait-elle pris une part plus ou moins active dans le suicide de son père ? Ce fantasme n'était-il qu'une tentative inconsciente de se libérer d'un terrible poids de culpabilité ?

Je revoyais ces sacs de plastique transparents, qu'elle remplissait de cendres, chacun contenant les débris d'un conte bien distinct. Envisagées avec l'implacable logique d'un inconscient malade, les correspondances devenaient on ne peut plus claires. Je songeais à ces regards de haine qu'elle lançait aux trois religieuses, comme si elle leur eût assigné le rôle des méchantes sœurs — avec la mère supérieure dans le rôle de la marâtre, dont l'hospice avait tiré profit de la mort de sa propre mère...

Fort bien. Mais où étaient donc le Prince charmant, la marraine fée et sa citrouille, le bal qu'il fallait fuir à minuit sonnant, et, par-dessus tout, la pantoufle de vair ?

Les événements ne m'offrirent pas l'occasion de tester mes hypothèses.

Le surlendemain, lorsque je téléphonai à l'hospice pour convenir d'un nouveau rendez-vous avec Christina Brossard, la secrétaire de la mère supérieure m'informa, avec tous les ménagements requis, que Christina Brossard n'aurait plus recours aux services de la clinique, ni à ceux du Pr Derain, ni aux miens.

« Nous vous sommes très reconnaissants, docteur, mais notre mère supérieure a opté pour un nouveau traitement. C'est le Dr Valentina Gabor, une psychiatre de grand renom, comme vous le savez sans doute, qui prendra désormais en charge le traitement de Christina. D'ailleurs, elle a commencé depuis quelque temps et vous serez heureux d'apprendre que Christina va d'ores et déjà beaucoup mieux. »

A peine eus-je reposé mon téléphone que je fus pris d'une violente migraine à la tempe gauche. Valentina Gabor. La papesse de cette nouvelle école qui s'intitulait « antipsychiatrie »... Elle consacrait le peu de temps que lui laissaient ses innombrables prestations médiatiques à la pratique d'une psychothérapie fumeuse, mêlant allégrement jargon post-psychanalytique, simple soutien moral à un mysticisme catholique des plus échevelé. Sans doute était-cc ce dernier point qui avait emporté l'approbation de la mère supérieure... !

Chaque fois que je croisais le Dr Gabor, mon sang ne faisait qu'un tour. Cette blonde pulpeuse qui avait à la fois la rassurante faconde du vendeur et l'œil vigilant du caissier ne cessait d'écumer les plateaux de télévision, où elle défendait pied à pied l'idée quelque peu paradoxale que la maladie mentale n'était en dernière analyse qu'une création de l'entourage du patient, de ses amis, de sa famille, voire, si incroyable que cela puisse paraître, de ses thérapeutes eux-mêmes. Le Dr Gabor s'était débrouillée pour pouvoir faire état d'un certain nombre de succès authentifiés par la profession et sans doute facilités par l'entrevue habilement médiatisée qu'elle avait obtenue du pape. En dépit de tout cela, je restais convaincu que ses manigances finiraient par lui faire récolter ce qu'elle avait semé et que la science aurait le dernier mot. Ne parlait-on pas déjà, dans la profession, d'une enquête discrète mais diligente, concernant l'usage imprudent qu'elle avait fait ou aurait fait du LSD et d'autres substances illicites ?

Mais, par-dessus tout, j'étais épouvanté à l'idée qu'une personne aussi fragile et aussi vulnérable que Christina Brossard puisse tomber aux mains d'un tel charlatan.

Vous imaginerez donc aisément quelle fut ma réaction quand, trois semaines plus tard, je reçus un coup de fil pressant de la mère supérieure.

Je n'avais eu aucune nouvelle de l'hospice, ni de Christina Brossard, entre-temps, mais Mme Gabor, elle, hantait littéralement les stations de radio et les chaînes de télévision locales, répandant sur les ondes son cocktail personnel de psychanalyse à la sauce mystique, et vantant les mérites de ses fameuses techniques de « rebirth ».

Mon téléphone sonna précisément pendant les dernières informations du soir, comme je regardais l'une de ses interviews, filmée l'après-midi même à l'aéroport de Nice — juste avant qu'elle ne s'envole pour la capitale.

« Docteur Charcot ! Dieu soit loué, vous êtes chez vous... Il nous arrive une véritable catastrophe : notre chère Christina a disparu, et nous craignons qu'elle ne soit sous l'emprise de certaines substances psychotropes dangereuses. J'ai bien sûr tenté d'alerter le Dr Gabor, mais elle est actuellement à Paris... Pourriez-vous venir à l'hospice ? »

Je la rassurai du mieux que je pus et me mis en route. Il était minuit passé lorsque j'arrivai au sanatorium. Des projecteurs baignaient l'allée d'une lumière crue. Les patients semblaient anxieux et agités. Certains refusaient de quitter leur fenêtre. Des religieuses et des infirmières équipées de lampes torches fouillaient vainement le jardin et les terrains alentour. Ce fut sœur Louise, visiblement bouleversée, qui me conduisit à la mère supérieure, et, dès qu'elle me vit arriver, cette dernière accourut et me prit les mains avec un soupir de soulagement. L'angoisse lui alourdissait les traits, empâtant son visage, d'ordinaire si énergique.

« Enfin, docteur... ! Comment puis-je vous remercier ! Pardonnez-moi de vous déranger à une heure pareille.

— Aucune importance. Dites-moi ce qui s'est passé. Christina suivait-elle un traitement prescrit par le Dr Gabor ?

— Oui, et je ne peux vous dire à quel point je regrette ma décision. J'espérais aider Christina à se retrouver elle-même, tout en favorisant son développement spirituel. J'étais à mille lieues d'imaginer qu'il serait fait usage de drogues hallucinogènes... Si j'avais su ! »

Elle me tendit une fiole vide, marquée d'une étiquette où s'étalait la signature alambiquée de Valentina Gabor.

« Voici ce que nous avons retrouvé, il y a une heure à peine, dans la chambre de Christina. Tout nous porte à croire qu'elle a absorbé la totalité du contenu, avant de s'enfuir dans la nuit. Elle a dû subtiliser ce flacon dans la mallette du Dr Gabor...

— Psilocybine, lus-je sur l'étiquette. Un psychotrope, en effet, et des plus puissant. Son utilisation, sous contrôle d'un praticien qualifié, reste autorisée par la loi, bien que notre profession soit presque unanime à le réprouver. Car c'est un joujou plus que dangereux...

— Ô combien, docteur! fit la supérieure, avec un geste de regret. Croyez-moi, je suis épouvantée pour l'âme de Christina. Elle semblait prise d'un délire aigu. Lorsqu'elle s'est enfuie au volant de la vieille camionnette qui nous sert à transporter notre linge à la laverie, elle l'a désignée à l'un des autres patients comme étant son "carrosse doré"...

— Avez-vous alerté la police?

— Pas encore, docteur, répondit-elle, avec une mine embarrassée. Avant de quitter son service, Christina a expliqué à une aide-soignante qu'elle se rendait "au bal". Or, je crois que le seul bal de la soirée se donne à Monaco, au palais princier, en l'honneur du président Giscard d'Estaing. Peut-être s'y est-elle rendue, confondant le prince Rainier avec le Prince charmant de ses contes de fées et dans l'espoir qu'il la sauverait de ses démons... Un tel scandale porterait gravement atteinte à la renommée de notre hospice! Et si elle tentait de...

— De tuer le président, ou les Rainier? J'en doute fort... » Car j'avais déjà ma petite idée. « Mais je préfère ne négliger aucune précaution. Je vais partir immédiatement pour Monaco et, avec un peu de chance, j'arriverai là-bas avant qu'elle n'ait eu le temps de commettre quoi que ce soit d'irrémédiable, pour elle ou pour autrui. »

Je regagnai ma voiture et démarrai dans la nuit, sous les protestations de gratitude de la mère supérieure.

Inutile de préciser que je n'avais jamais eu la moindre intention de me rendre à Monaco. J'étais pratiquement certain de savoir où se trouvait Christina Brossard : dans la villa de son père, au-dessus de Vence...

En suivant les lacets de la route, je passai en revue cette longue suite d'indices concordants : ce fantasme de servante méprisée, cette psychiatre qui promettait la lune, l'usage des hallucinogènes... La malheureuse héritière avait fait sien le destin de Cendrillon, sous tous ses aspects.

Le Dr Gabor était la marraine, munie, en guise de baguette magique, de cette seringue hypodermique qu'elle maniait à tort et à travers, avec, dans le rôle de la citrouille, le champignon sacré dont est extraite la psilocybine. Sous l'influence de sa puissante magie, même une vieille camionnette délabrée pouvait prendre des allures de carrosse... Le bal était l'expérience psychédélique elle-même.

Mais qui était le Prince charmant ?

En apercevant la grande demeure, au bout de cette monumentale allée, je pris conscience que je risquais fort de me retrouver dans ce rôle, à mon corps défendant, pour satisfaire aux fantasmes de la malheureuse. La main crispée sur la poignée de la mallette, je franchis les derniers mètres de gravier, puis les marches qui me séparaient de la porte d'entrée, restée entrouverte.

Là-bas, sur ma droite, la camionnette du sanatorium avait achevé sa course au beau milieu d'un parterre de géraniums et au premier, dans l'une des grandes pièces qui donnaient sur la mer, brillait une lueur vacillante, comme si on avait brûlé quelque chose dans la cheminée.

J'entrai dans le hall et laissai s'écouler quelques secondes, le temps de trouver mon chemin dans le noir. Comment aborder cette jeune femme en pleine crise... A la faveur de la lune, je découvris alors que la grande horloge au-dessus de l'escalier avait été sauvagement mutilée. Plusieurs des chiffres ouvragés avaient été arrachés du cadran, ou presque. Quant aux aiguilles, impitoyablement tordues, elles s'étaient toutes deux arrêtées à minuit...

En dépit de toutes les réticences que pouvait m'inspirer cette pseudo-science, je m'avisai que, là encore, l'interprétation psychanalytique rendait parfaitement compte de ces étranges événements, et de la fable sur laquelle ils s'étayaient. Je gravis l'escalier à toutes jambes, et passai devant l'horloge. Toutes tordues qu'elles fussent, les aiguilles érigées à la verticale se tendaient toujours vers le chiffre douze-minuit, l'heure où le bal prenait fin et, avec lui, les frivolités mondaines de la fête, pour laisser place aux choses sérieuses. L'heure où Cendrillon prenait la fuite, épouvantée par les réalités du sexe.

Mais qu'avait-elle dû fuir, au juste, dans cette imposante demeure ? Et si le Prince charmant qui lui avait fait d'aussi dangereuses avances n'avait été autre que son propre père... Et s'il s'était établi une relation incestueuse entre l'industriel et sa fille, alors adolescente, qui lui rappelait de façon si troublante l'épouse qu'il avait perdue ?

Tout s'expliquait, alors : son suicide, et donc la culpabilité de sa fille. Car, loin de haïr le père qui leur a fait subir des actes incestueux, les victimes de ces actes souffrent d'une terrible culpabilité lorsque le véritable coupable se retrouve sous les verrous ; j'ai eu maintes fois l'occasion de le constater durant les procès où je suis intervenu en tant qu'expert médical. Pour expier la mort de son père, Christina Brossard revenait tout naturellement sur les lieux du crime et s'efforçait de laver sa faute en s'abaissant à ce rôle de domestique. Et quel meilleur modèle que Cendrillon, pour cette jeune héritière qui désirait tant s'humilier ?

Attiré par la lueur qui filtrait sous la porte, je traversai le hall du premier et entrai dans la chambre du maître, dont les murs disparaissaient sous de grandes fresques : des nymphes s'ébattant avec des centaures. La chambre de Gaston Brossard, sans aucun doute, et le lieu de l'acte incestueux.

Les flammes qui dansaient dans l'âtre illuminaient le visage de Christina, barbouillée de cendres. Elle s'était agenouillée près de la cheminée et fredonnait en déchirant les dernières pages d'un livre de contes. La tête inclinée de côté, elle contemplait les flammes d'un œil brillant. Elle effleurait d'une main pensive les grosses coutures de sa chemise d'hôpital qui couvrait à peine ses jambes nues.

J'imagine qu'elle se représentait dans une resplendissante robe de bal... Puis son regard se leva vers moi, avec une sorte de sérénité entendue, avertie — comme si elle m'avait soudain reconnu, et qu'elle attendait calmement que je joue le rôle qui m'était dévolu, que je porte la fable à son ultime dénouement. Je n'avais pas oublié cette cruauté dont avaient été victimes l'horloge et ses aiguilles. Ne restait plus qu'à rendre à son légitime propriétaire la pantoufle de vair...

Devais-je vraiment assumer le rôle du prince ? Je me souvins du symbole sexuel du pied, et m'avisai que la pantoufle de vair — ou de « verre », puisque l'inconscient se complaît dans cette sorte de jeux de mots — n'était autre qu'un sexe féminin, que sa parfaite transparence délivrait de toute culpabilité. Et le pied qui devait venir s'y loger, ce ne serait évidemment pas le sien, mais celui de l'homme qui l'aimerait corps et âme, l'organe viril érigé qu'elle fuyait...

Elle se pencha pour jeter la couverture du livre dans les flammes qui agonisaient et me lança un regard lourd d'attente. Je demeurai un moment interdit. Sous l'emprise de la psilocybine, elle ne ferait aucune différence entre le rêve et la réalité. Je pouvais donc mener à son terme ce mélodrame psychanalytique, sans encourir la désapprobation de mes confrères. Mon acte ne s'inscrirait pas dans la réalité, mais dans l'univers imaginaire où se déroulait le conte.

Je connaissais parfaitement ma partie, ainsi que le pied qu'attendait cette pantoufle... Je lui pris la main et l'entraînai vers le lit de son père.

« Cendrillon... », murmurai-je.

Attendez... Je crois qu'ils s'en vont. Vous pouvez les regarder ouvertement, à présent. Tous les yeux se sont tournés vers eux — vers cette splendide jeune femme, flanquée de ce vieux bougre sénile. Tout cela a-t-il bien eu lieu ? Installé à cette jolie terrasse ensoleillée, en plein centre de Monaco, j'ai vraiment toutes les peines du monde à m'en persuader...

Elle me regarde droit dans les yeux ! C'en est presque gênant... Aurait-elle reconnu en moi le médecin qui lui a rendu la santé en la délivrant de ses obsessions ?

Son compagnon fut, hélas, la seule victime de cette thérapie de choc. Voyez... il reste assis à sa table, accablé, les mains agitées de petits mouvements convulsifs. Un vieillard. Il fut pourtant médecin, autrefois. Un médecin de renom. Elle l'a rencontré juste avant sa sortie de l'hospice. Leur mariage, célébré trois mois plus tard, ne fut certes pas un succès. Mettant en œuvre certaines méthodes dont elle semble avoir le secret, elle n'a eu de cesse de faire de lui l'épave qu'il est devenu aujourd'hui.

Pourquoi ? me demanderez-vous... Mais pour satisfaire ses fantasmes d'inceste, tout simplement ! Celui qui l'épousait, fût-il un fringant jeune premier, devait prendre les traits de son père disparu...

Seigneur... elle vient vers notre table, vers moi ! Pour me demander quelque chose, peut-être ? Elle se tient face au miroir du café, dans lequel son regard s'attarde un instant sur sa propre image, puis sur celle de ce vieillard qui lui tient lieu d'époux. Elle pose la main sur son épaule.

Ce visage racé, ce sourire averti... Attendez un peu, que j'ébranle cette belle assurance, en murmurant le titre du magazine que j'ai sur les genoux...

« *Cendrillon...* »

Elle me gratifie d'une petite tape indulgente sur l'épaule.

« Il est grand temps de regagner l'hospice, père. J'ai promis à la mère supérieure de ne pas trop vous fatiguer, aujourd'hui... » Avertie, élégante, parfaitement maîtresse d'elle-même... « Et cessez donc de vous tourmenter ainsi avec ces vieilles histoires. Vous savez très bien que vous vous faites inutilement souffrir ! »

Et cruelle, la garce...

Traduit par Stéphane Carn

SARAH SMITH

Rouge orage

Un soir d'automne, en 1991, je m'étirai avant de commencer à lire, sur les conseils d'un ami, le manuscrit d'un premier roman intitulé The Vanished Child. *Il ne devait être publié que quelques mois plus tard et j'étais quelque peu contrariée en me plongeant dans l'épaisse liasse, car feuilles volantes et confort ne font guère bon ménage. Mais, alors même que ces maudits feuillets glissaient l'un après l'autre de mes genoux pour s'entasser pêle-mêle sur le sol, j'oubliais tout, en découvrant cette histoire à l'écriture assurée, au suspense incroyablement haletant.*

J'étais totalement accrochée. J'avais ralenti ma lecture pour mieux savourer la tension captivante des derniers détours de l'intrigue, et l'aube approchait lorsque je tournai la dernière page, heureuse. En quittant, à regret, ce roman qui m'avait procuré tant de plaisir et de surprise, j'avais déjà la quasi-certitude qu'une nouvelle de Sarah Smith ne déparerait pas le présent recueil.

A ma grande joie, Sarah, intriguée par ma proposition mais prête à relever le défi, écrivit « Rouge orage ». Faute d'une expression plus adaptée à son élégance intrinsèque, je dirai que cette nouvelle m'a estomaquée. Sarah Smith rappelle à ses lecteurs — malheureux habitants d'un monde où les vampires, représentants d'une sous-culture peu prisée, ont autant de chances d'apparaître dans un supermarché que dans un château des Carpates — l'immense force que peuvent transmettre les racines les plus profondes d'une tradition, quelle qu'elle soit. Et, bien qu'Anne Rice, Dan Simmons, Nancy Collins, Whitley Strieber et tant d'autres aient déjà puisé à cette… disons… veine, Sarah Smith réussit le tour de force inexplicable de ne ressembler qu'à elle-même.

« Vous croyez donc aux vampires... ? » lança-t-il. Je refermai d'un geste mon *Dracula* et l'enfouis sous le sac de tapisserie qui contenait mon ouvrage inachevé. « Ce M. Stoker a un joli brin de plume, répliquai-je. Mais, pardonnez-moi, monsieur... avons-nous été présentés ?

— Non. Quel dommage ! » Sa main s'était posée sur la chaise en face de la mienne. Je levai les yeux. C'était un grand blond, sanglé dans un uniforme écarlate, rutilant. Une giclure sanglante sur le vert tendre des arbres et le rouge brique des très respectables maisons de Market Square. Un uniforme de l'armée austro-hongroise. Je n'aurais su dire son grade, mais c'était manifestement un officier.

« Ah, les vampires... Vous devriez apprendre à mieux les connaître ! » Il claqua des talons et s'inclina. « Comte Ferenc Zohary. » Souriant de toutes ses dents, il s'assit en face de moi, sans attendre d'y être invité.

Je passais cet été 1905 à Portsmouth, avant mon année de débutante. S'y tenaient des négociations dont on espérait qu'elles mettraient fin à l'interminable guerre russo-japonaise. Le président Roosevelt avait accueilli à bord de son yacht, le *Mayflower*, les premières entrevues entre les plénipotentiaires russe et japonais, le comte Sergueï Witte et le marquis Komura. À présent, les diplomates se rencontraient officiellement à la base navale et, entre-temps, officieusement, à l'hôtel Wentworth. Comme ma tante Mildred considérait qu'il était peu convenable pour une jeune fille de lire les journaux, je n'étais pas très au fait de l'actualité, mais certaines rumeurs laissaient entendre que les pourparlers battaient de l'aile. La ville grouillait d'étrangers et l'on sentait dans l'air comme une imminence d'orage, une électricité chargée d'énergie mâle et de gravité historique. Danger, sang et cruauté — comme dans le roman de M. Stoker. Ce cocktail me faisait battre le cœur plus violemment qu'il ne sied à un cœur de femme. « N'adresse surtout la parole à aucun de ces messieurs du corps diplomatique... », m'avait maintes fois recommandé tante Mildred, mais là, elle n'était pas en vue.

« Vous participez aux négociations ? Oh ! s'il vous plaît... racontez-moi un peu...

— Je ne suis ici qu'à titre d'observateur.

— Feront-ils la paix ?

— Pour mon pays, j'espère que non. » Ma surprise parut l'amuser. « Si la guerre continue, la Russie comme le Japon seront à feu et à sang. La Russie perdra la guerre et tentera un rapprochement avec l'Ouest. Ils engageront d'autres hostilités et perdront sans doute encore. Mais s'ils signent ce traité, les Russes nous attaqueront dans cinq ans, dès qu'ils auront récupéré. Les Allemands entreront dans la danse, puis les Français, pour contrer les Allemands, puis les Anglais, à leurs côtés. Amusant, certes... mais mon pays n'y survivrait pas.

— Ne vous lassez-vous pas un peu de voir tout cela se tramer sous vos yeux sans pouvoir rien y faire ?

— Je ne me lasse jamais de rien » ; et, tendant la main, il ramassa ma broderie anglaise abandonnée et l'agita un moment comme un mouchoir lors d'un adieu, avant de la laisser négligemment choir à terre. « C'est le genre de travail que vous confie madame votre mère... mais vous

vous intéressez davantage à la diplomatie. Ou aux vampires. Que préférez-vous ? »

Mes joues s'empourprèrent. « C'est ma tante qui m'apprend les travaux d'aiguille », glissai-je. L'été était consacré à la broderie anglaise. J'avais passé des heures sous la véranda de tante Mildred à aligner des milliers de points minuscules à la lisière de mètres et de mètres de tissu, que je découpais ensuite du bout de mes petits ciseaux, selon des motifs de guirlande ou de croquet. « Le linge de mon trousseau », comme disait tante Mildred, à qui les mots « drap » ou « literie » écorchaient les lèvres. Dès l'automne, je regagnerais New York, fourbissant mes stratégies de mariage comme un général désarmé. Car la bataille était perdue d'avance. Ne pouvant me prévaloir d'une fortune conséquente, je n'espérais pas approcher de l'épicentre des événements. Je deviendrais donc ce à quoi me prédestinait mon aspect physique, mais pas mon cœur — une épouse oisive, la vitrine d'un homme d'affaires dont l'intérêt pour la guerre se bornerait à approvisionner l'armée en godillots ou en brosses à dents.

Mais à présent que l'amiral Togo triomphait à Tsushima me parvenaient des bouffées de ce parfum de guerre, un fumet lointain, peut-être, mais terriblement alléchant, et je me retrouvais en tête à tête avec un officier, ici même, dans le grand soleil d'été, sous les ramures verdoyantes de Market Square.

« C'est la guerre que vous aimez ? reprit-il. Ou, plus crûment, le sang ? »

Excellente question. « Il me semble qu'il s'agit bien de la même chose, dans les deux cas. Du pouvoir.

— Précisément. »

Comme je l'observais du coin de l'œil, il entreprit de feuilleter mon livre. Dans son uniforme si bien coupé, il exhalait une brutalité mâtinée de puissance. Les muscles de son cou saillaient au-dessus de son petit col droit qu'ornait un galon d'or. Il avait les mains carrées et les ongles larges. Sur la reliure rouge et jaune de mon *Dracula* s'étaient posés ses doigts vigoureux. Il dut sentir mon regard sur lui, car il leva les yeux avec un sourire. Il semblait parfaitement sûr de lui et me dévisageait comme s'il était déjà certain de m'avoir conquise. Il n'avait pourtant rien d'irrésistible. Une bouche trop charnue. Une balafre qui lui déparait la mâchoire. Et cette entaille à l'oreille. Sans compter qu'il avait jeté mon ouvrage à terre. «Je suis Susan Wentworth, fis-je.

— Wentworth. Comme l'hôtel. Je m'en souviendrai.» Pas un mot sur la grâce de mon minois, que j'aurais pourtant cru plus difficile à oublier que mon nom... «Et vous êtes descendue à l'hôtel?»

Jamais un gentleman n'aurait posé une telle question à une femme, pour lui éviter la gêne de paraître désirer sa compagnie. «Ma tante possède une résidence d'été à Kittery Point, répondis-je.

— C'est à deux pas. Venez-vous parfois aux thés dansants de l'hôtel?

— Rarement, comte Zohary. Aux yeux de ma tante, les attachés d'ambassade ne sont pas une compagnie décente pour une jeune fille de mon rang.

— Elle a bien raison. Mais vous vous intéressez aux soldats, n'est-ce pas, mademoiselle Wentworth?

— Aux affaires militaires, et à la diplomatie — je dois l'admettre.

— Une certaine quantité de sang versé... Voilà qui donne du piquant aux thés dansants...?» De l'ongle, il marqua un paragraphe qu'il me montra : «... *et, comme elle courbait l'échine, sa langue passa sur ses lèvres comme celle d'un animal*, lus-je.

— Ça vous excite?

— Je ne suis pas un vampire, comte Zohary, fis-je, confuse mais vaguement amusée.

— Je sais.» Il me souriait, dévoilant une magnifique dentition, régulière, parfaite. «Moi qui en suis un, je peux vous assurer que vous n'en êtes pas... pas encore.

— Comment... vous, comte Zohary?

— Pas tel que les décrit ce M. Stoker, bien sûr. Je me promène en plein jour, je me rase devant un miroir et je dors dans des draps, pas dans un cercueil plein de terre... » Sa main vint effleurer la petite croix d'or que je portais au cou. « Charmant objet. Il ne m'inspire nulle répugnance... » Ses doigts s'attardèrent tout près de ma gorge et de ma poitrine. « Le vampire est avant tout un sensuel, mademoiselle Wentworth. Surtout quand il est de surcroît soldat. Séduisant mélange. Vous devriez en tâter. »

Je l'avais laissé aller trop loin. « C'est trop d'audace, comte Zohary...

— Ah! mon audace... mon audace! C'est le vampire qui parle en moi. Mais vous ne me brandissez pas votre croix sous le nez, vous ne hurlez pas "Arrière, Necuratul!" — et voilà bien le vampire en vous, ma chère! Aimez-vous ce que vous lisez, mademoiselle Susan Wentworth? A vous voir, je jurerais que vous allez dévorer ce livre. N'avez-vous aucune curiosité? Venez au thé dansant de l'hôtel, et je vous ferai voir la superbe literie de chez Wentworth. Je vous démontrerai que les vampires sont aussi civilisés que les diplomates — ou peu s'en faut... »

Ses yeux avaient plongé dans les miens et semblaient se délecter d'avance de ma réaction. Horrifiée, je me sentis l'espace d'une seconde à deux doigts de répondre à ses avances. Je désirais cette brutalité virile, animale. Ce pouvoir.

« Ne vous méprenez pas, comte Zohary, je suis une jeune fille convenable. »

Lui arrachant le livre des mains, je le fis disparaître dans les profondeurs de mon sac à ouvrage. « Et je n'ai pas la moindre, mais pas la moindre envie de venir voir votre... » Je lui refusai le plaisir de m'entendre prononcer le mot. « Ah... vous me faites dire des inepties! »

Il se lissa la moustache de l'index, puis le coin de sa

lèvre se souleva. « Que faut-il pour vous convaincre, très chère, très respectable mademoiselle Wentworth. Vous montrer mes crocs ? Voulez-vous que je me change en loup sous vos beaux yeux ? Que je vienne vous voir dans votre chambre déguisé en brouillard rouge, ou que je vous prenne d'assaut, comme une charge de cavalerie ? » Les feuilles frissonnèrent au-dessus de nos têtes. Une brise languissante passa sur le square. Le comte Zohary leva les yeux. « Ou que je lise votre avenir dans votre sang ? Que je dompte les flots, que j'appelle l'orage ? C'est mon tour favori. Offrons-nous un petit orage ensemble, mademoiselle Wentworth, rien que nous deux... »

La marée n'a besoin d'aucun comte hongrois pour imposer sa loi à la mer, ni la rivière Piscatequa pour faire éclater de grosses bourrasques, une ou deux fois la semaine. « Si vous lisez l'avenir, comte Zohary, vous savez que vous perdez votre temps...

— Justement, ce n'est pas le plus fiable de mes dons, ma chère. Et c'est d'ailleurs fort dommage, car je ne serais pas ici, suspendu aux lèvres de Witte ou de Komura. Je serais déjà de retour à notre ambassade new-yorkaise, où le café est bien meilleur. Mais je suis plus brillant lorsque j'ai pris une femme ou bu du sang. Si nous cherchions à découvrir ensemble ce que vont faire Witte et Komura... Non ? Ça ne vous tente pas ? »

Un anneau de condensation s'était déposé sur la table, au pied de mon verre d'eau glacée. Avec une solennité affectée, il saupoudra l'eau de sel puis la scruta comme il l'aurait fait d'une boule de cristal, avec des passes de diseuses de bonne aventure. « Mais je lis mieux dans l'eau de mer, et encore mieux dans le sang. De l'eau froide... *ach*, mademoiselle Wentworth ! Vous ne me facilitez pas la tâche. Mais c'est clair — vous viendrez au thé dansant. Aujourd'hui, mercredi, ou jeudi. Vous viendrez.

— Non, rétorquai-je. Bien sûr que non.

— Demain, alors.

— Certainement pas.

— Eh bien, disons jeudi. »

Du côté de la mer, le tonnerre gronda au-dessus des tours blanches de First Church. Un sourire flottait sur les lèvres du comte qui me montra le ciel. J'entrepris de rassembler mes affaires et il se pencha, le bras tendu, pour ramasser mon ouvrage. « C'est pratiquement un fait accompli. Vous viendrez jeudi.

— Et pourquoi jeudi ? m'entendis-je répondre.

— C'est un pari que j'ai engagé avec moi-même. Avant que vous n'en ayez fini avec ce *quatsh*, fit-il, j'aurai exaucé votre souhait le plus cher. J'aurai fait de vous un vampire. »

Un souffle chargé de senteurs marines balaya la place dans un murmure et souleva les feuilles qui dévoilèrent leur face la plus pâle. Comme je le dévisageais, une saveur salée m'emplit la bouche d'une âcre fraîcheur. Il me sourit encore, avec une moue légère. Rougissant, je repoussai ma chaise. Le comte se leva, se mit au garde-à-vous, porta ma main à ses lèvres et je le vis s'éloigner sous les premières gouttes, dans son uniforme dont la couleur de sang fraîchement versé détonnait violemment sur la brique ponctuée de blanc de l'Athénée qui s'assombrissait sous la pluie. Un soldat qui devait être son aide de camp vint à sa rencontre avec une cape noire. Une image de vampire me traversa l'esprit.

Cette nuit-là, la pluie fit trembler les petites vitres des fenêtres de ma chambre. *Ce monstre avait déjà fait bien du mal,* lisais-je. Dans la touffeur ambiante, je sentais la reliure de mon livre poisser sous mes doigts moites où restaient imprimés en miroir les caractères rouges du titre — *L'Appel des loups.* Mais il n'y avait pas l'ombre d'un loup autour de Portsmouth. Ni d'un vampire. Et je n'avais pas besoin du comte pour déchiffrer mon avenir : cet automne en déciderait, en dépit de tous mes efforts stratégiques. Un même destin attendait toutes les femmes de mon espèce.

Serais-je beaucoup plus exsangue, si je venais à tomber sous les crocs d'un vampire ?

Je m'imaginais approchant les hommes que je connaissais pour plonger mes canines dans leur cou. Pure chimère. Je ne disposais d'aucun des pouvoirs, fût-ce les plus ordinaires, qu'avaient les hommes tels que ce comte.

Mais il m'avait livré un détail très précis qui ne laissait pas de m'intriguer. Il faisait partie du corps diplomatique à New York.

Le lendemain, malgré ma lassitude, je me remis à mon ouvrage et fis cliqueter plus diligemment que jamais le bout de mes petits ciseaux. Cette tâche respectable achevée, je me sentis à nouveau maîtresse de moi-même, victorieuse des menées du comte et prête à lui résister.

A mon instigation, Mme Lathrop, une amie de ma tante, lança l'idée d'une visite au Wentworth et tante Mildred y souscrivit.

Jeudi arriva. Mme Lathrop et sa fille Lucilla, la tante Mildred et moi-même, nous prîmes place dans le tilbury des Lathrop qui s'ébranla doucement pour s'engager dans le dédale des petites rues de Kittery. Nous dépassâmes les belles demeures des Fédéraux de Portsmouth. C'était une journée splendide. Une jolie brise soufflait de la mer, juste assez fort pour nous rafraîchir. Les belles-d'un-jour tardives et les héliotropes s'épanouissaient sur les treillis de bois à l'ancienne. L'après-midi idéal pour se délecter des joies d'une insouciante promenade. Mais en traversant Market Square, je me surpris à chercher des yeux sa silhouette écarlate et, lorsque les roues de notre cabriolet firent crisser le gravier du Wentworth, je sentis battre mon cœur comme avant une entrevue décisive.

Tante Mildred et son amie optèrent pour une table près de la piste de danse qui n'était pas très vaste, mais moderne et judicieusement aménagée. L'orchestre jouait des valses. Quelques couples tourbillonnaient déjà et, sous les palmiers en pot, les tables étaient occupées par de nombreux soldats en galante compagnie. Mme Lathrop et sa fille brûlaient d'apercevoir le comte Witte, dont on disait que la grossièreté de ses manières l'obligeait à dîner derrière un paravent. Du comte Zohary, aucune trace. Plus loin, à une table, escortée d'une nuée de beaux messieurs, la tapageuse Mme N. tenait salon. Cette femme ravissante et rieuse avait déjà, disait-on, causé la chute de trois gouvernements. Mme Lathrop et ma tante ne tarissaient pas de ragots à son sujet. Quant à Lucilla, j'avais vite compris que avions peu de choses en commun. A travers mes cils modestement baissés, j'observais la belle Mme N., quand trois dames de la délégation japonaise firent une entrée remarquée, avec leurs kimonos, leurs perruques et leurs visages plâtreux. Y avait-il des vampires au Japon ? Ces poupées peintes étaient-elles, comme moi, sensibles à l'énergie mâle qu'irradiaient tous ces soldats ? Étaient-elles soumises, dans leur vie de femme, à des contraintes aussi étouffantes que les miennes ?

« Cette chaleur m'incommode, ma tante. J'aimerais faire quelques pas sur la terrasse. » Sous l'écran de mon ombrelle, je laissai la brise marine rafraîchir mon front brûlant, les yeux perdus au loin, par-delà la pelouse envahie de sable, par-delà la mer.

« Mademoiselle Wentworth ! Ainsi, vous êtes venue voir ma literie !

— Mais pas le moins du monde, comte Zohary. »

Il était assis à une petite table disposée le long de la terrasse et avait troqué son uniforme d'apparat contre une tenue plus passe-partout, d'un brun kaki. Dans la lumière marine, ses cheveux s'animaient d'un éclat roux. Il s'était levé. Il s'inclina en un salut compliqué et me présenta une chaise. « Je ne vous ferai pas le plaisir de refuser... » Le saluant d'un signe de tête, je m'installai face à lui.

« Mais vous me faites tout de même le plaisir d'accepter !

— Pas du tout. Quel plaisir y trouvez-vous donc ? » Je laissai errer mon regard sur la mer, sur les eaux calmes du port. Les navires à l'ancre tanguaient doucement. L'*Étoile des îles* prenait le large, faisant scintiller ses hublots et son bastingage au grand soleil. Rien de bien neuf... Je pouvais contempler tout cela depuis la véranda de tante Mildred depuis des années.

« Allons, allons, Mademoiselle Wentworth... ne détournez pas la tête. Vous ne soupçonnez pas ce que j'ai à vous offrir. Regardez-moi. » Sur la table trônait un plateau de pêches veloutées, mûres à souhait. J'avais senti leur parfum dans l'air tiède et c'est sur elles que se posa mon regard. Une mouche voletait autour des fruits. Il la chassa, choisit une pêche et y planta les dents. Mes yeux avaient suivi la course de sa main vigoureuse. « Vous croyez avoir épuisé les ressources de votre vie, mais vous n'y avez même pas mordu. Rien n'a de goût tant qu'on n'y goûte pas. Je vous offre tout ce qui vous fait si cruellement défaut — ah ! voilà que vous me regardez, à présent ! » Des taches de lumière faisaient danser dans ses yeux des lueurs rougeoyantes. Il aspira le jus du fruit puis me le présenta, l'approchant à deux doigts de mes lèvres. « Prenez.

— Volontiers, mais une autre.

— Mangez-en. Mangez-en avec moi, puis vous pourrez en avoir autant qu'il vous plaira. » Je pris un minuscule fragment de chair rose, suave sous le velours de la peau, et il me tendit le plateau. J'en choisis une autre où je mordis à belles dents. Ma bouche s'emplit de cette chair pulpeuse, de ce jus.

« Je pourrais me contenter de votre corps, fit-il d'une voix douce. Le prendre pour ce qu'il est, comme cette pêche. C'est très facile. Mais mieux — vous pouvez devenir des nôtres. Je l'ai vu au premier regard, et je veux vous faire accéder à votre vraie nature.

— Des vôtres... que voulez-vous dire ?
— De ceux qui ont soif de pouvoir, murmura-t-il avec la même curieuse douceur, et qui peuvent y accéder. Un vampire. Mangez cette pêche, très chère, et je vous dirai deux mots de votre fameux Dracula. Vlad Draculesti, fils de Vlad le Dragon. Sur la colline de Timpa, près de Brasov, au-dessus de la chapelle Saint-Jacques, il faisait couper les membres de ses ennemis et déjeunait parmi leurs corps empalés en écoutant leurs cris, trempant son pain dans leur sang. Parce que le sang humain a goût de pouvoir. C'est l'essence même du vampire. Le pouvoir. » Sous la table, sa botte effleura mon soulier. « Le pouvoir. Ne confondez pas avec l'argent, la beauté, le viol ou la séduction. C'est plus simple. La vie, la mort. Tuer. Boire la vie de ceux qui meurent et assurer sa propre survie. Croître et multiplier. Prospérer. Regardez Komura et Witte. Ils l'ont, ce pouvoir. Ils invoquent un grand orage sanglant. Tant et tant de victimes... Moi aussi, j'ai du pouvoir. Je tremperai mon pain dans le sang. Le mangerez-vous, le boirez-vous avec moi ?
— Du sang... ? »
Ses yeux, pailletés de lumière, plongèrent dans les miens. « Cela vous ferait-il peur ? Perdez-vous connaissance à la vue du sang, comme une petite sainte nitouche ? Je ne crois pas. » Il arracha vivement une autre bouchée à sa pêche. « Avez-vous assisté à une agonie ? Le mourant saignait-il ? Avez-vous détourné les yeux ? Non, non. Je vois que vous n'en avez rien fait. Vous aimez les uniformes, le danger, les soldats, mais ce que vous aimez par-dessus tout, Mademoiselle Wentworth, c'est le rouge, la couleur du sang. Quand vous lisez dans les journaux les nouvelles de cette guerre, faites-vous l'effarouchée ? Jetez-vous les hauts cris, tout en dévorant les photos sanglantes, sans paraître y toucher, espérant secrètement ne jamais savoir ce qui vous fait ainsi battre le cœur... Vous dites-vous : “Jamais je ne trouverai en moi l'énergie de me repaître de sang”, ou verrez-vous avec joie arriver

l'orage rouge, le jour où vous vous découvrirez telle que vous êtes ? » Son index tambourina sur le bord du plateau de pêches. « Devenir vous-même, ma chère, mais c'est plus simple que de déguster l'un de ces fruits... et bien plus agréable !

— J'aimerais disposer d'un certain pouvoir — qui ne le souhaite ? — mais faire ce que vous dites... ! » Il avait mis dans le mille. J'avais été fascinée. Le lendemain, revenant sur les lieux de l'accident, j'avais été vaguement déçue de ne plus voir les taches de sang, qu'on avait dû laver. « Tout cela est d'un grotesque ! Vous voulez me faire rire, sans doute... ou me choquer. A moins que vous n'ayez décidé de vous moquer de moi.

— Buvez mon sang, souffla-t-il. Et faites-m'en boire du vôtre. Je ne vous tuerai pas. Il vous suffit d'un peu de courage et de curiosité. Couchez avec moi, aussi. Ça n'a rien d'indispensable, mais c'est toujours plaisant. Et de grands horizons s'offriront à vous, Mademoiselle Wentworth. De grands pouvoirs. »

J'eus quelque peine à déglutir. « Vous voulez donc faire de moi votre proie ?

— Si vous tenez à le voir ainsi, effectivement, c'est ce que je ferai. Mais je veux aussi vous donner la vie, parce que vous êtes capable de la recevoir et que ça me sera extrêmement agréable... Et ne vous sous-estimez surtout pas. Êtes-vous vraiment ma proie ? » L'espace d'un instant, le vent creusa sur la mer devant l'hôtel une zone ovale qui, sous l'effet des courants et des jeux de lumière, parut vaguement rougeoyer. « Vous voyez... encore un tour à ma façon !

— Non. Ce n'est pas la première fois que je vois de tels reflets sur la mer.

— Cela n'est pas donné à tout le monde.

— Bon ! Mettons que je n'aie rien vu. »

Près de son assiette se trouvait un petit couteau bien affûté. Il le prit et s'entailla la paume. Le sang perla aussitôt et il fit de sa main une coupe qu'il me tendit. « Le sang est un océan en raccourci, une petite mer rouge. L'eau sur laquelle j'ai le plus de pouvoir. Elle m'obéit, ma chère. Je la bois. J'en vis. » Prenant une goutte de son sang, il m'en effleura la veine du poignet. « J'en comprends le goût. Je peux la faire fluctuer, comme une marée, Mademoiselle Wentworth. Je peux vous faire battre le cœur jusqu'à ce que vous me hurliez d'arrêter. Désirez-vous comprendre le sang, en savourer le goût, le laisser envahir votre bouche, ce sang salé, capiteux, sulfureux. Avez-vous soif de son pouvoir ? Non, bien sûr... vous, une jeune Américaine si comme il faut... mais si, si... bien sûr ! »

Il m'avait pris la main et m'attirait plus près de lui. Son regard animal s'était braqué sur moi. Il attendait, avec au creux de la main cette petite flaque de sang. Je songeai qu'en cette seconde je pouvais encore le planter là et revenir auprès de tante Mildred et de nos amies. Comment soupçonneraient-elles ce qui m'avait poussée à m'attarder, ces propos monstrueux qui m'avaient été tenus... Je pouvais retourner m'asseoir à leur table, prendre un thé et écouter les flonflons de l'orchestre pendant toutes les années qui me restaient à vivre. Pour moi, les vampires resteraient toujours des chimères.

Le sang avait formé une croûte à la base de ses doigts et sourdait encore de l'entaille qui lui zébrait la paume. Un sang rouge, rouge vif. Inclinant la tête, j'effleurai la blessure du bout de la langue. Elle avait goût de sel, un goût fort, intime, celui de mon désir.

Le yacht blanc était luxueusement aménagé et comprenait plusieurs cabines. Nous prîmes le large. Le comte avait invité les Lathrop et ma tante pour me servir de chaperons. Sur le pont, M. Lathrop, dans son complet blanc, taquinait l'espadon en conversant avec notre hôte. Je saisis quelques mots au hasard. *Witte, Sakhaline, réparations...* Ce soir-là devait se tenir une importante entrevue qui réunirait tous les plénipotentiaires. Tante Mildred papotait et jouait au whist avec Mme Lathrop, tandis que le petit crochet de Lucilla tressautait en scintillant dans des kilomètres de dentelle écrue. J'avais commencé un autre ouvrage, un autre morceau de broderie anglaise, que j'avais vite délaissé pour venir me poster sur le gaillard d'avant, près de la proue, me laissant bercer par le long frisson des vagues. Je commençai à douter que le comte ose tenter quoi que ce fût pour me séduire — et peu m'importait. J'avais goûté à son sang. Il allait boire le mien, à présent.

Sous une marquise, on nous servit une collation préparée à la cuisine de l'hôtel — huîtres Rockefeller, crème de champignons accompagnée de petits pains, steaks de saumons, mousse de lièvre, feuilleté au poivre, maïs en épi, salade de concombres et de laitue à la bostonienne, courgettes. Au dessert nous dégustâmes des biscuits aux amandes avec un gâteau glacé à la praline et au moka, accompagné de crème glacée de divers parfums. Le cognac succéda aux grands crus, puis vint le champagne… J'avais mangé mes huîtres du bout des lèvres, mais le vin m'avait plu. Dans le calme qui suivit nos agapes, le bateau voguait paisiblement. Les matelots quittèrent le pont.

M. Lathrop s'assoupit le premier sous le mouchoir qu'il avait étendu sur son front rubicond, criblé de taches de rousseur. Puis ce fut le tour de Lucilla, qui poussait de discrets ronflements dans sa chaise longue, sous la marquise, sa dentelle abandonnée sur les genoux. La canne à pêche de M. Lathrop était tombée de sa main inerte. J'enroulai sa ligne et la posai sur le pont. Dans le silence, le cliquetis du moulinet avait fait autant de bruit que tout à l'heure le moteur du bateau. Les cartes de tante Mildred s'étaient éparpillées sur ses genoux. Ses yeux étaient restés ouverts, mais lorsque je me plantai devant elle, elle ne parut pas me voir. Mme Lathrop continuait à jouer, lentement, abattant ses cartes une à une sur la petite table tapissée de feutrine verte qui la séparait de ma tante, comme si elle tirait les tarots.

« Madame Lathrop... » Elle leva vers moi des yeux vides, que j'aurais pu prendre pour deux grains de raisins secs dans son visage blême, hocha la tête et retourna à ses cartes.

« Ils ont bien mangé et bien bu, fit le comte. Ils sont fatigués... » Une vague souleva le bateau et la tête de ma tante oscilla de côté, avant de s'affaisser contre le bras de son transat, molle et ballante comme celle d'un corps sans vie. Je me sentis défaillir et j'aurais crié, si le comte Zohary ne m'avait bâillonnée de sa main.

« Ne criez pas. Vous les réveilleriez. »

Me saisissant le poignet, il me fit descendre un escalier et m'entraîna dans l'entrepont. Nous longeâmes une coursive et dépassâmes la cambuse, où j'aperçus le cuisinier assis, la tête sur les genoux. Près de lui, un beau matelot avait glissé à terre, assoupi, lui aussi. Je ne vis personne d'autre.

La cabine principale était à l'avant du navire, blanche, gorgée de lumière et de chaleur. Le lit était ouvert, les draps défaits. Il flottait dans la pièce un parfum de citron vert et celui, plus âpre, de l'océan. « Mes draps, fit-il. Vous voyez... ! » Mes genoux se dérobaient sous moi. Je me laissai choir sur le lit. Jusqu'à la dernière seconde, je n'avais pu me figurer ce que ferait mon corps pour se rebeller contre moi. J'aurais voulu ne pas être là, ne rien savoir de ce qui allait se passer, ne pas avoir tout fait pour qu'advienne ce qui était si imminent... J'entendis le déclic du verrou, et il fut sur moi. Il défaisait les petits boutons de mon col. Tout cela était si calme, si calme... J'en avais le souffle coupé. Ployant l'échine, il toucha de sa langue la base de mon cou et je sentis l'imperceptible piqûre de ses dents, la caresse de sa langue et la succion... il avait commencé à se nourrir de moi.

Mon premier mouvement fut un mouvement d'horreur. De sentir mon sang s'échapper de moi, ma volonté se cabrer, et défaillir... Puis le plaisir me prit, une vague de frissons et de tremblements délicieux, à la limite du supportable. La cabine si lumineuse et si tiède sombra dans des ténèbres glacées. Je retombai en travers du lit. Me voici dans mon cercueil, me dis-je, dans ma tombe. Il m'installa contre les oreillers et, penché sur moi, releva mes jupons, défit les lacets de mon corset. Sa main avait rencontré ma peau. C'était tout ce que je craignais, mais il n'y avait plus de retraite possible et j'accueillis de bonne grâce ce qui devait m'advenir. Je l'attirai à moi et le guidai.

Il s'étendit sur moi, pesant de tout son poids, son corps épousant étroitement le mien. Les galons de son uniforme me meurtrissaient les seins. Mes vêtements faisaient barrière entre nous. Je dus encore faire glisser de cruelles agrafes, m'extirper de ma robe aux innombrables boutons, me débarrasser de tout ce qui me séparait de lui...

« Maintenant..., murmurai-je. Il le faut... »

Nous étions peau contre peau et voici qu'en une poussée déchirante, interminable, il m'envahit. Il était entré en moi, au plus intime de moi. Oh, la mortelle angoisse qui me comprima le cœur à la seconde où je me sentis devenir vampire, ce spasme qui me disloqua les membres... Suffoquant, je lui mordis l'épaule et grimaçai pour étouffer mes cris. Mais je le rejoignis de plus belle. Je sentais le moindre de ses mouvements et le feu de son pouvoir qui se coulait en moi. J'éclatai de rire sous l'excès du plaisir et de la douleur, tandis que les vagues secouaient la cabine et battaient dans mon sang.

« Vous voilà donc vampire, jolie demoiselle si comme il faut, haleta-t-il.

— Oui... oh, oui... j'ai le pouvoir... je suis un vampire ! »

Il s'esclaffa.

J'essuyai en me rhabillant quelques gouttes de sang sur mon cou meurtri. Mes parties intimes dégoulinaient de sang et de sécrétions mêlés — le sceau de ma métamorphose. Je m'en réjouis. Le miroir me renvoyait l'image d'une femme nouvelle. Mes joues s'ombraient d'une nuance plus subtile, mais ma robe de linon blanc n'était pas plus gâtée que ne le justifiait une journée passée sur l'eau. Dans mes artères cognait un sang riche et lourd, animé d'une pulsation conquérante.

Je remontai sur le pont supérieur et, pour me désaltérer, je mordis dans une pêche qui me parut insipide. Le jour touchait à sa fin. La lumière baissait. Des reflets sanglants dansaient sur l'eau. Je distinguai dans l'ombre des vagues des visages figés dans un cri silencieux. J'eus envie de boire la mer.

Ouvrant les yeux, M. Lathrop me demanda : « Avez-vous passé une bonne journée, Mademoiselle Wentworth ? » Il avait le regard fixe. Près de moi, il paraissait exsangue. Le visage de Lucilla, qui s'éveillait et bâilla en clignant des paupières, était comme de cire sous ses boucles blondes. Quelques mouches bourdonnaient autour des cartes de Mme Lathrop, qui exhalait des relents de viande avariée, de sang et d'excrément. « Bel après-midi, n'est-ce pas, ma tante ? Avez-vous fait une bonne sieste ? »

Elle ne répondit pas. Qu'ils sont mous, pensais-je. Mous, épuisés, morts.

Le comte Zohary remonta sur le pont. Il reboutonna son col d'uniforme avec précaution comme si lui aussi avait eu le cou endolori. Pour le faire sourire, je passai la pointe acérée de mes petits ciseaux sous la jugulaire de tante Mildred, en tenant un petit pain contre son cou (mais ni lui ni moi n'aurions su nous contenter d'un si piètre breuvage !). Ma tante Mildred n'était pas de taille à étancher nos soifs. Je jetai mes ciseaux dans la mer ensanglantée où ils disparurent, engloutis, dissous.

Sous un ciel illuminé de lourds figements pourpres, notre bateau revint à toutes voiles vers l'hôtel blanc. Nous débarquâmes les premiers, le comte et moi. Au-delà des pelouses rougeoyantes, les salles étaient brillamment éclairées. Une foule nombreuse se pressait autour de l'hôtel. « Dans un instant, nous connaîtrons l'avenir, dit-il.

— J'ai vu dans les vagues des hommes agonisants », répondis-je.

Nous traversâmes ensemble la pelouse. Il m'avait pris le bras. Du sable crissait sous mes pas, entre les brins d'herbe.

« Comte Zohary, vous devez avoir une nuée d'amis qui partagent ces valeurs auxquelles vous m'avez initiée. J'aimerais tant leur être présentée ! Sans bien savoir à quoi je peux me rendre utile, j'ai soif d'horizons nouveaux.

— Je ne doute pas que mes amis vous apprécient. Vous n'aurez aucun mal à vous faire une place dans le monde. »

Dans le salon où s'était rassemblée une foule encore plus dense, le comte Sergueï Witte et le marquis Komura échangeaient d'ostensibles poignées de main. Un cri jaillit de mille gorges. « La paix ! C'est la paix ! »

« C'est le grand orage », chuchota le comte Zohary et une ombre pensive balaya un instant son visage, comme si même un vampire pouvait avoir des regrets.

Nous gagnâmes le sommet du grand escalier, d'où nous avions une vue d'ensemble sur la foule que je survolais d'un regard de général victorieux. Beaucoup des jeunes hommes étaient des cadavres — les Américains, comme les observateurs étrangers. Je détaillai les victimes avec intérêt. Là, une balle dans l'œil, le front ou le visage. Ici, un corps déchiqueté comme par une explosion. Le sang scintillait, tout frais et si rouge… Certains autres, dont la chair grise était écorchée et maculée de boue, avaient été réduits en bouillie comme sous l'effet d'un poids énorme. Près de moi, une femme en uniforme d'infirmière, qui poussait des cris de joie, dut s'interrompre pour expectorer un crachat sanguinolent, en clignant de ses yeux aveugles. Dehors éclata la pétarade d'un feu d'artifice qui éclaboussa de ses lueurs vertes et dorées les visages terreux des morts.

Mais dans la foule, telles les étoiles au-dessus de l'orage, je reconnus les nôtres, les vivants. Comme nous nous retrouvions ! Militaires et civils, une bonne partie de la délégation russo-japonaise et une proportion non négligeable des observateurs — sans oublier l'éblouissante Mme N., qui m'adressa de loin un salut discret mais cordial. Et, près d'une fenêtre, ce jeune inconnu, aussi obscur que je l'étais encore, et mon radieux comte Zohary !

Le personnel de l'hôtel s'affairait, distribuant les coupes de champagne. La mienne était pleine d'une liqueur tiède et salée, issue de la mer de sang qui nous attendait. Pour la première fois, en me délectant de ce breuvage, j'eus le sentiment d'être une femme pleine de vie, devant qui s'ouvrait l'avenir.

Je passai cet automne 1905 à New York, mais je partis bientôt pour l'Europe où, partout sur mon chemin, je devais contribuer à invoquer l'orage.

Traduit par Stéphane Carn

ROBERT AICKMAN

Ravissante

Vous ne le savez peut-être pas, mais cette histoire est relativement connue. Comme dans tous les cauchemars éveillés d'Aickman («Les épées» par exemple, publié dans I Shudder At Your Touch*), l'horreur repose sur la puissance évocatrice de «ce que l'on ne connaît pas». Fils d'architecte, Aickman suivit lui-même une formation dans cette discipline, et il sait tout de l'art de la construction. Pourtant, ses édifices fictifs diffèrent considérablement des œuvres plus conventionnelles : Aickman prend un malin plaisir à en omettre les fondations.*

Bien sûr, cette bizarrerie structurelle nous sera dissimulée au début de l'histoire, mais l'effet final — et merveilleux — peut se comparer à ce que l'on ressent lorsqu'on se tient au deuxième étage d'une maison, accoudé à la fenêtre, et que l'on se rend compte brusquement que l'escalier que l'on vient de gravir a disparu, et que d'ailleurs, il n'a probablement jamais existé.

On retrouve dans «Ravissante», comme dans presque tous les écrits d'Aickman, des échos de l'œuvre de Henry James (dont les histoires de fantômes n'ont rien perdu de leur efficacité) et l'on peut même voir cette nouvelle comme une sorte de compromis fiévreux et monstrueux entre «Les dépouilles de Poyutou» et «Les papiers de Jeffrey Aspern». Mais la fin en particulier évoque le cri de désespoir poignant de la gouvernante sans nom du «Tour d'écrou»… car s'il est innocent, demande-t-elle, soudain certaine qu'elle ne peut espérer aucun secours, «quand l'ai-je donc été ?».

J'AI EU parmi mes relations un peintre qui avait renoncé à son art bien avant que je ne le rencontre, pour se lancer dans la « compilation » et l'« édition » de ces livres d'arts racoleurs et ruineux, qui se vendent, dit-on, en quantités surprenantes, sans qu'on voie jamais personne se les offrir, ni même les feuilleter.

J'avais fait sa connaissance à la faveur d'une réunion mondaine. La soirée se tenait dans une salle ultramoderne, inégalement éclairée par d'aveuglants projecteurs, montés sur un réseau de rails métalliques. Il s'était réfugié dans le recoin le plus obscur, et semblait un tantinet déplacé, dans ce costume bleu pastel qu'il portait sur une chemise d'un bleu plus soutenu, avec une cravate outremer, presque noire. Il m'avait paru frêle et délicat et, en m'approchant, je remarquai son crâne, qu'il avait haut et étroit. Ses cheveux, lisses et noirs, étaient coupés droit sur la nuque, selon une ligne brutalement horizontale. Je m'avisai soudain de la présence, près de lui, d'une femme que je n'avais pas remarquée jusque-là, et qui, lorsque je l'aperçus, me parut curieusement accoutrée. J'allai néanmoins leur parler.

Et ils eurent l'air ravis de cette initiative. L'homme se fendit de quelques phrases de circonstance, et m'expliqua qu'il ne connaissait personne, ou presque, dans l'assistance. Il me présenta comme son épouse sa presque invisible compagne et se mit à bavarder avec un empressement où je sentis une pointe d'anxiété — comme s'il avait tenu à justifier sa présence au milieu de cette foule d'inconnus vêtus de sombre. Il en profita pour me révéler ce qui lui avait fait préférer la carrière d'éditeur à celle de peintre : «J'ai eu tôt fait de comprendre que je ne pourrais jamais vivre de ma peinture, me dit-il, en substance. Trop alambiquée... » Je n'ai aucun doute quant au qualificatif qu'il employa, et que ma mémoire enregistra sur-le-champ. Puis il me cita tout à trac quelques-unes des sommes qu'il avait pu tirer de ses caravansérails picturaux sur papier glacé. Il m'arrive d'écrire, à l'occasion, et les chiffres qu'il annonça me parurent plus qu'honorables. Je me gardai bien de souligner que les livres qui rapportent le plus sont précisément ceux que personne ne lit : n'est-il pas de notoriété publique que les versions modernes de l'*Iliade* ou de l'*Odyssée* se vendent comme des petits pains et qu'au fil des siècles, la Bible ne fait que confirmer son score de best-seller absolu ? Je m'empressai plutôt de souligner qu'il devait avoir une existence palpitante, agrémentée d'une foule de voyages et de passionnantes rencontres avec le Beau.

« Mais tout à fait », répondit-il ; et, cueillant un Martini sur un plateau qui passait, il entreprit de me décrire par le menu son dernier voyage, quelque part en Amérique centrale où il avait photographié d'étranges peintures murales qui seraient du plus heureux effet en quadrichromie. «J'espère que je ne vous assomme pas trop, avec ce luxe de détails, s'inquiéta-t-il.

— Mais au contraire... », le rassurai-je.

Pendant tout ce temps, sa femme n'avait pas desserré les dents. Je souligne ceci comme un simple fait, sans vouloir suggérer qu'elle s'ennuyait. La vérité aurait d'ailleurs pu en être l'exact opposé ; le silence traduit aussi bien un insondable ennui que l'éblouissement de la passion. Dans son cas, je ne me risquerais pas à trancher.

Encore plus émaciée que lui, elle avait, pour autant que je puisse en juger, des cheveux couleur de blé fané, qu'elle rassemblait en un gros chignon, bas sur la nuque. Son visage était aussi long que celui de son mari, et elle était affublée de ces étranges vêtements sombres, auxquels j'ai déjà fait allusion. Je remarquai son nez à lui — un nez curieusement petit, atrophié, presque. Il finit par m'inviter à dîner dans leur appartement de Battersea, et j'acceptai.

On remarquera que je préfère observer la plus grande discrétion quant à l'identité des personnes impliquées — à l'instar de mon hôte lui-même, comme on le verra par la suite. Je ne me suis jamais senti lié d'une véritable amitié avec ce couple, mais il dut s'établir entre nous quelque chose de bien plus essentiel.

Dans leur appartement de Battersea, qui ne donnait pas tout à fait sur le parc, étaient accrochées une dizaine des œuvres de mon hôte. Je pourrais les comparer, quoique d'assez loin, aux toiles tardives de Charles Sims, qui firent scandale en leur temps. A première vue confuses, voire démentes, on en venait, en les examinant de plus près, à se demander, comme pour les tableaux de Sims, si le peintre n'avait pas fait irruption dans un plan plus profond, qui vous glaçait les sangs.

Les titres des œuvres de Sims — *Vois, je suis gravé dans la paume de ta main* ou *Ne suis-je pas la lumière des abysses ?* — auraient parfaitement convenu à celles de mon hôte, s'il s'était soucié de baptiser ses toiles. Mais l'idée ne semblait pas l'effleurer. Non qu'il ait tenu à prendre le contre-pied des usages contemporains, me dis-je, mais plutôt parce qu'il ne concevait apparemment pas ses toiles comme des objets d'art distincts et éventuellement monnayables. « J'ai vite compris que j'étais incapable de peindre ce que les gens désirent acheter », fit-il avec un sourire qui s'épanouit sous son nez minuscule. Assise sur une chaise de bois nu et toujours aussi curieusement attifée, sa femme ne faisait aucun commentaire. En fait, j'aurais pu concevoir que ces étranges tableaux aient pu séduire quelque temps — quoique certainement pas pour les bonnes raisons — certains chasseurs d'art friands de nouveauté. J'assurai mes hôtes que ces toiles comptaient parmi les plus fortes et les plus intéressantes qu'il m'ait été donné de voir, et j'étais sincère, malgré ce je ne sais quoi de dilettantisme que je décelais dans l'exécution. Je ne jurerais pas que j'aurais supporté, comme eux, de vivre sous le regard de ces images visionnaires — mais là n'est pas mon propos. J'en ai peut-être exagéré le nombre. Il devait y en avoir deux dans le séjour, deux grandes, quatre dans la chambre conjugale où je fus admis pour les regarder et une dans la petite chambre d'amis, ainsi que dans la salle d'eau. Elles étaient encadrées à la va-vite, sans doute parce que le peintre ne prenait pas son travail au sérieux. Il les faisait côtoyer, sur ses murs, avec les épreuves sommairement encadrées de ses livres d'art, toutes commises à grand renfort de ce qui se fait de plus luxueux en matière de reproduction photographique.

Ils m'invitèrent plusieurs fois à dîner — six ou sept fois, dirais-je, et je les conviai en retour au Royal Automobile Club, qui me semblait le lieu le plus adéquat pour de telles occasions, puisque je vivais seul à Richmond, à l'époque. Les dîners de Battersea se déroulaient selon un rituel immuable. Mon hôte faisait seul les frais de la conversation. Dans son accoutrement habituel, sa femme ne soufflait mot, ou presque. Les repas qu'elle nous préparait étaient soignés, mais sans grande recherche. On me traitait avec infiniment d'égards. Ce dernier détail, entre autres, me fit penser que les visiteurs étaient rares. Le problème était peut-être que la maison manquait de charme. On aurait pu penser que le créateur de ces images devait avoir une foule de choses à dire, mais ses propos, qui pouvaient à l'occasion verser dans la volubilité, me laissaient toujours sur ma faim. Il m'accueillait avec empressement et ne me laissait repartir qu'à regret, mais, quelles que fussent l'énergie et la constance avec laquelle il s'attaquait à la muraille qui semblait l'enclore, il ne parvenait jamais à l'entamer. Comme il ressortira de ce qui suit, on ne peut dire de sa femme qu'elle l'ait beaucoup aidé, du moins pour autant qu'on pût en juger, car les méandres des rapports humains sont si fantastiquement contournés qu'il est hasardeux de trancher, dans quelque sens que ce soit.

Toujours est-il que cette relation s'étiola et mourut de sa belle mort, ou peu s'en faut. Je fis volontairement durer cette agonie. Presque d'emblée, j'avais eu le sentiment que tout ce qui aurait pu la hâter aurait déclenché des difficultés, voire un conflit ouvert. J'ai bien peur d'avoir lentement et délibérément (avec les limites excessivement étroites et inévitables que cela suppose) laissé dépérir nos rapports. Je le regrettais, d'une certaine manière, mais ni lui ni sa femme n'avaient réussi à véritablement me toucher et lorsqu'une relation stagne ainsi, mieux vaut l'amputer aussi adroitement que possible, avant que la gangrène ne gagne l'ensemble du tissu relationnel, assombrissant inutilement la tonalité d'ensemble de notre vie. Lorsqu'on a une vie mondaine bien remplie, et qu'on est amené à croiser pas mal de gens, ce genre de mesure préventive constitue en quelque sorte un moindre mal auquel il faut bien se résoudre, fût-ce à contrecœur — exactement comme la race humaine ne peut s'empêcher de massacrer les animaux, tout simplement parce que nous sommes pour la plupart incapables de vivre uniquement de salade et de cacahuètes.

Notre relation n'en vint cependant jamais à l'extinction totale. Plus de quatre ans après ma dernière rencontre avec le couple de Battersea, comme me le confirmèrent mes vieux agendas, et près de deux ans après notre dernier échange de cartes de vœux, m'arriva une lettre émanant d'une étude de notaire. J'avais quitté Richmond pour m'installer à Highgate, entre-temps. Cette lettre m'annonçait que mon ami de Battersea était mort (« des suites d'une longue maladie », précisait le notaire) et qu'il m'avait désigné comme l'un des deux exécuteurs testamentaires, le second n'étant autre que sa propre femme. Inutile de préciser que j'entendais pour la première fois parler de l'existence d'un tel testament. Son auteur espérait « que je voudrais bien accepter » un legs de cent livres, somme qui avait dû être rondelette, un bon siècle plus tôt dans l'histoire financière de notre pays, mais qui, sur le moment, me parut franchement mesquine. Enfin, la lettre me demandait de prendre contact avec le notaire, ou directement avec la femme de son client.

Je rechignai un peu, mais en arrivant au bureau où je travaillais avant mon mariage, je rédigeai une lettre de condoléances, avec un post-scriptum où je suggérai, avec tout le tact requis, que soit fixé un rendez-vous entre les exécuteurs. La réponse me revint presque aussitôt. En un minimum de mots, la veuve me remerciait de mes condoléances et proposait le lendemain soir. Je décommandai un rendez-vous et pris une fois de plus le chemin de Battersea.

Je remarquai immédiatement que ma co-exécutrice avait abandonné le curieux style vestimentaire qui avait naguère ses faveurs pour une robe passe-partout, voire banale, apparemment sortie d'un grand magasin — mais ce n'était peut-être que sa façon de réagir à l'impulsion intime qui, encore tout récemment, poussait les endeuillés à se vêtir de noir. Je ne pus déceler en elle aucune autre trace de changement.

Elle ne me parut aucunement bouleversée, ni même affectée, et elle n'était guère plus loquace que jadis. Aucune de mes tentatives pour lui arracher quelques détails sur la cause du décès ne me valut de réponse claire. Je considérai comme acquis que mon ami de Battersea avait succombé à l'une de ces « douloureuses maladies »... La veuve me signifia que je n'aurais besoin de m'occuper de rien. Elle se chargerait de toutes les formalités nécessaires. Il me suffirait d'intervenir au tout dernier moment.

Je lui fis remarquer qu'en ma qualité d'exécuteur, je devais prendre connaissance du testament. Elle me tendit en silence le document original qui devait se trouver quelque part dans la pièce. Les dispositions étaient simples et concises. Le corps devait être incinéré. Le défunt léguait tous ses biens à son épouse, à l'exception de mes cent livres et des toiles, qui devaient revenir à la National Gallery of British Art — ou, en cas de rejet, à d'autres musées dont la liste suivait, ou, toujours en cas de refus, brûlées. Je compris aussitôt pourquoi j'avais été désigné comme exécuteur testamentaire. Du jour où j'avais reçu la lettre du notaire, j'avais vécu dans l'inquiétude. A présent, j'étais proprement terrifié.

« Ne vous tracassez pas, me fit ma co-exécutrice avec un vague sourire. C'est moi qui m'occupais de tout cela, de son vivant. Aucune de ces institutions ne toucherait à ses tableaux avec des pincettes...

— Mais, en tant qu'exécuteur, je ne puis me contenter de laisser les choses en l'état...

— Jetez un œil à ces lettres. » Elle sortit une pile de papiers qu'elle me remit. « Asseyez-vous. Lisez. »

Elle tira sa chaise de bois et s'assit, sans me quitter des yeux, comme si elle m'observait avec attention — et en tout cas, sans rien faire d'autre.

Je songeai que j'avais tout intérêt à régler le problème sur-le-champ, si possible. Je comparai les lettres à la liste du testament. Tous les musées cités étaient représentés, et toutes les lettres étaient négatives. Certains refus étaient formulés avec courtoisie et sur le ton du regret, d'autres pas. La correspondance s'étalait sur les douze derniers mois. Les conservateurs des institutions publiques mettent toujours un certain temps à prendre leurs décisions, et davantage encore quand il s'agit de s'engager.

« Était-il au courant... ? » m'enquis-je. Mais, là non

plus, je n'obtins aucune réponse claire. Elle n'eut qu'un sourire, et encore, à peine esquissé. Insister me parut indélicat.

« Ne vous inquiétez de rien, fit-elle. Je me charge de l'autodafé.

— Vous ne souhaitez donc pas conserver ces toiles ? m'exclamai-je. Peut-être les avez-vous trop longtemps côtoyées... mais elles sont tout à fait remarquables !

— Ne devons-nous pas respecter ses dernières volontés ?

— Je suis sûr qu'aux yeux de la loi, rien ne vous empêche de garder les tableaux.

— Et vous, fit-elle, ne voudriez-vous pas les prendre ? Sans perdre de vue qu'il y en a encore une bonne centaine, entreposés à Kingston.

— C'est que... la place me manquerait... mais croyez bien que je le déplore.

— Le même problème se poserait pour moi. Et je ne prévois pas de disposer de plus d'espace, à l'avenir.

— Avec votre permission, j'aimerais cependant en conserver une.

— Autant qu'il vous plaira. Et prenez aussi les manuscrits, si le cœur vous en dit. Ils sont dans cette valise. »

C'était une vieille mallette verte, appuyée contre le mur. Ce dut être cette déplaisante indifférence de la veuve qui me convainquit d'accepter. Pas besoin d'être grand clerc pour deviner ce qu'il serait advenu des manuscrits si je ne les avais pas pris, et on répugne à voir partir en fumée la vie d'un être, avec son corps...

« Quand aura lieu la cérémonie ? demandai-je.

— Demain. Mais tout se déroulera dans la plus stricte intimité. »

Où pouvait bien être le défunt ? Sur le lit conjugal ? Dans la chambre d'ami ? Dans quelque salon ou dépôt mortuaire... ?

« Ni lui ni moi n'étions croyants. » C'était à ma connaissance la première fois que je l'entendais faire, de son propre chef, une déclaration d'ordre aussi général, fût-ce sur le mode négatif.

Je regardai les toiles, y compris celle que j'avais mentalement retenue. La veuve ne prononça pas un mot de plus. De toute évidence, ces toiles avaient été peintes bien des années auparavant — bien avant que le peintre ne l'ait rencontrée, peut-être...

Elle ne me proposa même pas une tasse de café et me laissa descendre seul les nombreux étages de l'immeuble, chargé de la lourde valise et de la toile. Mais sur le chemin du retour, l'idée me vint que, pour l'effort qu'il m'en avait coûté, mon legs d'exécuteur n'était somme toute pas si dérisoire.

Depuis, ce tableau m'a suivi dans tous mes déménagements. Je l'ai à présent installé dans la pièce qui jouxte l'ancienne chambre d'enfant. Je vais souvent l'y contempler, plusieurs minutes d'affilée, quand la lumière est bonne.

La valise contenait pêle-mêle les manuscrits de ses livres d'art, rédigés directement à la machine, me sembla-t-il, et surchargés de corrections en différentes couleurs, ce qui ne faisait aucune différence à mes yeux, car je n'ai jamais songé à les lire. Pourtant, je ne m'en suis jamais débarrassé. Ils sont toujours au fond de mon grenier, dans leur valise verte constellée d'étiquettes italiennes datant de Mussolini. C'est tout ce qui reste de mon pauvre ami. Il avait dû pressentir que j'avais avec lui plus d'affinités que bien d'autres — sinon, pourquoi m'aurait-il choisi comme garant de ses dernières volontés ?

Mais la valise contenait autre chose. Un récit plus bref, plus personnel, tapé sur de grandes feuilles de papier d'un pays étranger, roulées et maintenues par un gros élastique qui s'émiette, à présent. C'est en guise d'introduction à ce singulier récit, si intime, que j'ai écrit ce qui précède. Il me fallait dire comment ce texte m'était tombé entre les mains et pourquoi j'en suis venu à le publier. Je m'attache de jour en jour davantage à ce que la vie peut avoir de déconcertant, parce que nous sombrons dans l'illusion que tout est contrôlable, prévisible et joué d'avance. Déconcertant, oui — pour ne pas dire « mystérieux ».

Aux termes du testament, les droits d'auteur reviennent à la veuve, qui détient l'entière propriété de l'œuvre. Je m'empresse d'ajouter qu'il ne tient qu'à elle de se manifester, mais quand je revois ce dernier soir, à la veille de la cérémonie funèbre, je doute franchement qu'elle le fasse un jour. Nous verrons. Je laisse la parole au défunt.

Je rentre hier d'un séjour de trois semaines en Belgique qui a été pour moi l'occasion d'une expérience troublante. De fait, ce qui m'est advenu pourrait bien avoir totalement modifié le regard que je porte sur les choses. Disons, pour résumer, que cette aventure m'a profondément ébranlé et que je ne suis pas près de l'oublier. D'un autre côté, j'ai appris que ce dont on se souvient n'a souvent qu'un lointain rapport avec les événements dans leur réalité. Je profite donc de mon premier moment de répit pour fixer par écrit un maximum de détails parmi ceux qui me restent en mémoire et qui me paraissent dignes d'être notés. Il ne s'est écoulé que six jours depuis les faits, mais il me semble que mon imagination s'est déjà chargée de combler certaines lacunes et de distordre à mon insu certains détails, à des fins de cohérence et d'effet.

Je regrette de n'avoir pu entreprendre ce récit pendant que j'étais encore à Bruxelles, mais j'ai dû manquer de temps — ou plutôt de rigueur, sans doute, comme on ne cesse de me le reprocher... J'ai vécu « comme sous un charme. Dès que j'essayais de m'installer à mon bureau pour écrire, dans la solitude de ma chambre, j'avais le sentiment de l'imminence d'une chose inquiétante et terrible. Il semble que la traversée de la Manche m'ait plus ou moins délivré de cet envoûtement, bien que je sente encore sur mes mains et mon visage la caresse de toutes ces étoffes, que je voie encore se mouvoir ces étranges créatures et que les coassements de Mme A. me résonnent toujours aux oreilles. En y repensant, j'éprouve toujours la même attirance, mêlée de la même terreur, qui sont à mon sens les deux principales composantes de la fascination.

Comme ce texte pourrait tomber sous les yeux de lecteurs non avertis, fût-ce dans un avenir lointain, je commencerai par poser quelques repères. Je suis peintre. J'ai vingt-six ans — l'âge où mourut Bonnington. Je dispose d'une rente annuelle de trois cents livres. Je puis donc choisir librement de peindre ce qui m'intéresse, du moins tant que je reste célibataire — et je me suis jusqu'à présent très bien accommodé de ma solitude, au grand dam de tous mes proches. Je n'ai que peu de relations avec les femmes, principalement parce que je ne vois pas ce qui pourrait les séduire dans ce que j'ai à leur offrir, et parce que j'ai horreur du côté compétition des rapports entre les sexes. Je détesterais qu'une femme s'intéresse à moi par simple charité, tout comme je détesterais avoir une liaison avec une femme qui m'inspirerait de la pitié — une femme que j'aurais une chance de conquérir, parce qu'elle ne serait pas assez séduisante pour prendre une part active à la guerre des sexes. Une relation avec une femme qui serait rien moins que très belle ne me tente pas. Peut-être est-ce là l'artiste qui parle en moi... Je ne sais. Il semble que je sois condamné à ne désirer que des femmes pour qui je n'aurais aucun attrait. Mais, sans prétendre que le problème me laisse totalement froid, je suis surpris d'en être aussi peu affecté... si j'en juge par tout ce que j'ai pu en lire ou en entendre dire.

Autre surprise, le peu de difficulté que je rencontre dans mon travail de rédaction. Bien au contraire, j'y trouve plaisir. Je pourrais sans doute décrire bien plus longuement mes impressions et mes sentiments, mais ce serait purement gratuit, puisque j'ai déjà donné toutes les informations nécessaires. Je vais devoir trouver le juste équilibre entre l'élucidation de mes propres pensées et la transmission des faits à mon lecteur inconnu. Si je parviens à mener ce récit à son terme, je conçois très mal qu'il puisse être lu par qui que ce soit d'autre que des étrangers. Je ne voudrais pas qu'il tombe sous les yeux d'un de mes intimes — si tant est que je puisse en avoir, actuellement ou à l'avenir. Même s'il m'arrive d'être effrayé par ma solitude, je lui trouve aussi quelque chose de rassurant.

Aux lecteurs inconnus qui liront ces lignes, je voudrais mentionner que mes parents ont trouvé la mort il y a sept ans, dans un accident d'avion. C'était ma mère qui avait insisté pour se rendre à Paris par ce moyen. J'avais assisté à la vive discussion qui l'avait opposée à mon père, avant leur départ — c'était entre eux une chose assez courante, mais qui ne m'empêchait pas d'aimer profondément ma mère, en dépit de la tyrannie qu'elle exerçait sur moi, comme sur mon père et mon frère. Cela aussi m'a sans doute influencé : j'ai toujours craint de tomber sous le joug d'une femme qui aurait constitué un danger pour ma liberté, voire pour ma vie. Dans mon expérience, rien ne me permet d'écarter complètement une telle appréhension.

En général, j'apprécie peu la compagnie de mes contemporains. Je suis incapable de les aborder mais, lorsqu'ils font les premiers pas, il se trouve que je m'en sors honorablement — bien mieux, de fait, que tant d'autres qui n'ont aucun mal à s'imposer. Une fois lancé dans une conversation, je peux briller par mon entrain, voire par mon esprit (bien que je sois convaincu de n'avoir aucun humour) et très fréquemment, la plupart du temps, dirais-je, je parviens à captiver mes interlocuteurs. Je dois y trouver un certain plaisir, mais je doute d'avoir sur eux la moindre influence. C'est un peu comme si quelqu'un d'autre s'exprimait par ma bouche, sous le charme d'une personne extérieure. Je ne suis pas celui qui parle, et encore moins celui qui séduit. Je me soupçonne fort de ne jamais prendre la parole et j'ai la quasi-certitude que si je le faisais, je ne convaincrais pas — raison de plus de renoncer à partager ma vie avec qui que ce soit.

Il en va de même pour mon art. Mes toiles sont visionnaires, symbolistes et, de la première à la plus récente, elles semblent avoir été peintes par quelqu'un d'autre. J'ai d'ailleurs la plus grande difficulté à exécuter des travaux de commande. Je suis incapable de réussir un portrait ou de peindre en plein air. Les diverses écoles non figuratives qui ont suivi l'apparition de la photo me laissent froid. Sans compter le manque de fermeté de mon dessin, qui devrait être un handicap majeur.

L'isolement m'est indispensable pour travailler, moyennant quoi je peux peindre vingt heures d'affilée, de jour comme de nuit. Mon père, qui a toujours encouragé ma vocation, m'inscrivit à une école d'art londonienne, ce qui ne m'avança guère. Je n'ai pratiquement rien accompli durant cette période qui fut la plus malheureuse de ma vie. C'est le seul moment où je me sois senti vraiment seul, quoique le pire puisse être encore à venir. Je suis donc autant dire autodidacte, ou sous l'influence de ce double qui m'habite. J'ai conscience de la faiblesse de mes bases techniques (pour autant que l'on puisse distinguer la technique de l'inspiration et de la création). J'aurais dû renoncer à peindre il y a quelque temps déjà, mais certaines personnes, qui m'ont identifié à mon travail, ont cru déceler dans mes toiles quelque chose de remarquable, me donnant le sentiment d'une certaine importance. Si je devais un jour cesser de peindre, ce serait pour toujours. Je ne puis envisager cet art comme un agréable passe-temps ou comme un simple violon d'Ingres. J'ai la certitude que je vais bientôt abandonner ou être abandonné. En lisant l'histoire de Willi et Rudi Schneider, de ce don qui a quitté le premier frère, puis le second, alors qu'ils étaient encore tout jeunes, j'ai immédiatement eu le sentiment qu'il en irait de même pour moi et que, comme Willi Schneider, je finirais coiffeur ou commerçant. Non que je veuille suggérer une quelconque influence médiumnique dans mes travaux — c'est seulement qu'ils ont un rayonnement qu'on chercherait vainement dans ma personne, comme le confirmeront mes rares relations. Mais n'est-ce pas un lieu commun, que de laisser entendre qu'un corps peut abriter plus d'une âme...

Au risque de paraître prétentieux, je dois aussi reconnaître en moi certaines « influences ». Je tiens à souligner ce fait qui explique ma présence en Belgique et ma visite à Mme A. Il se trouve que certaines œuvres, ou les œuvres de certains peintres, exercent sur moi une impression profonde qui peut aller, à l'occasion, jusqu'au poignant — mais seulement *certaines* œuvres et *certains* peintres, quelques-uns tout au plus. A mon grand regret, l'art m'indiffère généralement, surtout quand il s'offre en pâture à des foules pour qui il demeure forcément hermétique. J'ai l'intime conviction qu'une œuvre devrait toujours appartenir en propre à quelqu'un. Je crois même qu'elles sont au martyre lorsqu'on les livre à un trop grand nombre. J'exècre particulièrement les ouvrages d'art avec leurs atroces reproductions, repoussantes en couleurs et insipides en noir et blanc. En revanche, si un peintre me touche, je me prends d'une grande passion pour tout ce qui se rapporte à lui — à sa vie, à sa pensée, dans la mesure où je peux m'en faire une idée ou les pressentir — au même titre que pour ses tableaux. A mes yeux, l'apparence physique d'un peintre ou l'esprit des lieux où il a travaillé sont de toute première importance. Je m'inscris en faux contre cette théorie selon laquelle seule compte l'œuvre, la façon dont la couleur a été appliquée sur la toile. Cette conception me semble dénuée à la fois de rigueur et de profondeur. « Mes » peintres sont peut-être mes vrais familiers, à l'exclusion de tous les autres. Je n'imagine pas approcher un être humain d'aussi près que je l'ai fait de Magnasco, le jour où je me suis rendu sur les lieux où il a vécu. Mais, là encore, je tiens à souligner que ces « influences » n'ont rien d'immédiat. Je ne retrouve que peu de traces de la manière des autres dans mes propres toiles. L'influence, bien plus profonde, échapperait complètement aux tenants du « seule compte l'œuvre ».

Menant un train de vie très modeste, j'ai pu m'offrir quelques voyages à la découverte de mes peintres d'élection. C'était pour voir des tableaux que je me trouvais en Belgique. Ni les Memling ni les Rubens, dont l'éloge n'est plus à faire, évidemment, mais les œuvres des symbolistes et de leurs héritiers spirituels, tels William Degouve de Nuncques, Fernand Khnopff ou Xavier Mellery qui déclarait (et qui d'autre aurait pu rien prétendre de tel ?) peindre le silence et l'âme des choses. Et, en tout premier lieu bien sûr, celles de l'exquis James Ensor.

J'avais élaboré mon itinéraire pendant plusieurs mois avant mon départ. Nombre de toiles d'exception se trouvaient encore, par chance, aux mains de particuliers. Malgré mon français approximatif, je fus généralement reçu avec affabilité et ma première quinzaine sur le continent s'écoula dans le bonheur parfait d'une quasi-solitude. Peu de collectionneurs semblaient apprécier leurs tableaux à leur juste valeur, tant s'en faut, mais cela n'avait rien pour me surprendre. Du moins consentaient-ils pour la plupart à me laisser seul avec leurs toiles, chose que n'acceptent que très peu des rares propriétaires particuliers subsistant en Italie. La plupart m'avaient assommé de leurs bavardages, comme s'ils avaient vu en moi un acheteur potentiel. Tous m'avaient refusé le silence et la paix de la solitude.

J'avais appris d'un des experts belges avec qui j'étais en correspondance que la veuve d'un certain peintre de l'école symboliste vivait toujours à Bruxelles. Au vu des récents événements, je préfère ne pas mentionner le nom de ce peintre, fût-ce pour moi seul. Je l'appellerai donc A. — le regretté A. Je laisse aux initiés le soin de l'identifier. S'ils y parviennent, cela n'aura plus grande importance au moment où ce récit leur tombera sous les yeux. Si des étrangers devaient lire ces lignes plus tôt que je ne le prévois, cela ne pourrait être que du fait de ma mort, et c'est à eux qu'incomberait alors l'obligation du secret.

Sans autre commentaire, cet expert belge m'avait communiqué une adresse à Bruxelles. J'écrivis d'Angleterre dans mon français hésitant, sans grand espoir de réponse. Mon intérêt passionné pour la vie et la personnalité de « mes » peintres dut me souffler des paroles plus éloquentes et plus persuasives que je ne l'avais supposé. A mes yeux, cette occasion représentait une chance inespérée puisque, en dépit de ma ferveur, je n'avais jamais pu rencontrer l'un de « mes » peintres, fût-ce par le truchement d'une veuve ou d'un parent. Ils étaient disparus depuis trop longtemps. Si ma lettre était restée sans réponse, j'étais décidé à me poster devant la maison et à importuner la veuve sous n'importe quel prétexte, jusqu'à ce qu'elle me laisse entrer, selon la façon dont se présenteraient les choses. Mais ce ne fut pas nécessaire. Mme A. me répondit dans les trois jours.

Elle m'envoya quelques lignes tracées d'une écriture lâche et alambiquée, au milieu d'une grande feuille de papier bleu sombre. Ses lettres évoquaient les ressorts s'échappant d'une montre éventrée comme on en voit dans certaines estampes humoristiques du siècle dernier. Même en anglais, le message eût été difficile à décrypter, mais j'en compris la teneur. Mme A. m'expliquait qu'elle était très âgée. Elle ne recevait plus depuis des années, et ne sortait guère de chez elle, mais elle se disait enchantée à l'idée que quelqu'un puisse s'imposer un détour pour lui rendre visite. Elle me recevrait à six heures, un soir qu'elle me fixait d'emblée. Je lui avais communiqué les dates de mon séjour en Belgique, mais la promptitude de sa décision, pour moi sans précédent, ne manqua pas de me surprendre. Les propriétaires de tableaux m'avaient toujours laissé le soin d'arrêter moi-même le jour et l'heure de mes visites, responsabilité qui s'était souvent révélée embarrassante. Mme A. concluait en me demandant *mon* âge.

Le jour dit, je passai l'après-midi au musée Wiertz, qui se trouve non loin de la résidence de Mme A. « La réputation de Wiertz tient davantage au caractère sensationnel de ses sujets qu'à la valeur intrinsèque de son talent », affirmait, dans la meilleure tradition beckmessérienne, le guide anglais que j'avais emprunté à la bibliothèque publique de mon quartier. Et, en un sens, ce n'est pas entièrement faux. Mais pour moi, ça l'est. Je suis pris de saisissement devant ses enterrés vivants, ses scènes de décollations plus qu'imminentes, devant sa vision livide et sanglante du monde « réel » — sûrement tout aussi blême et aussi révulsant dans son insipidité et sa monotonie quotidiennes, que Wiertz se garde bien de décrire. La manière dont il témoigne des choses me semble la plus appropriée au caractère du réel. Je fus fasciné par le silence de son atelier désert, si imposant et si énigmatique, apparemment protégé des amateurs de visites guidées par son officiel « manque de qualités artistiques ».

Au fil de la journée, la tension que j'éprouvais à l'idée de rencontrer Mme A. était allée grandissant. Jusque-là, je m'étais toujours présenté avec assurance à mes rendez-vous avec des propriétaires de toiles, fussent-ils italiens. Mais ils me les avaient accordés comme des rendez-vous d'affaires et je n'avais jamais eu le moindre mal à leur cacher qu'il s'agissait pour moi d'étapes essentielles dans ma quête spirituelle. Avec Mme A, peut-être me faudrait-il me dévoiler davantage, et trouver les mots adéquats — et des mots français, qui plus est — pour commenter les tableaux en termes un peu moins conventionnels. Peut-être était-elle sénile, impotente... C'était même fort probable. Nous étions en septembre et je m'étais installé sur une banquette devant *Le Combat pour le corps de Patrocle*, dans cet immense atelier désert, à l'exception du gardien qui marmonnait des phrases sans suite dans son coin, tandis que le soir tombait, bercé par les carillons d'innombrables horloges qui me rapprochaient de mon fascinant rendez-vous.

De fait, cette rafraîchissante solitude, qui n'est pas le moindre des charmes du musée Wiertz, me retint un peu trop longtemps et j'avais dû sous-estimer la distance qui sépare la rue Wiertz de celle, proche du boulevard de Waterloo, où habite Mme A. J'empruntai de jolies rues discrètes, calmes, bien proportionnées, où l'on sentait l'empreinte encore palpable du passé. Je ne connais pas de quartier qui me plaise davantage, à Bruxelles. J'aimais ces grandes baies vitrées ouvrantes, si différentes des fenêtres anglaises, qui dévorent les façades. L'idée me vint même qu'il ne me déplairait pas de m'y installer. Car on ne met jamais en doute la permanence de ce que l'on ressent à un instant donné, dans un sens ou dans l'autre — du moins, s'agissant d'un sentiment agréable, se berce-t-on de l'illusion qu'on pourrait le ressentir indéfiniment, pour peu que l'on puisse conserver intacts le réseau de circonstances et la situation particulière qui l'ont suscité. Parcourir ces belles rues discrètes me rendit mon calme. Je remarque communément, du reste, que mes appréhensions s'évanouissent généralement, dès que j'aborde l'ultime ligne droite.

Mme A. habitait l'une de ces élégantes maisons blanches, à un seul étage, dotée d'une ravissante porte d'entrée au-dessus de laquelle une imposte déroulait ses volutes rococo. Cette porte idéalement proportionnée, assez large pour une crinoline et assez haute pour un bicorne d'amiral, n'avait rien à voir avec ces vagues fentes verticales conçues pour laisser passer les petits hommes gris en route pour leurs bureaux. Les maisons voisines déclinaient le même schéma d'ensemble avec de subtiles variations. C'est une chance que d'être né assez tôt pour voir de telles maisons avant qu'elles ne soient détruites ou rénovées. Jusque-là, rien d'irréparable n'avait encore été commis.

Une lumière brillait à l'une des fenêtres du premier, de cette couleur qu'il est convenu d'appeler vieil or.

Je pressai une sonnette que j'entendis tinter à l'intérieur. M'étant imaginé une Mme A. impotente ou presque, c'était plutôt un domestique ou un parent que je m'attendais à voir, mais lorsque la porte s'ouvrit, je sus que c'était elle, en personne. Elle était minuscule et trapue, presque naine. Mais je ne distinguais d'elle qu'une silhouette car la nuit était tombée et — Dieu merci ! — les réverbères n'éclairaient que faiblement la rue. Il n'y avait aucune lumière dans le couloir.

« *Entrez,* fit Mme A. de cette voix si particulière qui tenait du coassement. *Entrez, monsieur. Et fermez la porte, je vous prie*[1]. » Un coassement. Elle coassait, mais du ton de quelqu'un qui n'ouvre la bouche que pour donner des ordres, et quelque chose me suggéra aussitôt que c'était là son unique façon d'être, en matière de relations humaines.

Au fond du couloir s'élevait un escalier droit, dépourvu de tapis, beaucoup plus large que ceux des maisons anglaises de ce genre, bordé d'une lourde rampe de bois et éclairé seulement d'un rai de lumière qui tombait du premier.

« *Suivez-moi, monsieur*[2]. »

Mme A. entreprit de se hisser le long de l'escalier. Se hisser — il n'y a pas d'autre mot. Bien qu'agiles, ses mouvements étaient étrangement saccadés. En la regardant gravir ces marches dans la pénombre, je crus voir une sorte de pithécanthrope un peu décrépit. Mais il me

1. En français dans le texte (*N.d.T.*).
2. En français dans le texte (*N.d.T.*).

semble que l'âge provoque souvent de telles altérations de la stature, n'épargnant que les personnes de haute taille. Or, je dois préciser que celle de Mme A. ne dépassait certainement pas le mètre cinquante.

Je découvris d'où émanait la lumière de l'étage : une lanterne Arts déco dorée dont le verre ancien, granuleux, tacheté de gouttelettes pourpres pendait au bout d'une lourde chaîne en or. Mme A. me précéda dans une pièce qui occupait toute la largeur de la maison. Une fenêtre donnait sur la rue et l'autre sur l'arrière du bâtiment. La porte était restée ouverte. Comme elle franchissait devant moi l'ample embrasure, la silhouette de Mme A. me parut encore plus courtaude.

Des lanternes semblables à celles du palier, quoique plus grandes, jetaient dans la pièce leur lueur mordorée sans en dissiper les ténèbres. Leur verre tacheté éclaboussait de projections écarlates les murs tendus d'un papier vieil or. Le mobilier était Arts déco, lui aussi. Tout dans cette pièce, jusqu'aux objets les plus usuels, semblait commencer et finir là où on s'y attendait le moins. Meubles et choses jaillissaient dans un mouvement d'extase, fléchissaient avec mélancolie, ou restaient suspendus, flottant comme à la dérive. On eût dit que tout était sous tension.

La gamme des nuances de la pièce composait une harmonie colorée violemment originale et, en entrant, je fus frappé par ce que cette palette de couleurs avait de commun avec celle de mes propres toiles. C'en était vraiment curieux.

Sur les murs tendus d'or pendaient une ribambelle de tableaux, pour la plupart dans des cadres dorés, avec une majorité d'œuvres dues au pinceau de feu M. A., ce qui n'avait rien de surprenant. Je distinguai en outre quelques dessins érotiques où je reconnus la manière de Félicien Rops et, m'en approchant, je notai mentalement qu'ils étaient encore plus biscornus et torturés que les plus bizarres des œuvres que j'avais vues de cet artiste.

Dans l'imposante cheminée Arts déco brûlait un feu qui chauffait excessivement la pièce, comme c'est si souvent le cas dans les maisons du continent. Je refermai néanmoins la porte et, ce faisant, je découvris, derrière, une statue de marbre grandeur nature d'une femme sur le point d'enfanter, où je reconnus au premier regard une œuvre d'un sculpteur symboliste célèbre pour ses travaux sur le sujet, dont je préfère taire le nom, parce que cette sculpture avait quelque chose de très étrange, même pour moi qui ne connais l'accouchement que par le truchement des œuvres d'art — celles de ce sculpteur, en particulier.

« *Mais oui,* couina Mme A., remarquant que mon regard s'attardait sur la figure de marbre. *C'est bien elle... c'est bien* La Naissance d'un succube [1]... »

Mais à ce point de mon récit, je ne me risquerai pas à restituer les paroles que Mme A. prononça en français. D'abord parce que j'en serais bien incapable, à l'exception de ces quelques premiers mots que j'ai rapportés et dont je garde un souvenir très clair ; ensuite parce qu'elle ne tarda pas à faire preuve d'une parfaite maîtrise de l'anglais, langue dans laquelle, comme j'en eus la curieuse intuition, elle s'exprimait aussi bien qu'en français. Même pour quelqu'un d'aussi peu cosmopolite que moi, quelque chose en elle suggérait qu'elle n'était pas plus née en France qu'en Belgique, pas plus qu'elle n'aurait pu être originaire d'Angleterre. Je m'efforce de restituer les événements et les échos qu'ils ont éveillés en moi, exactement comme je les ai perçus, ou avec la plus grande fidélité possible, et je ne prétends certes pas nier que je n'avais pas subodoré chez Mme A. quelque chose de bizarre dès les premières secondes, parce que c'est bien là mon unique certitude, dans toute cette histoire.

Elle s'était donc carrée devant les flammes sur les-

1. En français dans le texte (*N.d.T.*).

quelles se découpait sa silhouette courtaude, ouvrant ses longs bras nus, comme pour m'étreindre.

Bien que l'automne fût proche et malgré cette fournaise, elle avait les bras nus. Et pas seulement les bras. Elle me dévoilait aussi ses jambes velues. Quant au décolleté de sa petite robe rouge passe-partout, il plongeait bien trop bas pour ne pas choquer, chez une femme de son âge, ne révélant que trop sa poitrine fanée. L'idée incongrue m'effleura qu'à l'exception des mules dorées qui chaussaient ses petits pieds carrés, elle n'avait sur le dos que ce chiffon rouge qui lui tenait lieu de robe.

La dame était pourtant d'un âge plus que vénérable, comme l'indiquait sa lettre. Un lacis de rides profondes et de couperose lui sillonnait le visage. Elle n'avait plus de cou. Son dos tassé fléchissait sous le poids des ans et, malgré ce ton autoritaire, sa voix était celle d'une très vieille femme. Ses cheveux noirs, clairsemés mais épais, qui se hérissaient autour de son crâne, ne pouvaient être que teints. Sa tête faisait songer à un œuf séculaire, bistre et fripé.

Elle m'avait fait asseoir devant la cheminée, dans une bergère à oreilles où je ne tardai pas à transpirer. Elle me pressait sans arrêt d'approcher du feu et me servit d'autorité un cognac à l'eau. Elle-même restait debout mais, même ainsi, ses pommettes brunes et ses petits yeux noirs qui posaient sur vous ce regard étrangement vague n'arrivaient qu'à hauteur des miens.

De temps à autre, sans s'interrompre, elle s'avançait et, prenant appui sur les oreilles de mon fauteuil, se penchait vers moi pour donner plus de poids à ses propos ou en accentuer le caractère confidentiel. Ses lèvres venaient alors à deux doigts de mon nez, si près qu'elle aurait pu m'embrasser.

Elle-même buvait peu, me sembla-t-il, mais elle remplissait régulièrement mon verre, et bien plus généreusement que je ne l'eusse souhaité, vantant l'excellence de son cognac ainsi que mon jeune âge, ma vaillance et mon endurance (mais sur ce dernier point, qu'est-ce qui lui permettait d'en juger... ?).

D'ailleurs, la toute première chose dont elle s'enquit, à peine fûmes-nous installés, fut mon âge.

Ne serais-je pas par hasard natif du Scorpion ? interrogea-t-elle. Mais si, répliquai-je, à peine surpris, car en dépit de tout ce que prétendent les matérialistes, il n'est pas rare de rencontrer des gens capables de deviner ce genre de chose. Et qu'en concluait-elle ? poursuivis-je. Chacun n'y voit-il pas ce qu'il veut bien y voir... ? Discrétion et sensualité, repartit-elle, de sa voix de gargouille. Seulement la première, fis-je, avec un sourire. Vous allez donc devoir faire en sorte de vous éveiller à la seconde, caqueta-t-elle, d'une voix qui me donna la chair de poule.

Quel manque de compassion, songeai-je. Que je suis dur... et pourtant si vulnérable !

Puis elle se mit à parler d'art, évoquant tous ces peintres qu'elle avait côtoyés, tant d'années auparavant. Peut-être se figurait-elle que ce sujet me sortirait de ma torpeur. Elle avait tendance à se perdre dans les méandres d'interminables chroniques qui remontaient à la nuit des temps, et dès qu'elle retrouvait le fil de son discours, elle en profitait pour remplir mon verre, parfois à ras bord.

Fait curieux, elle semblait n'avoir aimé ou admiré aucun de ceux dont elle parlait et qui comptaient et comptent encore, pour la plupart, au nombre de mes phares. C'est du moins ce que j'espère, car les critiques hostiles, sinon injustes, causent d'irréparables préjudices à ceux que nous admirons ; nous assistons impuissants aux coups mortels qui leur sont infligés, même si notre raison nous assure du peu de bien-fondé de ces critiques. Les jugements de Mme A., pourtant presque dénués de fondements rationnels, n'en étaient que plus pernicieux. Elle mêlait allégrement insinuations et sarcasmes au dénigrement pur et simple.

« X., disait-elle, était un type insensé, toujours tiré à quatre épingles et qui bêlait comme une chèvre. Ah, Y. ! s'écriait-elle. J'ai eu pour lui une amitié profonde — tant que j'ai pu le supporter ! Certains vous diront que l'œuvre de Z. est d'une immense portée philosophique... me faites pas rigoler ! Moi, je n'y vois qu'un fatras de mauvaise pornographie ! »

Elle rejetait toutes mes protestations et mes remarques élogieuses, les jugeant tristement dépourvues de maturité et, quand je la contredisais — parfois avec succès car la logique n'était décidément pas son fort et certaines de ses calomnies étaient cousues de fil blanc —, elle me clouait le bec à coups de souvenirs personnels, évoquant les circonstances particulières dans lesquelles telle œuvre avait été peinte, ou à coups d'anecdotes qui, prétendait-elle, révélaient l'artiste sous son vrai jour.

« Ah ! J. ! lança-t-elle, il a été fou de moi des années durant, mais je n'en aurais voulu pour rien au monde, fût-ce pour me moucher quand j'avais la grippe — comme toutes les autres femmes, d'ailleurs ! » On voit que Mme A. avait la dent dure, mais, bien qu'elle eût passé ce détail sous silence, je savais que ce J., auteur d'exquises évocations de l'Orient, avait été poussé au suicide par la misère et le désespoir. Cette remarque cruelle me plongea donc dans le désarroi, car je sentais que certaines de ces critiques pouvaient être fondées — partiellement, du moins. D'ailleurs, vrais ou pas, selon mes propres critères, tant de ceux que ses propos cruels auraient pu intéresser y auraient adhéré, car cela leur conférait un certain degré de véracité — établi au scrutin majoritaire, en quelque sorte. Et, plus affligeant encore, il me semblait que la « cruauté » de Mme A. n'était qu'une manifestation particulièrement brutale du principe même de l'existence, qui nous lamine tous, artistes y compris, ne laissant de nous que quelques lambeaux sanglants sur les pierres du chemin... Pourquoi les dieux de mon panthéon personnel y auraient-ils échappé ?

Mais comme d'habitude, j'aurais préféré n'en rien savoir.

« Ah ! ce vieux bougre de K. ! jacassa-t-elle. Il a fait le mouchard pour la police trois ans d'affilée et il en parlait comme des plus belles années de sa vie... ! Et je le tiens de sa propre bouche, hein ! Je suppose qu'il était ivre, le jour où il m'a avoué ça — ou alors drogué jusqu'aux yeux ! Mais c'était la pure vérité. Il suffit de regarder ses toiles... ça saute aux yeux ! C'est l'œuvre d'un homme qui travaille à sa propre perte. Savez-vous pourquoi sa femme l'a quitté ? Parce qu'il n'a jamais été capable de satisfaire une vraie femme. Il le savait pertinemment, quand il l'a épousée. Ça ne l'a pas arrêté, pensez ! Elle venait de faire un petit héritage et lui s'adonnait déjà à la cocaïne et à Dieu sait quoi ! Quand j'ai lu que le musée royal des Beaux-Arts projetait d'acheter certaines de ses toiles, j'ai hurlé de rire — hurlé ! Et j'ai craché par terre », ajouta-t-elle, joignant le geste à la parole.

Tout en parlant, elle avait machinalement pincé l'ourlet de son décolleté qu'elle tirait encore plus vers le bas. Cela semblait être chez elle un geste instinctif, une sorte de tic.

« L., dit-elle, débuta sa carrière en peignant d'immenses paysages. C'était ça qu'il aimait faire. Il passait des jours et des semaines, en Norvège ou en Écosse, dans le plus total isolement, à peindre ce qui lui tombait sous les yeux — de plus en plus grand. Le problème, c'est que personne n'achetait ça. Non que ce fût mal peint, remarquez... mais c'était d'un barbant ! Rien qu'à voir ça, contre le mur de son atelier, on était pris d'une irrésistible envie de bâiller, et c'est bien ce que faisaient ses acheteurs potentiels ! Qui aurait donné de l'argent pour s'acheter ces âneries ? On ne pensait qu'à prendre ses jambes à son cou et à oublier tout ça, le plus vite possible. Quant à tous ces prétendus chefs-d'œuvre que vous portez aux nues, ses *Salomé*, ses *Putain de Babylone*, figurez-vous que ce n'était pas du tout ce qu'il aimait faire ! Il ne s'y est mis qu'à la faveur d'un concours de circonstances. Un jour qu'il était sans le sou, il a rencontré Maeterlinck. Oh, ils n'ont fait que se croiser, mais ça a été une révélation ! Maeterlinck avait conquis les faveurs de la mode et de la fortune, et il s'est aussitôt mis en tête d'en faire autant ; mais il forçait sa nature. Ce n'était pas en lui. D'ailleurs, il n'a pas tardé à jeter l'éponge, pour devenir *fonctionnaire*[1], sur le tard — comme vous savez.

— Mais non, madame, je l'ignorais.

— Et il est encore vivant ! Il a la tremblote... vous voyez le genre de maladie qui vous donne la tremblote ! Ç'aurait pu être sa fameuse "Putain de Babylone" qui la lui aurait refilée, s'il avait été fichu de lui faire ce qu'il fallait pour l'attraper ! Mais il est bel et bien encore de ce monde. Exact. J'ai même dû lui rendre visite, du temps où je sortais encore. Il adorait m'emprunter mes vieilles revues d'art. J'en ai des centaines, vous savez, qui datent d'avant-guerre... *Ah, ce sera toujours ça que les Boches n'auront pas*[2] ! » ajouta-t-elle, tout à trac et totalement hors de propos, comme le font certains Français ou certains Belges, mus par la force de l'habitude.

Mais une lueur avait dû passer dans mon regard. Dans ce genre de publications, on déniche souvent des informations qu'on chercherait vainement ailleurs, et d'inestimables détails, dans la veine de ceux qui me passionnent.

« Ah, ah ! gloussa Mme A., au bord de l'exultation. On dirait que vous commencez à vous faire à moi, *hein*[3]... ! » Elle m'avait saisi les mains.

A mon grand soulagement, elle s'exprimait à présent

1. En français dans le texte (*N.d.T.*).
2. En français dans le texte (*N.d.T.*).
3. En français dans le texte (*N.d.T.*).

dans un anglais à peu près fluide. A un moment, soit qu'elle ait oublié ma présence, soit qu'elle m'ait confondu avec quelqu'un d'autre, elle avait laissé échapper plusieurs phrases d'une langue qui m'était inconnue.

« Mais vous êtes en nage ! s'exclama-t-elle, en relâchant sa prise. Si vous ôtiez votre veste...

— Verriez-vous un inconvénient, répondis-je, à ce que je fasse le tour de la pièce, pour regarder les tableaux... ?

— Mais faites donc... si ça peut vous faire plaisir. » Le ton dont elle l'avait dit suggérait clairement qu'à ses yeux, c'était là un souhait parfaitement ridicule, voire impertinent.

Je me dégageai tant bien que mal de son emprise, et me mis à déambuler de toile en toile. Elle garda un silence dédaigneux tandis que je contemplais les tableaux. Le dos au feu, bien campée sur ses petites jambes contrefaites qu'elle tenait fort écartées, elle ressemblait plus que jamais à un troll. Je ne pourrais honnêtement prétendre que je sentis peser sur moi son regard ironique, pendant mon survol des tableaux, puisque ses yeux étaient bien trop vagues pour me suivre dans mes évolutions. Quoique suggestif, l'éclairage ne favorisait guère la visite. Je n'y voyais goutte. La moitié de la pièce, située à l'opposé de la rue et où ne parvenait pas la clarté du foyer, était plongée dans une quasi-obscurité. Il eût été absurde de m'entêter, mais j'étais déçu.

« Quel dommage que vous veniez en l'absence de ma fille adoptive, susurra soudain Mme A., toujours plantée dans la lumière. Vous auriez sûrement préféré sa compagnie à la mienne. Elle, elle aurait su vous distraire... », fit-elle, avec une coquetterie qui me fit froid dans le dos.

Je cherchai vainement une réponse appropriée. « Ah... ! Où est donc votre fille ? parvins-je à articuler, d'une voix où la soumission le disputait à l'embarras.

— Loin, très loin... à l'étranger. Avec une créature

quelconque, vous pensez... allez savoir où..., clabauda-t-elle. Et avec qui !

— Navré de ne pouvoir lui être présenté, fis-je, probablement sans grande conviction, furieux que j'étais d'avoir été convié à une heure où je ne pouvais voir les toiles à la lumière du jour.

— Mais revenez donc vous asseoir ici », m'enjoignit-elle, indiquant de l'index le fauteuil torride que je venais de quitter. Puis elle se claqua le genou, comme pour rappeler à l'ordre un toutou désobéissant. C'est exactement le ton qu'elle a employé, pensai-je. Je n'ai jamais eu de chien, mais c'était un geste que j'avais souvent vu faire. Je me gardai de faire le moindre commentaire et revins à contrecœur reprendre place près de la fournaise. Comme je l'ai dit, Mme A. s'adressait toujours à moi sur un ton d'injonction mâtiné de badinerie.

C'est alors que se produisit un fait étrange. Il y avait un chien dans la pièce. Un vrai chien... C'est du moins ce que je suppose, car il m'est impossible de déterminer à quel point ce chien était vraiment vrai. Un chien, donc — une espèce de petit caniche noir, dûment toiletté, le poil luisant, pimpant, qui me parut sortir d'un coin d'ombre, à droite de la porte. Il se dirigea vers la cheminée en trottinant, guilleret, et décrivit plusieurs cercles devant Mme A., puis passa à droite de mon fauteuil et disparut dans l'ombre, sur ma gauche, là où je me tenais quelques instants plus tôt. Je lui avais vu de grands yeux globuleux, et ces longues pattes grêles et velues que l'on s'attendrait à observer chez une araignée plutôt que chez un caniche — mais cette impression ne pouvait être due qu'aux lueurs de l'âtre.

J'aurais dû réagir énergiquement, à cet instant, mais Mme A. semblait n'avoir rien vu. Elle regardait droit devant elle, d'un regard plus vague et plus vide que jamais. Même en suivant des yeux les évolutions du petit chien, je sentis qu'elle restait perdue dans ses songes, charmée par cette évocation de sa fille adoptive. En outre, qu'elle ne se soit pas aperçue de l'arrivée de l'animal n'était pas si surprenant, car il n'avait fait aucun bruit. Elle devait être tellement habituée à ses allées et venues qu'elle ne les remarquait même plus. Non, ce qui m'intrigua le plus, sur le moment, c'était d'avoir pu passer tout ce temps dans cette pièce, une fois la porte refermée, sans soupçonner la présence de cette bestiole.

« Adorable, votre caniche ! » fis-je, à la fois pour rompre le silence et pour sacrifier à la tradition qui exige que tous les Anglais adorent les chiens. (Je dois être l'exception qui confirme la règle...)

« *Comment, monsieur*[1]... ? » J'ai encore présentes à l'esprit la voix et l'expression qu'elle eut alors.

« Un caniche splendide... parfaitement toiletté... », repris-je, m'en tenant résolument à l'anglais.

Elle se tourna vers moi, me dévisagea, mais sans approcher, comme elle l'avait fait jusque-là, en de semblables circonstances. « Ainsi, vous avez vu un caniche... ?

— Oui, fis-je, en toute candeur — je ne voyais là toujours rien de *vraiment* anormal. A l'instant. S'il n'est pas à vous, il doit venir des ténèbres extérieures. » Ces ténèbres devaient m'avoir envahi l'esprit pendant que je contemplais les tableaux, mais à peine eus-je prononcé ces mots qu'un frisson me parcourut en dépit du brasier. J'aurais voulu me lever, me mettre en quête du chien qui, après tout, devait être encore là, quelque part dans la pièce. Mais en même temps, je craignais de le chercher. J'étais terrorisé à l'idée de faire le moindre geste.

« Des animaux apparaissent souvent ici, fit Mme A. d'une voix rauque. Chiens, chats, crapauds, singes. Et parfois même d'autres espèces, bien moins courantes. Il doit être loin, maintenant. »

Je dus me contenter de lui lancer un regard abasourdi.

« Il est arrivé que mon mari les peigne, dans le temps. » Ce fut la seule allusion qu'elle fit à son mari, et le sujet

1. En français dans le texte (*N.d.T.*).

me parut difficile à approfondir. Elle tira sur son décolleté d'une main machinale.

« Mais j'aimerais vous parler un peu de Chrysothème, ma fille adoptive, poursuivit Mme A. La plus belle femme d'Europe, savez-vous ? Pas comme moi, hein... ça non !

— Quel dommage que je ne puisse avoir le plaisir de faire sa connaissance », fis-je, soucieux de faire preuve de bonne volonté, mais déjà en quête d'un moyen de me tirer de ce guêpier, surtout après ce qui venait de se produire. A la seconde même et pour la deuxième fois, je regrettai mes paroles.

Mme A. n'eut qu'un coassement rêveur. Son regard restait fixé droit devant elle. « Elle fait quelques apparitions, ici. Elle vient assez souvent. De temps en temps, disons. Mais je ne m'attends jamais à la voir rester très longtemps. Je ne suis pas sa mère, après tout. Non, loin de là... »

J'acquiesçai, sans bien savoir à quoi.

« Ah, Chrysothème, s'écria-t-elle, joignant les mains dans un geste exalté. Ma Chrysothème ! » Elle marqua une pause, le visage animé d'une joie qui ne s'éleva pas jusqu'à ses yeux. Puis, s'adressant à moi : « Si vous pouviez la voir nue, monsieur, vous comprendriez tout ! »

J'eus un de ces petits rires embarrassés.

« Mais je pèse mes mots, monsieur — vous comprendriez tout ! »

Il me sembla soudain que ses paroles devaient en dire plus qu'il n'y paraissait.

Mais je ne tenais absolument pas à tout comprendre, comme je me souviens de l'avoir jadis déclaré à une diseuse de bonne aventure, une femme splendide, au nez majestueusement busqué, qui officiait sous une tente, du temps où j'étais encore écolier.

« Aimeriez-vous voir ses vêtements ? demanda Mme A. d'un ton radouci. Elle en laisse toujours quelques-uns, qu'elle porte quand elle vient chez moi.

— Mais oui, répondis-je. Avec plaisir... » Je serais bien

incapable d'analyser ce qui m'avait poussé à lui faire cette réponse, mais les faits sont là — c'est bien ce que je lui ai dit. Mme A. étant ce qu'elle était, je pourrais prétendre qu'elle ne m'avait pas laissé grand choix et, en un sens, ce serait sans doute exact. Mais non. Cette fois-là, j'en ai incontestablement décidé ainsi.

Elle me prit doucement par le poignet et me fit lever. Je lui ouvris la porte, puis une seconde, qu'elle m'indiqua. Il y en avait deux de l'autre côté du palier. Elle m'avait désigné celle de droite.

« Je dors dans la chambre voisine, déclara-t-elle, sur le seuil — si bien que le mur lui-même prit des allures d'invitation. Quand j'arrive à fermer l'œil. »

La pièce était lambrissée de bois foncé, presque jusqu'au plafond. Un lit, lambrissé lui aussi, et recouvert d'une grande courtepointe de brocart rouge sombre, occupait le coin gauche de la pièce, derrière la porte. Sans être à deux places, il semblait plus large qu'un lit d'une personne. Les boiseries sombres et nues, qu'aucun objet ne décorait, recouvraient tout le mur, depuis le pied du lit jusqu'à l'extrémité de la pièce. Au centre du mur du fond s'adossait une coiffeuse drapée de brocart rouge qui, en l'absence de toute chaise, prenait des allures d'autel. Sur la droite s'ouvrait une fenêtre, voilée à cette heure de la journée par d'épaisses tentures rouge sombre, du genre de celles que ma mère accusait d'être les plus redoutables des nids à poussière. La fenêtre était flanquée de deux grands coffres sombres. Du plafond pendaient plusieurs de ces lustres Arts déco, mais dont le verre était à ce point opaque que la pièce me parut à peine plus claire que le palier. Le seul tableau présent se trouvait accroché à la tête du lit, dans le coin derrière la porte.

« Une chambre ravissante... », fis-je, poliment.

Mais j'avais glissé un œil par-dessus mon épaule pour m'assurer que le chien noir ne surgissait pas de l'autre porte, restée ouverte, là-bas, de l'autre côté du palier.

« C'est que beaucoup y sont morts, dit Mme A. L'amour et la mort — ce sont les deux plus belles choses au monde ! »

Je franchis le seuil.

« Fermez la porte », dit Mme A.

Je m'exécutai. N'ayant vu nulle trace du chien, je m'efforçai de remettre à plus tard toute réflexion sur le sujet.

« C'est ici que se trouvent toutes ses affaires. » Elle fit jouer un panneau du mur, au pied du lit, et deux portes s'ouvrirent, puis deux autres, et encore deux. Tout le panneau de boiseries dissimulait une vaste penderie. « Venez donc voir… ! » me dit Mme A.

Je la rejoignis, conscient de mon ridicule. Les trois placards étaient pleins de robes, pendues sur une tringle centrale, comme dans une boutique. J'eusse à peine été surpris d'y découvrir des reliques dignes d'un magasin d'antiquités, ou des linceuls en mal de cadavre, mais je n'y vis que des vêtements féminins, actuels, sans rien d'extraordinaire et, pour autant que je puisse en juger, d'excellente qualité. Il y avait là des tenues pour toutes les occasions, des robes d'hiver, d'été et beaucoup de ces longues robes du soir qui se font de plus en plus rares. Toutes semblaient entretenues avec grand soin, comme si elles attendaient d'être achetées. L'idée me vint que c'était peut-être dans cette direction qu'il fallait chercher la vérité. Toutes ces robes pouvaient n'avoir jamais été portées. D'ailleurs la pièce elle-même semblait très peu habitée. Exception faite des vêtements, elle tenait plus d'une chapelle que d'une chambre à coucher. Une chapelle mortuaire, me dis-je, avec toute une cohorte de corps semés de fleurs, gisant sur le lit funéraire, derrière la porte, comme l'avait laissé entendre Mme A.

« Touchez ces robes, dit-elle, comme si elle avait lu dans mes pensées. Sortez-les. Retrouvez-y l'empreinte du corps de ma chère Chrysothème ! »

J'eus un mouvement de recul. A moins d'être tailleur, on hésite instinctivement à toucher les vêtements d'autrui, surtout s'ils appartiennent à des inconnus. « Allons, sortez-les ! » reprit Mme A. d'un ton qui n'admettait aucune réplique.

Je décrochai un vêtement au hasard. C'était une robe de tous les jours, en lainage. Même dans cette pénombre, j'y relevai des indices prouvant sans conteste qu'elle avait été portée. Ce point silencieusement établi entre nous, Mme A. commença à manifester des signes d'impatience quant à la timidité de mon choix. Elle tendit la main vers une robe du soir de satin pastel.

« Merveilleuse, exquise, incomparable », couina-t-elle d'une voix stridente. Je crois que si elle avait été assez grande, elle aurait plaqué la robe contre elle, comme le font si curieusement les vendeuses dans les boutiques, mais sa taille étant ce qu'elle était, elle ne put que la tenir au bout de son long bras, de sorte qu'une grande partie de la robe se répandit sur le tapis cramoisi, en une longue traîne. « Mettez-vous donc à genoux, pour mieux voir ! » J'hésitai. « A genoux ! » répéta-t-elle, d'un ton plus catégorique.

M'agenouillant, je saisis l'ourlet de la robe. Maintenant que j'étais plus près du sol, je remarquai aussi une grande tache sombre que le rouge foncé du tapis ne parvenait pas à masquer.

« Plongez-y votre visage ! » ordonna-t-elle, et j'obéis. C'était une sensation merveilleuse. Je me sentis enveloppé d'une nébuleuse de soie d'une infinie complexité. Bien que je n'eusse aucun élément pour la définir physiquement, la propriétaire de cette élégante parure, celle qui l'habitait, commençait à me devenir plus présente que Mme A.

Mon hôtesse abandonna la robe pour en décrocher aussitôt une seconde, qu'elle me présenta de la même manière. Une autre robe du soir, coupée cette fois dans ce qu'on appelle du crêpe georgette, me semble-t-il. Une sorte d'imprimé moucheté rouge et orange.

La robe de satin pastel gisait à terre entre nous.

« Agenouillez-vous dessus. Marchez-y ! m'ordonna Mme A., comme je m'apprêtais à en faire le tour. Chrysothème en serait ravie... »

Incapable d'un tel sacrilège, je rampai tant bien que mal pour contourner le flot de satin. A peine avais-je atteint la robe de crêpe que Mme A. me la jeta adroitement sur la tête. Il me fallut une minute pour m'en dépêtrer, au prix d'une lutte grotesque. Je ne pus m'empêcher de remarquer — et le mot paraît faible — le parfum captivant qu'exhalait l'étoffe. Une odeur qui me rendait plus présente que jamais la femme qui l'avait portée.

A ma gauche, à quelques pas, Mme A. me présentait maintenant une troisième robe. Un fourreau de taffetas, cette fois, bleu sombre et ajusté comme un gant.

« Vous pourriez presque l'enfiler, ricana-t-elle. Vous seriez assez mince et vous adorez le bleu. » A aucun moment je ne lui avais parlé de mon penchant pour le bleu, mais je suppose que c'était l'évidence même...

Mme A. pivota en direction d'un fauteuil sur lequel elle déposa la robe, laissant pendre la jupe par-dessus le dossier. « Alors, vous ne l'embrassez pas ? » fit-elle avec une pointe de raillerie.

J'étais agenouillé au pied du fauteuil. Mes lèvres n'étaient qu'à quelques centimètres au-dessus du bord du siège. Refuser eût été plus ridicule que d'obéir. J'inclinai mon visage et pressai mes lèvres contre le taffetas bleu nuit. Mme A. essayait peut-être de se payer ma tête mais, à mes yeux, la propriétaire des robes l'éclipsait désormais.

Levant les yeux, je vis même qu'elle s'était littéralement perchée sur un autre fauteuil (il n'y en avait que deux dans la pièce, initialement poussés dans les coins, tous deux très lourds, d'un bois sombre, ouvragé). Elle tenait une courte robe de velours noir. Elle ne prononça pas un mot. Je dois admettre que je n'eus besoin d'aucune injonction de sa part pour me précipiter vers elle, pour venir enfouir mon visage dans ce merveilleux tissu.

« La lune…, gargouilla-t-elle, montrant du doigt la robe de satin pâle étendu à ses pieds, et la nuit… » Elle secoua le velours noir de haut en bas, puis de côté et d'autre. Lui aussi était imprégné de cette odeur exquise. Saisissant le tissu pour l'immobiliser, je le trouvai curieusement fluide et inerte entre mes mains.

Mme A. avait sauté de son fauteuil avec un bruit mat, comme l'aurait fait un farfadet.

« Alors, vous les aimez, les vêtements de ma fille adoptive… ?

— Ils sont splendides.

— Chrysothème est une femme de goût. » Elle l'avait dit sur un ton de pure convention. J'avais toujours le visage plongé dans le velours noir. « Il faut que je vous montre ses lingeries », ajouta-t-elle, comme pour confirmer l'affirmation qu'elle venait de lancer et, approchant du coffre situé à gauche de la fenêtre, elle en souleva le couvercle qui s'ouvrit. « Venez voir… », dit-elle.

Le grand coffre regorgeait de sous-vêtements vaporeux, de toutes nuances, non pas alignés ainsi que les robes, mais jetés pêle-mêle, comme au hasard.

Je dus rester planté là, hypnotisé. Du coffre s'élevait le même parfum enchanteur.

« Otez cette veste bleue, fit Mme A., avec une pointe de solennité. Remontez ces manches bleues et enfoncez-y vos bras blancs. »

J'obéis sans l'ombre d'une hésitation.

« Votre visage… »

Mais je n'avais plus besoin de ses exhortations. Le parfum suffisait à m'enivrer.

« Aimez-les… déchirez-les… prenez-les… », m'invita Mme A.

J'imagine que je fis tout cela du mieux que je pus. Il dut s'écouler un certain temps.

Je me surpris à frissonner. Bien sûr, je sortais d'une pièce surchauffée… Je pris conscience des crispations musculaires dues à ma position agenouillée, et sans doute aussi à l'intensité de ma concentration. Je dus avoir le plus grand mal à me hisser sur mes pieds pour récupérer ma veste. Comme je baissais mes manches de chemise, je découvris que j'avais les poils des bras tout hérissés. Ils me parurent durcis et comme acérés...

« Cher petit monsieur bleu ! » s'écria Mme A., qui attendait que je prenne l'initiative suivante.

Ce que je fis, en refermant le coffre.

« L'autre contient des souvenirs... », dit-elle, en tirant sur son décolleté. Je m'ébrouai. Je tremblais comme une feuille et l'odeur enchanteresse s'était dissipée. Mais l'odorat perd de son acuité sous l'effet du froid.

Et c'est à ce moment que, pour la première fois, je prêtai vraiment attention au seul tableau de la pièce, celui qui surplombait le grand lit, dans le coin. En dépit de la pénombre ambiante, il me parut familier. J'approchai et, un genou appuyé sur le lit, j'avançai la tête. Ça ne faisait plus l'ombre d'un doute. Ce tableau était de moi.

Mais il y avait deux détails particulièrement troublants. J'avais l'absurde certitude que cette toile ne pouvait être que de moi (quoique modeste, mon talent a quelque chose de tout à fait caractéristique), mais je n'avais pas le moindre souvenir de l'avoir peint. Et j'y relevais des éléments qu'à aucun moment je n'aurais pu y faire figurer. En prenant de l'âge, les artistes oublient parfois certaines de leurs œuvres, mais j'étais convaincu, et je le suis encore, que je ne pouvais être victime d'un oubli de ce genre. Mes tableaux ne sont pas de ceux que leur auteur pourrait oublier. Mais pis — le personnage central, par exemple, que j'aurais eu tendance à représenter comme un ange, faisait plutôt penser à une sorte de grand clown. J'aurais été bien incapable d'en analyser les causes, mais plus je le regardais, et plus cette sensation s'imposait à moi.

Mon accès de frissons virait à la nausée, comme cela arrive parfois, et je craignis une seconde de porter mon ridicule à son comble en vomissant sur le tapis.

« Exact ! » fit Mme A., dont l'œil vague s'était posé sur le tableau. Elle avait retrouvé le ton qu'elle avait dans la première pièce. « Ça, c'était même pas un peintre ! Il aurait mieux fait de devenir commis boucher, ou balayeur de chiottes, trouvez pas… ? Si je le garde ici, c'est que Chrysothème se fiche de la peinture comme de l'an quarante. Oui, comme de l'an quarante… ! »

Il aurait été absurde et indigne de chercher à la contredire… D'ailleurs, je commençais à douter sérieusement qu'elle eût une idée bien nette de mon identité.

« Je vous remercie de votre accueil, chère madame, fis-je. Je ne voudrais surtout pas abuser de votre temps…

— Un souvenir ! s'exclama-t-elle. Laissez-moi au moins un souvenir ! »

Et j'aperçus dans sa main une grande paire de ciseaux argentés.

Je n'avais pas la moindre envie de laisser à Mme A. ne fût-ce qu'une mèche de mes cheveux.

J'ouvris la porte et je battis en retraite, me torturant la cervelle pour trouver de quoi couvrir ma fuite précipitée d'un voile de convenance : une explication bien amenée, une formule de politesse… et c'est alors que je vis, accroché à l'unique luminaire du palier qui pendait du plafond doré au bout de sa chaîne d'or, un animal minuscule, une boule de poils si petite qu'il aurait pu s'agir d'un insecte noir, velu, doté d'une paire d'yeux pâles, étonnamment nets. De plus, la porte du grand salon surchauffé était bien évidemment restée ouverte…

Je restai sans voix, plus ahuri que jamais, et me contentai de dévaler quatre à quatre, à grand fracas, le vaste escalier vide, m'estimant heureux de ne pas me fracasser la tête à chaque marche.

« *Mais monsieur*[1] ! »

Je m'escrimai dans l'obscurité sur les innombrables poignées, verrous et chaînes qui fermaient la porte d'en-

1. En français dans le texte (*N.d.T.*).

trée, me demandant avec angoisse si j'en viendrais jamais à bout.

« *Mais monsieur*[1]... ! » Mme A. descendait lourdement l'escalier dans mon sillage. La porte céda soudain. Maintenant que j'avais l'assurance de ne pas être pris au piège, une concession aux bonnes manières me parut envisageable.

« Bonsoir, madame, fis-je en anglais. Et encore merci pour tout ! »

Elle esquissa un mouvement vague mais vif dans ma direction, avec les grands ciseaux d'argent qui scintillèrent à la lueur des réverbères. On eût dit une petite grand-mère contrefaite congédiant un gosse d'un geste de feinte agression. « Disparais ! » aurait-elle pu glapir ou, au choix, « Reviens ici, garnement ! ». Mais je ne lui laissai pas le temps de placer un mot.

Quelques secondes plus tard, je me perdais dans la foule des trottoirs sur la Chaussée d'Ixelles, la tête encore vibrante, jetant de temps à autre un regard inquiet par-dessus mon épaule.

Le lendemain, en y réfléchissant, je songeai que ce chien ne pouvait avoir existé. Ni la bestiole accrochée à la lanterne. Ni le tableau au-dessus du lit. Pas plus, sans doute, que la fille adoptive — est-il seulement besoin de le préciser ? Le problème était (et demeure) que cette intangible évidence n'arrange rien. Au contraire. C'est précisément là que tout commence. Que vais-je devenir ? Qu'est-ce qui m'attend encore ? Qu'y puis-je ? Que suis-je ?

Traduit par Stéphane Carn

1. En français dans le texte (*N.d.T.*).

LISA TUTTLE

Un anniversaire

Lisa Tuttle, auteur de nouvelles particulièrement angoissantes, écrit aussi des romans fantastiques, d'horreur et de science-fiction, et publie ses propres anthologies. Elle réalise également des critiques et des interviews dans ce domaine et trouve encore le temps de publier une encyclopédie du féminisme qui fait autorité. Dans « Un anniversaire », récit entièrement révisé pour notre recueil, elle réussit le tour de force de nous prendre complètement par surprise en nous présentant une situation familière qu'elle retourne ensuite comme un gant.

MÊME SI tous deux habitaient Londres, Peter Squyres voyait rarement sa mère. Tous les deux ou trois mois, il se faisait un devoir de lui téléphoner pour convenir d'un rendez-vous. Parfois il l'emmenait dîner, parfois il lui rendait visite dans sa maison de Holland Park. A vingt-trois ans, il était colocataire d'un appartement à Wood Green, il avait des amis, des loisirs et un emploi dans une banque. Sa mère était dans sa quarantaine ; elle menait une vie active et mystérieuse dont il ne se mêlait pas, pour leur mutuelle satisfaction.

Un matin, contre toute habitude, elle l'appela à son travail et l'invita à venir prendre un verre le soir même. Comme il hésitait, ne sachant quoi dire, elle ajouta : « Je sais que je te préviens au dernier moment, mais je viens de me rappeler que c'est mon anniversaire, et j'ai pensé... »

Peter leva les yeux sur le calendrier au mur et se sentit coupable.

« Mais bien sûr, répondit-il. Avec plaisir. D'ailleurs, j'avais l'intention de faire un saut après le boulot pour t'apporter ton cadeau.

— Tu es gentil, dit-elle. Entendu pour six heures ? Rien qu'un verre. Tu dois être pris ce soir, aussi je ne te retiendrai pas.

— Et si je t'emmenais dîner ?

— Non, Peter. Je ne cherchais pas à me faire inviter. Ne change pas tes projets pour moi.

— Ça ne pose pas de problème...

— Ne discute pas, Peter. Je t'ai demandé de passer boire un verre, un point c'est tout, coupa-t-elle. A six heures. »

Il dut appeler sa petite amie pour l'informer du changement de programme.

« J'ignorais que tu avais une mère, remarqua Anna.

— Ça veut dire quoi ? Tu ne me crois pas ? C'est son anniversaire, je ne pouvais quand même pas...

— Mais si, je te crois. Ne t'excite pas. Ça ne fait rien. Crois-moi, je sais comment sont les parents. On se verra un autre soir.

— Ça ne nous empêche pas de dîner ensemble. J'ai envie de te voir. Mettons à huit heures au Malais. J'appelle pour réserver, d'accord ?

— Si tu veux. » Il n'aurait su dire si elle était contrariée ou indifférente. Elle souriait peut-être, flattée de son insistance. Le fait de ne pas voir son visage n'était qu'une des raisons de l'embarras qu'il éprouvait. Peter et Anna se connaissaient depuis trois mois, et il y avait seulement quinze jours qu'ils couchaient ensemble. Il avait cru que ça changerait tout, que le sexe mettrait les choses au clair entre eux, mais ce n'était pas le cas. Il ignorait toujours ses pensées, ses sentiments à son égard, et il était perpétuellement inquiet, anxieux de la rassurer ou de la satisfaire, comme autrefois avec sa mère.

« Au restau à huit heures, répéta-t-il. Tu me manques. »

Il profita de sa pause déjeuner pour acheter un cadeau à sa mère. Il prit des roses rouges et, à court d'idées, une bouteille de Glenfiddich.

« Bon anniversaire, Liz », dit-il quand elle ouvrit la porte. Il ne l'appelait plus « maman » depuis l'âge de cinq ans. Il se dit qu'elle semblait plus petite. Il pensa que la plupart des adultes devaient avoir cette impression devant leurs parents, et qu'il l'avait certainement déjà remarqué, mais il en fut particulièrement frappé en se penchant vers elle.

Elle accueillit ses présents avec un sourire gracieux et une joie conventionnelle, comme s'il était un invité ordinaire, n'importe quel homme de sa connaissance. Il y avait toujours des hommes dans sa vie, mais Peter ignorait lesquels étaient ses amants ou si l'un avait compté plus que les autres.

« Qu'est-ce que je t'offre à boire ? demanda-t-elle. Un gin tonic ?

— Oui, s'il te plaît. » Il s'assit et observa sa mère, si belle et élégante, pendant qu'elle préparait les boissons. Ses cheveux noirs, sans trace de gris, étaient courts et lissés. Elle portait un pantalon de soie noire et une veste chinoise molletonnée. Son corsage, également de soie, était blanc avec un curieux motif rouge abstrait.

Il fronça les sourcils, remarquant des empreintes sales sur le verre qu'elle lui tendait.

« Ce verre, dit-il en se levant. Il n'est pas... Je vais le... »

Elle avança la main pour le reprendre, et il vit alors qu'elle saignait.

Sa main était couverte de sang.

« Quoi ? dit-elle comme il poussait un cri.

— Ta main... » Il craignait de la toucher, de lui faire mal en appuyant sur la blessure. « Tu saignes. »

Elle regarda sa main avec une grimace de dégoût et la cacha derrière son dos. « Ce n'est rien, dit-elle. Je ne m'étais pas rendu compte. Il faut que j'aille me laver.

— Tu veux que je t'aide ? Comment t'es-tu blessée ?

— Ce n'est rien, répéta-t-elle. Je sais que c'est affreux à voir, mais ça ne fait pas mal. Ce n'est pas grave. Laisse-moi me laver. »

Elle semblait moins soucieuse de sa blessure que de la réaction de Peter. Quand elle fut sortie, il baissa les yeux vers le tapis clair où il distingua deux petites taches pourpres. Le sang lui coulait de la main, et elle prétendait que ce n'était rien ?

En revenant, elle lui montra sa main propre, vierge de toute souillure. « Tu vois ? Ce n'est rien du tout. » Mais elle la retira quand il voulut la saisir. « Je t'assure que ça va, Peter. Sers-toi donc un autre verre. »

Il s'exécuta. Mais en se retournant, il remarqua que le motif abstrait de son corsage s'était modifié. Il y avait davantage de traces rouges sur la soie blanche, et elles étaient plus larges.

« Tu saignes, dit-il avec un haut-le-corps. Liz, qu'est-ce qui se passe ? »

Elle baissa les yeux et referma sa veste, dissimulant le corsage souillé. Il vit le sang sourdre de ses doigts pendant qu'elle se rajustait. Une ligne sanglante barrait son cou, s'égouttait sur son collier. Horrifié, il constata que ses pieds aussi saignaient.

« J'appelle un docteur, décida-t-il. Ou l'hôpital. Qui est ton médecin traitant ?

— Peter, rassieds-toi et ne sois pas ridicule. Tu ne sais même pas ce que c'est. »

Telle était la force de l'habitude — après tout, c'était sa mère — que Peter se rassit. « Que se passe-t-il ? demanda-t-il, s'efforçant de paraître calme, tu sais ce que ça veut dire ?

— Je ne suis pas blessée, dit-elle. Ni coupure ni égratignure. Le sang… sort de mes pores, comme la transpiration. Il n'y a pas de lésion. Je ne souffre pas. Je ne me sens pas faible, alors que j'ai saigné toute la journée. Un docteur ne servirait à rien. »

La laine épaisse du tapis absorbait le sang qui ruisselait sur le cuir noir de ses souliers.

« Mais ce n'est pas normal, protesta Peter. On ne saigne pas de cette façon. Tu as forcément quelque chose ! Qui te dit qu'un docteur…

— Un saignement hystérique, dit-elle posément. Tu connais ? »

Personne n'était moins hystérique que sa mère. Même en ce moment, quand n'importe qui aurait paniqué, elle se dominait parfaitement. Son pantalon de soie détrempé lui collait aux jambes. « J'ai entendu parler de symptômes hystériques, dit-il. C'était le cas d'une femme qui se croyait enceinte, qui présentait tous les signes de la grossesse, au point de tromper les docteurs, mais... il s'agissait d'une grossesse imaginaire, une grossesse nerveuse. Tu veux dire que c'est la même chose ? Que ce n'est pas vraiment du sang ?

— Je me sens très bien, dit-elle. Si j'avais réellement perdu tout ce sang, je crois que je serais affaiblie. Pourtant, si ce n'est pas du sang, je ne vois pas ce que c'est. » Elle ouvrit la main, et ensemble ils regardèrent monter le niveau du sang au creux de sa paume. Elle chercha quelque chose autour d'elle et finit par verser le liquide rouge dans un cendrier de cristal. « Ça tache comme du vrai sang, reprit-elle. Je vais devoir faire nettoyer ces tapis... Je crois que je ne pourrai pas récupérer le matelas.

— Depuis quand es-tu comme ça ?

— Ça doit remonter à la nuit dernière. Un peu avant l'aube, je me suis réveillée en sentant le lit mouillé... » Une seconde d'émotion. « Je dois avouer que j'ai eu un choc. J'ai les nerfs solides et la vue du sang, de mon propre sang, ne m'a jamais affectée. Je me rappelle tout le sang qu'il y avait à ta naissance ; quand la sage-femme t'a tendu vers moi, tu en étais couvert de la tête aux pieds, et ça ne m'a pas impressionnée. Pourtant ce matin, quand je me suis vue baignant dans le sang... il m'a fallu un moment pour comprendre que je n'avais rien — *rien de plus* — et que je me sentais dans un état normal. » Elle haussa les épaules. Le sang commençait à suinter de ses poignets, de grosses gouttes qui s'écrasaient sur le tapis.

« Ce n'est pas une raison. Écoute, tu *dois* voir un médecin. Peu importe ce que tu ressens. Tu ne peux pas continuer à saigner indéfiniment.

— Non, je le sais bien. Je ne suis pas devenue folle,

Peter. Et je ne suis pas toute seule. J'en ai parlé à quelqu'un, une infirmière. Elle est de mon avis. Je verrai un docteur si nécessaire, si ça ne cesse pas naturellement. Mais je suis sûre que ça va s'arrêter. Si ça continue demain matin, je te promets de téléphoner à mon docteur.

— Demain ! » Peter se pencha en avant, bouleversé, et faillit renverser son verre. « Ne me dis pas que tu vas attendre demain ?

— Il est trop tard pour appeler ce soir.

— Mais tu ne vas pas saigner pendant toute la nuit ! Il doit bien y avoir un médecin de garde. Quel est l'hôpital le plus proche ?

— Peter, calme-toi, je t'en prie. J'ai l'habitude de me débrouiller seule. Il n'y a pas urgence. Je connais les médecins, et je n'ai pas envie de perdre des heures à l'hôpital alors que je suis si bien chez moi. Si je dois voir un docteur, je préfère que ce soit le mien, quelqu'un qui me connaisse. Je peux attendre. Il n'y a pas de raison que ça s'aggrave subitement. » Elle porta son verre à ses lèvres et but. Ses doigts laissèrent des traînées rouges sur le verre.

« C'est fou ! s'écria Peter. Qui te dit que ça ne va pas s'aggraver ? Tu ne sais même pas ce que c'est ! Tu n'es pas médecin ; tu n'en sais rien. S'il se produisait quelque chose... n'importe quoi... Il n'est pas question que tu passes la nuit seule ici.

— J'y ai déjà pensé et je ne serai pas seule. J'ai demandé à Jane de venir dès qu'elle aura couché sa vieille dame.

— Qui ça ?

— Jane Emery. Une infirmière diplômée. Ça fait plusieurs mois qu'elle s'occupe de ma vieille voisine. Nous avons sympathisé, je l'invite souvent à bavarder autour d'un verre ou une tasse de thé. En fait... » Liz se permit ici un petit sourire triomphant. « En fait, je lui ai déjà parlé. Et elle m'a *examinée*. Je suis sous surveillance. Elle est d'accord pour que je ne me précipite pas chez un médecin. Elle dit que ce n'est pas du ressort d'un médecin. Elle est compétente, Peter. Si j'ai besoin de secours, si ça devient grave, elle le verra. Elle saura quoi faire. Elle a accepté de dormir ici cette nuit. Alors tu vois, tu n'as pas à t'inquiéter. »

Peter termina son gin tonic et s'en versa un autre. «Je veux rencontrer cette femme avant de te quitter. Je veux lui parler.

— Entendu, rien de plus facile. Tu veux bien me resservir, chéri ? »

Ils avaient déjà peu de chose à se dire en temps normal, mais là toute conversation était impossible. Auprès de sa maladie, ou de sa blessure, tout semblait insignifiant. Peter aurait aimé appeler un docteur, se décharger du problème sur quelqu'un d'autre. Effrayé, mal à l'aise, il but trop. Au bout d'un quart d'heure, Liz le laissa pour se doucher et se changer. Elle revint vêtue d'une robe en tricot noir, beaucoup trop grande pour elle, qui la dissimulait presque entièrement sous ses larges plis, mais qui ne descendait pas plus bas que ses genoux. Il ne pouvait détacher son regard de ses jambes. Quand apparurent les premières gouttes de sang, en détournant les yeux, il se sentit coupable, comme si son regard les avait provoquées. Elle essuyait fréquemment ses mains sur une étoffe sombre qu'elle glissait ensuite entre les coussins du fauteuil.

« Ton visage ne saigne pas, dit Peter.

— Non, pas encore. Mais mon cuir chevelu, oui. »

Il frissonna, acheva le contenu de son verre et consulta sa montre. Bientôt huit heures. Il songea à Anna qui l'attendait au restaurant. Il allait demander s'il pouvait téléphoner quand retentit la sonnette de l'entrée.

La coiffe et l'uniforme empesé de Jane Emery le rassurèrent. Jane avait à peu près l'âge de sa mère, mais ses cheveux bruns étaient striés de gris ; si elle n'avait pas l'élégance de Liz, elle possédait une force, un air de compétence qui lui inspirèrent une confiance instinctive. Elle lui plut encore davantage quand il eut remarqué ses yeux noisette et son sourire. Il se rappela qu'il était ivre. Il l'apostropha avec une agressivité qu'il ne ressentait pas. « Savez-vous ce qui arrive à ma mère ?

— Vous devez être Peter, répondit calmement l'infirmière. Heureuse de vous connaître enfin. Liz m'a souvent parlé de vous.

— Et elle ? Qu'est-ce qu'elle a ? Est-ce que ça va aller ? »

Les deux femmes échangèrent un regard.

« Il s'inquiète pour moi, précisa Liz.

— Tu ne lui as pas expliqué... ? »

Liz plissa légèrement le nez avec une moue dégoûtée qui replongea Peter quinze ans en arrière. Elle avait eu la même expression le jour où il lui avait demandé d'où venaient les bébés, puis elle lui avait fourni une réponse évasive qui ne l'avait pas satisfait.

Jane poussa un soupir qui était presque un éclat de rire. « Que diriez-vous d'une tasse de thé, Peter ? Ça me ferait le plus grand bien.

— Je suis au gin, dit-il.

— Vous en avez peut-être assez bu, non ? » Son sourire désamorça la colère de Peter. Docilement, il hocha la tête.

« Je mets la bouilloire sur le feu, annonça Liz en les laissant seuls.

— Asseyez-vous, Peter. J'ai eu une dure journée. » Jane prit elle-même place sur le canapé.

« Dites, excusez-moi si j'ai l'air brutal, mais je me fais du souci pour ma... pour Liz. Elle refuse que j'appelle le docteur.

— Elle n'en a pas besoin.

— Mais elle saigne ! »

Jane hocha la tête. « Oui, et je vois combien ça vous inquiète. Me croirez-vous si je vous affirme qu'elle ne court aucun danger ? C'est un changement, je ne nie pas qu'il y ait des risques. Je comprends votre anxiété. Mais n'ayez pas peur, ce n'est pas grave. Votre mère ira bien.

— Mais enfin... qu'est-ce que c'est que cette histoire ? »

Pendant une seconde, le regard franc de Jane parut se troubler, et Peter devina sa réticence à dévoiler ces secrets de femmes à un homme. « C'est ma *mère*, protesta-t-il.

— Certes, certes. C'est pourquoi... Votre mère est une femme exceptionnelle, en êtes-vous conscient, Peter ? »

Il acquiesça impatiemment. « Dites-moi simplement ce qui ne va pas.

— Mais rien ! C'est ce que je voudrais vous faire comprendre. C'est naturel. Vous avez entendu parler du retour d'âge ? »

Peter fronça les sourcils. « Oui, bien sûr. C'est quand les femmes... quand elles ne peuvent plus... quand elles cessent... à un certain âge... » Il transpirait et éprouvait de la gêne.

« Je vois que vous comprenez. Inutile d'insister.

— Mais je croyais qu'alors elles *arrêtaient* de saigner », lâcha-t-il ingénument.

Jane sourit. « Vous n'avez pas tort. Mais les êtres ne sont pas tous semblables. Ça se passe différemment selon les femmes. »

Liz entra dans la pièce, un plateau dans les mains. « C'est prêt ! » dit-elle.

Peter regarda sa montre. Il était sûr d'avoir rougi. Il s'était mêlé de ce qui ne le regardait pas et il n'osait plus questionner Jane. Elle avait peut-être raison ; elle était infirmière après tout, et Liz semblait lui faire confiance. Même en partant tout de suite, il aurait presque une heure de retard à son rendez-vous avec Anna, et cette idée le tracassait.

« Je ne peux pas rester, dit-il. Je suis attendu à dîner.

— Je n'avais pas l'intention de te retarder, dit Liz. Vas-y vite. Vraiment, Peter, tu n'as pas à t'inquiéter pour moi. »

Il regarda la flaque de sang à ses pieds, puis Jane. « Vous êtes *sûre*... ?

— Absolument, certifia Jane.

— Vous restez avec elle ?

— Je reste.

— Et vous appellerez un docteur si jamais...

— Oh ! Peter !

— Vous avez ma parole. Maintenant sauvez-vous. Revenez demain matin, vous serez surpris du changement.

— Oui, acquiesça Peter. Je reviendrai demain. Mais s'il arrive quoi que ce soit cette nuit, s'il y a un changement ou si quelque chose vous inquiète, appelez-moi, je vous en prie. A n'importe quelle heure, entendu ?

— Tout ira bien, dit l'infirmière. Je vous tiendrai au courant. »

Il craignait qu'Anna ne soit partie, mais il la trouva plongée dans son assiette au restaurant malais. Elle leva le nez de son *satay*, imperturbable, quand il entra en coup de vent.

« J'ai pris les devants en commandant, ça ne t'ennuie pas ? Tu n'as qu'à picorer dans mon assiette et te commander ce qui te plaît.

— Désolé d'être en retard, mais...

— Ça va, ça va. Je sais ce que c'est, les parents.

— C'est pas ça. Il se passait quelque chose... de vraiment bizarre. Elle n'arrêtait pas de saigner. » Il renversa la chaise en voulant s'asseoir. « Pardon. J'ai insisté pour qu'elle appelle un docteur, mais rien à faire, elle soutenait qu'elle allait très bien. Alors évidemment je ne pouvais pas m'en aller, je ne savais pas...

— Peter, tu as bu ?

— Un ou deux gins. Bon, mettons trois ou quatre. Ça m'a secoué. Tu l'aurais vue, ce sang qui n'arrêtait pas de couler, comme ça... » Ses mains décrivirent des arabesques.

« Du sang ? De quoi parles-tu ? De ta mère ? Qu'est-ce qui s'est passé ?

— Oh, elle n'est pas blessée, non, mais ça dure depuis ce matin. Elle m'a dit que quand elle s'est réveillée, le lit était trempé, mais qu'elle ne se sentait pas faible, qu'elle ne souffrait pas. Alors, Jane est arrivée — c'est l'infirmière — et elle n'avait pas l'air de s'en faire. Elle m'a expliqué, elle m'a rassuré. C'est le retour d'âge, elle m'a dit, c'est tout à fait naturel. J'en avais entendu parler, bien entendu, et ma mère doit avoir à peu près l'âge auquel ça se produit, mais je ne m'attendais pas à ça, à ce bain de sang. Je pensais que c'était simplement quand les femmes... tu sais bien... ne les ont plus. »

Anna le regardait avec compassion. « Des saignements plus abondants que la normale, murmura-t-elle. Oui, je crois que j'ai lu un article là-dessus. Les symptômes peuvent être très divers, il me semble. Ta mère était très secouée ?

— Elle ! Pas du tout. C'est moi qui étais secoué. Elle n'arrêtait pas de me dire qu'elle se sentait très bien, qu'elle ne souffrait pas et qu'il n'y avait pas de raisons de s'inquiéter, mais je n'arrivais pas à y croire. »

Plus fort que l'alcool, le soulagement l'envahissait. Tout allait bien. En voyant le calme d'Anna, il se sentit convaincu qu'il s'agissait de quelque chose que les femmes devaient subir, mais qu'elles étaient capables de surmonter, et qu'il n'y avait rien que lui, un homme, pût ou dût faire.

Il put manger et apprécier son repas. Ensuite, ils se rendirent chez Anna. Sa colocataire était là avec son ami, et ils invitèrent Peter et Anna à regarder avec eux une nouvelle cassette vidéo. C'était un film de série Z, une histoire d'égorgeur, et en temps normal il en aurait ri tout autant que les autres, mais la vue de toute cette hémoglobine lui rappelait désagréablement sa mère. Il s'agitait sur le canapé, mal à l'aise. Combien de sang pouvait-on perdre sans y laisser sa vie ? Il s'excusa : « Non, non, n'arrêtez pas la cassette pour moi » et se dirigea vers la salle de bains. Devant le lavabo, en regardant l'eau claire ruisseler sur ses mains, il se remémora les flots rouges qui s'écoulaient de sa mère.

Brusquement, il ne put se rappeler s'il avait laissé à Jane Emery le numéro d'Anna, ou seulement le sien. Il aurait pu téléphoner, mais il était près de minuit. Il imagina la contrariété glacée de sa mère s'il la réveillait. Combien de fois, toutes ces années, l'avait-il mécontentée par sa stupidité, son incompréhension, ou en lui demandant une attention qu'elle ne lui accordait que par devoir ? Il était adulte maintenant, leurs vies étaient séparées. C'était ce qu'elle voulait. Elle ne lui avait pas demandé d'aide, et il ne pouvait rien faire pour elle.

Lorsqu'il ouvrit la porte de la salle de bains, Anna était là, en robe de chambre. Elle lui souriait.

« Ça t'intéresse, toi, de savoir comment finit ce film idiot ? Allons nous coucher. »

Pourtant, même allongé auprès de la femme qu'il aimait, heureux et épuisé, il ne put se détendre suffisamment pour dormir. Jane lui avait dit de revenir dans la matinée, mais que se passait-il à cet instant ? Combien de sang pouvait-on perdre sans y laisser la vie ?

« Peter ?

— Oui ?

— Tu t'inquiètes encore pour ta mère ? »

L'amour, la gratitude qu'il éprouvait devant sa compréhension le submergèrent comme un léger orgasme. Il se retourna et l'embrassa. « Tu lis dans les pensées.

— Pas vraiment.

— Tu crois qu'elle va bien ? Enfin, que c'est normal et...

— Peter, je ne suis pas médecin. J'ai suivi des cours de secourisme l'année dernière, mais je n'en suis pas pour autant capable d'établir un diagnostic, surtout sans l'avoir vue. Si les saignements sont très importants, ça pourrait poser un problème. Mais à quel point… enfin, je suppose qu'elle ne t'a pas dit combien de fois elle devait changer de…

— Oh, elle n'avait pas besoin de le dire, je le voyais bien. Ses vêtements étaient trempés, complètement trempés — en l'espace d'une demi-heure. Dès qu'elle touchait quelque chose, la moindre pression, en me tendant mon verre, par exemple, le sang coulait. Il coulait de ses mains, le long de ses jambes et de ses bras, partout, elle saignait par tous les pores, sauf au visage. »

Pendant qu'il parlait, Anna s'était redressée et avait allumé la lampe de chevet. « Tu es vraiment réveillé.

— Qu'est-ce qu'il y a ?

— Qu'est-ce qu'il y a ? Tu me dis que ta mère ruisselle de sang, que tout son corps saigne…

— Mais tu m'as dit que c'était normal.

— Normal !

— Eh bien oui, tu as dit que ça pouvait arriver… que… » Il hésitait, incapable de se rappeler exactement ce qu'elle avait dit, conscient que cela n'avait pas d'importance car, de toute évidence, il avait mal compris.

« Lorsque quelqu'un saigne par tous les pores et baigne dans son sang, ce n'est jamais normal. Réfléchis.

— Mais Jane a dit… et ma mère… Je croyais que c'était le retour d'âge. Même toi, tu disais que ça pouvait arriver, des saignements.

— Des saignements, oui. Des saignements normaux. Pas ça. »

Les épaules de Peter s'affaissèrent, il lui en voulait. Qu'est-ce que ça pouvait bien être, des saignements normaux ? Quand il saignait, lui, il savait qu'il s'était blessé. Mais les femmes saignaient tous les mois, et c'était censé être normal, sauf si elles saignaient trop, ou au mauvais moment, ou quand elles étaient enceintes, et là ça devenait une cause d'inquiétude. Comment était-il supposé interpréter ces mystères féminins ? Les femmes disaient une chose puis, en utilisant les mêmes mots, elles en disaient une autre. Elles savaient de quoi elles parlaient, et si les hommes ne comprenaient pas, c'était de leur faute. Il avait envie de se laver les mains de tous ces problèmes féminins compliqués.

« Peter, lève-toi, habille-toi. » Elle était déjà debout, en train d'enfiler le tricot et la jupe sombres qu'elle avait portés dans la soirée. « Il faut qu'on y aille.

— Elles ne veulent pas de moi, elles m'ont renvoyé.

— Tu ne peux pas laisser ta mère toute seule dans un moment pareil.

— Elle est avec une infirmière, dit-il d'un ton boudeur.

— Une infirmière qui prétend que c'est normal. »

Leurs yeux se rencontrèrent enfin, et le frêle édifice de son ressentiment puéril s'effondra. Bien sûr qu'il irait si Liz avait besoin de lui, même si elle refusait de reconnaître ce besoin. En dépit du fossé qui les séparait, il y avait entre eux un lien indestructible. Elle serait toujours sa mère.

Anna décrocha le téléphone pour appeler un taxi, puis il tenta de joindre sa mère. Personne ne répondit.

« Elles sont peut-être sorties, l'infirmière a peut-être emmené ta mère à l'hôpital. »

Ou alors, Jane était tellement occupée à essayer de stopper les flots de sang qu'elle ne pouvait prendre le temps de répondre au téléphone. Un chaos d'images horribles, incompréhensibles, envahirent son cerveau comme des extraits de film d'épouvante. Son cœur battait la chamade, il était en nage. Il n'aurait jamais dû partir. Il aurait dû être là-bas en ce moment. Liz n'avait personne d'autre. Jane était une étrangère.

En voyant sa détresse, Anna le serra dans ses bras. « Là, là, tout ira bien. »

Pendant tout le trajet vers Holland Park — bien plus court à cette heure tardive où la circulation était fluide — il s'accrocha à la main chaude et forte d'Anna, en essayant de maîtriser les frissons qui le secouaient. Elle lui parlait, et même lorsqu'il ne s'agissait que des mots sans suite qu'on murmure pour rassurer un enfant, c'était pour lui une bouée de sauvetage, qui le ramenait à la raison. Tout irait bien, puisque Anna l'avait dit.

Personne ne répondit lorsqu'il sonna à la porte, et il se figea, paniqué, désemparé.

« Tu disais que tu avais la clé, lui rappela Anna.

— Ah oui, bien sûr... »

Ses doigts tremblaient. Elle lui prit la clé et ils entrèrent.

Le salon était vide. Le sang sur le tapis paraissait plus horrible encore maintenant qu'il avait séché. On entendait du bruit au fond de la maison. Anna passa son bras autour de la taille de Peter et ils s'avancèrent.

Jane était dans la chambre, mais pas Liz. Pendant une atroce seconde, il crut voir le corps de sa mère, trempé et incroyablement ratatiné, gisant sur le sol dans un amas de vêtements tachés de sang, mais avant qu'il pût vérifier, son attention fut attirée vers le lit : un minuscule bébé, qui apparemment venait tout juste de naître, y était allongé, tout rouge, comme couvert d'une seconde peau de sang luisante.

« Vous arrivez au bon moment », dit Jane.

Le bébé ouvrit la bouche et poussa un vagissement.

« Chut, chut, Lizzie, chantonna Jane. Chut, Peter est là. » Elle souleva le bébé et le tendit à Peter. « Félicitation, claironna-t-elle. Vous avez une superbe petite fille. »

Traduit par Nathalie Serval

CHARLES BEAUMONT

Le Déviant

L'épisode qui se cache derrière ce récit de Charles Beaumont mérite d'entrer dans la petite histoire de la presse magazine. Et bien qu'à l'instar de « Ravissante » il soit également considéré comme « célèbre » par les initiés, ceci tient moins à la variété des exégèses élogieuses qu'au climat social conformiste de l'ère Eisenhower.

C'est durant ces années que les œuvres de fiction pour la presse masculine (et la presse masculine elle-même) connurent leur heure de gloire, phénomène probablement lié au marché créé par un gigantesque contingent d'hommes — les soldats de la Seconde Guerre mondiale et de la guerre de Corée — pour qui la lecture était devenue, par la force des circonstances, synonyme de loisirs. Ce fut également une période de genèse pour Playboy, *magazine où parut en août 1955 « Le Déviant ». (Les droits ayant été en fait achetés l'année précédente par un périodique masculin concurrent, on affirme que les directeurs de publication, effarouchés, les retournèrent à Beaumont, qui les proposa alors à* Playboy.*)*

Toutefois, à l'époque où parut ce récit, d'authentiques rumeurs relatives à son contenu subversif, ou un sens tout à fait aigu de la publicité — ou peut-être un peu des deux —, fournirent l'occasion aux responsables de Playboy *(Ray Russell était alors second maître à bord, juste derrière le père fondateur Hugh Hefner) de se féliciter de leur témérité, en expliquant dans une note aux lecteurs qu'une réunion spéciale de la rédaction avait été nécessaire pour débattre du sujet.*

Des lettres de protestation suivirent effectivement la parution du «Déviant», et elles furent dûment publiées. Mais étant donné que les lecteurs semblaient s'être unanimement et obstinément mépris sur le sens de la satire de Beaumont, en discernant du parti pris là où, en fait, il n'y en avait pas, la « controverse » se dissipa rapidement, et l'auteur ainsi que le magazine tournèrent la page. Pour Charles Beaumont, toutefois, ce fut le début d'une brillante carrière d'écrivain (pour la presse, le cinéma et la télévision), prématurément écourtée par une tragique maladie. Âgé de vingt-cinq ans lorsqu'il écrivit l'histoire que vous allez lire, il mourut en 1967, à trente-huit ans.

« Se vantant d'être sages, ils sont devenus fous... eux qui ont changé la vérité de Dieu en mensonge... car leurs femmes ont changé l'usage naturel en celui qui est contre nature ; et de même les hommes, abandonnant l'usage naturel de la femme, se sont enflammés dans leurs désirs les uns pour les autres, commettant homme avec homme des choses infâmes... »

Épître de Paul aux Romains, 1.

IL SE GLISSA dans une alcôve d'angle à l'écart des danseurs, là où la musique était moins bruyante et l'air moins imprégné d'odeurs de musc et de frangipane. Une faible lampe luisait doucement dans l'alcôve. Il en baissa l'intensité, jusqu'à ne plus percevoir que la lumière du club filtrée par le rideau de perles, une lumière bleutée qui estompait l'image de sa beauté fine et gracile que lui renvoyaient les murs tapissés de miroirs.

« Et pour monsieur, ce sera ? »

Le barman franchit le rideau et lui sourit, immobile. Il était vêtu d'un short scintillant de paillettes d'or, et ses muscles huilés semblaient animés d'un mouvement propre, comme si d'épais serpents avaient couru sous sa peau nue.

« Whisky », dit Jesse.

Son regard croisa le sourire insouciant, le large croissant de dents blanches qui apparut sur le visage du jeune homme. Jesse détourna les yeux et tenta de maîtriser le rouge qui lui montait aux joues.

« Bien, monsieur, dit le barman, tout en tapotant ses épais doigts bronzés le long de son plexus solaire en un mouvement sinueux. Il hésita, souriant toujours, cette fois d'un air interrogatif, rempli d'espoir, d'un sourire pénétré d'admiration et de désir. Le ballet symbolique et rituel s'arrêta. Les gros doigts se crispèrent en une boule furieuse.

« Tout de suite, monsieur. »

Jesse le regarda faire demi-tour. Avant que le rideau de perles ne se referme avec un léger tintement, il observa le bel athlète se frayer impérieusement un chemin dans la foule, écartant les mains incertaines que les hommes solitaires tendaient vers lui, ignorant les multiples marques de désir.

Il regrettait ce qui était arrivé. A présent ce garçon était vexé. S'il était trop vexé, il se mettrait à réfléchir, à s'interroger, et tout serait gâché. Non, il devait rattraper son erreur.

Jesse pensa à Mina, à la superbe Mina… C'était tellement inespéré. Il *fallait* que ça marche !

« Votre whisky, monsieur », dit le jeune homme. Une expression de chien battu se lisait sur son visage ; une moue boudeuse déformait sa bouche.

Jesse chercha de la monnaie dans sa poche. Il commença à dire quelques mots, quelques mots aimables.

« De la part de ce monsieur », fit le barman. Il lui lança un regard noir, déposa une carte sur la table et disparut.

Sur la carte était gravé en relief et à l'encre mauve le nom : *E. J. Hobart 2.* Jesse entendit les rideaux tinter.

« Euh… Bonjour. J'espère que vous me pardonnerez cette entrée cavalière, mais… vous ne sembliez pas accompagné… »

L'homme était petit, replet et chauve. Son visage était

mal rasé et il fixait Jesse de ses yeux minuscules munis d'épais verres de contact. Il était torse nu. La peau affaissée de sa poitrine blanche et lisse formait des bourrelets sur son estomac. Doucement, plus subtilement que le barman, il imprima à ses doigts boudinés un rythme suggestif.

Jesse sourit. « Merci pour le verre, dit-il, mais j'attends vraiment quelqu'un.

— Oh, fit l'homme, quelqu'un de… spécial ?

— Plutôt spécial, dit Jesse avec l'aisance de celui pour qui ce vocabulaire était devenu machinal. C'est mon fiancé.

— Je vois. »

L'homme fronça momentanément les sourcils, puis retrouva son sourire. « Bon, je m'étais dit en moi-même : E. J., il serait étonnant qu'une telle beauté soit seule dans la vie. Mais… Enfin, ça valait certainement la peine d'essayer. Désolé.

— Il n'y a pas de mal », dit Jesse. Les petits yeux prédateurs roulaient dans leurs orbites, les doigts dansaient le ballet de la dernière chance. « Bonsoir, monsieur Hobart. »

Des veines bleutées transparaissaient sous la blancheur des seins quasi féminins de l'homme. Jesse ressentit un certain amusement cette fois-ci : c'étaient les autres, ceux qui manquaient de finesse — comme le barman —, qui lui inspiraient de la répulsion, qui le rendaient malade, qui lui donnaient l'envie de saisir un couteau et de massacrer son visage lisse et ascétique.

L'homme fit demi-tour et s'éloigna en se dandinant gauchement. Le club s'était rempli. L'heure avait tourné et l'alcool levait les inhibitions du début de soirée. Jesse essaya de ne pas regarder, mais il y avait belle lurette qu'il avait cessé de tenter de se débarrasser de sa fascination. Aussi observa-t-il les hommes rassemblés là. Les deux dans le coin, de l'autre côté de la salle, intimement enlacés, dansant avec leurs corps, pieds ancrés dans le sol, oscillant lentement et souplement au rythme de la musique, langues tendues, ondulantes et tressaillantes comme des serpents rosés, contractées en pointe et recourbées en signe d'invite, s'effleurant à peine avant de se rétracter brusquement. Le ballet des langues… Le couple assis près du bar… La Bête et le Chasseur. La Bête est âgée, ses joues sont plâtrées d'une couche craquelée de poudre et d'onguents et son corps dégage de puissants effluves de parfum ; le Chasseur est jeune mais sans charme, ses yeux luisent d'une fureur évidente, où se lit la colère meurtrie de devoir s'accommoder d'une Bête… Il jette de temps à autre un regard circulaire, s'humectant honteusement les lèvres… Et ces deux-là, qui viennent d'entrer, vêtus de l'uniforme de Mother, bronzés, le visage barré d'une moustache, fiers d'être ce qu'ils sont…

Jesse écarta le rideau de perles. *Mina doit bientôt arriver.* Il voulait fuir cet endroit, retrouver l'air frais, la nuit et le silence.

Non… Il ne voulait que Mina : la voir, la toucher, écouter sa voix chantante…

Deux femmes entrèrent, bras dessus, bras dessous, la Bête et Diane chasseresse, ivres. On les arrêta à la porte. Des voix aiguës leur ordonnèrent de partir. Le directeur passa en trombe devant l'alcôve de Jesse en marmonnant des imprécations contre celles qui venaient souiller le Phallus de leur présence, alors qu'elles avaient leur section réservée, leurs propres clubs…

Jesse rétracta la tête. Il s'était à présent habitué à la lumière, aussi ferma-t-il les yeux pour ne pas voir son image démultipliée. Les sons confus de la passion s'amplifièrent en une mélopée sirupeuse : voix de baryton et de fausset, voix profondes et gutturales. L'endroit était à présent bondé. Les orgies allaient bientôt commencer et les couples se dirigeraient alors vers les cabines. Il détestait ce lieu. Mais à l'approche de l'orgie, on pouvait y passer inaperçu… et où aller sinon ? Dehors ? Là où chaque centimètre de trottoir était patrouillé par des caméras électroniques, chaque parole, chaque mouvement enregistré, catalogué, archivé ?

Ce salaud de Knudson ! Ce salaud de nabot ! A cause de lui, du sénateur, Jesse était désormais un criminel. Avant, ce n'était pas si moche — pas moche comme ça, en tout cas. On se moquait de vous, on vous évitait, on vous renvoyait, parfois les gosses vous canardaient de pierres, mais au moins vous n'étiez pas traqué. A présent... c'était un crime. Une maladie !

Il se souvenait de l'arrivée au pouvoir de Knudson. Il s'agissait de l'un des premiers discours télévisés du nabot ; en fait, c'était le programme électoral qui lui avait permis de renverser la majorité :

« Le vice progresse dans notre cité. Dans les coins reculés de chaque Unité la perversion s'épanouit comme une fleur malfaisante. Nos enfants sont exposés à sa puanteur, et ils se demandent — *nos enfants se demandent* — pourquoi rien n'est fait pour mettre un terme à cette honte. Nous avons fermé les yeux assez longtemps ! Le moment est venu d'*agir*, non de discourir. Les pervers qui infestent notre pays doivent être balayés, *liquidés*, à cause de la menace qu'ils représentent non seulement pour la moralité publique mais pour la société tout entière. Ces malades doivent être traités et rendus à la normalité. Le syndrome qui jette hommes et femmes dans cette monstrueuse et aberrante relation et conduit à des actes de régression — une régression qui nous fera inévitablement retourner, à moins d'être jugulée, et jugulée rapidement, au stade animal — un tel syndrome doit être considéré comme toute autre maladie. Il doit être vaincu à l'instar des maladies cardio-vasculaires, du cancer, de la polio, de la schizophrénie, de la paranoïa, et des autres... »

Le sénateur de la condition féminine avait emboîté le pas à Knudson et rendu public un manifeste similaire, puis le projet de loi avait été voté et la loi appliquée.

Jesse but une gorgée de whisky en se remémorant les scènes de chasse. Les foules déchaînées qui avaient d'abord parcouru la ville chantant et hurlant, avec des pancartes barrées de slogans tels que : ÉLIMINONS LES HÉTÉROS ! À MORT LES DÉVOYÉS ! CHASSONS LA VERMINE DE NOS VILLES ! Puis leur désintérêt graduel après que les passions s'étaient apaisées et que la nouveauté avait perdu de son attrait. Mais ils en avaient massacré beaucoup, et ils en avaient envoyé encore plus à l'hôpital…

Il se souvenait des nuits de traque, souffle court, gorge sèche et serrée, cœur haletant. Il avait eu de la chance. Il ne ressemblait pas à un hétéro. On les reconnaissait, disait-on, rien qu'à leur démarche… Jesse avait une démarche correcte. Il les avait trompés. Il avait de la chance.

Et c'était un criminel… Lui, Jesse Martin 4, sans signe particulier, né en éprouvette et bercé électroniquement, élevé en Centre de conditionnement du caractère comme tous les autres, avait un terrible signe particulier.

C'était arrivé — c'est là que ses horribles soupçons avaient pris forme — lors de son premier rendez-vous amoureux officiel. Il s'agissait d'un Rocketeer, le summum de la qualité, même dans la catégorie des Chasseurs. Mother avait tout soigneusement préparé. Il y avait eu le bal… Et puis la balade en traîneau spatial. Le gaillard avait enlacé les épaules de Jesse, et Jesse avait compris. Il avait compris sans la moindre équivoque, et il en avait conçu beaucoup de colère et de tristesse.

Il se souvenait des jours qui avaient suivi cette prise de conscience : des jours sombres, des jours de désirs noirs et pervers, d'intime frustration. Il avait essayé de se faire un ami dans les Clubs déviationnistes qui fleurissaient alors, mais il n'avait pas pu. Il régnait dans ces lieux un sensationnalisme et une bravoure qui ne pouvaient le satisfaire. La vision d'hommes et de femmes mêlés choquait également certaines facettes de son conditionnement profond, et lui inspirait de la répulsion. Puis la police des mœurs était venue fermer les clubs, les hétéros avaient dû entrer dans la clandestinité, et il n'avait jamais cherché à les retrouver. Il ne les avait pas revus non plus. Il était seul.

Les perles tintèrent.

« Jesse... »

Il leva soudain le regard, effrayé. C'était Mina. Elle portait une ample chemise d'homme et un vieux chapeau qui dissimulait sa chevelure dorée. Son visage était à demi masqué par son col relevé. On décelait à peine à travers sa chemise ses seins qui se soulevaient au rythme de sa respiration. Elle eut un bref sourire nerveux.

Jesse jeta un coup d'œil à travers le rideau. Sans mot dire, il entoura ses douces et minces épaules de ses mains et la tint ainsi pendant une longue minute.

« Mina... »

Elle détourna le regard. Il lui souleva le menton et lui passa un doigt sur les lèvres. Puis il la pressa contre lui, promenant ses mains sur son cou et son dos, lui embrassant le front, les yeux, la bouche. Ils s'assirent.

Ils cherchèrent leurs mots. Les rideaux s'écartèrent.

« Une bière, dit Jesse en clignant de l'œil au barman, qui tenta de s'approcher pour voir qui était l'amant de cet homme mince et séduisant.

— Bien, monsieur. »

Le barman fouilla Mina du regard, mais elle s'était tournée et il ne put voir que son dos. Jesse retint son souffle. Le barman eut alors un sourire de mépris, un sourire qui disait : « Tu es fou... j'ai été engagé pour ma beauté. Vois mon torse, regarde cette cuirasse de pectoraux. Et la force de mes bras... et mes lèvres... dis-moi, en as-tu jamais vu de plus sensuelles ? Et tu me préfères ce sac d'os... »

Jesse cligna de nouveau de l'œil, haussa les épaules d'un air suggestif et fit danser ses doigts : *Demain, mon ami. Je suis coincé ce soir. Je n'y peux rien... Demain.*

Le barman sourit largement et disparut. Il revint aussitôt avec la bière. « Avec les compliments de la maison », fit-il à l'intention de Mina.

Elle ne se retourna que lorsque Jesse lui souffla : « Tu peux. Il est parti, maintenant. »

Jesse la regarda. Puis il tendit le bras et retira le chapeau. Il s'en échappa une cascade de cheveux blonds qui glissèrent sur la chemise rêche.

Elle tenta de rattraper le chapeau. « Non, dit-elle, il ne faut pas. S'il te plaît... et si quelqu'un entrait ?

— Personne n'entrera. Je te l'ai dit.

— Mais si jamais ça arrivait ? Je ne sais pas... je n'aime pas cet endroit. Ce type à la porte... c'est tout juste s'il ne m'a pas reconnue.

— Mais il ne t'a pas reconnue.

— Il s'en est fallu d'un rien. Et qu'arriverait-il alors ?

— Arrête ça, Mina, au nom du Ciel. Ne nous disputons pas. »

Elle se calma. « Je suis désolée, Jesse. C'est seulement que... cet endroit me donne le sentiment d'être...

— ... d'être quoi ?

— Sale. » Elle prononça le mot avec bravade.

« Tu ne penses pas vraiment ce que tu dis, n'est-ce pas ?

— Non. Je ne sais pas. Je veux seulement être seule avec toi. »

Jesse sortit une cigarette et se mit en devoir de l'allumer avec un briquet. Puis il jura, jeta l'objet grossier sous la table et écrasa sa cigarette.

« Tu sais que c'est impossible », dit-il.

La notion de logement en Unités individuelles avait disparu pour laisser place à des dortoirs géants. Il n'y avait plus ni parcs ni sentiers campagnards. Il n'y avait plus le moindre refuge à présent, à cause du sénateur

Knudson et de la triste indigence de cette nouvelle vague sociologique.

« C'est tout ce que nous avons », dit Jesse en parcourant d'un regard sardonique les murs de l'alcôve ornés de symboles sculptés et de photos encadrées de stars du show-business — tous nus et le regard paillard.

Ils restèrent silencieux un moment, mains enlacées sur la table. Puis la jeune fille se mit à pleurer. « Je... je ne peux pas continuer comme ça, dit-elle.

— Je sais. C'est dur. Mais que faire d'autre ? »

Jesse essaya de ne pas faire transparaître le désespoir dans sa voix.

« Peut-être devrions-nous, dit la jeune femme, rejoindre les autres dans la résistance.

— Et nous planquer, comme des rats ? fit Jesse.

— Nous nous planquons ici, dit Mina, comme des rats.

— De toute façon, Parner s'apprête à lancer une campagne de répression. Je le sais, Mina : je travaille à Centraldome, après tout. D'ici peu, la résistance aura totalement disparu.

— Je t'aime, Jesse, dit la jeune femme en se penchant en avant et en écartant les lèvres pour quêter un baiser. Je t'aime vraiment. » Elle ferma les yeux. « Oh ! pourquoi ne veulent-ils pas nous laisser tranquilles ? Pourquoi ? Simplement parce que nous sommes des dé...

— Mina ! Je te l'ai dit... n'utilise jamais ce mot. Ce n'est pas vrai ! *Ce n'est pas nous* qui sommes dévoyés. Il faut me croire. Il y a plusieurs années, c'était *normal*, pour les hommes et les femmes, de s'aimer : ils se mariaient et faisaient des enfants ensemble. C'est comme ça que les choses se passaient. As-tu donc tout oublié de ce que je t'ai raconté ? »

La jeune femme sanglotait. « Non, bien sûr. Mais, chéri, c'était il y a longtemps.

— Pas si longtemps que ça ! Là où je travaille — écoute-moi — ils ont des livres. Tu sais, je t'ai parlé des livres. Je les ai lus, Mina. J'ai appris le sens des mots dans d'autres livres. Ça date seulement de la pratique de l'insémination artificielle... il n'y a même pas cinq cents ans.

— Oui, chéri, dit la jeune femme. J'en suis sûre, chéri.

— Mina, je t'en prie ! Ce n'est pas nous qui sommes contre nature, quoi qu'ils en disent. Je ne sais pas exactement comment c'est arrivé — c'est peut-être une conséquence de l'avènement graduel de l'égalité totale entre les sexes, ou peut-être est-ce uniquement dû aux méthodes de conception... qui sait ? Mais en tout cas, chérie, le monde entier était comme nous, avant. Même à présent, regarde les animaux...

— Jesse ! Que je ne te reprenne plus à nous comparer aux chiens, aux chats et à toutes ces horribles bestioles. »

Jesse soupira. Il avait si souvent essayé de lui dire, de lui montrer. Mais il savait, en fait, ce qu'elle pensait : elle se croyait telle que les autorités la décrivaient... Mon Dieu, peut-être était-ce ainsi qu'ils pensaient tous, tous les déviants, tous les « anormaux »...

Les mains de la jeune femme lui caressèrent les bras, et ce contact lui parut soudain répugnant... Contre nature. Terriblement contre nature.

Jesse secoua la tête. Tout va bien, se dit-il. Aucune importance. C'est une femme, tu l'aimes, et il n'y a aucun mal, aucun mal, aucun mal à ça... ou bien suis-je le détraqué d'autrefois, qui était détraqué parce qu'il était tellement sûr de ne pas être détraqué, parce que...

« Écœurant ! »

C'était le petit homme replet, le joli cœur souriant, E. J. Hobart 2. Mais il ne souriait plus.

Jesse se leva d'un bond et se plaça devant Mina. « Que voulez-vous ? Je croyais vous avoir dit... »

L'homme tira un disque métallique de son short. « Police des mœurs, mon ami, dit-il. Vous feriez mieux de vous asseoir. » Le disque était dirigé vers l'estomac de Jesse.

L'homme passa son bras à travers le rideau et deux acolytes entrèrent, disque en main.

« Je vous observe depuis un bon moment, cher monsieur, dit l'homme. Un bon moment.

— Écoutez, dit Jesse, je ne sais pas de quoi vous parlez. Je travaille à Centraldome et je suis ici pour un rendez-vous d'affaires avec Mlle Smith.

— Nous voyons parfaitement de quel genre d'affaires il s'agit, dit l'homme.

— Très bien... Je vais vous dire la vérité. Je l'ai forcée à venir ici. Je...

— Cher monsieur... vous êtes sourd, ou quoi ? J'ai dit que je vous observais. Depuis le début de la soirée. Allons-y. »

Un des hommes attrapa sans ménagement le bras de Mina ; les deux autres se mirent en devoir d'éjecter violemment Jesse du club. Des têtes se tournèrent. Des corps enchevêtrés s'écartèrent, gênés.

« Ne vous dérangez pas, dit le petit homme replet, sa peau blanche luisante de transpiration. Ne vous dérangez pas, les amis. Retournez à vos occupations. » Il rigola et resserra son étreinte sur le bras de Jesse.

Mina ne se débattit pas. Elle avait quelque chose dans le regard... Jesse mit longtemps à déceler de quoi il s'agissait. Puis il comprit. Il comprit ce qu'elle était venue lui dire ce soir : que même s'ils n'avaient pas été capturés, elle se serait soumise volontairement au Traitement. Alors, finis les soucis, finie la culpabilité. Finies les rencontres tardives dans les clandés, la honte et le dégoût au cœur...

Mina évita le regard de Jesse pendant qu'ils l'entraînaient dans la rue.

« Tout ira bien », disait l'homme replet. Il ouvrit les portes du fourgon. « Leur technique est parfaitement au point, à présent : un ou deux jours d'hôpital, une petite visite médicale, quelques glandes à extraire, quelques injections, quelques électrodes sur le crâne, on fait passer le jus, et hop ! Vous n'en reviendrez pas... »

Le gros policier se pencha vers lui. Ses doigts boudinés dansèrent follement près du visage de Jesse. « Vous serez un nouvel homme », dit-il.

Puis ils refermèrent les portes et les verrouillèrent.

Traduit par Thierry Sandaljian

CLAUDIA O'KEEFE

Le lac du dernier vœu

Imaginez les tourbillons de neige dans un minuscule globe souvenir, un endroit tranquille mais prêt à s'évanouir, que vous seul maîtrisez. Et si vous vous retrouviez soudain perdu dans ce paysage, incapable désormais de rien contrôler ? C'est là une idée fort inquiétante, qui pourrait sans aucun doute s'avérer d'une efficacité redoutable.

Mais pas ici.

Répugnant à divulguer la moindre parcelle de cette remarquable histoire, j'aimerais simplement évoquer les forces fécondes qui s'y exercent. Claudia O'Keefe, pourtant, s'est contentée d'inventer le monde imaginaire d'une jeune fille qui a d'excellentes raisons de souhaiter s'évader de la réalité.

CETTE NUIT-LÀ, Wilona s'éveilla du monde ordinaire pour se retrouver, comme la nuit précédente, sur la rive d'un lac, toujours le même. Sous elle, le sol était dur, une argile humide, aussi fraîche que l'air nocturne, mais elle reposait sur une couette de feuilles de magnolia rembourrée de mousse. Sa tête s'appuyait à un oreiller vert céladon d'une étoffe plus tendre que toutes les peaux de chamois qu'il lui avait été donné de caresser. Au-dessus d'elle, une fleur de magnolia se détacha des branches et tomba sans bruit sur la couette, lui effleurant la gorge au passage. Elle se redressa.

Elle était bien éveillée, à présent. Tous les sens en alerte.

Elle se leva. La surface iridescente de l'eau avait le reflet serein et obscurément argenté d'une perle noire. Elle renvoyait parfaitement l'image des roseaux et des joncs de la rive. Elle s'inquiéta un moment de son apparence et songea à descendre vers l'eau pour s'y mirer mais, comme la nuit précédente, elle eut la certitude de n'avoir rien à craindre. Elle était belle. Incomparablement plus belle que dans la réalité.

Ses cheveux longs, soyeux et souples étaient d'un blond cuivré. L'ossature à la fois gracieuse et robuste de son visage avait l'inflexion déliée des violons que ces ébénistes virtuoses font émerger du bois précieux. Une ombre paisible en soulignait chaque courbe et sa carnation, parfaite, évoquait le hâle atténué du poil des siamois. Sans la moindre altération.

Elle portait une fine cotte de mailles constituée de petites feuilles d'albâtre rose qui se chevauchaient. Mais cet habit ne lui pesait pas, car elle était la vigueur même. Son bras serrait un cahier de textes et de poèmes écrits sous d'autres cieux, par une main qui, sans être tout à fait adulte, n'était déjà plus celle d'un enfant. La sienne.

Elle n'attendit pas. Dans le ciel dégagé parut un magnifique cygne noir qui vint planer au-dessus de l'eau. Il pouvait avoir dans les six mètres d'envergure. Ses yeux et ses pattes étaient du même noir irisé que la surface du lac. Ses plumes étaient si sombres qu'elle eut peine à les distinguer sur le fond noir du ciel, jusqu'à ce que, atteignant le niveau des roseaux, il frôle l'eau dans un jaillissement d'éclaboussures. Puis il fendit la surface du lac et son poitrail souleva deux faisceaux d'ondulations semblables à des ciselures au dos d'un face-à-main d'argent.

Le cygne se mit à sillonner le lac en la couvant d'un œil où l'intérêt le disputait à la méfiance. Timidité, réticence, crainte... — elle n'aurait su dire, mais la nuit précédente, ce manège avait duré pendant ce qui lui avait semblé une bonne heure. Puis il avait repris son vol et avait disparu à l'horizon bien avant les premières lueurs de l'aube.

Mais cette nuit-là, elle céda à l'impatience. Au lieu de l'observer sans bouger, elle approcha imperceptiblement du bord. Le cygne repéra aussitôt son déplacement et s'immobilisa au beau milieu du lac.

Elle n'y comprenait rien. Jusque-là, chaque nuit, elle avait gardé le contrôle de chaque détail. Tout s'était déroulé selon un ordre imperturbable et curieusement prévisible, exactement comme elle en avait décidé. Pourquoi le cygne refusait-il d'approcher ?

Elle avait aux pieds des bottines d'une facture plus délicate que toutes celles dont elle aurait pu rêver dans la réalité, mais elle entra dans l'eau sans hésiter et pataugea à sa rencontre. Il lui fit alors la surprise de venir à elle.

Tournant les talons, elle regagna la rive et battit en retraite vers son magnolia. Il glissa sur l'eau jusqu'à la rive. Il lui suffit d'un battement d'ailes pour se propulser sur la terre ferme — et ce n'était plus un oiseau. C'était un jeune homme, comme elle l'avait vaguement deviné. A peine plus âgé qu'elle, d'un an ou deux, tout au plus. Finement charpenté ; des bras, un buste, un cou délicats, flexibles. La brise ébouriffait ses cheveux noirs comme des plumes caressées à contresens.

Il inclina légèrement la tête en franchissant la limite du rivage, les yeux baissés vers les algues qui laissaient place à une zone d'argile nue, puis à une fine couche de mousse. Il lui sembla discerner dans son expression une nuance diffuse — de la honte. Et ça, elle ne comprenait pas. Ce n'était pas ce à quoi elle s'attendait.

Elle vint s'asseoir sur sa couette, avec la certitude qu'il finirait par l'y rejoindre, mais il secoua la tête.

« Tu ne veux pas que je vienne. » Elle ne l'avait pas entendu prononcer ces mots, mais sa pensée les avait clairement perçus.

« Si, je le veux », fit-elle à haute voix, et de se relever pour courir vers lui. Mais lorsqu'elle voulut le prendre dans ses bras, ceux du jeune homme étaient redevenus des ailes. Il avait gardé si peu de temps sa forme humaine qu'elle n'avait pu lui passer la main dans les cheveux qu'une seule fois, laissant courir ses doigts parmi les boucles souples, aussi effilées que des plumes, avant que ses bras ne se referment sur un cou de cygne. L'oiseau lui pinça l'épaule pour lui faire lâcher prise.

A son réveil, elle vit le plateau au-dessus de son lit d'hôpital et dessus, alignés le long du bord le plus proche, les flacons qui attendaient d'être injectés dans sa perfusion.

Elle serrait toujours son journal dont la couverture fanée achevait de perdre ses couleurs au contact de ses mains moites. Son pantalon était humide. Elle avait dû jouir dans son sommeil. Les infirmières s'en apercevraient mais ne diraient rien. Elles la connaissaient dans ses moindres recoins.

Elle entreprit de décrire le rêve mais, au bout de quelques lignes, elle sombra dans un abattement agité. Lorsqu'elle revint à elle, elle en écrivit quelques autres, avant de retomber dans cet état cataleptique. La troisième fois qu'elle émergea de sa torpeur, elle trouva ses parents à son chevet, assis du bout des fesses au bord de leurs sièges. Son père affichait cet air furibard qui ne le quittait plus. Cette colère n'était pas dirigée contre elle, non. Il était juste furieux, comme ça. A la dérobée, sa mère inventoriait les sarcomes qui constellaient les mains et les bras de sa fille, estimant à leur nombre et à leur taille le temps qu'il restait.

« Ces enfoirés du Congrès ne doivent pas avoir de cœur, lança-t-il. Un tas de ventres mous... ! A croire qu'aucun d'eux n'a d'enfants. Y a donc plus un seul politicard qui ait des gosses, dans ce putain de pays... ? » Sans même s'en rendre compte, il avait ponctué chaque syllabe en se meurtrissant le dos de la main de la pointe de son stylo-bille d'acajou. Les petits ronds bleus qui restaient sur sa peau contredisaient violemment la parfaite élégance de ses mains entretenues à grands frais.

Des mains paternelles, les yeux de Wilona passèrent à celles de sa mère. Plus les sarcomes envahissaient les siennes, plus son père entourait ses propres mains d'un soin maniaque, mais sa mère ne prenait même plus le temps de se vernir les ongles, ni d'ôter ses cuticules. Elle ne se passait plus de lotion. Les mains maternelles expiaient. Elles trahissaient l'abîme de culpabilité et de désespoir où l'avait plongée la maladie de sa fille. Comme si elles s'étaient efforcées d'atténuer l'atroce hiatus entre le monde des bien-portants et celui des malades.

Wilona redoutait ce que lui disaient leurs mains, mais par-dessus tout, elle sentait combien ces gens l'aimaient. Elle leur sourit.

« Ah, je te jure... ! tonna son père, que je mette seulement la main sur un de ces jean-foutre...

— Comment ça va, ce matin, ma chérie ? interrompit sa mère. Tu arrives à... récupérer après ce... » Sa voix se fêla sur « récupérer ». Son censeur intérieur avait dû lui faire remarquer ce que le choix de ce terme avait de malheureux. « Tu veux que je voie le docteur ? »

Pour lui parler de la morphine, voulait-elle dire.

« ... Mais tu as tout l'État derrière toi, ma chérie. Regarde un peu le paquet de courrier qu'on a reçu ce matin... » Son père souleva deux grands sacs postaux fatigués, pleins de lettres, d'enveloppes de papier kraft, de colis.

Les histoires de la presse à scandale lui revinrent à l'esprit. Tous ces gens qu'une réaction massive des lecteurs apitoyés avait sauvés de la maladie, de la mort, comme si une vie humaine n'était qu'une émission de télé dont on pouvait plébisciter le maintien.

La pression s'intensifiait sous son crâne, au point qu'elle devait se concentrer douloureusement pour prêter attention à leurs paroles. Il lui semblait que les lobes de son cerveau venaient buter contre son front, de l'intérieur — et c'était bien l'effet de ses lymphosarcomes proliférants. L'effort qu'exigeait d'elle le seul fait de supporter ces douleurs éveillait en elle un irrépressible besoin de haleter, comme lorsqu'on produit un travail physique intense — un cent dix mètres haies ininterrompu, toujours à refaire. Le meilleur athlète ne résisterait pas à un tel régime. Mais elle ne pouvait respirer ni plus profondément ni plus vite. La tumeur lui avait déjà ravagé les poumons. Il fallait régulièrement la mettre sous oxygène.

Lever les yeux pour rencontrer le regard de ses parents était une épreuve harassante. Elle essaya tout de même, insista, s'entêta, essaya et essaya, encore et encore. Une chose aussi simple que de lever les yeux prenait des allures d'exploit. Incroyable.

Elle se contenta donc de les laisser posés sur leurs mains. Au bout de quelques minutes, elle ne parvint plus à maintenir son attention sur la voix de son père. Elle ferma les paupières.

« Tu veux que je parle au docteur ? demanda encore sa mère, dont la voix avait résonné tout près de son oreille droite.

— Non, maman », fit-elle. Elle n'aimait plus parler. Les tumeurs avaient fait de sa parole un bafouillage indistinct qui faisait peur à sa mère.

Elle se laissa partir à la dérive, espérant qu'elle garderait son sourire dans son demi-coma.

Le cygne volait au-dessus d'elle en grands cercles réguliers et calmes, économisant son énergie, glissant sur l'air avec un minimum de battements d'ailes. Il temporisait. Il semblait craindre de descendre.

Mais c'était elle qui l'avait appelé. Il allait donc finir par atterrir. Forcément.

Il le fit, mais à l'autre bout du lac. Si loin qu'elle n'entendit même pas le bruit de l'eau qu'éraflaient ses ailes. Il se baguenaudait dans une petite anse, aussi insoucieux d'elle que s'il eût été seul. De temps à autre, cependant, son cou se tordait dans sa direction, comme s'il avait feint de se lisser les plumes — mais elle savait que c'était elle qu'il regardait.

Elle décida de faire le tour du lac jusqu'à cette crique. Pour une raison qui lui échappait, sa cotte de mailles lui parut plus lourde que les nuits précédentes. La fraîcheur de l'air nocturne avait fait place à une tiédeur moite. Les environs n'étaient plus aussi revigorants que lors de ses précédentes visites. Sa foulée se raccourcit et se raccourcit encore, jusqu'à ce qu'elle ne puisse plus que poser mollement un pied devant l'autre. En dépit de tous ses efforts, il lui fallut pratiquement toute la nuit pour contourner le lac.

Il resta, pourtant. Il ne tenta ni de s'éloigner ni de gagner une autre crique. L'aube était pratiquement là lorsqu'elle s'assit au bord de l'eau, sur un banc de petits cailloux gris taupe de la taille d'un pois. Elle passa plusieurs minutes à le regarder aller et venir sur l'eau, à quelques mètres. Elle l'observait du coin de l'œil, tout en prenant au creux de sa main de l'eau qu'elle laissait ensuite couler entre ses doigts en l'écoutant s'échapper.

« Pourquoi n'oses-tu pas venir me voir ? » lui demanda-t-elle enfin.

Il ne répondit pas, mais, d'un coup d'aile, vint à sa rencontre sur le rivage, retrouvant son apparence humaine. Il passa près d'elle et poursuivit son chemin pour gravir une petite colline couverte de coquelicots où il enfonçait jusqu'aux genoux. Il se retourna et lui fit signe de le suivre, avant de disparaître derrière la colline.

Elle lui emboîta le pas. Ils arrivèrent à un pêcher chargé de fruits mûrs qui se dressait seul dans le paysage et dont les longues feuilles effilées d'un vert presque noir lui firent songer, dans la logique de cet autre univers, qu'elles devaient absorber les ténèbres comme les autres arbres le font de la lumière. Il cueillit une pêche et la lui tendit. La peau du fruit était de fin velours noir. Elle avança une main creusée en cupule, qu'elle laissa retomber après un instant d'hésitation.

Il sentit qu'elle avait peur et insista.

« Elle est belle, murmura-t-elle, mais… »

Il la dévisagea avec gravité et mordit le premier dans le fruit. Lorsqu'il déglutit, sa gorge eut un frémissement qui lui rappela le cou du cygne. Sous sa peau de velours noir, la pulpe était d'un beau rose orangé.

Il lui présenta à nouveau le fruit qu'il tenait du bout

des doigts pour éviter tout contact physique au moment où elle le saisirait. Elle l'enveloppa, encore une fois, de sa main.

« Qu'elle est belle…, fit-elle puis, contournant prestement le bras qu'il lui tendait, elle vint embrasser ses lèvres où perlaient encore quelques gouttes de jus. Mais ce n'est pas ce que je veux. »

Surpris, il se cabra et laissa tomber la pêche.

« Qu'y a-t-il donc ? s'enquit-elle.

— Tu ne peux pas me laisser te toucher. » La voix, claire et douce, avait contourné sa pensée. « Je te tuerais.

— Pourquoi craindrais-je la mort ? Tu crois que j'en ai peur ?

— Il ne s'agit pas de ça. Tu as appelé le fils de la mort. » La voix se fit tremblée. « Et je suis son fils. »

Cette fois, sa métamorphose parut plus laborieuse. En survolant l'arbre, il avait toujours visage humain et sa poitrine n'était pas encore couverte de plumes.

Elle n'aurait su dire s'il avait réussi à redevenir cygne avant de disparaître. Elle ramassa la pêche dont la partie exposée était à présent parsemée de petits grains de terre séchés, durcis, qu'elle prit soin d'ôter. Elle porta le fruit à ses lèvres et y mordit encore. La saveur suave et chaude de ce fruit était trop capiteuse pour qu'on puisse s'en désaltérer, comme celle d'un thé infusé d'hydromel.

Ouvrant les yeux, elle vit à son chevet une infirmière qui injectait quelque chose dans sa perfusion. Ils avaient commencé la morphine. Son corps et son esprit glissaient un peu plus profondément dans leur inutilité. Les nouveaux médicaments ne la délivreraient pas de la douleur, ils lui en interdiraient juste l'accès. Ils se contentaient de la réduire, elle, en atténuant sa capacité à ressentir.

« Avez-vous fait vos exercices de rêve lucide ? fit une voix masculine.

— Hein, pardon ? »

C'était son thérapeute, installé dans le fauteuil, de l'autre côté de son lit.

« Bonjour, fit-il.

— Bonjour.

— Avez-vous pu essayer ? » insista-t-il, animé d'un intérêt sincère. Elle remarqua pour la première fois la couleur de ses cheveux. Noirs. Était-ce l'origine du cygne de son rêve ? Elle en doutait. Elle ne voulait pas écarter cette possibilité, mais avec ses vingt-huit ans, il lui paraissait trop vieux — et bien trop lourd pour voler, songea-t-elle avec un rien de regret.

« Le rêve… ?

— Oui. Je me demandais si vous aviez essayé, si vous aviez pu mettre l'exercice à profit… ?

— Non », dit-elle.

Elle n'aurait pu dire s'il l'avait crue. Il attendait tranquillement, patiemment, qu'elle se lance, qu'elle lui jette une miette, un mot auquel s'accrocher. Elle ne trouva rien sur quoi commencer et son silence détermina le sujet de la séance. Ils parleraient de la colère, des circonstances dans lesquelles elle avait contracté la maladie, de ce qui pourrait l'aider à digérer toute cette rage, quel que soit le temps qui lui restait pour en venir à bout.

Le lendemain matin, sa mère était de retour. Elle babillait nerveusement à son chevet. Le chef de service avait dû lui faire un rapport alarmant dans le couloir.

« Papa et moi, on se demandait, commença-t-elle, tu sais… ton journal… Tu écris si bien et… en regardant ton cahier, on a vu qu'il était presque fini. Tu voudrais peut-être qu'on en fasse quelque chose quand tu… quand tu l'auras terminé. »

Bien qu'il lui répugnât de dévoiler l'attachement jaloux qu'elle avait pour ce cahier, Wilona s'y cramponna de plus belle sous les draps.

« Nous pourrions le confier à un éditeur », suggéra sa mère.

Un bruit de bousculade dans le couloir vint opportunément l'interrompre. Une bagarre avait éclaté. Quelqu'un, dans un fauteuil roulant. Wilona songea qu'il pouvait être dans les six heures trente du matin, l'heure à laquelle les patients valides se levaient pour se rendre à leurs différents lieux de soins.

« Laisse-moi donc me lever ! ! ! » rugit une voix masculine où l'on n'aurait pas discerné autre chose que de l'indignation.

Il y eut des couinements de caoutchouc, des semelles ou des roues. Comme une mêlée sur un terrain de basket.

« Ça t'embêterait de me laisser faire mon boulot... ? » Une autre voix d'homme. « Tu ferais mieux d'économiser tes forces au lieu de les gaspiller pour des idioties...

— Voilà deux jours que j'engrange des forces — tu parles d'une putain d'économie ! Ras le bol de traîner de mon lit à mon fauteuil roulant et de mon fauteuil à ma chaise longue ! Allez, quoi... laisse-moi marcher. »

L'espace de quelques secondes, Wilona n'entendit plus que le bruit de fond de l'hôpital. Son infirmière passa au lit suivant. Du couloir lui parvint un grand soupir.

« OK, Bryce. Si c'est vraiment ce que tu veux, on va le faire. Allons-y. Debout, les morts ! » Un grognement étouffé. Le fauteuil roulant vint percuter le mur tout près de la porte ouverte de Wilona, sur la gauche. Des pieds mal coordonnés raclèrent le lino du couloir dans des mules à semelles synthétiques. « Mais si tes vertiges te reprennent et que tu me gerbes tripes et boyaux comme la dernière fois, c'est toi qui porteras le chapeau !

— Ah, Harold... c'est ça que j'aime, en toi. Quand il s'agit de prendre des responsabilités, tu te poses vraiment là ! » Ces mots avaient été prononcés par un grand type qui avait finalement réussi à dépasser sa porte sur ses jambes avec l'aide d'un garçon de salle. Bryce, comme l'avait appelé l'autre. Il paraissait à la fois plus jeune et plus vieux qu'elle ne l'avait imaginé, à sa voix — dans les vingt-quatre ans. Plus jeune parce que sa puissante carcasse semblait capable de supporter un bon poids de muscles, ce qui était loin d'être le cas, à présent. Et plus vieux parce que les rides douloureuses et les altérations du teint qui trahissaient la maladie avaient déjà envahi son visage. Autour de ses lèvres et de ses yeux, la peau virait au grisâtre.

Les symptômes du mal ne s'étaient déclarés que très récemment chez Bryce. Il avait encore presque bonne mine. Taillés en grosses mèches rebelles, ses cheveux lui balayaient la figure, mais ils n'avaient rien perdu de leur lustre ni de leur épaisseur. Ils étaient toujours pleins de vie, d'un brun foncé respirant la bonne santé. Bien qu'amaigri, il avait gardé sa carrure d'athlète, et ses mollets, que Wilona avait aperçus sous son peignoir d'hôpital, lui avaient rappelé certain sauteur à la perche pour qui elle en pinçait quand elle était en deuxième année de fac.

Mais Bryce avait détourné son attention de son aide-soignant. Il eut un geste de rébellion et jeta un œil dans la chambre de Wilona. Son lit était le plus proche de la porte et c'est elle qu'il aperçut en premier. Seuls ses yeux témoignèrent du malaise soudain qu'il ressentit à sa vue. Puis il la reconnut, comme le confirma l'intensité accrue de son regard. Il l'avait déjà vue — il n'aurait su dire où, mais il en était sûr.

Trois mètres plus loin, cela lui revint. C'était aux infos. Cette jeune femme qui assiégeait les agences d'État et les organismes gouvernementaux responsables de la santé pour obtenir des fonds destinés à sensibiliser les jeunes à la prévention des MST. Celle qui taraudait les politicards pour leur faire financer plus de foyers, plus de lits d'hôpital. Celle que certains accusaient d'utiliser son délabrement physique comme une arme terroriste.

Lorsqu'il avait dépassé sa porte, la dernière expression qu'elle avait vue sur ses traits fut celle d'un effroi très profond, très intime. Elle détourna vivement la tête.

Ne me regarde pas, pensa-t-elle. Par pitié.

Sa couette virait à l'ocre et s'émiettait. Les feuilles de magnolia, qui avaient jusque-là gardé leur verdeur et leur éternelle fraîcheur, se desséchaient. Leur lisière se faisait aussi acérée que celle des scalpels et leur pointe aussi aiguë que celle des lancettes jetables qui servaient aux infirmières pour les prises de sang. Lorsqu'elle roula sur le côté pour se lever, elles lui piquèrent les bras de part en part. De l'intérieur, le rembourrage de mousse exhalait des bouffées de poussière à chacun de ses mouvements.

Plus trace d'humidité ni de fraîcheur nocturne. La chaleur faisait baisser les eaux et dissipait les nuées bleu nuit qu'elle voyait auparavant s'attarder sur l'horizon où avait disparu le soleil. Des joncs et des roseaux s'élevaient des relents saumâtres. Une sécheresse fiévreuse vibrait dans l'air.

Elle restait des heures, assise immobile sur sa couette, dans l'attente du réveil. A quoi bon venir traîner ici, maintenant que le cygne ne venait plus la voir et que la maladie l'y avait suivie ? Elle n'aurait jamais pensé qu'en mourant, les fleurs de magnolia prenaient la consistance molle des baudruches crevées, caoutchouteuses, fatiguées...

De temps à temps, il lui semblait percevoir quelque chose, un mouvement, au loin dans le ciel, une silhouette familière, mais ce n'était chaque fois qu'un effet de son imagination ou un frémissement de l'atmosphère dont la température ne cessait de grimper.

Lui parvint un vagissement — quelqu'un qui s'étranglait en toussant comme un noyé. Elle se réveilla.

C'était elle.

Je suffoque.

Elle sentait en elle ses poumons compacts et détrempés comme du carton bouilli. Depuis que les docteurs lui avaient énuméré les effets secondaires que pouvaient provoquer les tumeurs, Wilona avait vécu dans l'angoisse constante et fondée de manquer d'air. Ses réflexes vitaux avaient engagé une lutte désespérée contre son corps dont les possibilités allaient s'amenuisant.

Appelant l'infirmière de ses cris rauques, elle se laboura la poitrine et trouva la sonnette. Une main qu'elle ne pouvait voir arracha les siennes du bouton. Elle se débattit toutes griffes dehors pour lui échapper. Le désespoir lui donna la force de retrouver la sonnette d'alarme et de l'actionner encore et encore.

Jusqu'à ce qu'elle sente le tube d'oxygène remonter dans une de ses narines. Un souffle glacé lui envahit les fosses nasales, puis la trachée.

« Chut, Wilona..., murmura l'infirmière. Voilà ton oxygène. Le médecin sera là dans une minute, mon petit lapin. Alors tu essaies de ne plus te bagarrer comme ça, OK? »

Elle s'appliqua à retrouver son calme pour obéir à l'infirmière, bien gentiment, mais la panique ne lâchait pas prise. Elle découvrit qu'elle n'avait plus aucun contrôle sur ses émotions. Ce n'était d'ailleurs même plus des émotions dignes de ce nom, mais une sorte de brouhaha que produisait ce qui lui restait de cerveau pour lui faire peur.

Le docteur arriva et décréta qu'elle avait une pneumocystose. « Ça n'a rien d'une surprise, Wilona... », ajouta-t-il. Il se voulait rassurant. « Mais ça ne nous prend pas au dépourvu. Nous avons les moyens de gérer ça... »

Salades..., se dit-elle. Ils n'arrêtent pas de me débiter des salades.

Elle passa une journée agitée, aux prises avec la peur, s'efforçant de mieux respirer et d'éclaircir sa vision, qui devenait de plus en plus floue, en clignant sans cesse les yeux.

Elle survécut à ce premier assaut de la pneumonie. Cette fois, les antibiotiques firent leur effet. Sa vision s'améliora, mais elle se rétrécissait. Les limites de son champ visuel s'obscurcissaient et les périodes de flou se prolongeaient. De temps à autre, l'intensité des pointes de douleur que lui causaient ses migraines lui faisait perdre connaissance.

Son lac lui manquait pendant ses moments de veille mais, même dans son sommeil, elle n'en retrouvait pas le chemin. Chaque fois qu'elle se sentait glisser, elle se promettait de se réveiller là-bas, mais elle n'y parvenait plus. Non pas qu'elle ne rêvât plus. Si, elle rêvait. De tout ce qu'elle aurait dû faire, mais le courage lui manquait pour y travailler. L'idée lui vint que la portion de son esprit qui lui avait donné accès au lac était déjà morte, détruite avant elle.

Elle restait des heures les yeux fixés sur sa perfusion. *Ce truc ne me quittera plus. Je l'aurai dans le bras jusqu'à la fin.* Ça la rendait folle. Elle aurait voulu arracher l'aiguille. Elle se mit au défi de le faire. L'idée la hantait pendant ses accès de délire les plus aigus. Deux ou trois fois, elle serait même passée à l'acte, n'eût-elle été si épuisée, si incapable de vouloir.

Elle parla de cette pulsion à son thérapeute lors de sa visite suivante, mais sa réponse lui passa au-dessus de la tête et elle laissa à son pilote automatique le soin de répondre aux questions qu'il lui posa.

Qu'est-ce que ça peut lui faire, de venir bosser ici, à ce type ? se demandait-elle. Bizarre comme idée. Thérapeute pour patients au stade terminal. La version post-moderne des derniers sacrements. Un anathème fondamental et aussi, en un sens, un sacré gaspillage de ressources...

Ça avait dû lui échapper, sur le moment, mais le thérapeute était apparemment intervenu auprès de quelqu'un car un jour où elle se sentit un tout petit peu mieux, ils la transportèrent dans le patio, par faveur spéciale. Elle monopolisait les services d'une infirmière diplômée, affectée en permanence à sa surveillance.

Depuis sa pneumonie, Wilona avait essayé de tenir la chronique de ses rêves. Mais au fil des jours, elle remettait sans cesse à plus tard le récit de ce dernier rêve sur les rives du lac agonisant. Elle avait toujours été perfectionniste. Ce trait de son caractère faisait son orgueil et celui de ses parents. Elle avait toujours simultanément en chantier une dizaine de projets.

« Vous devez avoir en vous beaucoup de colère, lui avait demandé une ou deux fois son thérapeute. Envers la maladie, et ce qu'elle vous fait... »

Il ne s'était jamais soucié de la colère qu'elle pouvait avoir envers elle-même, ni de ce qu'elle ressentait vraiment — de la culpabilité. Elle se sentait coupable de ne plus s'investir nulle part. Ses combats, ses projets, ses études. Tout était à l'eau. Un vrai naufrage.

Mais ce jour-là, elle avait résolu de mener quelque chose à bien — ne serait-ce que la rédaction des deux paragraphes qui raconteraient son dernier rêve. Ne serait-ce que pour dire ce qui l'avait poussée à inventer l'univers du lac.

Elle se persuada du mieux qu'elle put que cette heure passée parmi les ficus, les fougères et les camélias, sous le soleil qui filtrait à travers la verrière, lui donnerait l'énergie nécessaire pour y arriver. Elle saisit son stylo, dont elle posa laborieusement la mine sur la première ligne d'une page qu'elle avait peine à distinguer.

Au bout de quelques secondes, les muscles de ses doigts se crispèrent et le stylo lui échappa. Deux phrases, c'était encore trop. Le stylo roula à terre.

« Laissez, laissez ! Je le ramasse... », fit une voix masculine qu'elle reconnut. Le stylo fut effectivement ramassé et posé près de sa main, couchée sur le plateau de son fauteuil roulant.

Bryce.

« Il n'a pas l'air cassé », fit-il. Il le reprit, fit avancer la mine de plomb de quelques millimètres, avant de le lui rendre.

Wilona ne fit pas un geste pour le récupérer. Elle mettait toute sa concentration à empêcher sa main de trembler devant lui.

Il était toujours en assez bonne forme. Relativement. Bien sûr, cela ne faisait que deux semaines et demie qu'elle l'avait vu passer dans le couloir. Mais quelque chose en lui suggérait qu'il était du genre à rester beau jusqu'au dernier jour, ou presque.

« Vous savez, vous pouvez me dicter vos trucs, si vous voulez, fit-il, et elle le surprit à risquer un œil par-dessus son épaule.

— Non. » De sa main valide, elle referma tout doucement son cahier, épouvantée par ce qu'il aurait pu y lire. « Mais merci.

— Qu'est-ce que c'est ? s'enquit-il. Ce que vous écrivez là-dedans, je veux dire...

— Personnel. »

Il hocha la tête. Il était resté debout près d'elle depuis qu'il lui avait rendu le portemine puis, tout en parlant, s'était accroupi. L'odeur chlorée, incongrue, du Physioderm montait de ses cheveux qui auraient dû sentir le shampooing, ou, au pire, les relents musqués de toutes ces nuits d'insomnie. Il s'était laissé choir sur le carrelage blanc, à présent, et s'était assis près de son fauteuil, jambes croisées.

« Qu'est-ce que vous racontez, là-dedans ? insista-t-il. Vous parlez de vos angoisses ? Vous écrivez des lettres à ceux qui... ben, qui vont vous survivre... ? Vous vous excusez ? Vous leur exprimez tous vos vœux de bonheur ?

Ou alors vous racontez ce que vous ressentez, d'un jour à l'autre...

— Non. Des rêves. »

Il leva vers elle un regard aigu. Soudain, ses yeux s'étaient chargés d'une trop grande sollicitude, même pour quelqu'un de sensibilisé au sujet.

« Quel genre de rêves ? »

Sa réponse vint, amère, mais elle fut fière de son honnêteté. Jamais elle n'avait été si directe. Elle exhalait son amertume sans trace de pudeur.

« Des choses que je n'aurai jamais plus. »

Bryce eut un spasme de douleur. Ses yeux se fixèrent sur ses genoux. Il se leva au bout de quelques minutes et partit sans ajouter un mot.

La réaction du jeune homme fit s'évanouir toute son assurance en moins de temps qu'il ne lui en avait fallu pour rassembler en elle l'énergie de cet aveu. Elle était déconcertée. Blessée.

Des lueurs blanches, espacées de quelques fractions de seconde à peine, striaient le ciel violacé. Les éclairs convergeaient vers elle. Le tonnerre grondait si fort qu'il lui semblait être enfermée avec lui dans une pièce, comme s'il avait pu rebondir sur le plafond de l'univers du lac. Mais la pluie refusait de tomber. Les nuages s'effilochaient, vides. Pas un souffle d'air ne venait arracher à leurs branches les dernières feuilles du magnolia, ni disperser sur le rivage les amas qui s'y étaient formés.

Wilona s'adossa au tronc, dépiautant sa couette d'une main machinale, fragment par fragment. Cette couette qui lui était si précieuse quand ces rivages étaient encore pleins de vie n'éveillait plus en elle que des bouffées de rage. Chaque feuille avait pris une étrange consistance, résistante et raide comme du cuir trempé puis séché. Il était presque impossible de les déchirer.

Elle aurait dû fuir cet arbre, elle le savait. Hormis elle-même, c'était le seul objet que la foudre aurait pu prendre pour cible. Mais elle était ici chez elle, et elle connaissait l'ultime objectif de l'éclair. Elle ne lui échapperait pas. La maladie avait pris d'assaut son royaume nocturne et ce n'était qu'un rêve. Pas la réalité, juste un reflet — une métaphore. L'éclair la frapperait où qu'elle aille. Elle savait exactement à quoi s'attendre.

Comme des épines répandues dans le flot de son sang, la douleur poignait en elle de nouvelles blessures, au plus profond d'elle, hors de sa portée ou de celle des médecins, émiettant atrocement la chair, les artères, l'os. Un tel supplice pouvait à tout instant emporter son esprit dans les royaumes surréels qu'habitent les fous, jamais précisément éveillés, mais incapables d'accéder aux terreurs éphémères qui traversent les cauchemars des bien-portants.

Elle avait bien imaginé de fuir dans le paysage désolé ou les collines vides, en quête d'un abri. De se tapir dans la première crevasse. Mais il lui avait paru plus raisonnable de s'asseoir et d'attendre.

Le cygne vint par-derrière, plongeant sur elle d'une direction qu'il n'avait jamais prise auparavant. Ses ailes lui cinglèrent le visage tandis qu'il tournait autour de l'arbre. Une de ses griffes lui arracha même une mèche de cheveux — délibérément ? Ses plumes répandaient une odeur d'ozone.

Il suspendit son vol avant d'atteindre le rivage et atterrit sous sa forme humaine, lui présentant son dos. Elle le sentait bouillir intérieurement. De frustration.

Estomaquée par cet atterrissage, Wilona ne s'était toujours pas relevée lorsqu'il pivota vers elle.

« Qu'est-ce qui te fait croire que tu peux me rappeler ici ? Pour qui tu te prends ? Tu sais que je ne veux pas venir. »

Ces mots lui vrillèrent dans l'esprit, incandescents.

« C'est mon univers. Ici, c'est moi qui commande, et

je veux que tu me donnes ce que personne d'autre ne pourra ou ne voudra me donner.

— La délivrance, ricana-t-il. Tu veux que je te débarrasse de ta souffrance en emportant ta vie.

— Je veux que tu me touches.

— Et que je te tue. » Il avait presque sifflé.

« Je suis déjà au seuil de la mort. Pourquoi m'obliger à le répéter... Je vais mourir. Je suis *prête.*

— Mais si je te touche, tu n'en mourras que plus vite.

— Et alors... ?

— C'est un choix.

— C'est le mien. »

Soudain, la joue lui cuisit. Il lui avait fallu tout ce temps pour enregistrer l'effet de la gifle de ses plumes. « Je ne te demande pas de me tuer... »

Je ne peux pas le dire. Elle ne pouvait pas, mais elle voulait.

« Je voudrais que tu me fasses l'amour. » Il la regarda sans un mot, incrédule. « Pour que je ne meure pas sans savoir à quoi ça ressemble, le véritable amour...

« Quand j'étais petite, à l'église, poursuivit-elle, j'attendais la voix de Dieu. Je regardais les vitraux et j'attendais que Dieu vienne me murmurer des choses à l'oreille. Je souhaitais désespérément qu'il se manifeste. Il n'aurait pas eu besoin de dire grand-chose. Mon nom, ça aurait suffi. Mais tu sais qu'il ne parle pas aux gens. Pas pour de vrai. On le sait, au fond de soi, même si on refuse de se l'avouer. On se dit : quel est son pouvoir, de toute façon, à ce Dieu qui ne peut même pas murmurer “Je t'aime, Wilona”, de la voix doucement chatoyante qu'on lui imagine. Existe-t-il seulement...

« C'était comme ça, avec le type qui m'a refilé ça. Je voulais penser que l'acte ferait de nous des *amants.* Que cette intimité unique m'était due et m'adviendrait comme me le promettait les films à happy end. Mais je savais aussi que je n'avais rien ressenti de vraiment extraordinaire, ni avec lui ni avec ceux qui l'avaient précédé.

Je me répétais inlassablement que pour rencontrer cet amour, il fallait y croire. Mais je n'avais jamais entendu ces mots : *Je t'aime, Wilona.* Je ne les avais jamais sentis. *Je t'aime, Wilona.* Jamais.

« C'est pour ça que je t'ai appelé. J'ai cru que tu pourrais me montrer ce qu'est l'amour. Même s'il n'y a rien après la mort, je voulais m'assurer, avant, qu'il y a une vérité de l'amour. »

Il ne fit pas un geste. Pas un muscle de son visage ne frémit.

Elle eut un affreux sentiment. De rejet. Elle se détourna sans prendre la peine de s'excuser mais, à son expression de regret effaré, il avait dû voir son chagrin. Elle mit le cap sur l'arbre. Elle voulait s'asseoir de l'autre côté et oublier le lac jusqu'à son réveil.

Elle n'avait pas fait trois pas qu'une caresse de la brise la chatouilla derrière l'oreille et lui ébouriffa les cheveux. Se retournant une dernière fois, elle eut la surprise de voir une main qui venait à la rencontre de sa joue, délicatement arrondie en cupule.

Les yeux du jeune homme s'étaient rétrécis, craintifs. Ce n'était pas d'elle qu'il se méfiait, se dit-elle. Pas d'elle. Mais de ce qu'il allait faire. Il la coucha sans ménagement dans la poussière du rivage, une poussière si volatile qu'elle tourbillonnait autour de sa tête en grandes volutes, comme un nuage de soie.

Il y avait beaucoup de désespoir dans sa passion, et beaucoup d'amour dans sa colère. Il lui fit l'amour comme si c'était son dernier instant de plaisir, et elle songea qu'ils n'étaient en cela que trop semblables.

Ensuite, Wilona resta étendue près de lui dans leur monde, la main posée sur sa poitrine, consciente des rapides pulsations de son sang qu'elle sentait tambouriner partout sous sa peau, comme une averse crépitant de l'intérieur. Tandis que son pouls ralentissait, l'orage éclata enfin. La poussière de leur visage se cribla de gouttes et la pluie vint fraîchir leurs corps fiévreux.

Elle s'éveilla en larmes. Ce désir de pleurer était bien la dernière des choses qu'elle s'attendait à ressentir, mais elle ne resta éveillée qu'un instant, juste le temps de sentir le sel d'une larme, sur sa lèvre.

« Tes cheveux sont d'un beau blond cuivré, murmura-t-il. Chaque trait de ton visage semble avoir été sculpté par un luthier virtuose... une ombre tranquille en adoucit chaque courbe... »

Traduit par Stéphane Carn

RAMSEY CAMPBELL

Encore

Ramsey Campbell, l'un des plus grands noms de la littérature fantastique contemporaine, débuta très tôt dans le métier, puisqu'il n'avait que seize ans lorsqu'il vendit sa première nouvelle à August Derleth, le légendaire directeur d'Arham House. Cela remonte maintenant à plusieurs décennies et depuis, son talent n'a fait que croître et embellir. Il n'a pas quitté Liverpool, sa ville natale, et y concocte toujours ces histoires au parfum si particulier, capables de vous triturer savamment les méninges, tout en vous saisissant à bras-le-corps.

Le critique Douglas Winter, qui se fit très tôt le champion de Campbell aux États-Unis, remarquait que l'auteur de The Hungry Moon *et d'*Ancient Images *était passé maître dans l'art de « s'approprier ces histoires de fantômes de la tradition britannique, généralement situées dans le contexte choisi de la haute bourgeoisie ou d'une nature idéalisée, pour les transposer dans le paysage urbain, plus actuel des classes modestes ». Cette remarque s'applique on ne peut mieux au monde où évoluent les protagonistes d' « Encore ». Mais notez bien, courageux lecteurs, que Campbell lui-même considère le récit qui va suivre — l'histoire des conséquences désastreuses d'un regrettable détour, lors d'une promenade qui aurait dû rester des plus anodine — comme « sans doute un poil trop bizarre »…*

Et le bougre sait de quoi il parle…

BRYANT s'était vite lassé du chemin de randonnée pédestre. Ayant épuisé les attraits des jardins publics de Liverpool, il s'était aventuré dans ce parc naturel, et avait tôt fait de le regretter. Les charmes de Dame Nature étaient décidément trop rudes pour lui. Cette piste aurait sans doute été un régal pour un botaniste, mais ce n'était à ses yeux qu'une voie de chemin de fer désaffectée, dont on avait ôté les rails. Elle s'engouffrait parfois sous des ponts rongés de rouille, puis l'enserrait entre ses rives encaissées durant des kilomètres — et quand elle débouchait à nouveau au niveau du sol, ce n'était que pour lui faire traverser des champs trop verts pour être vrais… Des haies, des arbres d'une implacable luxuriance, dont les verts se fondaient en une déprimante monotonie.

Il n'aurait su dire au juste ce qui lui rendait si exécrable cette vallée miniature. Des gosses lui détalaient dans les jambes en poussant des *Hou-hou* de locomotives échappées de leurs rails. D'énormes chiens surgissaient des fourrés pour venir le renifler, quand ils ne lui sautaient pas dessus en le barbouillant de bave. Mais le pire, c'était encore ce nuage de mouches… On arrivait à la fin juin, et ce premier jour de vraie chaleur avait dû les mettre sur le pied de guerre. Elles constellaient son champ visuel de petites taches semblables à celles que provoque la fatigue, et leur incessant bourdonnement lui engourdissait tous les sens. Dès qu'il lui sembla entendre passer des camions, quelque part au-dessus de sa tête, il s'engouffra dans le premier passage qui s'ouvrait entre les ronces, ravi de n'avoir pas à attendre la prochaine sortie officielle du circuit...

Il traversa ensuite trois grands champs, avant de s'apercevoir que ce chemin ne menait nulle part, mais il préféra tout de même continuer dans cette direction, bien qu'il se soit rendu compte, maintenant qu'il avait émergé du sous-bois, que ce bruit de camions qu'il avait pris pour le grondement d'une route n'était en fait que celui de quelques tracteurs qui labouraient la terre, au loin. D'ailleurs, même s'il avait fait demi-tour, rien ne l'assurait de retrouver son chemin... Il préféra continuer sur sa lancée. Il finirait forcément par croiser une route.

Mais, après avoir traversé ou contourné plusieurs autres champs, il se prit à en douter. Il se sentait moite et visqueux, cerné de toutes parts par ce vert oppressant, et par ce satané murmure... Bzzzz... Une mouche prise au piège.

Sur l'implacable limpidité du ciel ne se profilait qu'un bungalow, entouré de trois champs, et d'un taillis, plus loin, sur sa gauche. Peut-être aurait-il pu demander son chemin aux habitants de cette bicoque... et, qui sait, peut-être lui auraient-ils donné un verre d'eau ?

Mais il n'était pas si simple d'y accéder. Il dut commencer par rebrousser chemin en contournant un grand champ, puis, lorsqu'il s'en fut suffisamment approché, il s'aperçut que la maison était entourée d'un jardin tout aussi impénétrable que les abords du circuit pédestre.

Mais il apercevait une silhouette, devant ce bungalow. Il y avait là quelqu'un, enfonçant jusqu'aux genoux dans l'herbe folle. C'était une vieille femme aux épaules blanches, presque immobile. Il se fraya un passage dans le dédale des haies et des clôtures, pour la rejoindre. Il était déjà tout près d'elle, lorsqu'il découvrit à quel point elle était pâle et décatie. Elle s'appuyait d'une main tremblante à une mangeoire délabrée, pour les oiseaux. Il eut un instant l'impression que c'était aux déjections dont était tapissée la mangeoire que le haut de son long cafetan devait cette nuance blanchâtre. Il secoua vigoureusement la tête, pour s'éclaircir les idées, et dut se rendre à l'évidence : c'étaient ses longs cheveux blancs qui lui couvraient les épaules. Il lui sembla les voir bouger faiblement, comme elle lui faisait signe d'approcher.

C'est du moins ce qu'il supposa l'avoir vue faire, tandis qu'il se frayait un chemin jusqu'à elle, après avoir poussé la barrière chancelante, au bout de l'allée envahie d'orties et de chiendent. Sa main fit un geste dans l'air, mais c'était à présent pour éloigner les mouches qui s'attroupaient autour d'elle avec un empressement redoublé. Ses yeux avaient un éclat éteint et vitreux. L'espace d'un instant, il fut tenté de prendre ses jambes à son cou, mais lorsque le regard de la vieille femme se posa sur lui, il y lut un appel si poignant qu'il ne put s'y résoudre. Il vint voir ce qu'il pouvait faire pour lui venir en aide.

Elle avait dû être ravissante, dans sa jeunesse, mais à présent, ses longs bras et son visage menu n'avaient plus que la peau sur les os, une peau épouvantablement racornie et parcheminée. Mais elle aurait toujours été belle, n'eût été ce teint grisâtre, couleur de terre craquelée. Peut-être était-ce la chaleur qui ne lui réussissait pas...

Elle s'agrippait à la mangeoire comme si elle avait craint de tomber, pour peu qu'elle ait relâché sa prise. Mais pourquoi diable n'allait-elle pas se mettre à l'abri dans la maison... ?

Il comprit soudain que c'était précisément ce qu'elle demandait, car elle lui indiqua le bungalow d'une main tremblante, aux ongles démesurés : « Pourriez-vous essayer d'entrer ? » dit-elle.

Sa voix l'avait déconcerté. Un filet à peine plus sonore qu'un soupir. Il douta de l'avoir vraiment entendue. Mais ça aussi, ce devait être à mettre sur le compte de la chaleur. « Je vais essayer », répondit-il. Il se dirigea aussitôt vers la maison, contournant un enchevêtrement de rosiers et une rocaille d'une taille si impressionnante qu'on aurait pu la prendre pour une montagne émergeant d'une forêt vierge, à l'horizon...

Elle dut s'arrêter, le souffle court, avant même d'avoir atteint le bungalow. Il la dépassa, comme elle lui indiquait une petite fenêtre, restée ouverte, dans la cuisine. En passant près d'elle, il remarqua qu'elle s'était si généreusement aspergée de parfum que, même à l'air libre, c'en était suffocant. Elle devait bien avoir soixante-dix ans, au bas mot, et il fut vaguement choqué par ce sursaut de coquetterie — un préjugé mesquin, qu'il se reprocha aussitôt. Ce devait être ce sillage de parfum, qui attirait tant les mouches...

Le vasistas de la cuisine était trop haut pour qu'il puisse espérer l'escalader sans aide extérieure — ce qui expliquait du même coup qu'elle n'eût pas jugé bon de le fermer, pendant qu'elle s'éloignait de la maison. Il contourna le mur opposé de la maison, jusqu'au garage, dont la porte béait. A l'intérieur, près d'une vieille guimbarde achevant de rouiller dans des relents d'huile et de métal chaud, il dénicha une boîte à outils qu'il traîna jusque sous le vasistas.

Plaçant la caisse rectangulaire sur sa tranche, il grimpa dessus. Mais l'ouverture était trop étroite pour lui livrer passage. Il dégagea cependant le crochet qui maintenait la vitre, et parvint à passer les épaules dans l'embrasure. Il plongea la tête la première, jusqu'à ce que ses hanches viennent se coincer dans le châssis. Il restait ainsi, à deux mètres du sol, incapable d'avancer comme de reculer, au-dessus d'une cuisine grisâtre où flottaient d'abominables relents, suspendu à cette fenêtre aussi bêtement que le chapelet d'oignons en plastique qu'il apercevait sur le mur d'en face.

Il sentit tout à coup des mains lui empoigner les cuisses et le soulever énergiquement. Elle avait dû escalader la boîte à outils, elle aussi. Évidemment, son impatience, et même son anxiété de le voir pénétrer dans la maison n'avaient rien que de très compréhensible, mais cette vigueur soudaine, presque frénétique, fit naître en lui un certain malaise.

Du moins avait-elle réussi à faire passer ses hanches. Il était dans la place. Il se rétablit tant bien que mal de l'autre côté, en s'accrochant au cadre de la petite fenêtre, tandis qu'il abaissait les pieds, avant de se laisser glisser à terre.

Il se rua aussitôt sur la porte. Bien que pratiquement vide, cette cuisine dégageait des relents plus pestilentiels qu'une simple odeur de renfermé. Au fond de l'évier trempaient deux ou trois assiettes, dans une eau où surnageaient des plaques de graisse grise, et quelques mouches noyées… D'autres mouches grouillaient sur des bouteilles de lait encrassées, posées sur le rebord de l'autre fenêtre, donnant sur le pignon, à droite, ou virevoltaient en direction du vasistas, aussi pressées qu'il l'était lui-même de trouver le chemin de la sortie. Il crut l'avoir trouvé, sous les espèces d'une porte qui s'ouvrait, à côté du vasistas. Mais elle était munie d'une robuste serrure encastrée, fermée à double tour et dans laquelle s'était cassée une clé rouillée.

Il tenta de tourner le petit moignon métallique qui en dépassait, mais ce fut peine perdue. La tige n'offrait aucune prise et, à l'autre bout, le panneton restait engagé dans le mécanisme. Il sortit de la cuisine et se précipita dans le hall d'entrée, qui donnait sur le mur perpendiculaire à celui de la porte bloquée. Mais la porte d'entrée était, elle aussi, munie d'une grosse serrure encastrée et fermée à double tour.

Il rebroussa chemin vers la cuisine, heurtant au passage le réfrigérateur dont la porte s'ouvrit — sans doute la vieille l'avait-elle mal fermée. C'était d'ailleurs sans importance, car il ne contenait qu'une mouche cataleptique. La maîtresse des lieux avait dû partir faire ses courses. Son sac à provisions devait être quelque part dans le jardin. « Pouvez-vous m'indiquer où se trouve la clé ? » demanda-t-il, débordant de patience.

Elle s'était agrippée au rebord extérieur du vasistas et semblait s'efforcer d'économiser son souffle. Il lut sur ses lèvres, plus qu'il ne l'entendit dire : « Elle est là, quelque part… Cherchez. »

Les placards de la cuisine ne recelaient que quelques boîtes de conserve aux étiquettes moisies : des haricots, de la viande. Il regagna le minuscule hall d'entrée où régnait une chaleur suffocante. Même là, le bourdonnement d'un invisible escadron l'avait poursuivi. A l'opposé de la porte d'entrée s'ouvrait un placard plein de brosses et de serpillières, le tout nappé d'une bonne couche de poussière. Il ouvrit la première porte du hall, qui donnait dans le séjour. La pièce, tout en longueur, ne devait pas avoir été aérée depuis des lustres. On eût dit un petit musée du mauvais goût de la classe moyenne. Deux canons argentés se regardaient en chiens de faïence, au-dessus de la cheminée, où trônaient des portraits de la famille royale. Ici, une vitrine pleine de poupées de toutes nationalités. Là, sur une étagère, s'alignait la collection complète du *Reader's Digest*, en exemplaires condensés et reliés. Sur un mur s'étalait une affiche de corrida personnalisée. Sur celui d'en face était accroché un chapeau de cow-boy. Mais, en dépit de tout ce bric-à-brac, cette pièce semblait étrangement désaffectée.

Il se mit à la recherche de la clé, s'efforçant de faire abstraction de l'incessant bourdonnement qui lui parvenait d'une autre pièce, au fond de la maison, et qui lui évoquait, bizarrement, un grognement étouffé.

La clé n'était pas sur le velours cramoisi du canapé, ni entre ses gros coussins. Ni sur la petite table encombrée d'une pile d'illustrés parmi lesquels il lui sembla reconnaître des magazines de rencontre. Ils s'intitulaient *Contact*... Il s'esclaffa. Elle n'était pas davantage sur le tapis vert pomme, pas plus que sur les étagères. Dans leur vitrine, les poupées le considéraient d'un œil morne, impuissantes à lui venir en aide.

Il avait instinctivement retenu son souffle, à la fois à cause des relents, qu'il avait d'abord associés à la cuisine, mais qui, ici, l'assaillaient de plus belle — et à cause de la poussière que soulevait chacun de ses gestes et de ses pas. La pièce entière en était couverte. Elle alourdissait jusqu'aux cils des poupées... La vieille ne devait plus avoir la force de faire le ménage. Il avait exploré la totalité du séjour, sans trouver la clé, et tout indiquait qu'il allait devoir s'aventurer plus loin encore dans la maison — là d'où semblait venir le bourdonnement. Il était déjà à la porte, lorsqu'il lança un coup d'œil par-dessus son épaule. N'était-ce pas la clé, qu'il voyait dépasser de cette pile de journaux... ?

A peine eut-il dégagé l'objet métallique, qu'il déchanta. Ce n'était qu'un vulgaire stylo-bille. Mais les magazines avaient glissé les uns sur les autres. La pile s'effondra et se répandit par terre. Certains exemplaires s'étaient ouverts dans leur chute, révélant des photos pour le moins scabreuses : des individus des deux sexes, ligotés dans des poses suggestives ; une créature plantureuse, en porte-jarretelles, faisant claquer un fouet...

Il réprima la vague de réprobation qu'il sentait naître en lui. Il fallait se garder de juger quiconque sur de tels indices... D'ailleurs, la vieille femme avait bien dû être jeune, en son temps — et cette dernière pensée elle-même lui parut hypocritement pudibonde. Mais, en s'approchant, son regard tomba sur la date de l'un des numéros du magazine, qui ne remontait qu'à quelques mois.

Il chassa toutes ces idées d'un haussement d'épaules, s'efforçant de ne faire mine de rien, lorsque son regard fut attiré du côté de la fenêtre. La vieille le lorgnait. Il s'éloigna aussitôt de la table, comme si elle l'avait surpris à voler, et vint vers la fenêtre, en lui montrant ses mains, vides. Peut-être n'avait-elle pas eu le temps de le voir zieuter les magazines... Il avait dû lui falloir plusieurs bonnes minutes pour se frayer un passage à travers les buissons autour de la maison... Elle pointa son index vers la porte du fond, en articulant : « Regardez par là. »

A la seule idée de visiter les chambres, il fut pris d'une inexplicable anxiété. Peut-être aurait-il pu ouvrir la fenêtre devant laquelle elle s'était postée, et l'aider à l'escalader... Mais cette fenêtre était verrouillée, elle aussi. La clé devait être dans le trousseau de celle qu'il cherchait... Mais s'il ne les trouvait pas ? S'il ne parvenait pas à réescalader la fenêtre de la cuisine... ? Il lui demanderait de lui passer la boîte à outils, et il y trouverait bien de quoi ouvrir la porte...

Il força ses jambes à le mener jusqu'à la porte du fond, pendant qu'il en avait encore le courage. Au moins échapperait-il à son regard et n'aurait-il plus à se soucier de ce qu'elle pouvait penser de lui...

Cette porte donnait sur un hall, plongé dans la pénombre, à la différence des pièces qu'il avait déjà visitées. Il devinait dans l'ombre trois portes, et quelques photographies encadrées, alignées le long des murs. Loin de s'atténuer, le bourdonnement lui parut enfler encore, bien qu'il ne provînt manifestement pas du hall lui-même. En approchant de la source de ce bruit, elle lui parut ressembler de plus en plus à un gémissement étouffé. Quant à la puanteur, elle n'avait fait qu'empirer. Il retint son souffle et croisa les doigts pour n'avoir pas à chercher plus loin que dans la première pièce. En ouvrant la première porte, il eut le soulagement de constater qu'il ne s'agissait que de la salle de bains. Mais dans un état qui n'avait rien de rassurant. La baignoire et le lavabo étaient gris de poussière et les araignées guettaient les mouches entre les robinets... Où diable faisait-elle sa toilette ? Dans la cuisine ? Mais en ce cas, combien de temps l'eau sale de l'évier avait-elle pu croupir là ? Il chercha entre les pots de crème et les lotions posés sur le rebord de la fenêtre, tous recouverts d'une épaisse couche de moisissure poussiéreuse qui se ratatina sous ses doigts avec un crissement mou. Pas la moindre trace de clé.

Il se précipita vers le couloir, mais s'arrêta sur le seuil. La porte ouverte laissait filtrer suffisamment de lumière pour qu'il pût distinguer les photos du hall. Toutes les sept étaient des photos de mariage, représentant toutes des mariés différents — ici, un aviateur à moustaches, là un costaud qui aurait aussi bien pu être banquier que chef cuistot —, au bras de la même mariée. Car c'était bien elle, la maîtresse des lieux, avançant en âge au fil des photos, jusqu'à la plus récente où elle souriait aux côtés d'un type affligé d'un gros nez et d'une abominable barbe. Et sur celle-là, elle avait pratiquement son âge actuel...

Bryant se surprit à grimacer un petit sourire forcé, comme lorsqu'on vous assène une blague dont le sens ne devrait pourtant pas vous échapper. Il avisa les deux portes. La première, celle dont lui parvenait ce bruit intermittent, si proche du grognement, était fermée par un gros verrou. Il préféra ouvrir la seconde.

C'était la chambre de la vieille dame, et il fut saisi d'un profond embarras, avant même d'avoir vu la nuisette transparente, sur le grand lit. Il se força néanmoins à avancer dans la pièce, car la coiffeuse était envahie par un enchevêtrement de bijoux — colliers, bracelets... L'endroit rêvé pour perdre une clé... Le miroir ne faisait qu'ajouter au désordre en le reflétant. Mais dès que ses yeux tombèrent sur les photos qui y étaient adossées, il se mit instinctivement à chercher ailleurs.

Il eut tôt fait d'épuiser les autres possibilités : il regarda sous le lit, soulevant la courtepointe des deux côtés, par acquit de conscience. Ce n'est qu'en voyant ses propres doigts, gris de poussière, qu'il se rendit compte que le lit lui-même en était couvert. Malgré la cuvette qui s'était creusée dans son mitan, il dut en conclure qu'elle dormait dans l'autre chambre, celle dont ce verrou interdisait l'entrée...

Il mit alors le cap sur la coiffeuse et entreprit de fouiller dans les bijoux, mais dès qu'il vit les photos, ses mains furent prises d'un tremblement incoercible. Non pas tant à cause du sujet des photos elles-mêmes, qui étaient toutes fort scabreuses, qu'à cause de l'âge qu'elle avait sur ces photos. Elle n'était qu'à peine plus jeune et, à l'évidence, elle et son barbu d'époux adoraient se faire ligoter — encore n'était-ce là que le plus anodin de leurs passe-temps...

Mais où était-il, à présent, cet époux? Ses prédécesseurs avaient-ils tous jeté l'éponge, découragés par l'inépuisable tempérament de la dame? Bryant avait fini d'inspecter la coiffeuse depuis un certain temps déjà, mais ses yeux ne parvenaient pas à se détacher de ces photos, malgré la répulsion qu'elles lui inspiraient. Il les contemplait toujours, lorsqu'il s'aperçut qu'elle le regardait, par la fenêtre que reflétait le miroir.

Cette fois, elle n'avait pu manquer de voir ce qu'il regardait. Mieux... elle avait prévu qu'il découvrirait ces photos — c'était même ce qui expliquait qu'elle ait si vite fait le tour de la maison pour venir l'espionner. Avait-elle eu un regain d'énergie ? Certainement, car sinon, comment aurait-elle pu se frayer si vite un chemin dans les broussailles ?

Il se rua vers la porte, sans lui accorder un regard, priant pour que la clé soit dans la dernière pièce et qu'il puisse déguerpir au plus vite.

Il traversa le couloir et fit jouer le verrou rouillé, tâchant d'ouvrir la porte avant que la panique n'achève de le submerger. Le ferraillement du verrou parut faire taire le bruit, de l'autre côté de la porte, mais, que diable ! il n'y avait pas l'ombre d'une raison de s'attendre à tomber sur une salle de torture. Mais quand le verrou se décida brusquement à quitter sa gâche et que la porte s'ouvrit, il battit en retraite vers le hall d'un pas chancelant.

La pièce ne contenait en tout et pour tout qu'une chaise, un lit, et une puanteur encore plus suffocante qu'ailleurs. C'était la seule pièce dont on eût tiré les rideaux, et il dut faire un certain effort pour distinguer la silhouette qui reposait sur le lit, recouverte d'une couverture qui lui masquait la tête. Une cuiller émergeait d'une boîte de viande, près du lit. Il n'y avait rien d'autre à voir… A ceci près que, pour autant que Bryant puisse distinguer quelque chose dans la pénombre poussiéreuse, la forme étendue sur le lit bougea faiblement.

Il se prit subitement à douter que ce grognement intermittent fût l'œuvre des mouches. Si la vieille avait pu l'observer par la fenêtre, il aurait été incapable de faire ne fût-ce qu'un pas en avant. Mais elle ne pouvait pas le voir — de cela au moins, il était sûr. Il se força à avancer jusqu'à la tête du lit, sur la pointe des pieds.

Il n'aurait su dire s'il serait capable de soulever la couverture, jusqu'à ce que son regard ne s'insinue à l'intérieur de la boîte de viande. Voilà au moins qui expliquait l'odeur, car il avait dû s'écouler plusieurs mois, depuis le jour où cette conserve avait été ouverte. Plutôt que de s'attarder sur la question, ou pour ne pas se donner le temps de l'approfondir, il saisit le coin de la couverture, à la tête du lit, et la souleva d'un coup.

Peut-être ce bourdonnement était-il le fait des mouches, après tout, car du cou du barbu, il s'en échappa un véritable essaim. Sa mort devait remonter à peu près à l'époque de l'ouverture de cette boîte... Bryant songea, avec un haut-le-cœur, que ce devait être le mouvement des mouches qu'il avait dû apercevoir, sous la couverture. Mais il y avait pire : des marques de griffures, sur les épaules du cadavre, et ces empreintes de dents, sur son cou. Bien qu'il n'eût aucun moyen d'en avoir le cœur net, quelque chose lui disait que ces marques étaient récentes.

Il s'éloignait du lit, sur ses jambes flageolantes, avec le sentiment de se noyer dans cette atmosphère infestée de mouches et alourdie de poussière, lorsque le bruit reprit. L'espace d'un instant, une idée si affreusement cocasse lui traversa l'esprit qu'il craignit de s'écrouler, terrassé à la fois de fou rire et de nausée : et si les mouches avaient tout simplement élu domicile dans la barbe du cadavre... ! Mais c'était bel et bien un gémissement, car il vit la tête barbue dodeliner faiblement d'avant en arrière, et la langue s'agiter entre les lèvres grisâtres, tandis que les yeux aveugles roulaient dans leurs orbites. La moitié inférieure du corps parut soudain s'animer d'un mouvement faible mais fébrile, tandis que les mains aux longs ongles se tendaient, comme pour saisir l'intrus qui s'était aventuré dans la pièce.

Avant même d'avoir eu conscience de faire un pas, Bryant se retrouva de l'autre côté de la porte, tournant le verrou à deux mains, crispant les mâchoires pour retenir le cri ou le vomissement qui tentait de se frayer un passage vers ses dents. Il regagna le séjour d'un pas chancelant, pris d'un vertige qui le privait de tous ses moyens, terrifié à l'idée d'apercevoir la vieille par la fenêtre. Si elle s'était précipitée pour lui couper la retraite... Dans son état d'extrême faiblesse, il craignait de ne pouvoir arriver avant elle à la fenêtre de la cuisine.

Ses yeux eurent du mal à accommoder, dans le séjour, comme s'il s'était agi d'un mirage dont la traversée lui parût devoir prendre des éternités. Il débouchait enfin dans le hall d'entrée, lorsqu'il s'avisa qu'il lui faudrait quelque chose sur quoi grimper, pour arriver jusqu'à la fenêtre. Il rebroussa chemin, s'empara de la table basse, précipitant la chute des derniers exemplaires de *Contact*, et mit le cap sur la cuisine. Il faillit rester coincé dans l'embrasure de la porte, en franchissant le seuil, paralysé qu'il était par l'idée qu'elle l'attendait peut-être déjà à la fenêtre de la cuisine.

Mais elle n'y était pas. Elle ne devait pas avoir eu le temps de contourner la maison. Comme il laissait choir la table sous la fenêtre, le regard de Bryant tomba sur la clé, brisée dans la serrure. Était-ce quelqu'un d'autre — le barbu, peut-être... — qui l'avait cassée en tentant de s'échapper ?

Peu importait. Il ne fallait surtout pas penser aux tentatives d'évasion qui avaient pu échouer, mais tout semblait indiquer qu'il devrait bien s'y résoudre, car au premier coup d'œil ou presque, il s'aperçut qu'il ne pourrait pas atteindre la fenêtre. Il essaya cependant, pour en avoir le cœur net. La table était trop basse, et l'étroit rebord trop haut. En levant la jambe, il aurait pu y passer un pied, à la rigueur, mais les épaules, jamais. Il ne serait parvenu qu'à y rester bloqué, et elle l'aurait trouvé pris au piège, à sa merci... Peut-être aurait-il pu ramener une chaise du séjour... mais à peine fut-il descendu de la table qu'il l'entendit tourner dans la serrure de la porte d'entrée cette clé qu'elle n'avait jamais perdue. La rage de s'être ainsi fait abuser fut si forte qu'elle imposa silence à sa panique. Le seul but de la vieille avait été de le faire entrer dans cette bicoque... Nom de Dieu ! Il était prêt à la lui arracher de force, cette clé ! Il l'entendit refermer la porte à double tour, et se précipita comme un forcené vers le petit hall, épouvanté à l'idée qu'elle aille tirer le verrou de la chambre, pour lâcher sur lui la chose qui bourdonnait dans le lit...

Mais lorsqu'il ouvrit la porte de la cuisine, ce qu'il dut affronter était bien pire...

Elle s'était plantée sur le seuil du séjour, et l'attendait. Son cafetan gisait à terre. Elle était nue. Il pouvait se faire une idée exacte de l'état de sa peau aussi grisâtre et racornie que celle du barbu. Elle ne prenait même plus la peine de chasser les mouches, dont quelques-unes circulaient librement autour de sa bouche, allant et venant entre ses lèvres. Il finit par comprendre, mais trop tard, que ce qui leur plaisait tant, ce n'était pas le nuage de parfum qui environnait la vieille et dont elle ne s'était aspergée que pour masquer ce qui les attirait vraiment — l'odeur de la mort.

Elle lança la clé par-dessus son épaule. Une autre de ses ruses — mais il aurait préféré crever sur place que d'aller la chercher, car pour cela, il lui aurait fallu l'effleurer. Il battit en retraite vers la cuisine, cherchant frénétiquement de quoi briser les vitres. La vue de ce corps terreux avait dû lui paralyser l'esprit, car il ne voyait rien qui puisse faire office de brise-glace. Elle arrivait sur ses traces, à présent, et presque aussi vite que lui. Ses longs bras se tendaient vers lui et ses seins ratatinés ballottaient affreusement. Elle se pourléchait les babines, comme si elle se fût délectée de sa terreur. Ce qui expliquait, sans doute, qu'elle lui ait fait visiter toute la maison : son énergie lui venait de l'horreur qu'elle lui inspirait, tout autant que de l'appétit qu'elle avait de lui...

Ce fut une mouche, la seule qui ne fût pas sur elle, qui lui attira l'œil vers les bouteilles vides, posées sur le bord de la fenêtre. Il avait eu conscience de leur présence depuis le début, mais la panique avait dû lui engourdir l'esprit. Il attrapa le premier goulot qui lui tomba sous la main. La sueur qui poissait sa paume moite et les viscosités qui engluaient la bouteille ne lui facilitaient pas la tâche, mais au moins l'objet lui parut-il, au toucher, d'une rassurante solidité — si tant est que quelque chose pût le rassurer, dans un tel moment. Il la lança de toutes ses forces en plein milieu de la fenêtre, mais ce fut la bouteille qui se brisa.

Il s'entendait à présent hurler, sans bien savoir si c'était de rage ou d'horreur. Il s'était précipité sur elle, brandissant le tesson, dans l'espoir de la tenir à distance, tandis qu'il filerait vers la porte. Le sourire qu'elle lui grimaçait, un atroce sourire, déchiqueté mais radieux, l'avait délivré de ses dernières réticences. En lui ne parlait plus que l'instinct de survie. Mais son sourire s'élargit encore lorsqu'elle aperçut les éclats de verre, et son visage parut presque sur le point de vouloir s'émietter, autour de cet atroce rictus. Loin de battre en retraite, elle accourut, les bras grands ouverts.

Il ferma les yeux et frappa. Sa peau était plus résistante qu'il ne l'aurait supposé, mais il sentit le verre la traverser de part en part avec une sorte de craquement, encore et encore. Elle se ruait littéralement sur le tesson, soufflant comme une forge, avec des couinements de truie à l'abattoir, tandis qu'il frappait avec une ardeur redoublée, car l'odeur se faisait intolérable.

Elle tomba soudain sur le lino, dans un cliquetis mat. Il craignit un instant qu'elle ne lui attrape les chevilles pour l'attirer à elle, et il fonça droit devant lui, en envoyant des coups de pied désordonnés, à l'aveuglette, avant d'oser ouvrir les yeux. La clé... Où avait-elle pu tomber ? Il en aurait pleuré, lorsqu'il franchit en chancelant le seuil du séjour. Il l'entendait déjà remuer, derrière lui, dans la cuisine...

Mais la clé était là, à demi dissimulée par le pied d'un fauteuil.

En revenant vers la porte d'entrée, il lui vint une dernière pensée, affreuse : et si cette clé devait, elle aussi, se briser... Et si ça faisait justement partie de l'atroce scénario qu'elle lui avait concocté ? Il s'efforça de la glisser le plus délicatement possible dans la serrure, malgré le tremblement convulsif qui lui agitait les doigts. Impossible de la faire tourner...

Si ! Il s'était seulement trompé de sens... Elle tourna sans problème et la porte s'ouvrit toute grande. Il en fut si follement soulagé qu'il faillit oublier de la refermer derrière lui... Cela fait, il jeta la clé le plus loin possible, dans les broussailles, et tâcha de reprendre souffle, planté au beau milieu du jardin. Il avait oublié qu'il existait quelque part des arbres, des fleurs, des champs, un ciel limpide... mais le parfum des fleurs lui donnait le tournis, et le bourdonnement des insectes lui était proprement intolérable. Il fallait déguerpir, et de toute urgence. Fuir ce bungalow, cette satanée campagne... mais pas la moindre route en vue et le seul chemin qu'il connaissait le ramènerait au circuit pédestre... Ce qui serait certes un moindre mal, sauf que, pour y retourner, il fallait encore passer devant la fenêtre de la cuisine. Il mit un certain temps à se décider, mû par la terreur que lui inspirait la perspective de s'attarder davantage près de la maison.

Comme il passait devant la fenêtre de la cuisine, il tâcha de fuir ventre à terre, sur la pointe des pieds. Si seulement il avait osé en détourner son regard... La fenêtre était déjà presque derrière lui, lorsqu'il entendit du bruit, de l'autre côté de la vitre. Ce qui restait d'une main vint se poser sur le rebord, puis apparut une tête branlante. Le regard de la vieille brillait aussi vivement que les éclats de verre qui s'étaient plantés dans la peau de son visage. Elle lui décocha un regard suppliant, avec ce sourire plus déchiqueté que jamais.

Il recula en s'empêtrant les pieds dans les herbes folles, mais distingua tout de même les mouvements tremblés que formait sa bouche. « Encore ! » articula-t-elle.

Traduit par Stéphane Carn

T.H. WHITE

Amour et cruauté

La réputation durable de Terence Hanbury White repose intégralement sur sa brillante parodie de l'épopée du roi Arthur. Cependant, son histoire de lilliputiens aux cheveux rouges, Mistress Masham's Repose, *possède tous les attributs du fantastique et jouit depuis des années, elle aussi, de sa part d'adorateurs passionnés. Mais les autres écrits de White, parmi lesquels figurent des nouvelles telles que « The Troll », histoire de monstre d'une inoubliable extravagance, restent pratiquement inconnus.*

Pourtant, « Kin to Love » est un chef-d'œuvre finement ciselé, plein de compassion, qui épouse à la perfection le thème du présent recueil. C'est aussi une histoire obsédante, et après s'être pénétré de son terrible exposé du principe de la causalité humaine, il est bien difficile de chasser les images redoutables qu'elle suscite et qui, nichées dans notre psychisme, semblent bien décidées à s'y installer définitivement.

L'AVOCAT de la défense parla d'épilepsie, de responsabilité morale et demanda s'il comprenait la nature et la portée de son acte. Est-on jamais responsable de quoi que ce soit ? Tout est affaire de bon sens.

Beau jeune homme de vingt et un ans avec des allures à la Rudolph Valentino, il ne correspondait en rien aux clichés que l'on associe habituellement dans les romans à la beauté masculine. Ce n'était pas un gigolo ; ni vaniteux ni infatué de lui-même, il ne tirait aucun avantage de son physique. En fait, il se jugeait efféminé et consacrait une partie de son temps à essayer de modifier son apparence. Il couvrait de gomina les boucles naturelles de sa chevelure blonde pour les lisser. Chaque jour il passait deux heures à faire des exercices avec un extenseur. Il évitait son propre regard dans les miroirs par répugnance pour son image. Les revolvers et les poignards, qu'il associait à la virilité, le fascinaient. Il avait une conscience désespérée, honteuse, confuse de sa sexualité.

On ne pouvait guère se fier à lui en matière d'argent ; condamné pour vol, il avait été placé en liberté surveillée. En un mot, pour les autres, c'était un délinquant.

Il s'appelait Edward Norvic et était orphelin. Ses rares amis le surnommaient Rudy, ce qu'il détestait. Ses longs cils noirs qui ombraient ses joues contrastaient avec ses cheveux blonds. D'allure et d'apparence il ressemblait à cette statue que Donatello avait faite du jeune David, ou était-ce de Persée ? Il lui arrivait parfois d'être l'objet des avances de certains chefs scouts entre deux âges et de prêtres douteux bien que, par nature, il eût été farouchement hétérosexuel. Là-dessus, comme en ce qui concernait l'argent, on ne pouvait lui faire confiance. Il avait honte de sa faiblesse. Il ne cessait de pourchasser les femmes, sans conviction, inconscient de ses propres attraits, et son manque d'assurance donnait à ses entreprises un caractère sournois et les vouait à l'échec.

S'il appartenait en quoi que ce soit à l'espèce Rudolph Valentino, il était alors du type introverti, secret, solitaire, celui qui songe pendant des heures au sexe, le méprise et craint ses propres pulsions.

Les Norvic — un couple âgé qui l'avait adopté — s'étaient montrés bons et non conformistes, lui prodiguant à la fois amour et châtiments, de sorte que les deux choses se confondaient dans son esprit. C'était là le problème. Leur amour pour ce qui était bon en lui se mêlait à la répression de ce qu'ils jugeaient être ses mauvais côtés. S'ils avaient été désagréables et indifférents, il aurait pu mépriser leur système de valeurs et braver leurs sanctions. Mais ils l'aimaient et il les aimait, aussi acceptait-il leurs exigences morales tout en étant incapable de s'y conformer. Sa vigueur sexuelle, qui aurait pu lui donner ainsi qu'à d'autres tant de plaisir, était faussée par une morale étrangère à sa nature — qu'il acceptait cependant parce qu'elle s'accompagnait d'affection. Lui-même était affectueux. Ni intelligent, ni artiste, ni très cultivé, son niveau général était plus ou moins celui de Garth, le personnage des bandes dessinées du *Daily Mirror.* Il n'était ni fort ni faible, bien qu'il se jugeât sans volonté. Il ne comprenait pas qu'il ne pouvait pas respecter ses propres lois morales parce qu'elles étaient hors de sa portée. Tout ce qu'il savait c'est qu'il en était incapable. Aussi fut-il conduit à cela sans s'en rendre compte. On lui avait donné une conscience. C'était un jeune homme très guindé.

Au cours du procès le juge n'accorda aucune importance à ces faits car ils n'entraient pas dans le cadre des McNaughten Rules[1]. Finalement l'image que la justice retint pour le décrire fut celle de « déficient moral ».

L'après-midi du meurtre, Norvic prit son vélo de course et se rendit dans les bois près de Fullerton. C'était sa demi-journée de liberté.

Il était armé d'un couteau à cran d'arrêt acheté fort cher à un ami qui travaillait dans la marine marchande et qui l'avait rapporté de Naples, et d'un vieux revolver Holland qui avait appartenu à un officier de police aux Indes trente ans plus tôt. Le barillet contenait trois balles neuves. Il vouait un véritable culte aux armes.

Il n'avait pas d'intention précise en allant au bois. Ou plutôt, il avait deux motifs distincts, et encore sans en avoir pleinement conscience. Et même cela n'est pas très exact. Son motif officiel était de passer le temps et de faire de l'exercice, de partir à la découverte, ou de faire une longue marche au cours de laquelle très probablement il s'imaginerait en chef de commando, en parachutiste, ou peut-être en quelque espèce de gangster ou d'agent fédéral — en tout cas, en un individu athlétique, armé, et sans inhibitions. Son espoir inconscient, que partagent peut-être la plupart des jeunes gens de vingt et un ans, était de rencontrer des femmes pour les épier, fantasmer, et si possible les accoster. Ce qu'il voulait,

1. Les McNaughten Rules, ou M'Naghten Rules, sont des règles remontant à 1843 qui définissent des critères d'irresponsabilité en matière criminelle ; la principale de ces règles était que l'accusé ne pouvait être tenu pour responsable s'il ne savait pas ce qu'il faisait au moment de l'acte ou s'il ignorait que c'était mal (*N.d.T.*).

c'était les violer et non les caresser. Au procès ils se demandèrent s'il faisait bien la différence entre le bien et le mal. Il ne vint à l'esprit de personne que c'était cette connaissance même qui avait fait de lui un meurtrier. Il se montrait féroce parce qu'il accordait trop d'importance au bien et au mal. Il pensait qu'il était mal de caresser les femmes ; c'est pourquoi il devait les violer. Pareil à un volcan endormi, ses éruptions ne pouvaient se produire que dans la violence. Il avait accepté les valeurs de la classe qui l'avait adopté mais était incapable de les respecter.

Il avait connu cinq femmes jusque-là, dont trois mineures, les avait possédées avec maladresse, brutalité, égoïsme, sans bien comprendre ce qui se passait, et n'en avait ressenti que de la honte. Mais cela s'était fait avec leur consentement. Il avait pris plaisir à fouetter l'une d'elles avec une badine de saule.

Il était doux avec les animaux. Sa cruauté était liée au sexe. Cela mis à part, il n'était ni particulièrement bon, ni particulièrement mauvais ; un jeune homme confus, peu sympathique, avec des instincts anormaux, mais somme toute assez répandus, qu'il n'avait pas choisis — mélange explosif que recouvrait une chape de tabous qui le rendait encore plus dangereux ; un esprit stupide et ordinaire sans charme ni promesse d'avenir ; un rustre. Mais il n'avait jamais tué personne auparavant et n'aurait peut-être jamais plus commis de meurtre par la suite. Dans l'ensemble, il n'était guère différent des autres hommes. Ses défauts les plus graves étaient ceux communs aux enfants de six ans : le mensonge, l'obstination, l'égoïsme despotique. Son âge mental n'était guère plus élevé.

C'était une belle journée au début de l'été ; les feuilles des arbres étaient d'un vert virginal et le soleil faisait danser leurs ombres en forme d'œuf sur les maigres broussailles du petit bois trop proche d'une station balnéaire à la mode — et bien trop fréquenté par les amoureux, les promeneurs et tous ces gens qui polluent les lieux de vacances. C'était ce que l'on nomme « un site superbe ».

Il laissa son vélo, après avoir verrouillé l'antivol, dans un fossé près d'un échalier. Il flâna sous les arbres en rêvassant, s'efforçant confusément de repousser toutes les tentations coupables de la chair. Ses fantasmes, comme ceux de Boswell[1] au même âge, étaient tournés vers le sérail. La plupart des gens sont comme Boswell, seulement ils ne le disent pas.

Mme Evans, d'origine galloise et infirmière de son état, était veuve ; elle commençait à se faire âgée et avait un soupçon de moustache. Elle ressemblait à une barrique de bière avec des jambes arquées ou peut-être à une de ces commodes de l'époque de la reine Anne — petite femme rondelette au grand cœur, d'un dévouement inlassable et pas très intelligente, qui, par tous les temps, pluie, neige, soleil ou tempête, et d'un bout de l'année à l'autre, se rendait à bicyclette chez ses malades, auréolée de gentillesse et de sollicitude. Comme bien des gens corpulents, elle avait de petits pieds sur lesquels elle se déplaçait au pas cadencé, avec une légèreté et une grâce merveilleuses. Comme beaucoup de femmes laides ou simplement peu attrayantes, elle était féminine, modeste, soignée de sa personne. Elle collectionnait les bibelots dans son petit salon propre et douillet — objets en porcelaine aux armes de Bournemouth ou de Margate et bols de faïence brune, verte et beige avec des inscriptions peintes du genre « Reprenez donc un peu de thé » ou « Asseyez-vous un moment ».

Elle avait adoré son mari qui lui avait été fidèle mais ils n'avaient pas eu d'enfants. A sa mort, sept ans plus

1. James Boswell (1740-1795), essayiste anglais auteur d'une célèbre biographie de Samuel Johnson (*Life and Genius of Samuel Johnson*) (*N.d.T.*).

tôt, il lui avait laissé la maison où elle vivait à présent seule — se nourrissant d'une belle côtelette, d'une tasse revigorante d'essence de café Camp ou de quelques biscuits au sucre et à l'Ovaltine, dormant bien et vivant convenablement, se réchauffant le soir, après la fatigue de la tournée quotidienne, devant le poêle à gaz en compagnie d'un chat persan.

Elle avait horreur des chiens, qu'elle appelait non sans appréhension « sales cabots », encore qu'elle s'efforçât d'être polie avec eux. Ceux qui devinaient cette faiblesse en elle la traitaient avec mépris et animosité, comme ils l'auraient fait d'un facteur, alors que ceux qui l'aimaient bondissaient vers elle, attitude qu'elle croyait menaçante.

Elle portait, en guise de porte-bonheur, une broche d'améthyste en forme d'araignée.

Mme Evans poussait sa vieille bicyclette le long du sentier forestier, un raccourci qui menait à Fairbourne où l'attendait un retraité atteint de paralysie. Elle ne pouvait rien faire pour le vieil homme, sinon veiller à ce qu'il fût propre et à son aise, et lui rendait visite une fois par semaine. Ils étaient bons amis et il l'appelait Matty.

Elle songeait à diverses choses sans aucun rapport avec la passion charnelle. Mangerait-elle un œuf poché ou une boîte de harengs grillés à l'heure du thé, pourrait-elle convaincre sa sœur d'Aberystwyth de venir passer les vacances à Fullerton, fallait-il qu'elle s'arrête chez le médecin pour prendre davantage de morphine pour Mme Norton, la mer était-elle vraiment bleue, et de quel bleu, à Capri, et trouvait-on du beurre frais dans ce paradis, pourquoi, ainsi qu'on le disait communément, devait-on croire que la terre tourne autour du soleil alors que manifestement elle ne bouge pas, n'avait-elle pas oublié de laisser la fenêtre de derrière ouverte pour le chat, et comme c'était dommage que les jacinthes sauvages fussent toutes piétinées ou cueillies par les touristes qui visitaient Fairbourne-Church-in-the-Woods.

Quand elle entendit les pas de l'homme derrière elle, elle n'en fut pas troublée.

Il y avait des amoureux partout aux alentours et cela lui réchauffait le cœur. Pourquoi n'en auraient-ils pas profité, ces braves petits ? Ils étaient jeunes et l'air avait encore quelque chose de printanier. Elle savait ce que l'on disait des béguins des jeunes gens et aimait à répéter que « c'est l'amour qui fait marcher le monde ». Ça s'était passé ainsi avec M. Evans. Du même pas énergique, elle poussait sa bicyclette en tanguant légèrement sur ses jambes torses.

Mais les pas persistaient, sans se rapprocher ni s'éloigner. Elle jeta un regard par-dessus son épaule.

A l'exception des chiens — et cela s'expliquait uniquement par la répulsion propre aux amateurs de chats — Mme Evans n'avait jamais eu peur de quoi que ce fût d'extérieur à sa personne. Infirmière diplômée, elle ne se laissait pas impressionner par les artères qui pissent le sang, les maladies atroces et la boucherie des chirurgiens. Elle savait comment s'y prendre avec les gens qui piquent une crise, les hystériques, les ivrognes et même les fous car elle avait travaillé quatre mois dans un asile privé. Mais cette fois ce n'était pas extérieur à sa personne — il ne s'agissait pas d'un « patient ». C'était une chose qui la concernait, qui concernait sa féminité, cette délicate réalité qui faisait qu'elle était femme. Les jeunes gens sont surpris d'apprendre et répugnent à croire que même les femmes laides et alourdies par l'âge peuvent encore se croire féminines. C'est difficile et plutôt risible de penser que ces grosses vieilles choses que l'on croise demeurent ce qu'elles ont toujours été au fond d'elles-mêmes — des vierges pudiques, des rêveuses romantiques ou des coquettes aguichantes dont le corps, ce Judas, a trahi les grâces éthérées.

Mme Evans se mit à courir, poussant sa bicyclette rendue inutile par l'herbe trop épaisse.

Edward Norvic se mit à courir lui aussi.

Si elle avait poursuivi sa marche, il en aurait fait de même. Mais, en fuyant, elle avait adopté le rôle de proie, ce qui l'obligeait à se faire chasseur. Avant, il n'avait fait que la « lever ». Les chiens de chasse — les pointers par exemple — peuvent rester des heures à l'arrêt devant un chat, mais si celui-ci détale, alors eux aussi doivent courir. Quand elle marchait, elle n'était qu'une infirmière au corps massif. La course la faisait femme et animal traqué. Elle s'était muée en proie et l'avait transformé en chasseur. Elle avait perdu son identité et n'était plus que sexe. Sa façon même de courir, le mouvement de ses hanches et l'inclinaison de ses épaules sous l'uniforme grotesque lui rappelaient toutes les Ève depuis Adam et titillaient ses reins. Il devait courir, comme s'ils étaient liés l'un à l'autre. Il devait la capturer, bondir, saisir, étreindre, soumettre. Il n'avait pas l'intention de la tuer. Il devait la plaquer au sol pour l'ardente possession.

Mme Evans se mit à hurler quand il l'attrapa. Ce fut pire. Il eut le sentiment qu'elle s'attendait à être tuée.

Il fut donc contraint de la tuer.

On dit que la pitié est apparentée à l'amour. Il en est de même de son contraire. La cruauté en est plus proche encore.

Dans cette prison, la cellule des condamnés était distincte du bâtiment principal. Elle se dressait dans la cour, petite bâtisse minable de deux pièces avec un étroit couloir. Les prisonniers y passaient exactement vingt-quatre heures ; ils y entraient un matin à huit heures pour être pendus le matin suivant à la même heure. Les détenus l'avaient baptisée « Monte-à-Regret ».

La pièce la plus petite, ou salle de séjour, faisait une dizaine de mètres carrés — les minces cloisons réglementaires étaient de l'épaisseur d'une brique. Au nord, une grande baie de verre dépoli armée de barreaux et de grillage occupait l'essentiel du mur. Il y avait deux portes. L'une donnait sur la cour et l'autre, la sortie, ne s'ouvrait qu'une seule fois pour chaque prisonnier. Cette porte sinistre et close, que le regard évitait et dont l'esprit s'efforçait de se détacher, dominait la pauvre chambre sans amour de sa surface vide et funeste.

Cependant quand cette pièce était utilisée, elle faisait en quelque sorte l'objet de soins amoureux. Lorsqu'elle était inemployée, ça n'était qu'un cube nu et propre, au plancher immaculé, entretenu par le ministère des Travaux publics. Mais on la meublait pour le client. Avec une espèce d'affection triste — une gentillesse comme pour s'excuser, le désir d'apporter un réconfort. Le directeur lui-même envoyait son propre fauteuil. Il y avait deux chaises au dossier raide pour les gardiens de service et une table pour jouer aux dames, au trictrac ou aux cartes. Sur le plancher était posée une petite descente de lit pathétique. Le lit était recouvert de draps et de couvertures propres, aussi nets que dans un hôpital. Il s'agissait bien de l'antichambre de la mort, cette hôtesse parfaite.

Les surveillants installés dans la pièce avec Norvic étaient de braves gens, pas du tout ce type de gardiens ou de policiers aux airs de truands que l'on trouve dans les romans ou les films. Ils avaient de beaux visages souriants et amicaux, des attitudes paternelles et attentionnées comme des infirmières dévouées dans une clinique accueillante.

L'un d'eux demeurait toujours assis le dos tourné à la porte.

Ils faisaient de leur mieux pour animer la conversation.

Derrière la porte il y avait un étroit corridor carrelé, large d'un pas à peine, qui rappelait l'entrée de toilettes publiques. A l'extrémité de ce corridor, et non sur le côté, à moins d'un mètre, se trouvait une autre porte. Elle ouvrait sur une pièce plus vaste, pareille à un court de squash ou à un gymnase sans agrès. Elle était bien plus haute que la cellule et solidement construite — en fait la cellule était une espèce d'appentis érigé contre le mur extérieur. Il n'y avait pas le moindre meuble à l'exception de deux appareils. L'un était une poutrelle en fonte recouverte en son milieu de feutre gris et d'où pendaient trois cordes. La corde du milieu comportait un nœud gainé de cuir qui coulissait grâce à un anneau de métal et était momentanément maintenu ouvert par une pelote de ficelle. Les autres cordes étaient lisses. Le deuxième appareil était une trappe sous la potence. Elle faisait environ un mètre carré et était composée de deux panneaux de bois articulés sur leurs bords extérieurs, un peu comme la porte à double battant d'une grange posée à plat et non verticalement. Chaque panneau était muni d'un anneau auquel était attachée une solide corde. Lorsqu'elles n'étaient pas utilisées, ces cordes étaient soigneusement enroulées — à la mode des marins, comme sur un navire. A présent elles étaient tendues à angle droit vers les charnières. Elles servaient à relever les panneaux après usage. Un cercle avait été tracé à la craie au centre de la trappe, là où le prisonnier devait se tenir. De part et d'autre de ce cercle, traversant la trappe à angle droit, était posée une planche mobile comme celles qu'emploient les plâtriers ou les peintres en bâtiment. C'était sur ces planches que, le moment venu, se tenaient le bourreau et les deux surveillants, agrippés aux cordes lisses pour assurer leur équilibre. L'unique autre particularité de ce gymnase vide, calme et sonore, était le levier qui libérait la trappe. Il se dressait au-dessus du sol comme un levier dans un poste d'aiguillage, juste un peu plus petit seulement, ou comme la haute poignée de frein d'une vieille automobile.

Tel était Monte-à-Regret : une pièce pour vivre et une pour mourir, c'était tout.

Le directeur de la prison était un Père Noël en miniature, mais sans barbe. Les joues roses et luisantes, un mètre soixante-cinq, paraissant plus jeune et en meilleure forme que ne l'aurait laissé supposer son âge — il allait sur ses soixante ans —, il aimait sa petite prison provinciale. Il ne l'aimait pas en tant que prison, mais en tant qu'endroit qu'il avait embelli — un lieu que son optimisme et sa gentillesse avaient transformé dans les limites de ce qu'une dissuasion raisonnable permettait. La laideur de l'homme expliquait la laideur des prisons, mais le directeur avait placé sa foi en l'homme et fait de son mieux pour transformer les deux. Les jardins étaient amoureusement entretenus par des prisonniers volontaires. Avec une espèce de fierté étrange et touchante, ils avaient taillé le nom du pénitencier en grandes lettres dans les haies de buis des allées. Les façades victoriennes étaient envahies de plantes grimpantes, de géraniums et de végétaux de toutes sortes. Les rebords des fenêtres munies de barreaux avaient été repeints, ce qui leur donnait un air de gaieté. Les vieilles cellules étaient propres, équipées du chauffage central, avec des couvertures et des matelas de qualité, un pot de chambre et trois livres de bibliothèque chaque semaine. Les détenus qui se comportaient bien — c'était le cas de presque tous — disposaient d'une salle de récréation pendant une heure et demie chaque soir, avec jeu de fléchettes et poste de radio. Ils n'étaient pas davantage maintenus isolés dans la journée. En été ils cassaient des cailloux dans la cour, en hiver ils fendaient du bois dans une grande remise — mais tous ensemble et sans qu'on leur impose le silence complet. L'eau des douches était vraiment chaude, la cuisine simple et bonne. Dans la chapelle de la prison il n'y avait ni barreaux, ni serrures, ni menottes. Depuis de nombreuses années un petit voyou des environs avait pris pour habitude de briser une vitrine le soir de Noël et de se rendre immédiatement au commissariat afin de se livrer à la police. Il faisait cela pour ses vacances d'hiver et pour la dinde de Noël.

Dans ce foyer — car il s'agissait bien d'un foyer, avec une espèce d'atmosphère familiale et d'esprit de corps qui lui était propre — le directeur, personnage alerte sorti tout droit d'un roman de Dickens, se promenait en propriétaire, se frottant les mains qu'il avait douces et se montrant aimable. Il n'était ni faible ni loufoque, et personne ne cherchait à abuser de lui. Lorsque certaines bornes étaient franchies, il pouvait être aussi ferme que le roc.

Il était marié à une pomme reinette aussi joufflue que lui et leurs enfants étaient grands. Il avait honte de régner sur des hommes que l'on avait privés de la liberté. Lorsqu'il montrait la prison à des visiteurs, il faisait de maladroites plaisanteries propitiatoires à propos de cachots, de salles de torture et du musée de cire de Madame Tussaud. Il adorait les opéras de Gilbert et Sullivan. Si sa femme et lui avaient été oiseaux, ils auraient été un couple de perruches pépiant joyeusement dans une coquette petite cage.

Jamais auparavant il n'avait connu d'exécution.

Deux minutes avant huit heures, le directeur, l'aumônier, le médecin, le bourreau et deux surveillants ouvrirent la porte extérieure de la cellule.

Les gardiens de l'équipe funèbre se levèrent. Edward Norvic se leva. Cela prendrait quatre-vingt-dix secondes.

Le directeur tapota Edward Norvic, lui serrant le bras avec chaleur et tendresse, en signe d'encouragement. Il avait veillé à ce qu'il lui fût donné « quelque chose » avant le petit déjeuner. L'aumônier commença à lire. Le bourreau attacha le prisonnier. Les surveillants, dont le teint blêmissait, s'efforcèrent d'adopter une attitude militaire et des visages de marbre.

Edward Norvic découvrit que ses jambes avaient perdu leur rigidité, qu'elles étaient flasques. Il tremblait fortement mais ce n'était pas de peur. Il s'observait de l'extérieur, tremblant de façon autonome. Ils lui mirent un sac sur la tête.

On ouvrit la deuxième porte.

La troisième, celle donnant sur l'autre pièce, sur la salle d'opération, était déjà ouverte. Ils poussèrent, guidèrent, bousculèrent ou accompagnèrent le patient coopératif et docile vers l'intervention fatale.

Rapidement sur la trappe afin que les yeux aveuglés qui fouillent avidement la pièce pour un ultime aperçu de la vie ne puissent en saisir un seul détail à travers le tissu. Rapidement le nœud coulant glissé sur la tête cagoulée, et les lanières autour des jambes car plus jamais il n'aura à marcher. Rapidement le signal du directeur et la poussée sur le lavier.

La trappe s'ouvrit avec un bruit sourd écœurant et révéla les paroies blanchies à la chaux de la fosse d'un mètre carré de surface sur trois mètres cinquante de profondeur. Si le cou se brisait, si la corde sifflait, ces sons étaient couverts par le rebond sonore de la trappe. La corde déjà tendue ne grinça pas. Elle oscilla et entama un mouvement de rotation. On ne devait plus rien voir d'Edward Norvic.

La première chose était de faire évacuer tout le monde. Telles étaient les instructions. Le directeur commença à guider les témoins vers la sortie en les poussant au bas des reins avec des « Allons, allons ! ». Ils se hâtaient, se bousculaient dans l'étroite embrasure. Au passage ils jetaient tous un regard, très rapide, dans l'enfer blanc qui s'était ouvert à leurs pieds. La corde vibrait et oscillait.

Dans l'air vif, la bouche sèche, le sang ne battant plus dans leurs tempes, ils se dispersèrent ou se réunirent en petits groupes. L'aumônier regagna son bureau. Le directeur fit les cent pas avec le médecin. Le bourreau et le gardien-chef restèrent ensemble. Les autres se tinrent un peu à l'écart. On alluma, nécessaire infraction aux règles, des cigarettes. Avec une légèreté douloureuse ils s'efforcèrent de penser à des histoires salaces. Ils devaient attendre trente minutes.

Dans la lumière claire de la cour vide entourée de hauts murs, se rappeler des histoires paillardes valait mieux que de se lancer dans des spéculations. Cela valait mieux que de se demander pourquoi, si la pendaison est censée être une fin aussi rapide, le corps à présent en érection devait rester une demi-heure accroché à la potence — pourquoi, lors de l'autopsie, le premier devoir du médecin était de faire une petite incision et de trancher la moelle épinière. Cela valait mieux que de se demander pourquoi un homme mal pendu se mettait parfois à ronfler et pourquoi le cœur pouvait continuer à battre.

Quand le temps prévu se fut écoulé et que la fosse eut été examinée, le directeur et le médecin y descendirent les premiers ; quand la mort fut prononcée et les tâches administratives correspondantes mises en route, quand plus rien d'identifiable ne resta de l'esprit d'Edward Norvic, le directeur regagna sa propre maison.

Là, dans la cuisine — comme il l'avait espéré et su qu'il en serait ainsi —, son épouse en peignoir préparait du café. Elle lui passa ses bras doux autour du cou. Il la tint serrée contre lui. En silence, il l'entraîna de manière pressante, implorante, vers l'étage.

Au moment de l'orgasme, le visage de Père Noël eut la même expression de souffrance et de congestion que celui du jeune homme mort qui refroidissait à la morgue.

Traduit par Jean-François Sené

MERVYN PEAKE

Même lieu, même heure

Mervyn Peake cherche à nous démontrer qu'il y a de la logique dans ce récit magnifiquement terrifiant du premier (et dernier) amour d'un jeune homme. Mais il s'agit du genre de logique qui survient plus fréquemment lorsque notre conscience s'est émoussée dans le sommeil, et il nous faut accepter cette histoire telle qu'elle se présente, sans poser de question, sans regarder par le trou de la serrure. Si l'on cherche à la détailler avec précision, elle s'évanouira, comme le sourire du chat du Cheshire.

Maître incontesté du fantastique, Peake comprend parfaitement l'inéluctabilité bien particulière dont la logique du rêve pare une histoire — et lorsqu'on tombe amoureux, de toute façon, toutes les règles normales ne disparaissent-elles pas au profit d'une logique bien peu ordinaire ? Personnellement, je vois dans « Même lieu, même heure » des points communs avec « Ravissante », qui parut peu après (du Aickman condensé et accéléré), ainsi qu'avec une histoire plus ancienne de Robert Bloch, dont le titre, « The Unspeakable Betrothal » (Fiançailles ineffables), conviendrait parfaitement ici.

CE SOIR-LÀ, j'ai éprouvé de la haine pour mon père. Il sentait le chou. Des cendres de cigarette couvraient son pantalon. Sa moustache en broussaille était plus exécrable et plus jaune de nicotine que jamais, et il ne me prêtait aucune attention. Il était assis là, dans son horrible fauteuil, les yeux mi-clos, ruminant Dieu sait quoi. Je le haïssais. Je haïssais sa moustache. Je haïssais même la fumée qui s'échappait de sa bouche et flottait dans l'air empuanti au-dessus de sa tête.

Et lorsque ma mère est entrée et m'a demandé si j'avais vu ses lunettes, je l'ai haïe également. J'ai détesté les vêtements qu'elle portait, sans goût et prétentieux. Je les ai détestés profondément. J'ai détesté quelque chose que je n'avais jamais remarqué auparavant : la façon dont les talons de ses souliers étaient usés sur le bord extérieur — pas complètement, mais de manière visible. Cela m'a paru minable, négligé, épouvantablement humain. Je l'ai haïe d'être humaine — comme mon père.

Elle a commencé à m'asticoter à propos de ses lunettes et des coudes élimés de ma veste, et soudain j'ai jeté le livre que je tenais. L'atmosphère était irrespirable. Je suffoquais. J'ai brutalement compris que je devais partir. J'avais vécu avec ces deux personnes presque vingt-trois ans. J'étais né dans la chambre juste au-dessus, à l'étage. Était-ce une vie pour un jeune homme ? Passer ses soirées à contempler la fumée s'échapper de la bouche de son père et souiller cette vieille moustache en bataille, année après année ; regarder le bord usé des souliers de sa mère, le mobilier d'un brun sombre et les taches familières sur le tapis couleur chocolat ? Je ficherais le camp ; je fuirais cet endroit, son humanité obscure et suffisante. Je renoncerais à mon droit d'aînesse. Et les affaires de mon père que je devais reprendre à sa mort ? Qu'en penser ? Au diable tout cela !

Je me suis dirigé vers la porte mais au troisième pas je me suis pris le pied dans un pli du tapis et, tendant la main pour trouver un appui, j'ai envoyé valser un vase rose.

Soudain je me suis senti très petit et plein de hargne. J'ai vu la bouche de ma mère s'ouvrir et cela m'a rappelé la porte d'entrée et la porte d'entrée m'a rappelé mon désir de m'enfuir — pour où ? Pour où ?

Sans attendre d'avoir trouvé une réponse à ma propre question et, sans bien savoir ce que je faisais, j'ai quitté la maison en courant.

Derrière moi il y avait vingt-trois années d'ennui accumulé et il me semblait que leur pression sur mes épaules me propulsait hors du jardin.

La route mouillée de pluie était noire et luisante comme de la toile cirée. Les reflets des réverbères tremblotaient comme des méduses jaunes. Un bus approcha — un bus pour Piccadilly, pour le pays de cocagne, un bus pour la mort ou pour la gloire.

Je n'ai rien trouvé de cela. Ce que j'ai découvert me hante encore aujourd'hui.

Le grand bus prit de la vitesse en oscillant. La rue noire était pleine de miroitements. A travers la vitre, cent visages passaient en palpitant comme si l'on avait feuilleté les pages d'un livre sombre. Et j'étais assis là, un ticket de six pence à la main. Qu'étais-je en train de faire ? Où allais-je ?

Au centre du monde, me disais-je. A Piccadilly Circus, où tout peut arriver. Mais que voulais-je donc voir arriver ?

La vie ! J'avais soif d'aventures, mais déjà j'avais peur. Je voulais trouver une belle femme. Pliant le bras je palpai la rondeur de mon biceps. Il n'y avait pas grand-chose à tâter. Oh, merde, me dis-je. Quelle merde ! C'est affreux.

J'ai regardé par la vitre et là, devant moi, il y avait Piccadilly avec ses illuminations comme un défi. Le bus, après avoir suivi la courbe de Regent Street, est entré dans Shaftesbury Avenue et je suis descendu. La jungle m'entourait de toutes parts et j'étais seul. Les bêtes sauvages rôdaient autour de moi. Les meutes de loups se suivaient avec des frôlements feutrés. Où aller ? Comme cela aurait été merveilleux de connaître un appartement à l'éclairage tamisé, une porte qui s'ouvre selon un signal secret, trois coups brefs et un long — où une femme d'un blond roux attendrait, ou peut-être, mieux encore, quelque vieille dame très sage devant une tasse de thé, une vieille dame auguste et sainte dont les talons de soulier ne seraient pas usés sur le bord extérieur.

Mais je ne connaissais aucun endroit où trouver séduction et prestige ou simple compassion. Aucun endroit sauf Corner House.

Je m'y suis rendu. Il y avait moins de monde que d'habitude. Je n'ai attendu que quelques minutes avant de pouvoir entrer dans le palais de la restauration au premier étage. Oh, les ors et les marbres ! Le ballet des serveurs, l'orchestre dans le lointain — comme tout cela était différent de ce qui s'était passé une heure plus tôt, quand je contemplais la moustache de mon père.

Je n'ai pas immédiatement trouvé de place et ce n'est

qu'en descendant la troisième des longues allées entre les convives que j'ai vu un vieil homme quitter une table pour deux. La femme qui était assise en face de lui resta immobile. Serait-elle partie alors, que je n'aurais pas d'histoire à raconter. Sans la moindre méfiance, j'ai pris la place libre et, cherchant le menu, j'ai levé la tête et me suis trouvé plongé dans le lac ténébreux de ses yeux.

Ma main est restée suspendue au-dessus de la carte. J'étais incapable de faire un geste tant le visage devant moi était superbe. Il était grand, pâle, d'une fierté indescriptible — et ce que j'appellerais maintenant une expression avide m'apparut sur le moment être l'assurance magnifique d'une beauté majestueuse.

J'ai immédiatement su qu'il ne s'agissait pas de la blonde aux reflets roux de mes folles pensées que je désirais pour des raisons de prestige, ni de la dame compatissante à la tasse de thé — mais la splendide créature qui me faisait face alliait le mystère et l'exotisme de la première à la douce sagesse de la seconde.

Si ce n'était pas ce que l'on nomme un coup de foudre, pourquoi mon cœur alors aurait-il battu la chamade ? Pourquoi ma main aurait-elle tremblé au-dessus du menu ? Pourquoi ma bouche se serait-elle desséchée ?

Toute parole était impossible. Il m'apparut clairement qu'elle savait tout de ce qui se passait dans ma poitrine et dans ma tête. L'amour que ses yeux prodiguaient me fit perdre tous mes moyens. Prenant ma main entre les siennes, elle la reposa sur la table, de mon côté, la laissant là comme une chose morte sur une assiette. Puis elle me tendit le menu. Il n'avait aucun sens pour moi. Les hors-d'œuvre et les desserts se confondaient en une farandole de lettres.

Je ne me souviens pas de ce que j'ai dit au serveur, ni de ce qu'il m'a apporté. Je sais que je n'ai rien pu manger. Pendant une heure nous sommes restés assis là. Nous avons parlé avec les yeux, avec le battement nerveux de nos souffles enfiévrés — et, vers la fin de cette première rencontre, avec l'extrémité de nos doigts qui, se touchant à l'ombre de la théière, semblaient user d'une langue plus riche, plus subtile et plus vibrante que les mots.

Enfin on nous a priés de partir — et, me levant, j'ai parlé pour la première fois. « Demain ? ai-je murmuré. Demain ? » Lentement elle a incliné sa superbe tête. « Même lieu ? Même heure ? » Elle a de nouveau hoché la tête.

J'ai attendu qu'elle se lève mais, d'un geste aimable et cependant autoritaire, elle m'a fait signe de partir.

Cela paraissait étrange mais j'ai su que je devais m'éloigner. A la porte je me suis retourné et je l'ai vue, assise, immobile et très droite. Puis j'ai descendu la rue et me suis dirigé vers Shaftesbury Avenue, la tête emportée dans un tourbillon d'étoiles, les jambes molles et flageolantes, le cœur en feu.

Je n'avais pas décidé de revenir à la maison et cependant je me suis retrouvé sur le chemin du retour — le chemin du tapis couleur chocolat, de mon père dans son horrible fauteuil, de ma mère avec ses talons usés.

Il était près de minuit lorsque j'ai tourné la clé. Ma mère avait pleuré. Mon père était furieux. Il y eut des mots, des menaces, des supplications de part et d'autre. Enfin je suis allé me coucher.

La journée suivante m'a paru interminable, mais mon excitation douloureuse trouva quelque soulagement dans l'activité. Peu après l'heure du thé j'ai pris un bus qui allait vers l'ouest. Il faisait déjà nuit mais j'étais très en avance quand je suis arrivé à Piccadilly.

J'ai erré nerveusement par les rues, ajustant ma cravate dans le reflet des vitrines ou me limant les ongles pour la centième fois.

Enfin, m'éveillant d'une rêverie alors que pour la cinquième fois je me trouvais assis dans Leicester Square, j'ai regardé ma montre et constaté que j'avais trois minutes de retard pour notre rendez-vous.

J'ai couru tout le chemin en haletant d'angoisse mais, arrivé au premier étage, j'ai compris que mes craintes étaient injustifiées. Elle était là, monument de féminité, plus majestueuse que jamais. Son grand visage pâle s'épanouit et exprima un tel plaisir à me voir que j'ai manqué hurler de joie.

Je ne parlerai pas de la douceur de cette soirée. Ce fut un enchantement. Je me contenterai de dire que nous décidâmes que nos destinées étaient indissociablement liées.

Quand il a été l'heure de partir, j'ai été surpris de découvrir que j'étais censé respecter la même procédure que la veille. Je ne parvenais absolument pas à comprendre la raison de cela. Une fois encore je l'ai laissée seule à la table près de la colonne de marbre. Une fois encore je me suis enfoncé dans la nuit, seul, avec ces mots grisants sur mes lèvres : « Demain… demain… même heure… même lieu… »

La certitude de mon amour pour elle et du sien pour moi m'enivrait. J'ai très peu dormi cette nuit-là et mon agitation le jour suivant fut un supplice pour mes parents et pour moi-même.

Avant de partir pour notre troisième rencontre, je me suis glissé dans la chambre de ma mère, j'ai ouvert son coffret à bijoux et choisi une bague au milieu de ses rares colifichets. Dieu sait qu'elle n'était pas digne d'orner le doigt de ma bien-aimée, mais elle symboliserait notre amour.

De nouveau elle était là à m'attendre alors que cette fois j'avais un bon quart d'heure d'avance sur le rendez-vous. Lorsque nous étions ensemble, l'amour nous enveloppait comme sous un voile — il nous semblait être seuls. Nous n'entendions que le son de nos voix, nous n'avions d'yeux que l'un pour l'autre.

Elle a glissé la bague à son doigt dès que je la lui ai

donnée. Sa main qui tenait la mienne s'est contractée. Je fus surpris par sa force. Mon corps entier tremblait. J'ai déplacé mon pied sous la table à la recherche du sien. Je ne l'ai trouvé nulle part.

Lorsqu'une fois encore le moment redouté est arrivé, je l'ai laissée assise droite et son sourire d'adieu tendre et intense est demeuré inscrit dans mon esprit comme quelque aurore fantastique.

Pendant huit jours nous nous sommes retrouvés et séparés ainsi, et chaque rencontre nous persuadait davantage, quelles qu'aient été les forces qui s'opposaient à nous et les difficultés qui en résulteraient, que c'était le moment de nous marier, alors même que nous étions sous le charme.

Le huitième soir tout fut décidé. Elle savait que pour moi cela ne pouvait être qu'un mariage secret. Mes parents n'accepteraient jamais une décision aussi rapide. Elle comprit parfaitement. De son côté elle souhaitait voir quelques amis assister à la cérémonie.

«J'ai quelques collègues», dit-elle. Je ne compris pas ce qu'elle voulait dire, mais les instructions qu'elle me donna concernant l'endroit où nous devions nous retrouver l'après-midi suivant chassèrent cette remarque de mon esprit.

Il y avait un bureau de l'état civil à Cambridge Circus, me dit-elle, au premier étage d'un bâtiment. Je devais m'y trouver à quatre heures. Elle s'occuperait de tout.

«Ah, mon amour, murmura-t-elle en secouant sa grande tête, comment vais-je pouvoir attendre jusque-là ? » Et, avec un sourire ensorceleur impossible à décrire, elle me fit signe de partir, car la grande salle était presque vide.

Pour la huitième fois je la quittai. Je savais que les femmes aiment avoir leurs secrets et qu'il ne faut en aucun cas les contrarier sur ce point, aussi je ravalai une fois encore les questions qui me brûlaient les lèvres. Pourquoi, oui, pourquoi devais-je toujours la laisser là — et pourquoi, lorsque j'arrivais à notre rendez-vous, était-elle toujours la première sur place ?

Le jour suivant, après de minutieuses recherches, j'ai déniché une alliance en or dans une boîte dans la toilette de mon père. Peu après trois heures, mes cheveux soigneusement brossés et brillants, je suis parti, une fleur à la boutonnière et une valise d'effets personnels à la main. C'était une journée magnifique ; il n'y avait pas un souffle de vent et le ciel était clair.

Le bus semblait voler comme quelque animal fabuleux qui m'aurait m'emporté avec lui vers un pays merveilleux.

Mais hélas, alors que nous approchions de Mayfair, nous nous sommes trouvés plusieurs fois longuement bloqués dans des embouteillages. Je commençais à m'impatienter. Quand le bus a atteint Shaftesbury Avenue, il ne me restait que trois minutes pour arriver au bureau.

Il semblait étrange, alors que le soleil brillait pour saluer mon mariage, que la circulation s'acharnât ainsi contre moi. J'étais sur l'impériale et, ayant eu une description très précise du bâtiment, je l'ai reconnu immédiatement quand enfin nous nous sommes trouvés à Cambridge Circus. Lorsque nous avons longé le lieu du rendez-vous, un nouvel embouteillage nous a bloqués, me permettant ainsi de descendre directement au juste au bas du bâtiment.

Ma valise était à mes pieds et, comme je m'apprêtais à la prendre, j'ai jeté un regard aux fenêtres du premier étage — car c'était dans l'une de ces pièces que je devais bientôt me marier.

J'étais exactement au niveau des fenêtres en question et j'avais une vue parfaite de l'intérieur de la pièce. Elle ne pouvait guère être à plus de quatre mètres de mon siège. Je me rappelle que notre bus klaxonnait pour s'ouvrir la voie mais qu'il n'y avait aucun mouvement de la circulation. Les coups de klaxon me parvenaient comme dans un rêve car je venais de me perdre dans un autre monde.

Ma main serrait la poignée de la valise. Une image envahissait mon cerveau. L'image de la pièce au premier étage.

Je compris immédiatement qu'il s'agissait de la pièce même où l'on m'attendait. Je ne peux pas vous dire pourquoi, car pendant ces premiers instants je ne l'ai pas vue, elle.

A droite de la scène (j'avais en effet l'impression d'être au théâtre) il y avait une table couverte de fleurs. Derrière ces fleurs un officier de l'état civil, petit, en costume rayé, se tenait assis. Quatre autres personnes se trouvaient dans la pièce, et trois d'entre elles faisaient les cent pas. La quatrième, une énorme femme barbue, était assise sur une chaise près de la fenêtre. Alors que je regardais, l'un des hommes se pencha vers elle pour lui parler. Il avait le cou le plus long du monde. Son col empesé faisait bien trois pieds et sa petite tête osseuse en émergeait comme le crâne d'un oiseau. Les deux autres messieurs qui ne cessaient d'aller et venir étaient très étranges. Le premier était chauve. Son visage et sa nuque étaient couverts d'un entrelacs compliqué de tatouages bleus. Ses dents étaient d'or et elles flamboyaient dans sa bouche comme un feu. L'autre, un jeune homme bien vêtu, me parut assez ordinaire jusqu'au moment où il s'approcha de la fenêtre et que j'ai vu, dépassant de sa manche gauche, non pas une main mais le sabot fourchu d'un bouc.

Et alors, soudain, c'est arrivé. Une porte de la pièce a dû s'ouvrir car toutes les têtes se sont tournées dans la même direction et un instant plus tard quelque chose en blanc a trottiné comme un chien dans la pièce.

Mais ce n'était pas un chien. Cela se déplaçait dans une position verticale. J'ai tout d'abord cru, tant la chose était proche du sol, qu'il s'agissait d'une poupée mécanique. Je ne pouvais pas en distinguer le visage mais j'étais surpris par la longue traîne de satin qui serpentait sur le tapis.

Elle s'arrêta devant la table chargée de fleurs ; il y eut des sourires et des révérences, puis l'homme au long cou, avec l'aide du jeune homme au sabot de bouc, souleva la chose blanche et la posa debout sur un haut tabouret qu'il venait de placer devant la table. La longue robe de satin fut soigneusement drapée de manière à recouvrir parfaitement le tabouret jusqu'au sol. On aurait dit qu'une femme grande et au maintien très digne se tenait debout devant l'autel officiel.

Je n'avais pas encore vu son visage, mais je savais à quoi il ressemblerait. Je fus pris de nausée et m'enfonçai dans mon siège, la tête entre les mains.

Je ne me souviens pas du moment où le bus a redémarré. Je sais que j'ai poursuivi ma route et que l'on m'a dit enfin que j'étais au terminus. Il n'y avait rien d'autre à faire que de monter dans un autre bus et de prendre le chemin du retour. Un étrange sentiment de soulagement avait commencé à émousser ma déception. L'idée que ce bus allait me transporter jusqu'au seuil de la maison où j'étais né m'inspirait plaisir et nostalgie. Mais plus forte était ma crainte. Je priais pour que rien n'oblige le bus à s'arrêter de nouveau à Cambridge Circus.

J'avais pris un siège en bas car je n'avais aucune envie de me retrouver nez à nez avec quelqu'un que j'avais abandonné. Je n'avais pas le sentiment de lui avoir fait du tort mais néanmoins je l'avais abandonnée.

Quand le bus s'est approché de Cambridge Circus j'ai

scruté l'obscurité grandissante. Il y avait un réverbère au pied même du bureau de l'état civil. J'ai immédiatement remarqué qu'il n'y avait pas de lumière dans la pièce et, comme nous passions devant le bâtiment, j'ai jeté un regard sur le groupe de personnes sous le réverbère. Mon cœur s'est glacé dans ma poitrine.

Ils étaient là, debout, comme ossifiés en une masse maligne — là, comme s'ils avaient eu l'intention de ne plus bouger jusqu'à ce que justice fût rendue ; tous les cinq. Je ne les ai vus qu'une seconde mais chaque visage éclairé par le lampadaire reste à jamais gravé en moi — l'homme au long cou et au crâne d'oiseau, ses yeux brillants comme des éclats de verre, à sa droite le petit homme chauve, sa nuque tatouée rejetée en arrière, la lumière jouant sur les dessins bleus. A gauche de l'homme au long cou se tenait, de manière décontractée, le jeune gandin, mais il avait un sourire cruel dont le souvenir me donne encore des sueurs froides. Il avait les mains dans les poches mais j'ai reconnu la forme du sabot fourchu à travers l'étoffe. Devant ce groupe se dressait, incarnation du mal, la femme barbue et dans l'ombre qu'elle projetait j'ai vu, dans cette dernière fraction de seconde, alors que le bus s'éloignait, une grande tête blanchâtre au ras du sol.

Dans la semi-obscurité elle semblait suspendue audessus du bord du trottoir comme un ballon pâle sur lequel une bouche rouge aurait été peinte — une bouche qui, dessinant une courbe diabolique, évoquait davantage la gueule d'une bête sauvage que les lèvres d'une femme.

Longtemps après avoir laissé ce groupe derrière moi — installé semblait-il pour toujours sous le réverbère, comme s'il s'était agi de figures de cire, comme quelque chose de monstrueux — longtemps après l'avoir quitté son image m'a hanté. Elle emplissait le bus. Ils envahissaient mon cerveau. Ils l'envahissent encore.

Quand enfin je suis arrivé à la maison, je me suis

écroulé en pleurant sur mon lit. Mon père et ma mère n'avaient aucune idée de ce que j'avais mais ils ne me demandèrent rien. Ils ne m'ont jamais rien demandé.

Ce soir-là, après le dîner, je me suis assis — six ans se sont écoulés mais je me souviens — dans mon fauteuil sur le tapis couleur chocolat. J'ai regardé avec amour les cendres sur le gilet de mon père, sa moustache tachée, les talons de soulier usés de ma mère. J'ai regardé tout cela avec amour. J'avais besoin de tout cela.

Depuis, je n'ai jamais plus quitté la maison. Je sais parfaitement ce qui est bon pour moi.

Traduit par Jean-François Sené

ROBERT BLOCH

Taupe-model

Si je vous dis Psychose, *gageons que cela éveillera en vous quelques souvenirs — et des plus délicieusement inquiétants...*

Robert Bloch est en effet l'auteur du célèbre roman qui a inspiré à Hitchcock son chef-d'œuvre du même nom. A en juger par la baisse de fréquentation des douches en Amérique — surtout auprès de la population féminine — pendant les années qui ont suivi la sortie du film, on pouvait s'attendre à ce que M. Bloch frappe très fort, quand il s'agit de concocter des cocktails à base de sexe et d'horreur...

Car il ne se contente pas de surgir de sa boîte en criant Bouh ! *au moment où l'on s'y attend le moins. Non... il nous entraîne dans le jeu infiniment plus subtil de ses tendances iconoclastes, de son goût du bizarre et de son humour noir si corrosif.*

Ajoutez à cela l'inépuisable vitalité de son imagination et ce talent inné pour nous faire subodorer des penchants sadiques chez le plus innocent des réceptionnistes de motel, et vous obtenez un auteur dont le succès ne s'est pas démenti depuis un demi-siècle.

SACHEZ avant toute chose que je ne crois pas un mot de toute cette histoire ; car si j'y souscrivais un tant soit peu, je serais aussi dingue que le type de qui je la tiens, et qui est justement à l'asile. Et pourtant, il y a des jours où je me pose la question… Mais je vous laisse le soin de trancher.

Commençons par notre narrateur — le type de l'asile, que nous appellerons George Millbank : trente-deux ans, selon les registres officiels, mais il en fait dix ou vingt de plus ; le front dégarni, une brioche naissante, une voix un poil trop haut perchée, et un tic facial dont la seule vue vous met les nerfs en pelote. Son discours et son comportement m'ont pourtant semblé des plus normaux, et à aucun moment je n'ai eu le sentiment d'avoir affaire à un détraqué.

« Et je ne le suis pas ! protesta-t-il, comme nous bavardions dans sa chambre, l'après-midi où je lui ai rendu visite. C'est bien pour ça que le Dr Stern tenait tant à ce que nous nous rencontrions.

— C'est-à-dire… ? répliquai-je, sans me départir de mon sang-froid.

— Vous fatiguez pas… Le docteur m'a expliqué qui vous étiez, et j'ai déjà lu certains de vos textes. Si vous êtes sur la piste d'un sujet croustillant…

— Je n'ai rien dit de tel.

— Allons, allons ! Je suis enchanté de votre visite. Voilà belle lurette que je voulais raconter ça à quelqu'un. Quelqu'un qui ne se contenterait pas d'enterrer mon histoire au fond d'une armoire à dossiers, j'entends... Moi, ils m'ont définitivement balancé aux oubliettes, et je n'espère même plus leur échapper un jour. Mais je veux que quelqu'un sache exactement ce qui s'est passé. Que vous vous serviez de mon histoire pour écrire les vôtres, je m'en fiche éperdument. Mais n'allez surtout pas me prendre pour un dingue, parce que c'est l'exacte vérité que je vais tenter de vous décrire, avec l'aide de Dieu — s'il existe quelque part un Dieu... Mais c'est bien ce qui m'inquiète, voyez-vous : quel genre de Dieu s'amuserait à créer un être tel que cette Vilma... ? »

Je pris soudain conscience du tic qui lui crispait par instants le visage. Il dut remarquer ma réaction de recul, car il secoua la tête, l'air navré : « Je ne vous demande pas de me croire sur parole, rassurez-vous..., fit-il. Commencez déjà par feuilleter un magazine, et regardez les filles des pubs, celles qu'on appelle communément les "top models". Vous comprendrez immédiatement ce que je veux dire : ces grandes sauterelles tout en bras et en jambes, la poitrine menue, les pommettes hautes... Et leurs grands yeux, dans leurs visages figés, avec cette expression de hauteur distante, à la ne-me-touchez-pas... C'était un véritable piège, que cette Vilma. Un piège tendu à mon intention, et où je suis tombé, comme un bleu. Pour moi, cette fille était un défi vivant... » Un nouveau spasme lui déforma le visage.

« Vous n'avez pas l'air d'apprécier beaucoup les femmes...

— Alors là, vous rigolez... ! » Pour la première fois, qui fut aussi la dernière, son visage s'illumina. « Vous avez devant vous l'un des plus grands coureurs de jupons de la profession, mon vieux ! » Son sourire s'éteignit brusquement. « Enfin... jusqu'à ce que je tombe entre les pattes de Vilma, évidemment...

« Tout s'est déroulé pendant une croisière, sur un rafiot scandinave, le *Morland.* Vous savez, ce genre de paquebots spécialisés dans la visite touristique des Caraïbes. Neuf escales en quinze jours, avec visite à terre, le soir, dans ces pompes à fric pour touristes en mal d'exotisme... Mais nous n'étions pas là pour le plaisir. McKay-Phipps, l'agence de pub pour qui je bossais, préparait une campagne de photos pleines pages pour les magazines de mode. Le grand jeu, voyez. Des photos de filles superbes, posant sur fond de jungle tropicale, d'eau bleue et de palmiers, avec quelques lignes d'accroche débiles, genre : "Elle ne voyage qu'en première classe et ne porte que du D'Ior... Son appareil photo est signé Apex." Vous voyez le binz.

« OK, OK... C'était leur fric, et s'ils voulaient le balancer par les fenêtres, c'était leur problème, hein... pas le mien ! D'ailleurs, ni D'Ior ni Apex n'étaient mes clients attitrés. Mais Ben Sanders, qui s'occupait habituellement de leurs campagnes, venait de se payer un infarctus, trois jours avant l'embarquement. C'est donc moi qui me suis retrouvé avec le dossier sur le dos.

« Comme de juste, je n'y connaissais que couic aux nippes et à la haute couture, pas plus qu'aux appareils photo — mais ça non plus, ça ne posait pas de problème. Le marketing de D'Ior nous avait délégué Pat Grigsby, leur chef styliste, et on m'avait adjoint Smitty Lane comme photographe. L'un des meilleurs dans sa partie. Il avait tout réglé avant le départ : établi un planning détaillé des prises de vue, avec le contenu et l'emplacement des photos, fait les repérages, passé d'innombrables coups de fil, obtenu les autorisations et confirmé les différents engagements. Je n'avais donc plus qu'à me pointer à la passerelle d'embarquement, et à m'assurer que tout le monde était à son poste, à l'endroit et à l'heure prévue.

« J'étais libre comme l'air. Pas l'ombre d'un souci... Et qui irait cracher sur deux semaines de croisière dans les

Caraïbes, en février, aux frais de la princesse ? Le *Morland* était un navire luxueux, flambant neuf, avec une douzaine de cabines de première classe, toutes retenues pour notre équipe. Croyez-moi, rien à voir avec ces minables placards à balais aménagés à la va-vite ! On pouvait même s'y faire servir les repas, quand on en avait marre du tralala de la salle à manger. Mais rassurez-vous, je n'ai pas l'intention de vous assener un récit détaillé de mes vacances... d'autant que ça n'a pas tardé à tourner en eau de boudin.

« Le *Morland* devait donc faire escale dans neuf ports, dans les environs desquels nous avions programmé des prises de vue. Smitty voulait profiter de la lumière naturelle, ce qui nous obligeait à être à pied d'œuvre à onze heures du mat, dernier carat. Ce qui fait que, comme cet enfoiré s'était déniché des coins bien paumés, sur chaque île, on devait se lever à sept heures, s'avaler un petit déjeuner en quatrième vitesse et enfourner toutes les fringues et le matériel dans un vieux bus Volkswagen, pour se mettre en route avant huit heures. Vous vous êtes déjà trimbalé dans un VW de 59, sur des routes à peine dignes de ce nom, avec des températures et un niveau hygrométrique proches de ceux d'un sauna ? C'est vraiment l'enfer, mon vieux... l'enfer !

« Après ça, fallait tout installer. Smitty, c'était l'efficacité même, mais alors, dans le genre coupeur de cheveux en quatre... difficile de faire pire ! Le temps que Pat Grigsby soit satisfaite de la manière dont les vêtements tombaient sur le mannequin et de ce que ça donnait dans l'objectif, le temps d'aligner plusieurs dizaines de polaroïds d'essai, il était déjà deux heures de l'après-midi. On s'envoyait un sandwich, vite fait, mais pour le déjeuner, tintin ! Notre affaire faite, on s'entassait derechef dans le bus qui avait mijoté plusieurs heures au soleil et, si on arrivait à être de retour à bord aux environs de quatre heures trente, on avait une chance de pouvoir participer au bingo de l'après-midi.

« Le reste de la croisière me laisse des souvenirs plutôt mitigés.

« Commençons par les pires. Le bingo, c'était pas du tout son genre, à Smitty. Le seul jeu qui le branchait, c'était de faire le pilier de bar — matin, midi et soir, si possible. Quant à Pat, elle avait manifestement un faible pour le beau sexe. Elle avait déjà dû tenter sa chance auprès de Vilma, et se faire rembarrer aussi sec, parce qu'à partir du troisième jour, elles ne s'adressaient plus la parole en dehors des heures de boulot, ce qui ne laissait plus en piste que Vilma et moi. Et ça, c'est plutôt le bon côté de la chose.

«Je vous les ai déjà décrites, ces filles de la haute couture — et rien qu'à la manière dont je vous ai présenté les choses, vous avez dû me classer d'office dans la catégorie "chauviniste mâle". Mais à l'époque, j'étais loin de soupçonner ce que je sais aujourd'hui. Pour moi, Vilma Loring, c'était une femme unique, un être d'exception... Faut d'abord que je vous dise un truc — leur point commun, à toutes ces pros de la beauté, c'est le raffinement avec lequel elles jouent du geste, du vêtement, du maquillage, du parfum. Cet art, parfaitement maîtrisé, leur donne une grâce, une assurance, une élégance sans faille, agrémentées de ce qui s'appelait autrefois la féminité. Or, cette Vilma, c'était la féminité même, mon vieux... !

«J'ai rien contre le MLF, personnellement, remarquez. Mais entre nous, cette bande d'intellos et de psychanalystes en jean, avec leurs cheveux qui leur tombent sur le nez, ça ne m'a jamais follement inspiré... Vilma, elle, il vous suffisait de lui jeter un coup d'œil pour grimper aux rideaux. Et pour ce qui est de la lorgner, je ne m'en privais pas !

« Pendant les séances photo, elle avait le maintien et la maîtrise d'une superpro. Toute l'équipe suait sang et eau, sous le soleil de midi, mais elle restait toujours fraîche, calme, posée. Jamais une auréole, jamais une fausse note, jamais un murmure. Ah... cette fille ! Une vraie créature de rêve !

« En dehors des heures de boulot, j'essayais de manœuvrer pour la voir le plus souvent possible, mais je ne la voyais jamais assez à mon gré. Elle s'éclipsait dès que nous revenions des séances photo, et pas moyen de lui faire accepter une invitation à dîner. Évidemment, elle prenait tous ses repas dans sa cabine, pour ne pas avoir à s'habiller et à se remaquiller, disait-elle. J'avais immédiatement tenté un "Vous préférez ma cabine, ou la vôtre... ?" qui avait lamentablement échoué. Je devais donc me contenter de lui tenir compagnie pendant la soirée.

« Vous devez avoir une petite idée des distractions qu'un navire de croisière propose à ses passagers... Des films de série B, pour les rombières à cheveux lavande, une piste de danse grande comme une pièce de dix cents, et un orchestre à vous dégoûter du mambo jusqu'à votre lit de mort... sans parler des autres attractions : danseurs de claquettes, numéros de music-hall, chanteurs sur le retour... Ce qui fait que nous passions le plus clair de nos soirées à arpenter le pont, côte à côte, elle et moi. J'essayais régulièrement de l'attirer dans ma cabine sous le bon vieux prétexte du dernier verre, mais avec une égale constance, elle répliquait d'un "Il fait si bon, ce soir... Restons plutôt à regarder les dauphins !".

« Message reçu, mais je n'étais pas homme à capituler si vite. Quand nous étions au large, je la soumettais à un siège en règle. Je l'appelais chaque matin après le petit déjeuner et, les jours où elle n'avait pas prévu de se limer les ongles où de faire la sieste dans sa cabine, elle acceptait volontiers ma compagnie. Elle n'était pourtant pas du genre bavard, et je la sentais se refermer comme une huître dès que je risquais une question plus personnelle. Mais elle m'écoutait toujours d'une oreille attentive et, tant que je n'essayais pas de pousser trop loin mon avantage, son humeur restait au beau fixe, et son sourire radieux. Je résolus donc de l'avoir à l'usure.

« Elle ne voulait pas nager ? OK. On se vautrait dans les transats en regardant les autres s'ébattre dans la piscine. Pas de tennis, ni de jeu de palet, à cause du soleil qui aurait pu nuire à la parfaite limpidité de son teint ? Pas de problème... on restait à couvert, jusqu'à l'heure du cocktail, où nous filions au bar, bien que je ne l'aie jamais vue boire une seule goutte de quoi que ce soit. Bref, je filais doux. Mais au bout de quelque temps, je dus m'avouer que ça commençait à bien faire...

« Peut-être était-ce la croisière elle-même qui me tapait sur les nerfs — cette atmosphère hypocritement compassée où tout le monde s'envoyait en l'air, une fois les portes des cabines refermées. Et pas seulement les couples, légitimes ou non ! Les célibataires aussi s'en fourraient jusque-là... Les secrétaires et les petites profs qui avaient économisé sou par sou l'argent de leur récré annuelle se levaient des marchands de bagnoles d'occase et des surfeurs un tantinet montés en graine ; les divorcées pleines aux as, la permanente avantageuse, liposucées et siliconées sous toutes les coutures, coulaient des regards de braise en direction des bellâtres grisonnants qui consultaient chaque matin l'indice Dow Jones... Au bout d'une dizaine de jours, même les petites vieilles à cheveux lavande papillonnaient avec les jeunes stewards, engagés spécialement pour tenir ces dames en haleine.

« La dernière étape — deux jours de mer, de Porto Rico à Miami — avait tout de la partie de jambes en l'air généralisée... Bref, tout le monde s'amusait, sauf moi, qui attendais toujours mon tour, mon journal sur les genoux.

« C'est alors que je me suis pris entre quat'z'yeux : ça va pas, la tête, mon pote ! T'es là comme un con, à baver des ronds de chapeau devant ce canon qui cause pas, qui boit pas, qui danse pas, qui ne t'accorde même pas un dîner en tête à tête... Distante, froide et posée, ça va une minute, mais trop, c'était trop. Là, c'en devenait carrément réfrigérant !

« Bien sûr, Vilma était la fille la plus sensationnelle qu'il m'ait jamais été donné de voir, mais quand on ne peut toucher qu'avec les yeux, que voulez-vous... on finit par se lasser ! Elle avait cette voix étrange, rauque et profonde qui semblait sortir direct de sa poitrine, mais elle ne s'en servait que pour me tenir à distance et m'assener des banalités. Elle avait ce beau regard lointain qui vous effleurait, sans ciller, et sans jamais s'arrêter sur vous... C'était comme si vous étiez transparent... Elle se mouvait avec la grâce d'une créature de rêve, mais basta ! Je commençais à avoir envie de me réveiller.

« Et c'est ce que je fis. C'était déjà la dernière soirée de la croisière, et il se faisait tard. Mais tout de même pas trop tard pour aller au bar. La fête habituelle battait son plein, dans le grand salon, et j'avais rendez-vous avec Vilma pour le dernier show du voyage. Je m'étais bien gardé d'annuler ce rendez-vous, mais j'étais résolu à porter l'estocade. J'en avais jusque-là de ce cinéma. Ras le bol de grimper aux rideaux. L'heure était venue de conclure, que diable ! Je mis le cap sur le minibar, aménagé sur le pont, à l'avant du bateau, et je me mis en condition...

« Tous les passagers s'étaient attroupés dans la salle des réjouissances, et j'étais le seul client. Le barman tenta d'engager la conversation, mais je n'étais pas d'humeur. Toutes sortes de sombres pensées m'assiégeaient l'esprit : “Qu'est-ce que t'as fabriqué, ces deux dernières semaines, mon lascar ? Ramper derrière une allumeuse à la mords-moi, comme un adolescent qui rêve de se faire dépuceler...” Ça n'avait aucun sens — et encore moins après mon deuxième verre ! En attaquant mon troisième, qui était un double quelque chose, j'étais décidé. J'allais enfin l'attaquer de front... et pan, dans les dents !

« Mais je n'eus pas à aller bien loin. Elle était là, tout près de moi, sous cette immense lune tropicale qui faisait scintiller sa robe du soir bleu pastel, et nimbait ses cheveux d'un reflet argenté.

« Elle me gratifia d'un de ses plus beaux sourires : "Voilà une heure que je vous cherche, mon cher, dit-elle. Je veux vous parler...

« — Laissez tomber, lui répondis-je. Nous n'avons plus rien à nous dire."

« Elle me regarda en silence. C'était dans ses yeux, à présent, que miroitait la lune. Quand je lui enjoignis de disparaître de ma vie, elle me glissa la main sous le bras. "Vous êtes tombé amoureux de moi, n'est-ce pas ?" fit-elle.

« Je ne trouvai rien à répondre à cela. Ça n'était que trop vrai. J'étais tombé amoureux d'elle, et c'était précisément ce qui m'inspirait l'envie de la boxer, de l'empoigner par les cheveux et de l'entraîner dans ma cabine, après avoir réduit sa robe en lambeaux...

« Elle prit alors ma main. "Venez, dit-elle. Allons chez moi..."

« Pas mal, le retournement de situation, hein... ? Trois semaines de congélo, et hop — emballé ! La dernière nuit, en plus. Nous n'avions plus que quelques heures devant nous. Puis il faudrait faire les valises et quitter le navire aux premières lueurs de l'aube...

« Mais le fait est que nous y sommes effectivement allés, dans sa cabine...

« Elle ferma la porte à double tour. Elle avait tout préparé : lumières tamisées, lit ouvert, seau à champagne... Vilma m'en remplit un verre, sans pour autant se servir. "Allez-y, fit-elle. Je n'y vois plus aucun inconvénient."

« Mais moi, je ne l'entendais pas de cette oreille, et je le lui fis savoir. Sa petite mise en scène ne tenait pas debout ! Pourquoi avoir attendu la dernière nuit, si elle voulait vraiment coucher avec moi... ?

« Elle me lança un regard que je ne suis pas près d'oublier. "Parce que je devais d'abord en avoir le cœur net", fit-elle.

« Je descendis une grande lampée de champ, qui dut pas mal me sonner, après tout ce que j'avais déjà dans l'aile. Mais l'heure n'était plus aux finasseries. "Le cœur net de quoi ? Quel est le problème, Vilma ? Vous craignez que je ne puisse pas assurer ?"

« Pas un muscle de son visage n'avait bougé. "Non, George. Vous ne comprenez pas... Je devais d'abord vous observer, m'assurer que vous étiez la personne adéquate...

« — Pour vous envoyer en l'air ?

« — Non, fit-elle, en secouant la tête. Pour être le père de mon enfant."

« J'ouvris de grands yeux. "Hé ! doucement, là... Attendez un peu...

« — Voilà, j'ai attendu, reprit-elle, en plongeant ses yeux dans les miens. Deux semaines, le temps de mieux vous connaître, et de prendre ma décision. Vous me semblez en excellente forme. Je ne vois rien qui puisse laisser supposer que votre rejeton ne sera pas génétiquement viable."

« Le dernier verre m'avait secoué, mais je ne rêvais plus. J'avais bien entendu ! "Alors je vous arrête tout de suite, fis-je. Je n'ai aucune envie ni de me marier ni de me retrouver avec un gosse sur les bras !"

« Elle eut un haussement d'épaules hautain. "Ce n'est pas ce que je vous demande. Je n'ai besoin d'aucune aide financière. Vous ne saurez même pas si vous m'avez fécondée, cette nuit... Demain matin, nos chemins se sépareront définitivement, et je vous jure que vous n'aurez plus jamais à me revoir."

« Elle s'était approchée de moi, tout près — trop près. Si près que je sentais les ondes de chaleur que dégageait sa peau... cette chaleur, ce parfum, cette curieuse vibration qui semblait se répercuter jusque dans sa voix, si douce et si voilée...

« "Il me faut un enfant", dit-elle.

« Les hypothèses se bousculaient dans mon esprit. Soit

elle déjantait, et gravement, soit elle était sous acide, soit elle donnait dans le trip nymphomane… “Écoutez, dis-je. C’est à peine si on se connaît…”

« Elle éclata d’un rire sonore et un peu rauque. “Qu’est-ce que ça peut faire ? L’essentiel, c’est que vous me désiriez…”

« Et là, j’aurais eu du mal à prétendre le contraire… Mes pensées soupçonneuses et ma colère se diluèrent dans l’alcool, comme par miracle. Ne me restait plus que le désir fou que m’inspirait cette splendide poupée blonde… sa chaleur, sa peau ardente…

« Je lui tendis les bras, mais elle recula et détourna la tête lorsque je voulus l’embrasser. “Déshabillez-vous ! m’enjoignit-elle. Et faites vite, je vous en prie.”

« Je m’exécutai. Elle avait dû mettre quelque chose dans mon verre, parce que mes doigts s’agaçaient sans succès sur les boutons de ma chemise. Je finis par en arracher deux ou trois, pour l’ôter plus vite, ainsi que tout le reste. Mais quelle que pût être la substance qu’elle m’avait fait prendre, ça ne portait aucunement atteinte à mon ardeur. Bien au contraire. J’étais dans tous mes états, plus allumé que je ne l’avais jamais été…

« Je m’écroulai sur le lit, étendu sur le dos, et tout sembla se figer autour de moi. Je ne pouvais plus bouger ni bras ni jambes. Mes pieds et mes mains semblaient tout engourdis, tant mes sensations se concentraient autour de l’endroit crucial. J’étais prêt — fin prêt !

« Même si je l’avais voulu, je n’aurais pu reculer. Ça, je peux vous l’affirmer, parce que je ne l’ai pas quittée des yeux, et mon désir n’a pas fléchi d’un pouce, lorsque je l’ai vue lever les bras, pour enlever sa tête.

« Elle l’a posée sur la table, ses longs cheveux blonds se balançant dans le vide. Les grands yeux bleus avaient aussitôt perdu leur éclat et le visage avait pris une consistance caoutchouteuse, mais mes réactions étaient comme gelées sur place. J’étais toujours aussi excité et je me souviens même m'être demandé comment elle pouvait y voir quelque chose, sans ses yeux...

« Ma question trouva sa réponse lorsque sa robe tomba. Elle approcha et se pencha sur moi. Ses petits seins surplombaient juste mon visage — je voyais très distinctement se dresser leurs bouts durcis... se dresser, et éclore, comme des paupières granuleuses, dévoilant les yeux. Les vrais yeux, verts, qui brillaient, profondément enfoncés dans les mamelons.

« Elle se pencha davantage et j'aperçus son nombril, animé d'une ondulation rythmique. Je sentis contre ma poitrine le souffle chaud qu'exhalait son ventre. La dernière chose que je vis, ce furent les lèvres roses de cette bouche barbue qui s'ouvrait, sous son nombril, pour m'engloutir...

« Je poussai un hurlement, un seul, avant de perdre connaissance.

« Vous commencez à comprendre... ? Vilma ne m'avait menti qu'à moitié. C'était bien un “modèle” — mais le modèle de quoi ? Qui l'avait créée ? Combien de Vilma peut-il y avoir en circulation, de par le monde ? Combien de centaines ou de milliers sont-elles, ces créatures de rêve ? Vous n'avez jamais remarqué à quel point elles semblent toutes sorties du même moule ? Ne croirait-on pas des sœurs jumelles... ? Et c'est peut-être ce qu'elles sont : une grande famille, une race issue d'un autre monde. Elles colonisent peu à peu cette planète, s'accouplant avec les hommes, au gré de leur cycle de reproduction, et se perpétuent de cette étrange manière — tout comme l'a fait Vilma, avec moi... »

Je dus quitter précipitamment la pièce, car son front s'était couvert de sueur, tandis que son souffle s'accélérait. Il parut perdre les pédales et se mit à hurler. Les infirmiers accoururent et durent faire rapidement le nécessaire parce que, le temps pour moi d'arriver au bureau du Dr Stern, au bout du couloir, ses cris s'étaient calmés.

« Alors ? fit le docteur. Qu'est-ce que vous en pensez ?

— Vous êtes son médecin, fis-je en secouant la tête. A vous de me dire ce qu'il en est.

— Il n'y a pas grand-chose de plus à en dire. Cette Vilma — Vilma Loring, comme elle se faisait appeler — n'était pas un fantasme. Elle a bel et bien existé. C'était un mannequin des plus demandé. Elle a travaillé deux ans pour une agence new-yorkaise. Elle habitait Central Park South, où elle avait loué un superbe appartement. Des dizaines de témoins l'ont vue, lui ont parlé...

— Elle "habitait" ?

— Oui, fit Stern. Car elle a disparu sans laisser de traces. Elle a dû quitter discrètement le bateau, dès qu'il a accosté à Miami et depuis, personne n'a réussi à lui remettre la main dessus. Et ce n'est pourtant pas faute d'avoir essayé, parce que... vu la tournure qu'ont prise les événements...

— C'est-à-dire ?

— Eh bien, vous connaissez son histoire aussi bien que moi, à présent...

— Mais il n'a plus sa tête, n'est-ce pas ?

— Eh bien, disons qu'il est très... perturbé. C'est bien pourquoi nous l'avons admis dans ce service, le lendemain matin, quand le personnel du *Morland* l'a retrouvé gisant sur ce lit, dans une mare de sang... » Stern eut un haussement d'épaules. « Et ça, cher monsieur, c'est la seule chose pour laquelle nous n'ayons pas l'ombre d'une explication. A ce jour, nous ne savons toujours pas où ont pu passer ses génitoires. »

Traduit par Stéphane Carn

A.E. COPPARD

Les jeux du cirque

Pendant bien des années, les talents d'envoûteur de ce conteur-né anglais lui ont valu une place dans de nombreuses anthologies. Mais la diversité de son œuvre — histoires absurdes, morales, allégoriques, fantastiques, macabres — le rend finalement inclassable. C'est peut-être pourquoi, malheureusement, il n'apparaît que rarement dans les collections consacrées aux différents genres auxquels il s'est intéressé. Il qualifiait lui-même ses nouvelles (plus d'une centaine) de « contes populaires modernes ». Bon nombre d'entre elles, toutefois, méritent aujourd'hui l'épithète « intemporelles ».

« Les jeux du cirque » en font partie. Vous verrez par vous-même que les frissons que cette nouvelle provoque ne reposent sur rien de plus étrange ou de plus grotesque que ce que la nature humaine peut offrir en matière d'horreur lorsqu'elle y emploie ses capacités d'imagination et de cruauté.

I

Installé sur son tabouret dans une des belles rues de Vienne, Hans Siebenhaar, porteur de son état, prend le soleil, en attendant que quelqu'un loue ses services pour n'importe quel genre de travail. C'est un homme gigantesque; son visage imberbe et bulbeux évoque vaguement une éponge qui serait coiffée d'une casquette plate à visière ornée d'un ruban blanc sur lequel sont écrits, en lettres rouges, les mots suivants : *Wiener Dienstmann.* Sa voix, que nous aurons bientôt l'occasion d'entendre, est si profonde et terrifiante qu'elle semble déchirer l'espace lui-même. A cinquante ans Hans est le type d'homme que l'on remarque, mais il n'est que porteur! Métier peu lucratif avec lequel cependant il faut bien faire. C'est une matinée de juillet chaude, presque tropicale; la rue est pleine de bruits mais personne ne parle. Les marchandes de quatre-saisons silencieuses se cachent derrière des journaux qu'elles ont épinglés au bord de leurs grands parasols rouges. L'air est étouffant, langoureux; on a des pensées de lilas, de mer fraîche, de ballons blancs; les gens ont ôté leurs chapeaux, s'éventent avec énergie, sirotent des glaces dans les cafés, et néanmoins transpirent. Les bruits mêmes de la rue sont une insulte à l'esprit. Les conducteurs de charrettes ne portent que leurs culottes et leurs corps bruns comme ceux des Polynésiens sont agréables à regarder.

C'était par une journée toute pareille à celle-ci que, douze mois plus tôt, Mitzi Siebenhaar, sa seconde épouse, s'était enfuie avec ce Julius Damjancsics. Oui, elle l'avait quitté, comme ça. Hans retira sa casquette. Après l'avoir examinée comme s'il s'était agi d'un coffre plein de mystère, il poussa un soupir rauque. Comment expliquer un tel accident ? Il passa la main sur sa nuque chauve et bronzée et récolta tant de sueur sur ses doigts poilus et marqués de taches de rousseur que, lorsqu'il les secoua, il en tomba une pluie de gouttes qui éclatèrent sur le trottoir. Mitzi, la jeune Mitzi ! C'était cela, oui, sa jeunesse. Ah, grands dieux, là-dessus elle avait un sacré avantage sur lui, quinze bonnes années ; la jeunesse et la beauté, la beauté et la jeunesse. A trente-cinq ans elle était aussi jolie qu'une jeune fille, et aussi capricieuse et fougueuse ; il n'avait su la garder qu'une toute petite année... c'est-à-dire, la garder toute à lui. Une petite année ! Ce n'est pas long mais, pour un homme de cinquante ans, c'est si difficile, oui ; et pourtant Julius Damjancsics avait le même âge que lui. Et c'était avec lui qu'elle était partie ! Que pouvait-elle donc lui trouver ? Comment expliquer un tel accident ? Ils avaient été bons amis, tous les trois, et Julius jouait de la mandoline, mais Hans aurait pu lui faire mordre la poussière. Que pouvait-elle donc lui trouver ? Il aurait pu l'écraser d'une seule main, comme un simple bretzel, s'il les avait retrouvés — mais ça aussi, c'était difficile. Il était allé à Belgrade, car Julius Damjancsics était serbe, et à Budapest, car Mitzi était hongroise, mais ce Julius était du genre vagabond et très doué pour tromper son monde. Alors... C'était bien malheureux de penser à cela par une telle chaleur ; il n'y avait rien à faire, il était revenu à Vienne. Et à présent il était là, à ruminer, à se lamenter ; bien malheureux, oui. « Séchons nos larmes et oublions que le Christ est mort. *Gloria Patri et Filio et Spiritu Sancto*», murmura-t-il, car il était bon catholique, ainsi que le père Adolf de la cathédrale Saint-Stéphane aurait pu en témoigner.

« Porteur ! » cria une voix.

Hans leva rapidement les yeux et remit sa casquette.

« Monsieur », dit-il.

Un homme de haute taille, le visage imposant et de type étranger, corpulent, d'apparence prospère, en bottines noires vernies avec le dessus en toile grise, paraissait étudier le porteur. Si les bottines étaient fermées par ce qui semblait être des boutons de nacre, elles étaient mal entretenues ; mais cela était compensé par une grosse chaîne de montre en or fièrement exhibée, une épingle à cravate et des boutons de chemise ornés de pierreries. L'homme avait les poings enfoncés dans les poches et faisait tourner entre ses lèvres rouges et charnues un long cigare mince. Immense et impressionnant, il aurait pu être turc ou tartare ; en fait il était directeur d'un cirque roumain.

« Venez avec moi, j'ai besoin de vous », et le gigantesque Hans suivit l'homme jusqu'à un *Biergarten* où un autre homme attendait celui qui aurait pu passer pour tartare ou pour turc. Il l'appela Peter — ils devaient être frères — et Peter lui donna du Franz. Ils s'assirent tous les trois et prirent un verre.

« Dites-moi, Hans Siebenhaar, dit Franz, vous êtes costaud ?

— Ah, ça oui, on peut le dire.

— Vous avez une belle voix ?

— Pardon... » Hans hésita. « Je ne suis pas vraiment un chanteur.

— Non, non. Vous avez une voix puissante pour parler, pour crier, vous pouvez faire des bruits terribles avec votre voix ?

— Oh, oui, acquiesça Hans. J'ai une voix forte, c'est juste, très forte. Et du bruit, ça je peux vous en faire. »

Pour preuve, il leur offrit sur-le-champ une succession de beuglements pleins de fougue. Il n'y avait qu'une autre personne dans le *Biergarten*, un homme avec un visage à la François-Joseph et des favoris blancs pareils à des accoudoirs de fauteuil qui, assis sous un acacia, fumait une pipe en porcelaine. Il devait être sourd, car il ne prêta pas la moindre attention à l'épouvantable tapage. Deux serveurs se précipitèrent affolés mais Franz leur fit signe de s'éloigner.

« Parfait, dit Franz pensivement. A présent, écoutez-moi. » Et Hans, assis entre les deux frères, les écouta exposer un plan qui le frappa de stupeur et le laissa abasourdi ; toutes sortes d'émotions l'envahirent mais il ne ressentit aucune satisfaction. En bref, ils voulaient faire de lui un tigre.

« Non, dit Hans, chez qui l'indignation se mêlait au mépris. Je ne comprends pas, je ne fais pas ce genre de choses ! »

Pas immédiatement, s'écrièrent-ils, pas aujourd'hui. Non, non. Ils avaient tout le temps, une semaine en fait. Ils lui enseigneraient l'art d'incarner un tigre, ils le feraient répéter ; et, pour une unique représentation, pour une seule soirée, ils lui donneraient deux cents schillings. Pierre le Turc déclara que c'était beaucoup trop d'argent. Franz le Tartare invoqua son Dieu.

Il y a autre chose là-dessous, songea Hans ; il vaut mieux se méfier. « Deux cents schillings ? demanda-t-il.

— Deux cents, dit Peter.

— Schillings, continua Franz en écho, tout en grattant la table avec un cure-dent.

— Et, s'il vous plaît, que dois-je faire ? »

Ils le lui dirent. Il devait être cousu dans une peau de tigre ; il jouerait le rôle d'un tigre dans leur ménagerie et recevrait deux cents schillings. C'était là un jeu d'enfant pour un homme costaud. Hans Siebenhaar serait cousu dans une peau de tigre pour deux cents schillings ; il bondirait, attaquerait, rugirait du mieux qu'il le pourrait de façon à retourner le cœur des spectateurs — et les deux cents schillings étaient à lui. C'était à cause de sa voix, de sa grosse voix grondante de tigre qu'ils étaient venus le voir. Pour eux une telle voix valait une fortune, aussi lui verseraient-ils deux cents schillings pour ses services.

« Deux cents schillings ? murmura Hans.

— Deux cents », dit Peter ; et Franz répéta : « Deux cents. »

Ce n'est pas à dédaigner, songea Hans, mais il y a autre chose là-dessous ; soyons prudent.

« Pourquoi n'avez-vous pas un vrai tigre ? leur demanda-t-il.

— Nous en avions un ! s'écrièrent-ils à l'unisson.

— Mais il est mort, ajouta Peter.

— Un tigre tout à fait comme il faut, déclara Franz.

— Mais il est mort, reprit son frère. Ah, il avait des pattes grandes comme des coussins.

— Et féroce avec cela !

— Superbe, dit Peter. Il est mort de chagrin.

— Non, non, protesta Franz. Je ne dirais pas cela de ce tigre.

— Mais si, affirma Peter. De chagrin. Il m'aimait, et je me suis remarié récemment.

— Le cœur brisé, oui, peut-être, reconnut Franz.

— Sa voix n'était plus qu'un petit sifflement. » Il y avait de la tristesse dans le regard de Peter. « Plus aucune fureur.

— Brrr-a-a-a-o-oh ! » rugit soudain Hans et, se levant d'un bond, il commença à gambader et à lancer des coups de patte comme un fou dans le jardin. « Ouah, pouah, bouh, ouh, mouh, miaou-ouh ! » gronda-t-il.

Le vieil homme sourd aux favoris à la François-Joseph posa tranquillement sa pipe sur la table devant lui ; sans accorder aucune attention à Hans, il s'enfonça les doigts dans la bouche et retira son dentier. Il l'examina calmement, comme s'il s'était agi de quelque corps étranger qu'il n'avait jamais remarqué auparavant et dont il ne pouvait s'expliquer la présence. Hans commença à renverser les tables et les chaises ; des garçons surgirent et, se jetant sur le dément qui transpirait à grosses gouttes, ils l'envoyèrent rouler dans un coin.

« C'est parfait, cria Franz, oui, parfait !

— Absolument, dit Peter, absolument ! »

Trois serveurs s'accrochaient à Hans Siebenhaar avec l'intention manifeste de l'étrangler.

« Ça suffit ! hurla Franz. Relâchez-le » ; et, de ses mains puissantes, il souleva deux des garçons du corps prostré de Hans comme vous le feriez de deux épingles fichées dans une pelote ; et Peter en fit de même avec le troisième.

« Tout va bien », dit Franz, et Peter dit que tout allait bien. Ils donnèrent quelques pièces aux garçons et les calmèrent. Hans avait regagné son siège et le vieil homme remettait son dentier.

Les frères demandèrent à Hans de les écouter. Leur ménagerie était actuellement installée au Prater, et pour la fête, la semaine prochaine, ils avaient envisagé de monter une nouvelle attraction, rien de moins qu'un combat entre un lion et un tigre — ah, une bonne affaire ! Mais au moment le plus important que fait leur tigre ?

« Il meurt, suggéra Hans.

— Eh oui, acquiesça Franz. Il meurt. Et alors !

— Oui, et alors ? dit Hans, en hochant la tête.

— Vous devez être notre tigre, c'est là toute l'affaire. Vous avez la voix d'un tigre, et vous en avez le caractère. Vous toucherez deux cents schillings. Hourra ! C'est du petit-lait, oui.

— Que dites-vous là ? cria Hans. Se battre avec un lion !

— Bah, dit Peter. Il est plus doux et plus inoffensif qu'un chaton.

— Non, dit Hans. Non.

— Mais si, dit Franz. Une vraie limace, croyez-moi.

— Non ! hurla Hans.

— Il n'a pas de dents.

— Je ne le ferai pas, cria la victime désignée.

— Il est dans la famille depuis un siècle.

— Pas question », déclara Hans sur un ton sans appel, et il se leva pour partir. Mais les frères l'attrapèrent chacun par un bras et le forcèrent à s'asseoir.

« N'ayez aucune crainte, monsieur Siebenhaar, il vous adorera. Deux cent cinquante schillings !

— Non, jamais — ah !

— Monsieur Siebenhaar, nous pouvons vous l'assurer. Trois cents schillings, dit Peter.

— Et cinquante encore, ajouta Franz.

— Trois cent cinquante ! répéta Hans. Et alors ? Je ne peux pas combattre un lion. Non et non. Je ne suis pas une femmelette. Je suis courageux, mais qu'est-ce que trois cent cinquante schillings pour ma peau et mes os ? » En bref, M. Siebenhaar n'avait pas pour habitude de se battre avec des lions.

« *Ach !* Votre peau et vos os seront aussi en sécurité qu'ils le sont en ce moment. Vous n'aurez pas à vous battre avec ce lion...

— Ah ça, non, je ne le ferai pas !

— ... vous devrez simplement jouer avec lui. Ce lion ne se bat pas, monsieur Siebenhaar ; il ne le fera pas, il en est incapable.

— Et pourquoi ?

— Il est si doux qu'on dirait un agneau qui bêle dans un pré. Vous aurez juste à bondir devant lui et à rugir-rugir, faire du bruit et gesticuler. Il rampera devant vous. N'ayez aucune crainte. Un spectacle, vous comprenez, vous donnerez un spectacle.

— Je sais ce que c'est, dit Hans, mais merci beaucoup, je ne donnerai pas ma peau et mes os en spectacle.

— Grands dieux ! hurla Franz, au comble de l'exaspération, Vous croyez donc qu'on en veut à vos os ?

— Vous n'aurez pas même une phalange ! » cria Hans.

Peter intervint. « Vous vous méprenez, monsieur Siebenhaar ; ce que nous recherchons c'est un divertissement, pas un massacre.

— Ça n'est donc pas ce que vous voulez ?

— Un massacre serait très bien dans son genre, peut-être, question d'époque et de lieu, poursuivit Peter, mais c'est une chose et ceci en est une autre.

— Merci bien, dit Hans, c'est très clair, n'en parlons plus. »

Franz et Peter expliquèrent qu'ils étaient de simples hommes d'affaires dont le seul souci était d'apporter joie et plaisir au petit peuple de Vienne ; que la sauvagerie du lion était une fadaise, son courage une plaisanterie, sa force indigne de justifier les craintes les plus chéries de l'homme. S'il était un animal au monde plus digne de la pitié et de la sympathie de l'humanité, plus soumis, plus doux que tout autre, c'était, lui affirma Franz, le lion. Et s'il était un lion plus sensible aux marques d'affection que tous les autres, ajouta Peter, alors c'était le leur. Trois cent cinquante schillings n'étaient donc rien pour lui ?

« Oh, non, concéda Hans.

— Ça n'est pas de la petite bière ?

— Non, non.

— Trois cent cinquante schillings, c'est trois cent cinquante schillings, n'est-ce pas ? » lui demanda Peter ; et Hans répliqua : « Pour ce qui est passé, oui ; mais pour ce qui est encore à venir, non. L'avenir, sauf votre respect, monsieur, nous ne l'avons pas dans le dos.

— Trois cent cinquante schillings, ça n'est pas de la petite bière », dit Franz d'un ton sévère. Ils avaient des hommes à leur service qui les imploraient à genoux de bien vouloir leur accorder l'honneur de jouer le rôle du tigre : mais ils n'avaient ni le physique, ni la voix, ni, que M. Siebenhaar lui pardonne, la touche délicate de l'artiste. Une chose dont lui, Franz, était certain, c'était qu'il reconnaissait un artiste au premier regard; cela expliquait les trois cent cinquante schillings.

Finalement Hans décida une fois encore de sécher ses larmes et d'oublier que le Christ était mort. Il accepta d'être cousu tel jour précis dans la peau du tigre et de donner une représentation avec le gentil lion de MM. Franz et Peter à la condition expresse qu'aucun mal n'arrive à sa peau et ses os.

« Mille tonnerres ! Quel mal voulez-vous donc qu'il vous arrive ?

— Parfait ! »

Et, après avoir quitté Hans, quand ils furent certains d'être hors de portée, M. Franz s'esclaffa : « Ha, ha, ha ! » et M. Peter reprit : « Ho, ho, ho ! »

II

Hans Siebenhaar fit plusieurs répétitions avant le grand jour. Cousu dans la peau de tigre, il frappait le sol de ses pattes, bondissait, montrait les dents, grognait, agitait sa queue mécanique, et poussait toute une gamme de rugissements du plus bel effet. C'était parfait.

« Où gardez-vous, demandait-il, ce vieux lion ?

— Eh bien, répondaient toujours les deux frères, il n'est pas en forme, il dort; vous le verrez la prochaine fois. »

Et c'est ainsi que Hans ne vit pas son adversaire avant leur rencontre dans la cage du combat. Le matin du fameux jour fut maussade et Hans lui-même était triste; au réveil il s'était senti si bizarre, si mal, qu'il avait craint de devoir envoyer un mot à Franz pour lui annoncer qu'il ne pourrait jouer le rôle du tigre; mais petit à petit le temps s'était éclairci et Hans, assis sur son tabouret dans la rue ensoleillée, s'était épanoui et, alors qu'il songeait aux trois cent cinquante schillings, son malaise avait disparu. C'était là une belle somme d'argent ! Qu'en ferait-il ? Ah, il savait bien ce qu'il en aurait fait si Mitzi, cette petite effrontée, ne l'avait pas quitté ! Ils auraient pu repartir, comme dans le passé, en excursion dans le Wiener Wald. Il aimait les excursions ; c'était si merveilleux. Avec leurs compagnons ils grimpaient dans la montagne, vagabondaient dans la forêt à la recherche de framboises et de champignons et, à midi, ils s'installaient sous les marronniers du *Biergarten* de la Prairie du Chasseur et mangeaient la soupe épaisse, vidaient des chopes de bière, parlaient d'amour, de richesse, de nourriture et d'enfance. C'était cela la vie, c'était magnifique. Ensuite ils allaient tous paresser dans l'herbe et Mitzi retirait sa robe et s'allongeait à moitié nue pour brunir son corps mince et brillant, tandis que Julius Damjancsics grattait sa mandoline et qu'ils fredonnaient tous des chansons. Ah, cette musique ! Elle adorait la musique. Elle avait, chose rare et délicieuse, une fossette sous chaque épaule. Le soir, à la fraîche, il y avait un bal et ils revenaient à temps à Dreimarkstein pour voir les feux d'artifice s'élever du Prater — il aimait les feux d'artifice, c'était magnifique. Ou ils pourraient aller aux courses de trot et gagner un peu plus d'argent, car quand la chance vous sourit tout est permis ; les beaux chevaux, il adorait les chevaux. Ou aux bains à Gänsehaufel — que de choses on peut faire avec de l'argent ! Mais il n'y avait plus de Mitzi, elle était partie avec Julius Damjancsics. Partie l'épouse, parti l'ami ; il n'était plus question de balades maintenant. Mais un homme avec trois cent cinquante schillings ne manque jamais d'amis car ça en fait de l'amitié une telle somme. Mais cette Mitzi — qu'elle était belle, cette petite Mitzi !

La journée s'écoula ainsi et le soir tomba ; le Prater commença à étinceler des illuminations de ses stands et de ses cafés, à battre au son de la musique, car la jeunesse est gaillarde et gaie et le monde est plein d'amour et d'argent. Enfin ce fut l'heure du spectacle. Hans avait été cousu dans la peau du tigre. Couché dans un coin d'une cage recouverte d'une bâche, seul, tremblant dans l'obscurité, il ne voyait rien et était caché de tous les regards. Dans un des côtés de sa cage il y avait une porte qui donnait sur une grande cage vide et éclairée, et au-delà il y avait une autre cage pareille à la sienne dans laquelle déambulait un lion. À un certain moment les portes s'ouvriraient et il lui faudrait entrer dans la cage centrale et affronter l'autre animal. Mais non, il en était incapable, il était paralysé de peur. Les voix excitées des gens venus assister à son malheur parvenaient à l'homme accablé, ainsi que les accents discordants de la fanfare qui claironnait dans un tohu-bohu monstre sur une estrade, à l'extérieur, près d'une grande affiche montrant un combat entre un tigre et un lion. Hans se rappela que les crocs du lion s'enfonçaient dans le ventre du tigre dans un jaillissement de sang, et il lui sembla que son cœur même hurlait : « Non ! Non ! Laissez-moi sortir ! »

Il se jeta contre les parois de la cage en haletant : « Au nom du Christ, laissez-moi sortir ! » mais personne n'entendit, personne ne répondit et, malgré ses efforts pour arracher sa peau de tigre, il ne parvint pas à se libérer, gêné qu'il était par la taille de ses pattes. Il était pris au piège, il comprenait à présent qu'on l'avait piégé. Le vacarme continua un temps qui lui parut durer une éternité, puis la terrible porte qui menait à la cage centrale glissa doucement et s'ouvrit. Hans vit que la grande cage était encore vide, que la porte du lion était fermée ; il devait être le premier à entrer. Mais il détourna les yeux et resta étendu dans un coin, fermement décidé à ne pas bouger. Dieu Tout-Puissant ! Allait-il se sacrifier pour quelques malheureuses pièces d'argent qu'il n'avait pas vues et ne verrait jamais ? Il n'était pas fait pour ce genre de choses, il était vieux et d'ailleurs sa femme, Mitzi, l'avait quitté pour un autre homme — ignoraient-ils donc cela ! Toute la journée il avait été indisposé et malade comme un chien. Alors qu'il était étendu dans son coin, refusant de bouger et transpirant à grosses gouttes, une pique acérée passa entre les barreaux et vint se planter sauvagement dans son postérieur. Avec un hurlement il bondit et essaya d'attraper la pique. Il l'utiliserait pour se libérer — mais il fut incapable de la saisir avec ses grosses pattes. Puis il y eut des barres d'acier chauffées au rouge qui le brûlèrent et d'autres piques; il fut poussé hurlant dans la cage centrale. La porte se referma derrière lui et il se retrouva seul derrière les terribles grilles, sous les regards d'une immense assistance. Alors, au comble de la terreur, il se jeta si violemment contre les barreaux que la foule en fut saisie de stupeur. La fanfare continuait son tintamarre et couvrait ses cris humains. La deuxième porte s'ouvrit, aucun bruit ne venait de l'autre cage, mais il n'eut pas le courage de faire face à ce qui pouvait s'y trouver; il resta accroupi, au bord de l'évanouissement, jusqu'au moment où il remarqua dans l'assistance un visage qu'il connaissait. Merveille des merveilles! C'était Mitzi, en personne! Ah, mais il avait à présent une raison de se battre et il se retourna résolument. A cet instant il y eut dans la foule un ricanement qui se transforma en un éclat de rire général — le lion était entré dans la cage. L'animal, il est vrai, était squelettique. Sans la moindre manifestation de férocité ou de crainte, il avançait tranquillement et fixait de ses yeux puissants les yeux de son adversaire. Il ne faisait pas de bonds et ne poussait aucun rugissement, il progressait posément, à pas feutrés, et le tigre reculait devant lui. Ils tournèrent et tournèrent ainsi à l'intérieur de la cage. Ces rires moqueurs n'allaient-ils donc jamais cesser?

Dieu! Hans n'en pouvait plus; il se retourna et fit front, apparemment avec bravoure mais en tremblant de toute son âme. Le lion s'arrêta également.

«*Pater noster qui es in coelis*», murmura Hans involontairement.

A son grand étonnement il entendit le lion répondre : « *Et ne nos inducas in tentationem. Sed libera nos a malo.* »

En un éclair Hans comprit que le lion était, tout comme lui, un faux animal ; ses craintes disparurent, il savait maintenant quel rôle il devait jouer et il se rua sur son adversaire en hurlant : « Brrr-a-a-a-o-oh ! Ouah, pouah, bouh, ouh, mouh, miaou-ouh ! »

Ils roulèrent sur le sol, lion et tigre étroitement embrassés, et les spectateurs ne se tinrent plus de rire.

« Pas si fort, l'ami ! » cria une voix à l'intérieur du lion, et l'intonation éveilla un étrange écho dans l'esprit de Hans Siebenhaar. Ils se séparèrent et se firent face, à quatre pattes. Il y eut un moment de silence et une femme dans l'assistance poussa un cri perçant de frayeur. Hans se retourna. Le lion se retourna. C'était Mitzi qui hurlait : « Julius ! Attention ! » A ce nom terrible : Julius, l'esprit de Hans cessa de battre la campagne. Grands dieux, était-ce possible ? Par tous les diables, il allait lui arracher le cœur, à ce lion ! *Pas si fort, l'ami !* Ha, ha, il la reconnaissait cette voix, à présent ! Ho, ho, d'un bond terrible il sauta, les talons en avant, sur le dos du lion, le dos de Julius Damjancsics, celui qui lui avait volé Mitzi, sa bien-aimée, et le lion s'écroula tandis que le tigre lui déchirait la gorge aussi affreusement que l'aurait fait une bête sauvage. Ah, comme les gens applaudissaient ! Le spectacle était bon malgré la supercherie. Ils avaient payé pour voir un combat entre un véritable lion et un véritable tigre, et ils se sentaient bernés, bafoués ; mais maintenant c'était excellent, oui, c'était vraiment très drôle. Lorsqu'ils virent une main sortir de la patte flasque du tigre, leur joie n'eut plus de bornes.

« Tue-le ! crièrent-ils comme on crie à un chien qui vient d'attraper un renard. Ha, ha, tue-le ! » La main libérée de Hans déchira la couture le long du cou du lion et chercha la gorge à travers l'ouverture. A l'instant même les dents de Julius se plantèrent dedans ; en une seconde le petit doigt de Hans disparut, sectionné. Mais Hans ne poussa aucun cri, il agrippa la gorge de sa main blessée et la broya sans relâcher son étreinte, jusqu'au moment où il sut que Julius Damjancsics avait à jamais quitté ce bas monde pour le Ciel ou pour l'enfer, selon ce que la destinée lui avait réservé. Le lion ne faisait plus aucun mouvement, il gisait sur le dos, les pattes arrière repliées de manière grotesque, les pattes avant écartées comme pour une crucifixion. Les rires cessèrent alors que Hans, trempé de sueur et tremblant, s'écartait furtivement de ce triste imbécile vêtu d'une peau de lion. A présent il avait peur de ce qui venait de se passer et il se traîna à quatre pattes vers les barreaux de la cage. Cette chose derrière lui était d'une immobilité terrifiante. Immobiles aussi, les spectateurs étaient étranges comme la mort. Mitzi, le visage blanc comme neige, tendait le cou. Hans empoigna les barreaux et se dressa sur ses pieds. Le public entendit les terribles sanglots de douleur qui s'échappaient de la gorge du tigre suspendu là, de façon ridicule. La porte de la première cage s'ouvrit de nouveau, c'était terminé, Hans pouvait partir. Mais il ne partit pas.

Traduit par Jean-François Sené

CLEMENT WOOD

Lune de miel

Il ne faut pas oublier que toute histoire que l'on n'a jamais lue est nouvelle. Et l'horrible «Lune de miel» de Clement Wood, qui génère une terreur malheureusement trop rare, devrait vous tenir en haleine aussi sûrement que si elle avait été écrite hier. Nous sommes tout prêts à admettre qu'en matière de séduction, tout a changé, que les jeunes époux se connaissent bien mieux maintenant... quoique...

L'histoire de droits conjugaux que Wood, mieux connu pour sa poésie et ses activités musicales, a sortie de son chapeau devrait suffire à donner au divorce une excellente réputation.

EDITH CARY s'installa sur le sofa, croisa vivement ses jolies jambes, sortit un fume-cigarette blanc et noir et un paquet de blondes à bon marché. « Non ? Oh, j'avais oublié que tu ne fumais pas... Je veux bien du feu. Merci... » Elle s'inclina en arrière, se tortillant pour donner aux coussins un creux confortable ; la fumée s'échappait de ses lèvres en un cône gris qui s'épanouissait à la base et se désintégrait en volutes pâles. Ses yeux se plissèrent en signe d'invitation. « Alors, Doris, qu'est-ce que ça fait ? D'être fiancée ? Dis-moi...

— Eh bien... euh... c'est parfait, Edie.

— Et tout ça est arrivé pendant que j'étais absente ! Hum... Je ne savais pas que Harvey — je veux dire "le Dr Campbell", car je suppose qu'il me faudra l'appeler ainsi dorénavant — je n'imaginais pas qu'il en pinçait pour toi.

— Euh, non. Ça n'était pas vraiment le cas.

— Petite futée ! Je le sais bien... Tu sortais avec George Stickney... et les types du club Mu Gamma — et, bien sûr, avec ce pauvre petit, cet enseigne de vaisseau originaire du Texas — quand je suis descendue dans le Sud...

— Oui... C'est ça.

— Allons, raconte ! Tu es aussi bavarde qu'une huître à marée basse. Comment est-ce donc ? » Elle se pencha en avant, son regard embrassant la beauté sereine de la jeune femme. « C'est un amant fougueux ? » Le ton de sa voix se faisait insinuant, intime, pressant.

Doris Orr était digne d'être admirée. Distante, belle de cette beauté discrète des jeunes filles sur les dessins hollandais, elle était assise en face de son amie. Les plis de sa robe, une petite chose bleue et ocre, avaient la rigidité du marbre ; la forme pleine de son cou, la majesté tranquille de son profil, les yeux bleus limpides sous un large bandeau de cheveux d'un blond doré mat — on eût dit une fleur artificielle aux nuances de bleu, d'ocre et de rose délicat, baignée d'une lumière grise. Une lueur de surprise passa dans ses yeux, un mince pli apparut sur son front pour s'effacer aussitôt. « Il... Il est gentil... Harvey.

— Est-ce qu'il... est-ce qu'il... te pelote beaucoup ? Ne m'en veux pas, Doris — ça fait longtemps que je suis mariée, n'oublie pas. Ed et moi... avant le mariage — tu sais ce que c'est... Tous les fiancés font cela. C'est merveilleux, n'est-ce pas ? »

Une ombre estivale tacheta de nouveau le front de Doris et disparut rapidement. « Oh... Oui. C'est merveilleux, Edie. » Son acquiescement sonnait faux.

« Ne fais pas l'enfant avec moi ! Tu sais ce que je veux dire — les caresses, les papouilles, et tout le reste... Tu es sortie avec pas mal de garçons. Aucune fille n'est allée à autant de sauteries que toi — ici, et à Annapolis... Jusqu'où le laisses-tu aller ?

— Je... je ne vois pas... Tu veux dire...

— Mon Dieu ! Cette fille ne peut pas être aussi innocente qu'elle en a l'air ! Est-ce qu'il t'embrasse, Doris — vraiment ?

— Il... m'embrasse... Edie. C'est-à-dire, quand nous nous sommes fiancés...

— Et depuis ?

— Non... Je ne crois pas qu'il l'ait fait. »

Les petits yeux noirs de la femme mariée se plissèrent

comme pour prendre la mesure des choses. « D'autres hommes t'embrassent ?

— Oh, oui... sur la joue.

— Sur la bouche ? Profondément ? » L'interrogatoire était incisif, impitoyable.

« Bien sûr que non. Je ne permettrais pas...

— Pas même Harvey — excuse-moi, pas même le Dr Campbell ?

— Je pense qu'il... le fera...

— Je le pense aussi. » Elle hocha la tête plusieurs fois. « Et c'est à cela que se résument vos relations amoureuses ?

— Eh bien... euh... oui.

— Mais comment faites-vous donc, vous autres, pour arriver à cet âge et être aussi ignorantes ? Tu n'es pas la première à me dire cela... Petite déjà, je savais tout un tas de choses — et la plupart des femmes aussi. Je suppose que ta tante, la vieille fille, t'a dit de ne pas te laisser tripoter par les hommes...

— Oui, tante Ethel...

— Oh, Seigneur ! Et — il ne te force pas ?

— Et pourquoi, Edie ! »

Avec un geste déterminé elle posa la cigarette à demi consumée. « Pourrais-tu me dire alors pourquoi tu te maries ? »

La jeune fille en bleu et or l'examina d'un air gêné. « Et pourquoi se marie-t-on, Edie ? Il était temps... J'ai vingt-quatre ans ; je ne peux pas toute ma vie aller aux soirées de l'université Hopkins ou aux bals à Annapolis, avec des gens deux fois plus jeunes que moi... Il était temps.

— Oui, acquiesça-t-elle.

— Pour lui aussi, il était temps. Tu sais, le vieux général Campbell désire avoir un garçon — un petit-fils — à qui laisser ce qu'il a. Tom — le frère de Harvey, l'architecte, tu sais bien — ils n'ont qu'une fille ; Elizabeth ne peut plus avoir d'enfants... Marian n'est pas mariée...

Ellen — l'autre sœur de Harvey, tu te souviens, celle qui a épousé ce type de Philadelphie, George... Comment donc ? Scott, ou Shott, ou... Toujours est-il, ils avaient un fils et il est mort ; ils ont eu deux filles depuis... Pas un seul petit-fils. Enfin, le général laissera bien plus, c'est sûr, à Harvey, si nous avons un garçon... Ah oui, c'est Short... George Short. Il lui laissera beaucoup plus...

— Je suppose que c'est Harvey qui t'a expliqué tout cela ?

— Oh, oui. Lui et sa mère. » Elle acquiesça avec une expression placide de soulagement.

« Et c'est pourquoi tu te maries ?

— Bien sûr.

— Ma pauvre enfant ! » Avec une vigueur soudaine elle se planta une deuxième cigarette entre les lèvres. « Donne-moi une autre allumette... Viens ici et assieds-toi auprès de maman, ma petite Doris... Ainsi ton boulot est d'avoir un garçon, pour le magot du vieux général Campbell ! Et ça ne te gêne pas ?

— Bien sûr que non ! Pourquoi...

— Nous n'avons jamais eu de gosses. Nous avons décidé — Ed et moi — de ne pas en avoir tant que nous serons en bonne forme. Je suis encore pas mal, pour le moment... Pas pour la petite Edie !

— Mais — est-ce...

— Quoi ?

— Est-ce bien ? Je pense que tu serais folle de...

— Exactement. Je serais folle d'avoir un gosse — et puis je n'ai que vingt-six ans ! Encore quelques années — et alors nous nous rangerons, et nous en aurons deux... ou peut-être trois...

— Et tu peux... euh...

— Programmer cela ? Tu parles ! On n'aime pas les surprises dans la famille. Pas tant que nous serons en forme... On a eu une frousse bleue l'automne dernier... Fausse alerte...

— Oh.

— Et tu as passé tout ce temps sans savoir… Personne ne t'a donc dit quoi que ce soit, Doris ?

— Hum… Je sais ce que tu veux dire, maintenant… Harvey va me donner un livre à lire… Tu vois, nous voulons tout un tas de garçons. Plus nous en aurons et plus il aura d'argent.

— Je comprends.

— Il est médecin, tu sais… Il saura tout ce qu'il faut, bien sûr. Sa mère a expliqué pourquoi ils tenaient tant à ce qu'il épouse une fille saine et vigoureuse…

— Et tu es l'heureuse élue. Ma pauvre petite ! Il ne t'a même pas embrassée — depuis les fiançailles… Pas une seule fois ?

— Non.

— Ça n'est pas moi que ça concerne, Dieu merci ! Si Ed me traitait ainsi, je trouverais bien quelle est la brune ou la blonde qui est là-dessous, et je lui referais le portrait, une fois pour toutes… Bien sûr, je suis très heureuse… puisque tu l'es… »

Un dernier crépitement de grains de riz sur les marches du Pullman, une paire de vieux chaussons lancée avec force… Le train s'ébranle et démarre… Debout sur la dernière marche, l'homme de grande taille, une Doris épanouie à son côte, agite triomphalement la main… Un tintamarre insensé de coups de klaxon, dernier salut au couple joyeux… Le train quitte la gare de Baltimore et prend de la vitesse, silencieusement, puissamment. Par la vitre passent les immeubles gris aux façades en bois… Des espaces de plus en plus dégagés… Des arbres, une mare immobile… Des vaches, leur grande tête inclinée… De minuscules silhouettes indécises… Et le cliquetis réconfortant des wagons sur les raccordements des rails… Les voilà partis.

Dans leur compartiment privé, le jeune Dr Campbell, installé sur la banquette, faisait face à son épouse, sa toute dernière acquisition. De grande taille, le visage un peu maigre, les yeux cachés derrière des verres épais, dans une composition de dominante blonde, il examinait la jeune femme ; un léger sourire écartait ses lèvres minces. Le visage de Doris aurait provoqué chez tout homme un sourire de contentement. À l'exception d'une légère touche d'une couleur inhabituelle, elle avait conservé le même type de beauté sévère. La robe de voyage d'un gris-bleu profond semblait sculptée dans le marbre ; son visage plein était majestueux et ferme, ses yeux limpides d'un bleu céleste ; pas une seule mèche de cheveux ne venait briser la stricte harmonie de sa coiffure.

« Parfait, dit-il d'un ton cordial. Puis-je fumer ici ?

— Bien sûr...

— Contente que ce soit terminé ?

— Je le crois. » Une lueur de coquetterie passa dans son regard mais disparut devant l'absence de réaction.

« Les gens font tant de chichis autour du mariage, n'est-ce pas ?

— Euh, oui.

— Je suis heureux que ce soit terminé... Il est bon, ce cigare — c'est un cigare de Père.

— Oh. » Il n'y avait pas, semblait-il, grand-chose d'autre à dire.

Une graine que son amie Edith avait plantée avait commencé à germer sous la surface. Timidement la jeune femme aborda le sujet. « Tu... tu n'es jamais beaucoup sorti avec des filles, n'est-ce pas, Harvey ? Je veux dire, à la faculté — ou depuis.

— Certes non ! Je n'aime pas les filles... » Il souffla un petit rond de fumée qui se dissipa avant d'avoir tout à fait pris forme. « Toi exceptée, bien entendu. Tu es très bien.

— Je... je veux dire, il n'y a personne d'autre... que tu aimes... » Sa voix était basse, bien que son regard le fixât. « Que tu aimes maintenant...

— Allons donc. Quelle idée !

— Je... je me demandais simplement...

— Pas moi. Je n'ai jamais aimé les filles, c'est tout. J'étais trop occupé à Hopkins... et puis, la médecine... Et depuis également. Et Père a dit qu'il était temps que je me marie. Et nous voilà ensemble.

— Oh. »

Après un bref silence, ils se dirigèrent vers le wagon-restaurant pour dîner. Le sentiment de gêne disparut progressivement. Elle ne le trouva nullement prévenant — ainsi, par exemple, il considéra que le repas était une chose qui devait être menée de bout en bout de manière professionnelle. C'était un soulagement agréable d'échapper au sentimentalisme poisseux dont se délectait tante Ethel... et d'autres filles avec elle. Harvey était un homme pratique... Elle aimait cela.

Jusqu'à la fin du repas ils ne parlèrent que de nourriture — de ce qu'ils aimaient ou détestaient. Quand ils regagnèrent leur compartiment, il y eut un moment d'embarras — le porteur avait fait les lits, sans qu'ils lui eussent rien demandé. Il avait le don pour reconnaître les jeunes mariés quand il en rencontrait ! Ils décidèrent de ne pas prêter attention à cela, s'assirent aussi confortablement que possible et continuèrent à bavarder. Ils parlèrent des détails du voyage, entremêlant explications et exclamations, et puis de ses perspectives de carrière. Une bonne situation s'offrait à lui à Baltimore, et une autre encore meilleure à Philadelphie où vivait son oncle. Bien sûr, en ce moment il ne gagnait pas grand-chose ; comme pratiquement tous les internes. Mais avec les cinq mille dollars par an que son père leur avait donnés pour commencer... et quand ils auraient un fils, ils pouvaient espérer plus... beaucoup plus.

Cette idée l'enthousiasma soudain ; le visage de Doris s'illumina de plaisir par anticipation.

« Il fait nuit... Je pense que nous pourrions nous coucher — bientôt. » Son ton était désinvolte, comme sur la défensive — un sentiment de peur pudique ne se dissipait pas.

« Je le pense aussi… » Son souffle se fit plus rapide ; sa poitrine palpitait malgré elle.

« Il y a une chose que je dois préciser, commença-t-il gravement. J'ai toujours voulu, par simple respect pour la femme que j'épouserais, commencer… commencer la vie conjugale aussi naturellement que possible…

— Oui… » Elle ne fit qu'accentuer ses hésitations.

« Disons la première semaine, ou les dix premiers jours… simplement rester allongé tranquillement près d'elle, tu vois… en quelque sorte, par respect…

— Oui.

— Mais, je ne sais pas… Sauf si c'est nécessaire… Père a tellement envie d'avoir un petit-fils… Tu vois ce que je veux dire ? Aussi, sauf si tu insistes… »

Soudain le souffle lui manqua : elle avait accepté le fardeau, elle n'allait pas flancher maintenant. « Non.

— C'est mieux ainsi, j'en suis certain… Je retourne à la voiture "fumeurs", pendant que tu… te prépares… Ton sac est là sous ce siège ; je l'ai vu… »

Alors qu'il se retirait un peu précipitamment, elle songea en souriant à sa délicatesse. Il ne voulait pas la gêner en ouvrant son sac plein de dentelles et de lingerie, tous ses petits riens de jeune fille…

Elle se prépara rapidement et se glissa entre les draps froids aux plis marqués. Elle resta là, le souffle court ; un petit frisson soudain la parcourut. Il faisait plutôt froid, pour un mois de mai…

Elle commença à se dire que sa précipitation avait été inutile ; il ne revenait pas. Son excitation grandissait ; elle craignait que cela ne la tînt éveillée toute la nuit. Progressivement la douce chaleur des couvertures, le confort moelleux de l'oreiller, le ronronnement rapide du train l'engourdirent.

Soudain ses yeux s'arrondirent. Il y eut un cliquetis et

la porte s'ouvrit. Elle remonta le drap jusqu'à son menton. Il était de retour.

« Prête ? » Son ton était prévenant. « Je vais... je vais éteindre quelques minutes... pendant que je... »

Étendue dans l'obscurité, elle scruta les rideaux opaques fermés. Le train ralentit dans quelque village, s'arrêta et reprit sa course... Elle s'efforça d'imaginer la scène à l'extérieur de la voiture, pour ne pas penser aux choses plus proches et plus troublantes. Brusquement la lumière revint dans un éblouissement. Elle fut fascinée par son pyjama lavande. Elle fit comme si elle ne le voyait pas ; cela ne semblait pas vraiment décent...

« Prête ? »

Elle sourit timidement en réponse.

Il se tourna et fouilla sous le siège. Puis il vint vers la couchette, un objet noir à la main. Il s'assit sur le bord — elle pouvait voir à présent ce qu'il tenait : sa trousse de médecin, une petite sacoche noire. Elle s'ouvrit avec un claquement ; il y eut un tintement d'objets métalliques, alors que les mains de Harvey cherchaient quelque chose à l'intérieur. Son front se plissa, son expression était intense. Enfin il sortit une paire de ciseaux en acier brillant. Il l'examina d'un regard critique à la lumière. Le cœur de la jeune femme battait de manière saccadée, sa respiration était bloquée.

La sacoche noire fut reposée sur le sol. Il vint vers elle, brandissant les ciseaux comme une arme. « Cela ne fera pas mal... », dit-il.

Les yeux écarquillés, hypnotisée, elle regarda les mains menaçantes. D'un geste ferme il retira les couvertures ; elle frissonna brusquement, et fut prise d'un tremblement. « Ça n'est qu'une membrane. Ce sera fini dans une minute. Ça ne fera pas mal... »

Avec aisance et rapidité, presque trop vite pour qu'elle sentît ses mouvements, il plaça un objet blanc et plié sous elle. « Ça va juste saigner une minute, poursuivit-il d'un ton professionnel. Voilà… Juste un peu plus écarté. Du calme, voyons… du calme… ça ne fera pas mal… »

Un petit cri soudain. Elle se mordit les lèvres pour ne pas crier davantage. La pièce se brouilla et commença à tanguer. Cela n'avait pas vraiment fait mal, pas beaucoup…

Il essuya les ciseaux sur un morceau de gaze et les rangea dans la sacoche. Avec une assurance réconfortante, il épongea le sang avec un autre tampon de gaze.

« Du travail bien propre… Je crois que c'est parfait… »

La lumière s'éteignit de nouveau. Elle sentit la main ferme de Harvey qui enfonçait le bord de la couchette.

Elle eut un léger tremblement dans la voix. « Tu ne vas pas… m'embrasser, Harvey ?

— Bien sûr… Après. »

Quelques minutes plus tard il l'embrassa pour lui souhaiter bonne nuit. Elle sentit son corps comme un grand mur dressé entre elle et le vide. La respiration de Harvey devint plus régulière et sonore.

« Harvey… », murmura-t-elle, soudain effrayée.

… Mais il n'y avait que cette respiration dure et régulière…

Le mariage ! C'était donc ça.

Traduit par Jean-François Sené

Notes sur les auteurs

Robert Aickman (Grande-Bretagne, 1914-1981) établit un jour un parallèle entre histoires de fantômes et poésie. En examinant son propre travail, la comparaison semble certes judicieuse. Son grand-père, Richard Marsh, fut l'auteur de *The Beetle*, classique du roman d'horreur de la fin de l'ère victorienne, toujours lisible mais d'un maniérisme achevé. Aickman, pour sa part, préfère désigner ses œuvres du nom d'« histoires étranges », appellation parfaitement appropriée, car l'ambiguïté est le moteur de ses récits. Toutes ses histoires dépeignent des personnages qui ne comprennent pas très bien ce qui vient d'arriver, mais qui n'en savent pas moins que cet événement, quel qu'il soit, les a profondément transformés. Ses nouvelles ont été publiées en six recueils, *Dark Entries* (1964), *Powers of Darkness* (1966), *Sub Rosa* (1968), *Cold Hand in Mine* (1975), *Tales of Love and Death* (1977) et *Painted Devils* (1979), tous excellents.

J.G. Ballard (Grande-Bretagne, né en 1930) est né à Shanghai d'un père homme d'affaires. Après Pearl Harbor, il fut interné avec sa famille dans un camp civil pendant plusieurs années et son roman *L'Empire du soleil* (1984, probablement son œuvre la plus connue grâce au film qu'en tira Steven Spielberg en 1987) porte les marques de cette expérience. Considéré par beaucoup comme « le grand maître de la science-fiction anglaise moderne » (bien qu'on puisse également le voir comme un écrivain surréaliste à l'imagination fertile et à l'audace jamais démentie, et déclarer que son œuvre transcende la notion de genre), Ballard débuta sa carrière à la fin des années cinquante, en publiant des nouvelles dans le *New Worlds SF* dirigé par Michael Moorcock ainsi que dans d'autres revues de littérature contemporaine. Il a désavoué son premier roman, *The Wind From Nowhere* (1962), et préfère dire qu'il a fait ses débuts avec *Le Monde englouti*, paru la même année. Il a publié bien d'autres ouvrages, parmi lesquels *The Atrocity Exhibition* (1970), *Le Rêveur illimité* (1979), *Le Jour de la Création* (1987) et *La Bonté des femmes* (1991).

Charles Beaumont (États-Unis, 1929-1967) fut, d'après *The Penguin Encyclopedia of Horror and the Supernatural,* « l'un des rares auteurs du genre qui eut une vie plus sombre que ses écrits ». Toutefois, malgré une mort prématurée due à une atroce maladie dégénérative qui le priva de ses plus belles années, l'héritage de Beaumont est impressionnant. Ses récits, qui vont du fantastique extrême au fantastique léger, de l'utopie noire à la simple désillusion, sont rassemblés, entre autres, dans *The Hunger* (1957), *Shadow Play* (1957), *Night Ride* (1960) et *The Magic Man.* On notera parmi ses contributions cinématographiques *Queen of Outer Space* (1958), *The Haunted Palace* (1963), *Masque of the Red Death* (1964), et *The Seven Faces of Dr Lao* (1964).

Robert Bloch (États-Unis, né en 1917) dit souvent aux journalistes qu'il s'est intéressé à l'horreur à la suite des frissons délicieux éprouvés lorsque, petit garçon, il avait vu *Le Fantôme de l'Opéra,* qui consacra Lon Chaney. Il semble qu'il en ait mouillé son pantalon au cinéma, et que pendant trois ans il ait dû dormir les lumières allumées. Pourtant, il se mit bientôt à lire avec avidité *Weird Tales, pulp magazine* entré depuis dans la légende, dont il devait par la suite devenir l'un des principaux auteurs. Jeune homme, il correspondit avec H.P. Lovecraft et, plus tard, reprit des éléments de l'œuvre de son aîné, *Légendes du mythe de Cthulhu* dans ses propres œuvres de jeunesse. Bloch a beaucoup écrit, et les récompenses qu'il a collectionnées dans les domaines de l'horreur, du policier, de la science-fiction et du fantastique démontrent la variété de sa production. Bien qu'il ait beaucoup travaillé pour la télévision (il est l'auteur de plusieurs épisodes de *Star Trek* et de *Alfred*

Hitchcock Presents, entre autres) et pour le cinéma (avec par exemple *Straitjacket* (1964), *Torture Garden* (1967) et *Asylum* (1972), il n'est pas sans intérêt de remarquer que ce n'est pas le *Psychose II* (1982) de Bloch qui fut adapté au cinéma sous ce titre. Parmi ses autres romans figurent *L'Écharpe* (1947), *Firebug* (1961), *American Gothic* (1974) et *La Nuit de l'Éventreur* (1984). Parmi ses recueils de nouvelles, *The Opener of the Way* (1945), *Blood Runs Cold* (1961), *Yours Truly, Jack the Ripper* (1962), *The Skull of the Marquis de Sade* (1965) et *Cold Chills* (1977). Plus récemment, il a dirigé la collection Psycho-Paths (1991) et publié trois nouveaux romans : *Firebug* (1988), *Lori* (1990) et *The Jekyll Legacy* (1990).

Ray Bradbury (États-Unis, 1920-1997) est le plus important des écrivains américains de fantastique de la seconde moitié du XXe siècle. De ses premiers pas dans *Weird Tales* (histoires macabres qui seront rassemblées en 1947 dans *Dark Carnival*, publication d'Arkham House maintenant fort convoitée des collectionneurs), jusqu'à des œuvres plus récentes telles que *A Graveyard for Lunatics* (1991), un roman policier fantasmagorique situé à Hollywood, sa créativité débordante a influencé bon nombre d'écrivains. Alternant souvent, mélangeant parfois, l'absurde et l'inquiétant, il obtient des effets saisissants : qui peut oublier sa première lecture des *Chroniques martiennes* (1950) ? Le talent dont il fait preuve dans chacun de ses livres lui permet de se moquer des variations de la mode littéraire. De son œuvre prolifique, citons seulement *Le Pays d'octobre* (1955), *Something Wicked This Way Comes* (1962) et *Bien après minuit* (1976). *It Came From Outer Space, The Beast from 20000 Fathoms, Farenheit 451* et *L'Homme illustré* ont été adaptés au cinéma.

Ramsey Campbell (Grande-Bretagne, né en 1946) reçoit fréquemment les chaleureux éloges de ses pairs, parmi lesquels Stephen King et Clive Barker — en fait, ce dernier rédigea la préface de *Scared Stiff : Tales of Sex and Death* (1987) dans la collection Scream Press. Ses nouvelles ont été rassemblées dans des recueils, entre autres *The Inhabitants of the Lake and Others Less Welcome* (1964), *Demons by Daylight* (1973), *Cold Print* (1985), et *Dark Feast* (1987). Parmi ses romans, citons *La pou-*

pée qui dévora sa mère (1976), *The Face That Must Die* (1979), *La Secte sans nom* (1981), *Incarnate* (1983) et *La Lune affamée* (1986). Non content d'avoir remporté le British Fantasy Award, il a également obtenu le World Fantasy Award et supervise actuellement la publication de *Alone With the Horrors,* qu'il appelle « la renversante anthologie » de ses trente premières années d'écrivain.

Nancy A. Collins (États-Unis, née en 1959) connut un succès foudroyant grâce à *Sunglasses After Dark,* une histoire de vampires post-punk parue en 1989 qui lui vaudra le Horror Writers of America Bram Stoker Award for First Novel. Elle écrit ensuite *Tempter* (1990) et *In the Blood* (1992) et se voit attribuer l'Icarus Award de la British Fantasy Society. Ses nouvelles ont été publiées récemment dans de nombreux recueils, notamment dans *The Best of Pulphouse* et *Hotter Blood.* Elle écrit actuellement pour la série *Swamp Things* chez DC Comics.

A.E. Coppard (Grande-Bretagne, 1878-1957) : fils de marin, A.E. Coppard dut abandonner très tôt ses études pour entrer dans la vie active. Autodidacte, il eut la chance de rencontrer, alors qu'il était comptable dans une entreprise d'Oxford, de jeunes écrivains comme Robert Graves et Aldous Huxley qui lui prodiguèrent soutien et encouragements. Il publia son premier recueil de nouvelles, *Adam and Eve and Pinch Me,* en 1921, deux ans après avoir quitté son emploi pour se consacrer entièrement à l'écriture. Cet ouvrage remporta un succès immédiat et fut suivi au cours des décennies suivantes d'une multitude d'autres recueils. En 1946 August Derleth, de la maison d'édition Arkham House, fit une sélection de ce qu'il considérait être les meilleures histoires fantastiques ou de fantômes de Coppard et les publia sous le titre de *Fearful Pleasures.* Signalons également *Clorinda Walks in Heaven* (1922), *Silver Circus* (1928), *Ninepenny Flute* (1937), et *The Dark-Eyed Lady* (1947).

Harlan Ellison (États-Unis, né en 1934) est, tout comme Stephen King, un romantique et un enthousiaste aux passions démesurées, un râleur toujours en quête de quelque listage original du Grand Ordinateur humain. Le résultat ? Une carrière prolifique (des livres, des scénarios et près d'un millier de nouvelles), pavée de prix littéraires, et une vie passée à claironner des opinions qu'il affiche, provocateur, dans l'essentiel de sa prose. Le mélange peut être irrésistible si l'on est d'humeur à l'accepter. Parmi ses œuvres les plus connues figurent *Ellison Wonderland* (1962), *A Boy and His Dog* (1969), *Spider Kiss* (1961, qu'il avait tout d'abord intitulé *Rockabilly*), *Deathbird Stories* (1975), *Strange Wine* (1978) et *Angry Candy* (1988). N'oublions pas *The Glass Teat*, recueil d'essais sur la télévision que Spiro Agnew[1], dit-on, tenta de faire interdire. Il remporta également un immense succès en publiant *Dangerous Visions* (1967 et 1972), anthologies sans complaisance qui ouvrent une ère nouvelle de prise de risque et de mélange des genres.

Elizabeth Jane Howard (Grande-Bretagne, née en 1923) a suivi des cours de comédie mais a quitté le théâtre en 1947 pour se lancer dans une nouvelle carrière de critique, d'éditrice et de romancière. En 1950, elle a reçu le John Llewellyn Rhys Memorial Prize pour son premier roman, *The Beautiful Visit*, un ouvrage dédié à son ami Robert Aickman, avec lequel elle collaborait alors pour *We Are for the Dark* (1951). Parmi ses autres œuvres, citons une époustouflante étude de la rupture conjugale, *The Long View* (1956), et *Getting It Right* (1982), qui a été adapté au cinéma avec John Gielgud dans le rôle-titre. Elle publie actuellement des épisodes de la série historique *The Cazalet Chronicle.*

David Kuehls (États-Unis, né en 1960) débuta sa liaison artistique avec l'auteur des *Oiseaux* en rédigeant le programme d'un festival universitaire consacré à Hitchcock. Il a depuis rencontré George Romero et interviewé Clive Barker, Dan Simmons, Fred Saberhagen et Rex Miller, entre autres. Il est actuellement membre du comité littéraire de *Fangoria.*

Thomas Ligotti (États-Unis, né en 1953) est l'auteur de deux recueils à succès, *Songs of a Dead Dreamer* (1989) et *Grimscribe :*

1. Spiro Agnew : vice-président des États-Unis de 1969 à 1973.

His Lives and Works (1991). Attiré, dit-il, par la tradition noire qui fait entrer « le summum de l'étrange et du terrible dans le quotidien de l'existence », il a indiqué lors d'une interview que ses écrits pourraient être qualifiés de « littérature d'évasion provocante ». Il prépare actuellement la publication d'un troisième recueil de récits, *Noctuary*.

Arthur Machen (Grande-Bretagne, 1863-1947) est né au pays de Galles. Il partit à l'âge de vingt ans s'installer à Londres où il entreprit une carrière littéraire qui devait l'occuper pour le restant de ses jours. Cependant, si prolifique qu'il fût, la majorité de ses écrits alimentaires ne parut que dans des revues maintenant oubliées et n'a jamais été rassemblée. Mais ceux de ses ouvrages qui appartenaient au genre visionnaire ont survécu, et on souligne aujourd'hui, à juste titre, l'influence majeure qu'il a eue dans son domaine. Parmi ses nombreux livres, citons les recueils *The Three Impostors* (1895), *The House of Souls* (1906), *Ornaments in Jade* (1924) et *The Children of the Pool and Other Stories* (1936), auxquels il faut ajouter un roman autobiographique, *La Colline des rêves* (1907) et le patriotique *The Angel of Mons : The Bowmen, and Other Legends of the War* (1915) qui connut un grand succès populaire.

Claudia O'Keefe (États-Unis, née en 1958) a exercé, en dehors de son activité d'écrivain, des métiers aussi divers que guide civile pour l'armée de l'air ou animatrice d'un jeu de keno au casino de Lake Tahoe. Son premier roman, *Black Snow Days,* est paru dans la section « Special » chez Ace en 1990. Ce fut le dernier manuscrit acheté par Terry Carr, éditeur de science-fiction aujourd'hui décédé, pour cette collection prestigieuse de premières œuvres. Certaines de ses histoires ont paru dans *Pulphouse, Aboriginal SF* et *Midnight Zoo.* Elle termine en ce moment deux romans, *Gawkers* et *Carnal Angles.* On lui doit également *Ghosttide,* anthologie d'œuvres d'horreur, de fantastique noir et de suspense, publiée en 1992.

Mervyn Peake (Grande-Bretagne, 1911-1968) : souvent comparé à Dickens par ses admirateurs, qui vantent la richesse de sa palette et son extraordinaire galerie de personnages (souvent grotesques) aux destins fascinants, Mervyn Peake est surtout connu pour la trilogie de *Gormenghast*, grand récit épique d'esprit gothique : *Titus d'enfer* (1946), *Gormenghast* (1950) et *Titus Alone* (1959). Ce dernier roman, écrit alors que Peake commençait à souffrir du mal qui devait l'emporter, a fait l'objet d'une espèce de révision ou de « restauration » en 1970 lorsque Langdon Jones, disciple de Peake, l'a réédité sous une forme qu'il jugeait être celle souhaitée par l'auteur. Peake a également écrit des poèmes, réalisé des décors de théâtre et de nombreuses œuvres picturales. Si ses illustrations d'*Alice au Pays des merveilles* ne peuvent faire oublier celles de Tenniel, elles ont cependant une authenticité et un charme certains.

Ray Russell (États-Unis, né en 1924) : au nombre de ses œuvres signalons *The Case Against Satan* (1962), roman qui décrit, quelque dix ans avant *L'Exorciste*, la lutte d'un prêtre pour arracher une jeune fille aux forces démoniaques qui la possèdent, *Unholy Trinity* (1964) et *Incubus* (1976). Il a écrit de nombreux scénarios dont celui de *The Man With the X-Ray Eyes*, un film dirigé par Roger Corman et que Stephen King a décrit avec admiration comme « l'un des petits films d'horreur les plus intéressants et les plus originaux jamais tournés ». En tant que responsable de publication de *Playboy*, Russell a également publié, sans en tirer de gloire personnelle, deux importants recueils de récits, *The Playboy Book of Science Fiction and Fantasy* (1966) et *The Playboy Book of Horror and the Supernatural* (1967).

May Sinclair (Grande-Bretagne, 1865-1946) est, selon cette grande figure du roman fantastique qu'est E. F. Bleiler, un écrivain sous-estimé. La littérature qui l'a rendue célèbre, toutefois, est de style classique, et des romans comme *Mary Olivier* (1919), dont l'héroïne est une jeune femme élevée dans l'atmosphère répressive d'un foyer victorien, sont encore lus de nos jours. Féministe, adepte de Freud, et admiratrice de Shaw, Wells et Joyce, May Sinclair s'est souvent essayée à la technique de l'écriture subjective. Deux de ses recueils, *Uncanny Stories* (1923) et *The Intercessor, and Other Stories* (1931), contiennent de nombreuses histoires surprenantes et sinistres consacrées aux fiascos amoureux et aux étranges conséquences du désir.

Sarah Smith (États-Unis, née en 1947) descend de soldats de la Révolution américaine, issus des deux camps. Elle vit à nouveau dans sa Nouvelle-Angleterre natale, après une enfance voyageuse. «J'ai commencé à écrire à l'âge de onze ans, dit-elle, des histoires de fantômes et des récits d'horreur.» Bénéficiant d'une bourse, elle part suivre des cours à la London Slade Film School. Elle continue ses études à Harvard où elle crée sa propre spécialisation : cinéma et fiction. A la fin des années quatre-vingt, alors qu'elle travaille comme consultante en informatique, elle entre au Cambridge Speculative Fiction Workshop et recommence à écrire des nouvelles. On lui doit aussi un roman, *The Vanished Child* (1992) ainsi que *The King of Space,* logiciel de fiction interactive, dont la suite, *The Buntaku Stars,* devrait bientôt paraître. Elle participe également à l'écriture de *Future Boston,* mélange d'histoire et de science-fiction qui retrace l'évolution de la ville entre 1990 et 2100.

Lisa Tuttle (États-Unis, née en 1952) fut journaliste dans son Texas natal avant de partir vivre en Grande-Bretagne. Elle a élu domicile dans une région isolée de la côte ouest de l'Écosse. Elle a publié des romans, parmi lesquels *Familiar Spirits* (1983), *Windhaven* (1987, écrit en collaboration avec George R.R. Martin), *Gabriel* (1987), *Lost Futures* (1992) ainsi que quelques recueils de nouvelles : *A Nest of Nightmares* (1986), *A Spaceship Built of Stones* (1987) et *Memories of the Body* (1992). En 1974, elle remporte le John W. Campbell Award du meilleur jeune auteur de science-fiction. Elle a rassemblé en 1991 une anthologie d'histoires d'horreur contemporaines écrites par des femmes, *Skin of the Soul.* L'originalité de son recueil de témoignages, *Heroines : Women Inspired by Women,* en fait un ouvrage digne du plus grand intérêt.

T.H. White (Grande-Bretagne, 1906-1964) n'a cessé de réviser et d'enrichir son *opus magnum, The Sword in the Stone,* et ce qui, à la fin des années trente, n'était qu'une trilogie devait finalement compter cinq volumes au moment de sa mort : *The*

Sword in the Stone (1938), *The Queen of Air and Darkness* (également connu sous le titre *The Witch in the Wood,* 1939), *The Ill-Made Knight* (1940) et *The Book of Merlyn* (publié à titre posthume en 1977). Émaillé d'anachronismes volontaires censés « dépoussiérer » le décor médiéval et donner une épaisseur humaine à des personnages au demeurant mythiques, *The Sword in the Stone,* bien que de lecture agréable, apparaît aujourd'hui quelque peu désuet. Ces cinq livres reflètent peut-être trop bien les mœurs de leur propre époque — l'Angleterre de l'entre-deux-guerres — qui, sans être aussi éloignée de nous que celle du roi Arthur, nous semble chaque jour de plus en plus étrangère. Parmi les autres œuvres de White, signalons également, à côté de *Mistress Masham's Repose* (1946), *Earth Stopped, or Mr Marx's Sporting Tour* (1934), *The Elephant and the Kangaroo* (1947), un ouvrage de fauconnerie, *The Goshawk* (1951), et *The Book of Beasts,* traduction critique d'un bestiaire du XIIe siècle en latin (1954).

Clement Wood (États-Unis, 1888-1950) : après une enfance dans le Sud, C. Wood alla étudier le droit à Yale en 1911. Revenu au pays il succéda bientôt à Hugo Black, qui devait siéger à la Cour suprême, comme premier président de la Central Recorder's Court à Birmingham, Alabama. Il fut révoqué pour « manque d'impartialité » lorsqu'il insista pour faire emprisonner le lieutenant-gouverneur de l'État pour outrage à la Cour. Après cet arrêt brutal de sa carrière, il acheta (confia-t-il à des amis) un aller simple pour New York ; là il fut un temps le secrétaire d'Upton Sinclair et commença à enseigner l'écriture romanesque à l'université de New York. C. Wood a publié de très nombreux textes (sous son nom ou sous divers pseudonymes), poèmes, paroles de chansons, articles de presse, critiques, nouvelles, romans et biographies ; il a également édité des anthologies, des livres de jeux, des ouvrages de référence, etc. Au nombre de ses romans citons *Mountain* (1920), *Folly* (1925) et *The Shadow From the Bogue* (1927).

Je voudrais exprimer ici ma reconnaissance — parfois un rien tardive — aux personnes suivantes :

Mike Ashley, Neil Barron, Ev Bleiler, Mike Dirda, The Fantasy Centre, Charles L. Grant, Peter Haining, Steve Jones, T.E.D. Klein, Hugh Lamb, Kay McCauley, Linda Marotta, Otto Penzler, David Pringle, Stuart H. Schiff, David Streitfeld, Jack Sullivan, Doug Winter et Bob Wyatt. Sans oublier John Silbersack et Chris Schelling, ainsi que Lorraine Shanley et ses indispensables Market Partners.

La composition de cet ouvrage
*a été réalisée par l'***Imprimerie Bussière,**
l'impression et le brochage ont été effectués
sur presse Cameron dans les ateliers
de **Bussière Camedan Imprimeries**
à Saint-Amand-Montrond (Cher),
pour le compte des Éditions Albin Michel.

Achevé d'imprimer en février 1998.
N° d'édition : 17129. N° d'impression : 2366-98317/4.
Dépôt légal : février 1998.